VALERIO MANFREDI

L'EMPIRE DES DRAGONS

Traduit de l'italien par Claire Bonnefous

PLON

Titre original :
L'impero dei Draghi

ISBN : 978-2-266-16752-9

VALERIO MANFREDI

Italien, Valerio Manfredi est diplômé de lettres classiques et archéologue. Professeur d'université à Milan et Venise, il intervient dans diverses facultés étrangères et a dirigé plusieurs fouilles et missions scientifiques. Auteur, scénariste, journaliste au *Panorama* et au *Messagero*, il s'inspire dès 1998, à l'instigation de l'éditeur Mondadori, des écrits de Plutarque, Pline et Démosthène pour composer sa trilogie consacrée à Alexandre le Grand (Plon, 1999) et « transporter l'homme moderne dans une Antiquité reconstituée exactement, mais avec émotion ». Cette trilogie, traduite en 32 langues et publiée dans 53 pays, s'est vendue à 3,5 millions d'exemplaires à travers le monde. Valerio Manfredi, qui se définit comme « un professionnel de l'Antiquité », partage son temps entre ses travaux de chercheur et l'écriture de romans. Il est notamment l'auteur de *La tour de la solitude* (Lattès, 1999), *La dernière légion* (Plon, 2003), *Le tyran de Syracuse* (Plon, 2005) et *L'empire des dragons* (Plon, 2006). Son talent de conteur et son goût pour les intrigues subtiles lui ont valu de susciter l'intérêt du milieu du cinéma et d'être comparé à son compatriote Umberto Eco.

Valerio Manfredi vit près de Bologne, en Émilie.

L'EMPIRE DES DRAGONS

DU MÊME AUTEUR
CHEZ POCKET

LA DERNIÈRE LÉGION

ALEXANDRE LE GRAND

1. LE FILS DU SONGE.
2. LES SABLES D'AMON.
3. LES CONFINS DU MONDE.

LE PHARAON OUBLIÉ.
LA TOUR DE LA SOLITUDE.

À Mirella et Danilo

« Qui cherche à façonner le monde, je vois, n'y réussira pas.

Le monde, vase spirituel, ne peut être façonné.

Qui le façonne le détruira.

Qui le tient le perdra. »

LAO-TSEU, *Tao-tö king*[1].

« Plus d'un se trompe lorsque, lisant l'inscription "Valérien empereur" sur un tombeau, il s'imagine qu'il s'agit du corps restitué de Valérien fait prisonnier par les Perses. »

TREBELLIUS POLLIO,
Histoire auguste, VIII, 3[2].

1. Traduit du chinois par Liou Kia-hway, Gallimard, 1967.
2. Traduit par Stéphane Ratti, Belles Lettres, 2000.

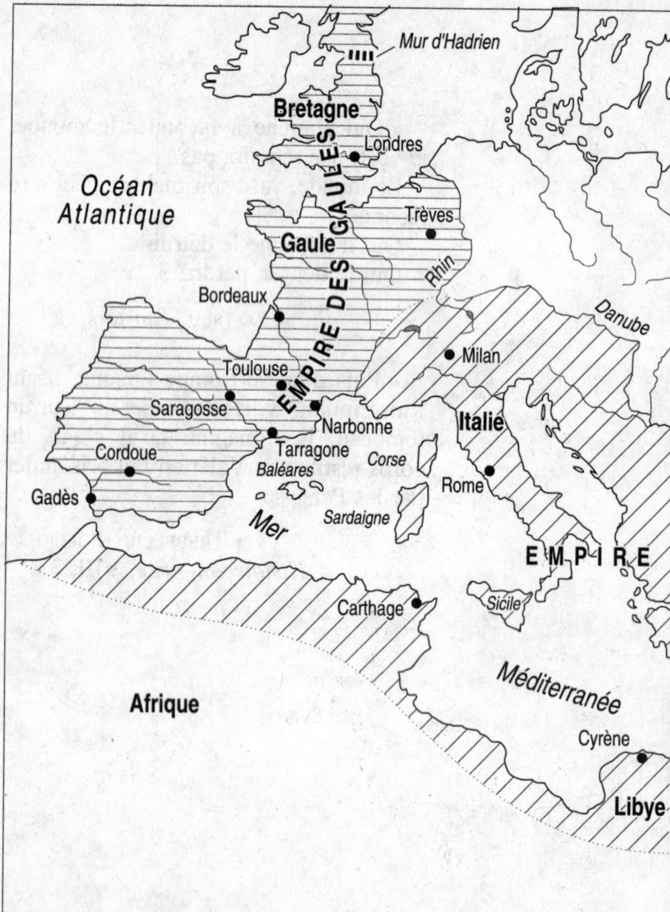

L'EMPIRE ROMAIN À L'ÉPOQUE DE GALLIEN (260 ap. J.-C.)

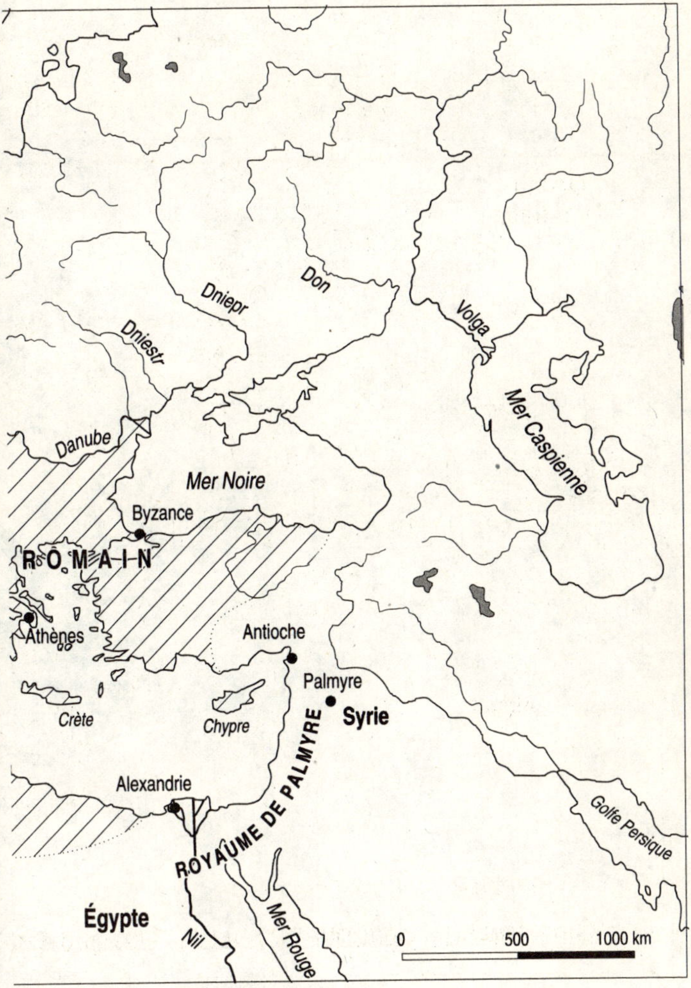
Dniepr
Don
Volga
Dniestr
Mer Caspienne
Danube
Mer Noire
Byzance
ROMAIN
Athènes
Antioche
Palmyre
Syrie
Crète
Chypre
ROYAUME DE PALMYRE
Alexandrie
Golfe Persique
Égypte
Nil
Mer Rouge
0
500
1000 km

1

Les rayons du soleil levant inondèrent les cimes du Taurus ; les pics enneigés rosirent et brillèrent comme des pierres précieuses sur la vallée encore plongée dans l'ombre. Puis ce manteau scintillant se déploya lentement sur les dômes et les flancs de la grande chaîne de montagnes, arrachant les forêts au sommeil.

Les étoiles pâlirent.

Le faucon s'éleva le premier pour saluer le soleil. Ses cris perçants retentirent sur les parois rupestres et dans les ravins, sur les escarpements abrupts qui encadraient le cours de l'écumant Korsotès, grossi par la fonte des neiges.

Chahpour Ier de Perse, le roi des rois, des Perses et des non-Perses, le seigneur des quatre coins du monde, contempla le vol majestueux du maître des hauteurs et se dirigea vers le pur-sang arabe magnifiquement harnaché que lui amenait son écuyer. Il posa le pied sur la jambe fléchie d'un domestique et sauta en selle. Puis il saisit l'arc et le cimeterre à fourreau d'or que lui tendaient deux serviteurs, tandis qu'un héraut se plaçait à ses côtés, muni de l'étendard royal : une longue bannière en soie rouge où se détachait l'effigie dorée d'Ahura-Mazda.

Ses officiers l'attendaient au milieu du campement, armés de pied en cap, montés sur leurs chevaux aux précieux caparaçons, le front protégé par des plaques en acier. Ils s'inclinèrent profondément et, à un signe du roi, se disposèrent en éventail autour de lui, menés par leur commandant suprême, Ardavash. Ensemble, ils descendirent la colline.

La lumière avait désormais atteint l'embouchure de la vallée, elle commençait à éclairer les tours d'Édesse, qui se dressait sur le plateau aride, battue par le vent du désert.

Un coq salua l'astre naissant de son chant long et répété.

Levé depuis longtemps, Marcus Metellus Aquila, légat de la deuxième légion *Augusta*, se tenait dans la cour de sa maison, habillé et pourvu de son armure.

Né dans le sud de l'Italie, il s'était endurci au cours de nombreuses années de service sur toutes les frontières de l'Empire. À force de crier des ordres sur les champs de bataille, il avait acquis une voix rauque et un ton brusque. Ses pommettes hautes, sa mâchoire forte et son nez droit témoignaient de ses origines aristocratiques, mais la coupe sobre, presque grossière, de ses cheveux et de sa barbe, jamais totalement domptée, trahissait l'austérité du soldat et son habitude des efforts. Son nom, la couleur ambrée de ses yeux et l'expression rapace de son regard, dans l'imminence du combat, lui valaient d'être connu comme le « commandant Aigle[1] » dans tous les détachements au sud du Taurus.

Il accrocha à son ceinturon un glaive, arme obsolète

1. *Aquila* : aigle en latin.

léguée par une lignée antique, dont il refusait de se séparer. Il en possédait un second, fixé à la selle de son cheval, et prétendait qu'à eux deux, ils étaient plus efficaces que la plus longue des épées.

« Un coq qui chante dans une ville assiégée est de bon augure, dit-il alors que son ordonnance le revêtait d'une cape rouge, signe de son rang. S'il a survécu à la famine, nous survivrons nous aussi. » Il gagna l'édicule des Lares, déposa une offrande, certes petite mais fort précieuse en cette période de pénurie – une poignée de farine d'épeautre – à l'ombre de ses ancêtres et s'apprêta à sortir.

La voix de sa femme le retint : « Marcus !

— Clelia. Pourquoi t'es-tu levée si tôt ?

— Tu pars sans dire au revoir ?

— Je ne voulais pas te déranger. Tu as veillé longtemps la nuit dernière, et tu as mal dormi.

— Je suis inquiète. L'empereur a-t-il vraiment l'intention de rencontrer le Perse ? »

Marcus Metellus sourit. « C'est incroyable ! Vous autres femmes parvenez toujours à apprendre les nouvelles que nous nous efforçons de vous cacher. »

Clelia lui rendit son sourire. « L'empereur a une femme, qui a des dames de compagnie, lesquelles ont des amies...

— Hé oui !

— Alors ?

— Je le crains.

— Il ira au rendez-vous ?

— C'est fort probable.

— Pourquoi ?

— Il a déclaré que la paix vaut bien la peine qu'on risque sa vie.

— Et toi ? Vas-tu le laisser faire ?

— Je parlerai s'il me demande mon avis et, dans ce cas, je m'efforcerai de l'en dissuader. Mais une fois qu'il aura pris sa décision, je me tiendrai à ses côtés. »

Clelia baissa la tête.

« Il est possible qu'il veuille gagner du temps, reprit Metellus. Gallien est à Antioche. En quelques jours de marches forcées, il pourrait se présenter ici avec quatre légions et libérer la ville. » Il releva le menton de sa femme et constata que ses yeux étaient remplis de larmes. « Clelia... il est de mauvais augure de pleurer en saluant son époux, l'ignores-tu ? »

Clelia s'employa à sécher ses pleurs. Au même instant, on entendit le bruit de petits pieds qui dévalaient l'escalier et une voix qui s'exclamait : « Père ! Père !

— Titus ! Que fais-tu donc ici ? Retourne immédiatement te coucher !

— Tu avais promis que tu m'emmènerais à la palestre aujourd'hui. »

Marcus Metellus se pencha pour se porter à la hauteur du regard de son fils. « L'empereur m'a fait appeler. Il est notre père à tous, mon garçon, et nous devons tous accourir quand il l'ordonne. Et maintenant, regagne ton lit et essaie de dormir. »

L'enfant adopta aussitôt un air sérieux. « Tu vas partir avec l'empereur et m'abandonner. »

Marcus Metellus s'assombrit à son tour. « Que dis-tu là ? Je reviendrai, sois-en certain. Je te promets que je serai là avant que la nuit tombe. Et tu sais qu'un Romain tient toujours parole. » Il embrassa sa femme en larmes et quitta sa demeure.

Ses aides de camp l'attendaient dans la rue, des deux côtés de la porte d'entrée : Elius Quadratus, un Italien de Priverne, et Sergius Balbus, un Espagnol de Saragosse. Leur visage était marqué par le temps et par les nombreuses batailles qu'ils avaient menées sur tout le territoire de l'Empire. Leurs sourcils étaient fournis et leur barbe drue. Quadratus avait les cheveux très courts, les tempes dégarnies, un grand corps massif. Balbus était plus petit, son teint sombre tranchait sur ses yeux clairs, son nez écrasé témoignait de la passion qu'il nourrissait pour le pugilat.

Metellus coiffa son casque, il en noua les lacets sous son menton et déclara, après avoir échangé un regard complice avec les deux hommes : « Allons-y. »

Ils parcoururent d'un pas leste les rues encore désertes et silencieuses de la ville, absorbés dans leurs pensées, le cœur lourd.

Le chant du coq retentit une nouvelle fois et le soleil inonda la rue, faisant étinceler le pavage en basalte et étirant leurs ombres jusqu'aux murs des dernières maisons.

Ils se heurtèrent bientôt à un autre groupe d'officiers qui se rendaient, à l'évidence, au même endroit.

Reconnaissant Lucius Domitius, Metellus le salua.

« Salut, Marcus Metellus », répondit l'homme.

Ils poursuivirent leur chemin ensemble jusqu'au forum, qu'ils traversèrent pour rejoindre le quartier général. De là où ils étaient, ils pouvaient distinguer le chemin de ronde. C'était l'heure du changement de la garde : pas cadencés, cliquètement des javelots contre les boucliers. Saluts. Ordres secs.

« La dernière ronde, dit Marcus Metellus.

— Pour aujourd'hui, rectifia Lucius Domitius, qui était superstitieux.

— Pour aujourd'hui. »

Ils atteignirent ensuite l'entrée du quartier général, où les attendait Cassius Silva, commandant de la garnison, ancien compagnon d'armes et de tente de Gallien, le fils de l'empereur.

Un piquet de soldats prétoriens présenta les armes au passage des trois légats et les conduisit à l'intérieur.

L'empereur Licinius Valerianus les accueillit lui-même, prêt et armé. « J'ai accepté de rencontrer Chahpour. Depuis cette nuit, une cinquantaine de nos hommes se trouve sur la rive droite du Korsotès. De l'autre côté du fleuve, autant de cavaliers perses occupent le terrain où se déroulera la rencontre.

« Il ne s'agit pas d'un rendez-vous improvisé. Nos plénipotentiaires ont préparé les sujets dont nous discuterons de manière à nous simplifier la tâche.

« Nous savons qu'Édesse revêt une grande importance, en raison de la position géographique et commerciale qu'elle occupe entre l'Anatolie et la Syrie, et pourtant Chahpour semble prêt à négocier la fin du siège en échange d'un accord général qui redessinera les rapports entre nos deux empires et établira une paix durable. Il exige de nous quelques concessions territoriales en Adiabène et en Commagène mais sans forclusion. Jugeant ces prémices satisfaisantes, j'ai donc décidé d'assister à cette rencontre.

— C'est une sage décision, César », approuva Cassius Silva.

Lucius Domitius Aurelianus avait écouté ce discours le visage sombre, les doigts serrés sur la poignée de son épée. C'était un soldat formidable. En l'espace de plusieurs campagnes, il avait tué de sa propre main près de neuf cents ennemis et gravé autant d'encoches sur son javelot. La rapidité avec laquelle il dégainait son épée était telle que ses hommes le surnommaient *Manus ad ferrum*, « Main à l'épée ». Il demanda la parole. « J'ai entendu dire que ton fils Gallien est à Antioche. Il pourrait nous rejoindre en moins de cinq jours avec quatre légions. Pourquoi courir autant de risques ?

— Parce qu'il ne nous reste plus que deux jours de ravitaillement, rétorqua Silva.

— Nous n'avons qu'à rationner la nourriture. Quelques creux à l'estomac n'ont jamais tué personne.

— Il ne s'agit pas seulement d'une question de nourriture, répliqua l'empereur. Il n'est pas certain que Gallien nous rejoigne ni que cela lui prenne cinq jours. D'après nos informateurs, les Perses ont placé sur la route d'Antioche des cavaliers qu'ils ont chargés de perturber nos communications et de nous couper les vivres. Non. Il faut que je m'entretienne avec Chahpour, ne serait-ce que pour connaître ses intentions. Et tant mieux si nous pouvons jeter les bases d'un accord durable. Gagner du temps et éviter une attaque en force en attendant l'arrivée de Gallien ne seront pas, non plus, un résultat négligeable. Le fait que Chahpour lui-même ait voulu cette rencontre me paraît de bon augure. »

Il se tourna vers Metellus. « Tu ne dis rien, Marcus Metellus ? Quel est ton avis ?

— N'y va pas, César. »

Valérien lui lança un regard plus surpris que troublé. « Pourquoi ?

— Parce que cette histoire ne me plaît pas. Elle sent le piège à plein nez.

— J'ai pris toutes les précautions nécessaires. Ce sera une rencontre en terrain neutre et en rase campagne. Une escorte de cinquante hommes pour chaque camp. Il ne peut rien arriver. J'ai déjà pris ma décision. Et puis je ne veux pas que l'empereur des Romains passe pour un pleutre aux yeux de Chahpour. »

Il sortit, suivi des autres officiers.

Metellus le rejoignit. « Alors, je t'accompagne, César.

— Non, répondit l'empereur. Il vaut mieux que tu restes ici. » Il se rapprocha et lui murmura à l'oreille : « Je veux être certain de trouver la porte ouverte à mon retour.

— Alors laisse Lucius Domitius de garde. C'est l'homme le plus loyal que je connaisse, il possède un grand ascendant sur les troupes et a déjà affronté ce genre de situation par le passé. Je te serai plus utile sur le terrain. »

L'empereur posa le regard sur Lucius Domitius, qui était resté à l'écart. « Soit. Tu viendras avec moi, et Lucius Domitius demeurera ici. Veuille le ciel que ce soit le bon choix... »

Cassius Silva eut un sourire. « Peu importe qui t'accompagne, César. Nous nous retrouverons tous ici pour le déjeuner, à moins que Chahpour ne nous invite sous sa luxueuse tente. »

Un écuyer conduisit son cheval à l'empereur. Marcus Metellus se fit amener le sien. Comme d'habitude, son ordonnance avait fixé un second glaive au pommeau de sa selle.

Lucius Domitius tourna les yeux vers le chemin de ronde. Un soldat agitait un drapeau rouge sur la tour de garde : une, deux, trois fois. « On nous signale que tout est prêt », dit-il.

Un drapeau blanc flotta de droite à gauche, puis de gauche à droite sur le chemin de ronde.

« ... Et que tout est calme. Rien de suspect.

— Fort bien, approuva Valérien. Allons-y. »

Clelia avait recouché son fils. Elle montait à la terrasse, dans l'espoir de voir ce qui se passait de l'autre côté des remparts, quand elle perçut un bruit.

Elle tendit l'oreille. En vain. Mais alors qu'elle reprenait son ascension, le bruit retentit une nouvelle fois : il semblait provenir des souterrains.

Clelia s'empara d'une bougie sur une étagère, l'alluma à la lanterne et regagna le rez-de-chaussée. L'absence de son mari et le fait d'être seule, ou presque, dans la maison l'inquiétaient.

Elle ouvrit la porte de la cave et s'engagea dans l'escalier, brandissant la chandelle.

« Qui est là ? » s'écria-t-elle.

Une sorte de râle lui répondit.

« Qui est là ? » répéta-t-elle.

Elle eut l'impression qu'on piétinait derrière la petite porte ferrée. Elle ne l'avait jamais ouverte depuis qu'elle vivait dans cette maison, mais elle savait qu'elle donnait sur le conduit d'une vieille installation thermale menant à l'extérieur de la ville. Elle y colla l'oreille et entendit d'autres bruits, amplifiés par le vide. Elle fit coulisser le verrou et tira de toutes ses forces en s'agrippant des deux mains aux bords. Enfin, la porte grinça et céda. Clelia recula avec un cri d'horreur.

Un homme à moitié nu, couvert de sang, s'effondra sur le sol après lui avoir lancé un regard hagard.

Devinant qu'il agonisait, et donc qu'elle ne courait aucun danger, la jeune femme le tourna sur le côté, glissa son châle sous sa tête et lui donna à boire.

L'homme articula à grand-peine : « Nous avons été trahis... Avertissez... Avertissez...

— Qui es-tu ? Qui es-tu ?

— On nous a surpris et massacrés... Dites à l'empereur... de ne pas aller à... C'est une embuscade... c'est une... » Il baissa la tête sur sa poitrine, inanimé.

Clelia frissonna. Comprenant ce qui s'était produit et ce qui risquait d'arriver si elle ne parvenait pas à arrêter sur-le-champ la machine mortelle que l'ennemi avait ébranlée, elle gravit l'escalier à toute allure et s'élança dans la rue encore déserte.

Les gardes ouvrirent la porte qui donnait sur l'extérieur, et le petit cortège impérial se dirigea vers le lieu du rendez-vous. Le soleil brillait au-dessus de l'horizon, sculptant le terrain aride et caillouteux, parsemé de buissons d'amarante et de térébinthe. Le Korsotès coulait à gauche avant de virer vers l'ouest, leur coupant le chemin.

L'escorte qui avait surveillé le gué pendant toute la nuit, soit un centurion et une cinquantaine de cavaliers, était postée non loin de là. Elle conduirait l'empereur et sa suite sur l'autre rive, où la rencontre avec Chahpour, le roi des Perses, devait avoir lieu. Elle attendit que cent pieds les séparent pour aller à leur rencontre.

Soudain, Metellus se rembrunit. Il adressa un signe à Balbus.

« Qu'y a-t-il, commandant ? demanda celui-ci à voix basse.

— Jambes blanches.

— Quoi ?

— Regarde donc. Hier encore ces hommes-là portaient un pantalon. Ce ne sont pas des Romains, mais des Perses.

— Malédiction ! Où sont nos hommes ?

— Probablement tués. Avertis l'empereur. Je vais envoyer un signal à Lucius Domitius. Il n'est pas trop tard. »

Balbus s'approcha de l'empereur et lui murmura quelques mots à l'oreille, tandis que Metellus tournait son écu vers les remparts et réfléchissait les rayons du soleil.

Lucius Domitius, qui observait le petit groupe avec angoisse, sursauta. Il déchiffra le message et hurla : « Jambes blanches ! Les Perses ! Trahison ! L'empereur va tomber dans une embuscade. Trompette ! Sonne l'alerte ! L'alerte ! Dehors, la cavalerie ! Vite, vite ! Ouvrez la porte ! »

Les légionnaires qui formaient le piquet s'exécutèrent, et le trompette souffla dans le buccin pour appeler le régiment, cantonné près de la résidence de l'empereur.

Quelques instants plus tard, une centaine de cavaliers se présentèrent, mais Cassius Silva, qui commandait un détachement de prétoriens, leur barra la route. « Qui vous a ordonné de sortir ? Êtes-vous fous ? Arrêtez-vous, arrêtez-vous, j'ai dit !

— C'est moi qui l'ai ordonné ! s'écria Lucius Domitius depuis le chemin de ronde. L'empereur est en danger. C'est une embuscade. J'emmène les hommes moi-même, immédiatement !

— Je suis responsable de la garnison, rétorqua Silva. Interrompre une négociation équivaudrait à exposer nos hommes à une réaction violente des Perses, et donc à une mort certaine. Nous n'avons aucune raison de croire que l'empereur est en danger. Tout va bien. Fermez la porte ! »

Lucius Domitius se rua en bas. « Qu'est-ce que tu racontes ? Traître ! Tu rendras compte de cette décision ! »

Or Silva se tournait déjà vers ses prétoriens. « Le légat Lucius Domitius Aurelianus est aux arrêts jusqu'à nouvel ordre pour insubordination. Obéissez ! Et vous, ajouta-t-il à l'adresse du corps de garde, refermez cette porte ! »

Les prétoriens entourèrent Lucius Domitius, qui fut

contraint de leur remettre son épée. Ils l'emmenèrent, tandis que les soldats s'exécutaient.

Cette scène s'était déroulée sous les yeux de Clelia, qui avait atteint le corps de garde, hors d'haleine, quelques instants plus tôt. Elle était indignée : son mari se trouvait en danger, et ces hommes complotaient !

Elle jeta un regard à la ronde et aperçut un écuyer qui tenait un cheval par la bride. Sans hésiter, elle déchira le bas de sa robe, écarta l'homme et sauta sur l'animal, qu'elle poussa à toute allure vers la sortie. Il se cabra devant les lourds battants, qui se refermaient, mais, pressé par sa cavalière, finit par s'engouffrer dans l'étroit passage.

Entre-temps, le détachement impérial était presque arrivé à la hauteur du gué, et la fausse escorte s'apprêtait à gagner la rive. « Dès qu'ils auront franchi le fleuve, dit Metellus, nous ferons volte-face et nous nous ruerons vers la ville. Cet avantage nous permettra de rentrer sains et saufs.

— En admettant qu'on nous ouvre, rétorqua Balbus. Malgré ton message, personne ne s'est encore précipité à notre secours.

— Regardez, ils doivent avoir compris, interrompit Quadratus. Ils nous envoient un cavalier ! Mais... c'est une femme ! »

Marcus Metellus pivota et tressaillit. « C'est Clelia ! C'est ma femme ! »

Tandis que la fausse escorte commençait à franchir le gué, l'empereur lui adressa un signe, et Metellus s'élança. Il constata bientôt que Clelia galopait vers lui en criant. Elle était à mi-chemin entre les murs d'Édesse et lui, quand des flèches jaillirent des remparts, décrivant une large parabole dans le ciel.

Des sifflements fendirent l'air. Deux projectiles se plantèrent dans le sol, le troisième atteignit sa cible.

Metellus rejoignit Clelia, qui s'était effondrée, et la prit dans ses bras. Elle respirait encore, bien que la flèche l'eût transpercée. Sa robe était trempée de sang.

Pleurant de rage et de douleur, il la serra sur sa poitrine, couvrit de baisers ses lèvres déjà exsangues, son front, ses cheveux.

« C'est un piège, murmura-t-elle. L'escorte a été massacrée... Silva est... est... Je t'en prie, sauve-toi, rejoins notre fils. Il est seul...

— J'y vais. Je te le promets. »

La jeune femme baissa la tête sur sa poitrine, et Marcus Metellus eut l'impression de s'éteindre, lui aussi.

Il fixa le regard vers la porte d'Édesse, obstinément close, puis vers les remparts, où il aperçut une cape rouge : nul doute, c'était celle de Silva ! Enfin, il pivota : le combat faisait rage de l'autre côté, l'empereur était encerclé !

Aussitôt, il retrouva sang-froid et détermination. Il jeta une poignée de sable sur le corps de son épouse, en guise de sépulture, ravala ses larmes et bondit à cheval.

Armé de ses deux glaives, il se précipita sur la fausse escorte, renversa deux Perses dans le Korsotès. Il frappait de tous côtés, mû par une violence effroyable, fendait, transperçait, mutilait, brisait os et crânes en se frayant un chemin vers Valérien.

D'autres guerriers perses accouraient de toutes parts. Comprenant qu'il lui restait peu de temps pour ménager une issue à l'empereur, il se tourna vers lui. Il vit que des soldats le désarçonnaient, puis le poussaient à l'eau. « Sauvez l'empereur ! » s'écria-t-il aussitôt.

Il sauta à terre et appela les siens : « Balbus, Quadratus, à moi ! »

Tels des mâtins, les deux centurions le rejoignirent

en brandissant épée et bouclier. Ils abattaient les guerriers qui s'approchaient et piétinaient ceux qui étaient tombés. Pendant ce temps, Valérien se défendait avec une ardeur incroyable pour un homme de son âge, mais il lui fallait lutter aussi bien contre le courant tourbillonnant du fleuve que contre les coups de ses ennemis. Et de fait, il perdit bientôt l'équilibre, s'exposant au javelot d'un Perse. Metellus se rua sur l'homme et lui trancha les deux bras avant de le jeter à l'eau comme un vulgaire tronc d'arbre. Protégé par Balbus et Quadratus, il aida Valérien à remonter en selle, et abattit le plat de son glaive sur la croupe de son cheval, qui s'élança au galop vers la ville.

Valérien filait vers Édesse, bien décidé à rassembler toutes les forces disponibles : elles voleraient au secours de ses hommes, qui se sacrifiaient pour lui sauver la vie, et châtieraient le Perse. Or un détachement ennemi surgit du canal qui s'étendait à sa droite et lui coupa la route.

Il fit volte-face, dans l'espoir d'atteindre un de ses avant-postes sur la route de Nisibis, mais une rangée de fantassins apparut devant lui et lui barra le passage.

Valérien éperonna encore une fois son cheval, qui, d'un bond formidable, parvint à se jouer de cet obstacle. Persuadé d'être enfin sain et sauf, l'empereur songeait déjà à la façon dont il vengerait ses valeureux soldats quand un spectacle brutal lui glaça le sang. Une multitude de cavaliers et de fantassins jaillissaient de la crête des collines, en face de lui. C'était l'armée perse. Elle se déployait en un front immense, aux ordres de Chahpour, qui se tenait au milieu d'un nuage d'étendards pourpres, agités par le vent.

Comprenant qu'il était perdu, l'empereur des Romains

rebroussa chemin : il mourrait, l'épée au poing, au milieu de ses hommes, concluant par une mort digne une vie irrépréhensible. Il s'apprêtait à se jeter dans la mêlée quand les trompettes retentirent. Aussitôt, les soldats perses se retirèrent, abandonnant les Romains au centre d'un vaste cercle d'hommes en armes.

Haletants, épuisés, ensanglantés, les membres du petit détachement se préparèrent à accueillir l'empereur, qui n'était pas parvenu à se sauver.

Marcus Metellus sortit du fleuve et aligna les siens le long de la rive afin qu'ils affrontent leur destin.

2

Chahpour talonna son cheval et se dirigea au pas vers le petit groupe de Romains.

À sa vue, Valérien fit signe aux siens de ne pas bouger, puis il le rejoignit, seul. Le Perse arborait un pantalon de soie brodé, légèrement transparent, une longue moustache recourbée vers le haut, un couvre-chef élaboré, orné de plumes d'autruche, ainsi qu'un cimeterre dans un fourreau en or incrusté de pierres précieuses. Le Romain était couvert de boue et de poussière, il portait une cuirasse désarticulée, une tunique déchirée, et ses membres étaient profondément entaillés.

À un geste de Chahpour, deux gardes du corps se ruèrent sur l'empereur des Romains et l'obligèrent à s'agenouiller devant lui.

Metellus bondit en criant : « Laissez-le, espèces de lâches ! Affronte-moi plutôt, Barbare, si tu en as le courage ! Descends de cheval ! J'arracherai tes plumes et je te les ferai avaler, fils de chien ! »

Mais un filet tournoya au-dessus de sa tête et l'immobilisa comme un lion pris au piège, tandis que ses compagnons étaient encerclés et désarmés.

Sans daigner leur accorder un regard, Chahpour adressa un signe à ses soldats et s'éloigna vers le campement qu'il avait quitté avant l'aube.

À travers les mailles du filet qui l'emprisonnait, Marcus Metellus aperçut alors une étrange silhouette : celle d'un homme, ou d'un adolescent, au curieux accoutrement, au visage enveloppé dans un voile, aux yeux noirs, en amande. Ils échangèrent un regard bref et intense, avant que le mystérieux personnage disparût, mêlé à l'entourage du Perse.

On les traîna vers une ferme en ruine, on les enchaîna, et Metellus ne put retenir ses larmes en voyant son empereur humilié de la sorte. Puis on les attacha les uns aux autres, et l'on fixa la chaîne du premier, le centurion Balbus, à la selle du dernier des cavaliers qui les escortaient vers leur destin. Les Romains étaient au nombre de dix, en dehors de l'empereur et du commandant Metellus : les deux centurions Elius Quadratus et Sergius Balbus, un *optio* dénommé Antoninus Salustius et sept légionnaires, Lucianus, Severus, Rufus, Septimius, Publius, Æmilius et Martianus.

Ils cheminèrent toute la journée, sous un soleil ardent, sans manger ni boire. Quand le soir fut tombé, on leur distribua du pain, des dattes et un peu d'eau. Après quoi ils s'allongèrent dans l'obscurité, parmi les pierres, à la merci du froid.

L'empereur n'avait pas proféré un seul mot depuis qu'on l'avait contraint à s'agenouiller devant son ennemi. Il était recroquevillé à l'écart, adossé à un rocher.

Marcus Metellus était, quant à lui, bouleversé par la mort de sa femme, qu'il ne parvenait pas encore à accepter, accablé d'avoir été arraché à son fils, sans grand espoir de le revoir. Jamais il ne s'était senti aussi désespéré. Cependant, la vue de son empereur, un homme qui avait consacré toute son existence au service de l'État et du peuple, qui s'était battu avec un courage admirable, en dépit de son âge avancé, et qui avait reçu pour toute récompense une humiliation insupportable, le poussa à ravaler son chagrin.

Il s'approcha. « Tu n'as rien à te reprocher, César, tu as risqué ta vie pour la paix. La fortune nous a trahis. Cela aurait pu arriver à n'importe qui. »

Valérien tourna lentement la tête, il souleva ses bras enchaînés et ses poignets entamés : « Crois-tu vraiment que ce soit l'œuvre de la mauvaise fortune ? »

Metellus s'abstint de répondre.

« Crois-tu qu'on ne nous ait pas vus depuis les remparts d'Édesse ?

— Je pense qu'on nous a vus, César.

— T'es-tu demandé pourquoi personne n'est accouru à notre secours ? Pourquoi la cavalerie n'est pas venue nous sauver ?

— Je ne peux me l'expliquer. Mais je suis certain qu'il s'est agi d'un choix obligé, inévitable.

— Je suis persuadé qu'un individu a décidé de nous abandonner à notre destin, et que cet individu était certain de ne jamais devoir rendre compte de cette décision, déclara Valérien d'une voix grave.

— Tu vas peut-être trop vite, César. Plusieurs hypothèses sont envisageables. Par exemple, qu'on ait jugé, du haut des tours de garde, qu'il était impossible de nous prêter main-forte. Ou qu'on ait préféré ne pas aligner des troupes épuisées et affamées dans une bataille désespérée. Je suis convaincu que les nôtres réapparaîtront, qu'ils viendront tôt ou tard nous libérer. Je connais Lucius Domitius, il ne craint rien ni personne. S'il n'a pas tenté de sortie, c'est qu'il a cru bon d'attendre. Il pourrait survenir d'un moment à l'autre, crois-moi. Il pourrait même être tapi derrière ces rochers, là-bas. »

Valérien fixa sur Metellus un regard plein d'effroi. Son visage, creusé par les efforts et par les privations, évoquait un masque de pierre. « Il n'y a personne derrière ces rochers, commandant Metellus. Personne. Et personne ne viendra nous chercher. Voilà pourquoi je t'avais prié de rester. »

Blessé par ces paroles, Metellus baissa la tête. « Comment peux-tu dire une chose pareille ?

— Cassius Silva commandait la garnison.

— Je comprends... Je ne voulais pas le mentionner... Je sais qu'il entretient des liens d'amitié étroits avec ton fils Gallien, mais Clelia, ma femme, a prononcé son nom en mourant », répondit-il les yeux brillants.

Valérien soupira. « Ta femme s'est sacrifiée pour nous sauver. En vain. Si les dieux m'écoutaient et nous permettaient de rentrer, je te jure que je lui consacrerais un monument, comme aux anciennes héroïnes de notre histoire, afin de perpétuer sa mémoire et sa renommée. Hélas, nous sommes désormais réduits au rang d'esclaves. Et destinés à le rester. Silva nous a abandonnés à notre sort, et peut-être a-t-il fait pis encore... Je ne peux m'empêcher de penser que mon propre fils, Gallien, a organisé avec les Perses cette malheureuse rencontre, cette infamie... »

Metellus garda le silence : il ne savait que répondre à cet homme qui était encore, quelques heures plus tôt, le seigneur de la moitié du monde, et qui se trouvait maintenant à la merci d'un ennemi hypocrite et impitoyable, enchaîné, tourmenté par le froid et la souffrance, mais surtout par le soupçon de la trahison la plus douloureuse qui soit, celle de son propre fils.

Valérien brisa lui-même le silence, comme s'il regrettait d'avoir frustré les attentes de ce soldat généreux, désireux d'adoucir sa peine et son humiliation. « Elle doit te manquer terriblement, n'est-ce pas ?

— J'aurais préféré mourir plutôt que de vivre sans elle. Nous étions encore adolescents quand nous nous éprîmes l'un de l'autre, et nous nous enfuîmes pour éviter les mariages que nos familles respectives avaient arrangés pour nous.

— Je comprends. Je sais que rien ne peut te dédommager d'une telle perte. Mais nous devons garder courage et affronter notre destin en dignes soldats de Rome. Ne donnons pas à nos bourreaux la satisfaction de nous voir accablés, le plaisir de nous savoir humiliés. »

Metellus acquiesça avec lassitude. « Quelque chose me tourmente encore.

— Quoi ? demanda Valérien.

— Mon fils Titus. Que deviendra-t-il ? Qui le protégera ? Je crains que Lucius Domitius n'ait aucun pouvoir entre les murs d'Édesse. Et ma femme n'est plus là. Je suis incapable de protéger l'être qui m'est le plus cher au monde. Et dire que je lui avais promis de rentrer avant la nuit... J'ai toujours tenu parole.

— Cette promesse était surtout un espoir, mon ami. Et l'accomplissement de nos espoirs ne dépend pas de nous. Mais considère-la comme un vœu. Les vœux des hommes justes parviennent toujours au trône des dieux. Tu vois ce soldat ? » L'empereur indiqua un jeune légionnaire aux cheveux crépus. « Il vient de faire le signe de croix. Lui aussi, il formule des vœux, prie son dieu chrétien de nous sauver et de nous ramener chez nous. Il paraît que ce dieu est puissant, plus puissant encore que notre Jupiter, qui est désormais las d'observer les bêtises des humains du haut de son trône. »

Metellus observa le soldat. Il se nommait Æmilius et faisait partie de sa légion, un brave garçon originaire de Messine, qui maniait habilement l'épée, un grand coureur et un excellent nageur. Mieux valait être entourés d'hommes courageux que de poltrons, dans l'adversité. Il s'approcha du garçon. « Comment vas-tu, soldat ?

— Bien, commandant, étant donné les circonstances.

— Ta réponse me plaît. Il convient toujours d'envisager le pire. Nous sommes vivants autour de notre empereur. Tant qu'il est en vie et en notre compagnie, nous sommes le centre du monde, ne l'oublie pas. »

Septimius se souleva sur ses coudes. Il avait les yeux bleus et les cheveux très blonds. « Nos hommes viendront bientôt nous libérer, n'est-ce pas, commandant ?

— Je l'espère, mais nous ne pouvons en être certains. Nous sommes en territoire ennemi, et nos meilleures unités se trouvent à Édesse, assiégée. D'où viens-tu ?

— De Condate, en Gaule.

— Vous autres Gaulois craignez la chaleur et la brûlure du soleil. On devrait vous envoyer sur le front nord.

— Je me suis habitué mais... oui, j'espère regagner ma terre quand toute cette horreur aura pris fin.

— Mon espoir repose en Lucius Domitius Aurelianus. Il fera tout ce qui sera en son pouvoir pour nous sauver, l'empereur et nous.

— "Main à l'épée" ? demanda Martianus, un légionnaire de la "septième *Ferrata*". Ça, c'est un homme. Je n'ai jamais rencontré de meilleur guerrier. Il ne nous oubliera pas, soyez-en assurés.

Il n'oublie jamais ses hommes. Plus d'une fois, je l'ai vu risquer sa vie pour sauver un blessé et même pour ramener un mort derrière nos lignes. »

Balbus et Quadratus gardèrent le silence. C'étaient des hommes d'âge mûr, et ils avaient appris à ne pas se bercer d'illusions. Installés à l'écart, la tête contre une pierre, ils semblaient dormir, mais Metellus savait fort bien qu'ils ne perdaient pas un seul mot de la conversation. Il conclut :

« Serrez-vous les uns contre les autres. Cette nuit, il fera très froid, et ces ordures ne nous donneront sûrement pas de couvertures.

— J'aurais préféré étreindre une belle fille, une de ces petites putains d'Antioche aux seins fermes, plutôt qu'un centurion. Hélas, on ne peut pas tout avoir, dans la vie », eut le courage de plaisanter Martianus.

Metellus sourit. « Tant pis. Et mieux vaut rire de ces épreuves, plutôt que de se laisser abattre. Car à partir de maintenant, nous ne pourrons compter que sur nos propres forces. Il nous faut survivre à tout prix. Tel est notre seul objectif. Nous nous entraiderons tous. Si nous sommes unis, nous pouvons nous en tirer, croyez-moi. Mais sachez une chose : nous faisons partie de la garde impériale et nous devons, plus que jamais, accomplir notre devoir et obéir à notre serment de fidélité à l'empereur. Personne ne sera autorisé à partir, si Valérien est dans l'incapacité de nous accompagner. Ai-je été assez clair ? Toute tentative isolée sera considérée comme une trahison et punie comme telle. Je me chargerai moi-même de prononcer et d'exécuter la sentence. » Il montra la chaîne qui reliait ses poignets et la tendit.

Il se blottit contre un tronc sec de tamaris, se couvrit de sable et chercha le sommeil. Cependant il était troublé par les bruits de chaînes, qui non seulement le dérangeaient, mais lui rappelaient aussi sa condition de prisonnier et d'esclave. Et bien qu'il tentât de rassembler les forces de son esprit, l'expression de Clelia agonisante et le visage de son fils qu'il ne reverrait plus emplissaient son cœur d'une amertume infinie.

Il pria ses ancêtres de lui envoyer un signe de bienveillance, il pria Jupiter, « le meilleur et le plus grand », de secourir l'empereur, son représentant sur la terre et son prêtre suprême, or seul le cri des chacals qui erraient dans la steppe à la recherche de charognes lui répondit.

Enfin, la fatigue l'emporta sur le chagrin, et il céda au sommeil.

Un garde les réveilla à coups de pied, un domestique leur distribua une poignée de dattes, et la marche reprit.

Ils se dirigeaient vers l'est en suivant le versant sud de la chaîne du Taurus. Leur périple se prolongerait ensuite à travers les régions les plus âpres et les moins hospitalières de l'Empire perse. Il était fort pénible : ils ne buvaient de l'eau que si les chevaux et les chameaux en laissaient, étaient fouettés lorsqu'ils s'attardaient. Pour leurs geôliers, leur vie n'avait à l'évidence aucune valeur, pas même celle d'un esclave ou d'un forçat.

Le deuxième jour, un autre groupe de prisonniers, provenant sans doute du Sud, s'unit à la colonne : ils avaient la peau sombre, les cheveux crépus et arboraient un simple pagne de lin brut. Ils cheminaient aux côtés des chameaux qui portaient les provisions et les outres d'eau, flanqués des gardes. Un détachement d'une centaine de guerriers leur emboîtait le pas. Parmi eux, Metellus reconnut le mystérieux personnage aux yeux obliques qu'il avait aperçu le premier jour. S'il se déplaçait librement le long de la colonne, les soldats perses le surveillaient d'un œil discret.

Le troisième jour, on ôta les chaînes qui leur entravaient les pieds, ce qui les soulagea : leur marche serait ainsi plus aisée, et les plaies qui entamaient leurs chevilles, attirant des essaims de mouches et de taons, cicatriseraient. Metellus dit à ses compagnons :

« C'est bon signe. Cela signifie que nous avons une quelconque utilité pour eux. Peut-être nous feront-ils travailler. »

Septimius indiqua alors le dernier char, tiré par des mulets. « Regardez ! s'écria-t-il. Nos armes et nos cuirasses !

— Elles sont de bonne qualité, commenta Æmilius. Pourquoi devraient-ils les jeter ?

— Elles constituent pour eux des trophées. En particulier celles de l'empereur, remarqua Quadratus.

— Si seulement nous pouvions nous en emparer, dit Lucianus, un soldat mi-romain, mi-grec qui venait de Nicomède. Nous leur donnerions une bonne leçon ! »

Balbus le rembarra : « Économise ton souffle pour notre arrivée. En admettant que nous parvenions au but vivants, nous n'y trouverons rien de bon. »

Malgré les privations, l'empereur affichait une grande dignité : il marchait le dos droit, le regard ferme, le front haut. Ses cheveux blancs tranchaient sur sa peau bronzée, son impressionnante fierté forçait le respect des gardes qui les escortaient et qui connaissaient certainement son identité. Pensif, plongé dans sa solitude intérieure, il parlait peu.

Jamais il ne se jetait sur la nourriture ou sur l'eau, pas même quand il était à jeun depuis de nombreuses heures. Il attendait que ses hommes le servent, ce qu'ils ne manquaient jamais de faire, s'efforçant de l'honorer de toutes les façons possibles, de le soulager des efforts et des gênes de cette marche inhumaine.

Et quand les gardes le frappaient du fouet ou de la

hampe d'une lance, il supportait la douleur sans broncher. Il semblait ne plus avoir qu'un seul but : sauver sa dignité et son honneur, plus encore que sa vie.

Ils marchèrent un mois durant, traversèrent le Tigre sur des ponts de barques, avant d'apercevoir les crêtes des collines de la Mésopotamie orientale, ainsi que les massifs d'une grande chaîne de montagnes.

« Ils nous conduisent en Perse, déclara Metellus.

— Comment peux-tu l'affirmer ? demanda Quadratus.

— Voici les monts de l'Élam. Ils délimitent le haut plateau de la Perse, qui s'étend sur mille cinq cent milles jusqu'aux confins de la Bactriane.

— Tu es donc déjà venu ?

— Non. Mais j'ai étudié les expéditions de Crassus en Mésopotamie, celles de Marc Antoine en Arménie et surtout celles d'Alexandre. »

Valérien pivota. « Ils nous emmènent dans le cœur de leur empire, d'où il nous sera impossible de nous enfuir.

— C'est vrai, répondit Metellus. Mais je suis certain que ton fils Gallien a déjà entamé des négociations pour te racheter. Il te faudra bientôt parcourir cette route en sens inverse... »

L'empereur le fixa d'un regard sévère et douloureux. « Tu sais bien que c'est faux. Quoi qu'il en soit, jamais je n'accepterais de rentrer seul. »

Quinze jours durant, ils gravirent les sentiers qui traversaient les gorges et les ravins des monts Zagros, foulèrent des terrains pierreux et semi-désertiques où vivaient des nomades, qui regardaient, de loin, le cortège défiler dans un crépitement de sabots et des tintements de chaînes.

Au fil de leur ascension, l'air était de plus en plus pur.

Derrière eux, la Mésopotamie évoquait une étendue jaunâtre voilée de vapeurs lactescentes. La végétation changeait à chaque tournant : les palmiers rapetissaient et se raréfiaient, cédant le pas aux oléandres, aux tamaris et aux genêts, puis aux pins et à des cèdres majestueux. L'eau ruisselait dans les ravins, sur les basaltes et les calcaires, et son gargouillement tourmentait les voyageurs assoiffés, aveuglés par le soleil qui brûlait la peau, les yeux, l'esprit.

Enfin, le haut plateau apparut : immense, éblouissant, aride et inhospitalier, battu par un vent constant sous l'effet duquel les lèvres se gerçaient, les nez saignaient et les yeux rougissaient. Ici, les lieux d'étape étaient obligés, marqués par de rares oasis qui verdoyaient au fond de conques humides. Des palmiers nains, des caroubes et des plantes épineuses en tout genre y poussaient. Les herbes y étaient très sèches et très dures, elles dégageaient un parfum intense quand elles étaient piétinées par les chevaux et les mulets.

Le soir, lorsque les gardes ordonnaient de faire halte dans les oasis, les prisonniers éprouvaient soulagement et plaisir. Le soleil déclinait sur l'horizon comme une immense boule enflammée, incendiant le ciel et revêtant d'or les chevelures des tamaris et des acacias. Le vent tombait ou s'atténuait en une brise tiède ; l'air se remplissait du parfum pénétrant des plantes exotiques ; les sources, parcourues par des rafales de vent, se ridaient comme des manteaux de pourpre, et les chacals saluaient l'apparition de la lune d'un cri qui était un chant mélancolique et poignant.

Au crépuscule, ils se rappelaient ce qu'ils avaient quitté : des camarades, une femme et des enfants, une fiancée laissée sur une promesse, de vieux parents qui attendraient leur retour en vain. Mais au fur et à mesure que la nuit tombait, que le ciel se peuplait de myriades d'étoiles, ce bref moment de soulagement se muait en angoisse, en mauvais présage, en un douloureux sentiment d'impuissance.

Alors, ils s'efforçaient de réagir, imaginant un avenir de fuite et de retour, ou racontant de vieilles histoires entendues mille fois sur les lèvres de vieux centurions qui semblaient être nés dans l'armée.

Un soir, Publius, un soldat de la « deuxième *Augusta* », originaire de Spolète, lança à la ronde : « Avez-vous jamais entendu parler de la légion perdue ?

— Oui, répondit Rufus, un de ses compagnons d'armes, un homme aux cheveux roux que personne ne surpassait dans le jet du javelot ni sur le champ de bataille et dans les compétitions athlétiques. Mais j'ai toujours pensé qu'il s'agissait d'une invention. Quand un détachement entier est exterminé, on invente qu'il a disparu quelque part pour éviter de semer l'effroi parmi les troupes.

— Tu te trompes, intervint Elius Quadratus. La légion perdue existe vraiment ou, mieux, a vraiment existé, mais personne ne sait ce qu'elle est devenue.

— Est-ce la vérité, commandant ? demanda Æmilius à Marcus Metellus.

— C'est ce qu'on dit. Quand le triumvir Crassus fut piégé à Carrhes par les Parthes du grand vizir, l'une de ses légions parvint, semble-t-il, à se ménager un passage à la faveur de la nuit et à échapper à l'anéantissement. Elle se serait sauvée avec son aigle et tous ses insignes.

— Et puis ? interrogea Antoninus.

— Et puis la légion disparut, comme engloutie par le néant. On n'en entendit jamais plus parler. Pas un de ses membres ne regagna la patrie. »

Le silence s'abattit sur eux, et l'on ne perçut plus que le souffle léger du vent, qui faisait bruire les branches des caroubes.

« D'après toi, que sont-ils devenus ? interrogea Æmilius.

— Tout est possible. Ils ont peut-être échoué dans un des nombreux déserts du centre de l'Asie, des étendues arides, recouvertes de sel, qui occupent des centaines et des centaines de milles. La lumière y est si aveuglante et la poussière de sel si présente qu'on y perd le sens de l'orientation. Peut-être ont-ils été exterminés par de féroces populations. À moins qu'on ne les ait accueillis et chargés de veiller sur de lointaines frontières... Mais la vérité... la vérité, je crois que nous ne la saurons jamais. Et maintenant, dormez. Demain, une marche pénible nous attend. »

Il arrivait à l'empereur de convoquer ses officiers : le légat Marcus Metellus Aquila, les deux centurions Sergius Balbus et Elius Quadratus, ainsi que l'*optio* Antoninus Salustius, en une sorte de réunion de l'état-major, dont les sujets à débattre étaient toujours les mêmes : la douleur des coups reçus, la morsure de la faim et de la soif, l'humiliation qui éprouvait les hommes, la nécessité de décourager d'éventuelles tentatives de fuite, qui ne pouvaient se solder que par la capture et un supplice atroce.

Ils en eurent la confirmation lorsqu'un prisonnier nabatéen, qui avait intégré la colonne un peu plus tôt, s'enfuit en profitant d'une tempête de sable, et fut rattrapé trois jours plus tard.

Les gardes le déshabillèrent, l'attachèrent à quatre piquets plantés dans le sol, lui découpèrent les paupières et urinèrent sur ses yeux sans défense, avant de l'abandonner aux fourmis et aux scorpions.

On entendit ses hurlements de douleur pendant des heures entières, jusqu'à ce que le vent les emportât.

Le mystérieux jeune homme que Metellus avait aperçu à Édesse paraissait, lui aussi, tenté par la fuite. Il gagna l'arête d'une hauteur, où deux cavaliers de l'escorte se hâtèrent de le rejoindre, l'air de rien. Ils s'attardèrent là tous trois, comme s'ils admiraient le coucher de soleil, avant de retourner à leurs tentes.

Après trois mois de marche, les Romains, amaigris, épuisés, mais miraculeusement vivants, atteignirent leur destination : une mine de turquoise située au cœur de la Perside, un enfer dénommé Aus Daiwa. Ils étaient destinés à y mourir, l'un après l'autre, à moins qu'un miracle ne vînt changer le cours de leur destin.

3

À l'évidence satisfait du résultat qu'il avait obtenu, Chahpour leva le siège d'Édesse.

Dans l'histoire millénaire de Rome, un seul événement était comparable à cette défaite : la capture, par les Carthaginois, du consul Attilius Regulus, au cours de la première guerre punique, cinq cents ans plus tôt. Mais Regulus n'était qu'un haut magistrat de l'ordre républicain, dont la charge durait un an, alors que Licinius Valerianus était l'empereur, le père de la nation : son humiliation et sa captivité constituaient une catastrophe aux conséquences inimaginables.

Un mois plus tard, Gallien fit son entrée à Édesse, où Cassius Silva l'accueillit avec tous les honneurs, même si les circonstances rendaient toute célébration inconcevable. Le nouveau souverain fut acclamé par les troupes alignées, qu'il passa en revue, revêtu de la pourpre et coiffé d'un diadème. Son air de fonctionnaire de province, la moue que lui donnait sa lèvre supérieure recouvrant la lèvre inférieure tranchaient sur le paludamentum qu'il affichait et sur l'apparat martial qui l'entourait. Il monta sur l'estrade et prononça son premier discours officiel :

« Soldats ! Ce qui s'est produit me cause une grande

consternation et un profond chagrin. La capture de mon père est le fait de la trahison et de la duplicité de notre ennemi. Je n'imputerai rien à vos responsabilités ou à celles de vos commandants. Je n'ignore pas que nombre de vos compagnons ont été massacrés en traître, et que d'autres, comme le légat Marcus Metellus Aquila, sont tombés au combat, ou ont été emmenés avec mon père. Leur destin ne nous chagrine pas moins que le malheur de l'empereur, pour le salut duquel nous adressons des vœux aux dieux et nous apprêtons à faire tout ce qui est en notre pouvoir. Je sais que l'épouse du légat, la noble Clelia, a été tuée par les flèches perses alors qu'elle tentait de le rejoindre...

— Des flèches romaines ! » s'écria une voix anonyme.

Gallien poursuivit, impassible : « ... exemple d'héroïsme, digne de la meilleure tradition des femmes romaines. Leur fils sera admis dans la maison impériale, instruit et élevé aux frais de l'État. J'entamerai sans tarder des négociations pour le rachat de mon père. Aucune rançon ne sera jugée trop élevée pour sa libération... »

De nouveau, une voix retentit dans la vaste cour du corps de garde : « Ce n'est pas avec l'or, mais avec le fer qu'on rachète l'honneur de Rome, Gallien ! »

Un silence stupéfait s'ensuivit. Cette phrase venue d'on ne savait où, cette phrase apprise en classe, qu'un héros républicain avait prononcée sept siècles plus tôt, frappa profondément les membres de l'assemblée. Gallien lança un regard interdit à Cassius Silva, qui se tourna et se retourna, incrédule.

C'est alors qu'un cri s'éleva des troupes : « Libérez Lucius Domitius Aurelianus ! »

Répétée par d'autres soldats, cette invocation se

changea bientôt en un hurlement rythmé et impérieux, qu'il était impossible de laisser sans réponse. Gallien murmura quelques mots à l'oreille de Silva, qui se pencha à son tour vers lui. Enfin, celui qui se présentait comme le nouvel empereur tendit le bras pour réclamer le silence, et les voix s'éteignirent peu à peu.

« Le légat Lucius Domitius Aurelianus a été suspendu de ses fonctions provisoirement, et ce pour éviter de dangereux différends au sommet du commandement, à un moment critique. Ce moment s'étant achevé, hélas de manière funeste, cette mesure n'a plus de raison d'être. Lucius Domitius est donc réintégré dans son rang et dans ses fonctions de commandant de la dixième légion *Gemina*. »

Cette déclaration provoqua une forte acclamation. Lucius Domitius fut amené peu après, entouré de douze prétoriens, et Gallien lui rendit son épée. Le légat la fixa à son ceinturon sans mot dire, puis il esquissa une courbette et foudroya du regard Cassius Silva. Enfin, il rejoignit les légionnaires et prit place dans les rangs comme un simple soldat.

Gallien demeura en ville dix jours, pendant lesquels il réunit les commandants responsables de la défense du front est. Parmi eux, un officier courageux du nom de Septimius Odaenathus, qui commandait la garnison de Palmyre, une grande ville caravanière à l'est de Damas, ainsi que les troupes auxiliaires d'Osroènes et de Syriens cantonnées dans la forteresse de Doura Europos sur l'Euphrate.

Lucius Domitius fut également convoqué, bien que tout le monde connût la haine implacable qu'il nourrissait pour Cassius Silva. La faveur dont il jouissait auprès des troupes interdisait à Gallien de l'écarter.

Pour s'en débarrasser, il le chargea d'endiguer une incursion de Sarmates sur la frontière danubienne : une entreprise fort difficile et fort dangereuse, les Barbares possédant des forces beaucoup plus fournies que les Romains.

De nombreux témoins y virent une suggestion de Silva, lequel fut nommé peu après préfet du prétoire, charge qui l'élevait au plus haut rang de l'empire, après le souverain. Lucius Domitius accepta sa mission sans broncher : « Main à l'épée » ne pouvait certes pas se dérober à un appel aux armes. Mais avant de partir, il demanda une audience à Gallien. Y assistèrent Septimius Odaenathus, le commandant de l'armée de l'Euphrate, et sa femme Zénobie, célèbre dans tout l'Orient pour son extraordinaire beauté. Odenath en était si jaloux qu'il ne s'en séparait jamais. Lucius Domitius lui lança un regard qu'elle soutint effrontément. Puis il s'approcha de Gallien.

« Je veux que tu saches que je te considère seulement comme un régent *pro tempore* tant que ton père est prisonnier. Et c'est en cette qualité, que je te reconnais le droit de me donner des ordres. Je ne t'attribuerai pas le titre de César, car il n'a aucun sens en l'absence de ton père. Je me contenterai de t'appeler par ton nom. »

Gallien s'abstint de répondre, cependant son expression trahissait la déception et la colère que ces paroles de défi suscitaient en lui. Il s'agissait toutefois d'une colère impuissante : une sanction prise à l'encontre de Lucius Domitius Aurelianus – il le savait – eût entraîné une sédition, voire pis encore.

L'officier poursuivit : « Je me battrai comme je l'ai toujours fait et j'obéirai à tes ordres de mon mieux. Je n'ai qu'une prière à t'adresser : confie-moi le fils de

Metellus, le petit Titus. Son père n'est plus là et sa mère a péri d'une mort violente. Je le traiterai comme un fils, je lui rappellerai chaque jour la valeur de son père, l'intelligence et le courage de sa mère, et je le protégerai au prix de ma vie. »

Gallien plissa le front. « Hélas, je ne peux te contenter, Lucius Domitius. La ligne de combat n'est certes pas l'endroit le plus approprié pour un enfant. En outre, ta mission est dangereuse, raison pour laquelle je t'ai choisi. Je sais que tu es l'un des meilleurs officiers de l'armée. Le petit a besoin d'être instruit, de fréquenter des pédagogues et de recevoir des soins dignes du courage de son père et du sacrifice de sa mère. Je te remercie de ta proposition, qui t'honore. Mais ne m'en veux pas, je ne peux la satisfaire. »

Lucius Domitius se mordit la lèvre, comme il en avait l'habitude pour maîtriser ses accès de colère, puis il déclara : « Je suis certain que Titus sera traité ainsi qu'il le mérite. Cependant, que les choses soient bien claires : si jamais il lui arrive un accident, s'il tombe dans un escalier, se blesse en jouant ou en nageant, contracte une grave maladie, ou souffre d'une simple indigestion, je t'en tiendrai personnellement responsable et je viendrai te réclamer des comptes, où que tu sois.

— Tu oses me menacer ! Tu oses poser des conditions à ton empereur !

— Mon empereur est prisonnier des Perses et je suis persuadé que tu feras le nécessaire pour qu'il revienne au plus vite, que tu paieras une rançon, ainsi que tu l'as annoncé et solennellement promis. Si je ne vois pas Valérien revenir avec son escorte dans un délai raisonnable, je t'en tiendrai également responsable. Adieu. »

Sans laisser à Gallien le temps de réagir, il tourna les talons et s'éloigna parmi les prétoriens, son casque sous le bras gauche, sa main droite sur la poignée de son épée, comme toujours.

Il partit avec sa légion le lendemain, sous les sonneries de trompette, et s'engagea sur la route de Césarée, d'Ancyre et de Byzance, afin de gagner Smyrne, où était situé le quartier général de l'armée du Danube, placé sous le commandement de Publius Festus, un bon officier et un habile guerrier.

Gallien et Silva poussèrent un soupir de soulagement quand ils virent l'arrière-garde de la « dixième *Gemina* » disparaître sur la route qui menait vers le nord. Ils laissèrent trois régiments de la « deuxième *Augusta* » à Édesse et regagnèrent Antioche avec le fils de Metellus.

Il ne fut pas facile de l'emmener. Il criait qu'il souhaitait attendre son père, qui avait promis de rentrer, qu'il voulait être présent à son retour.

L'un des domestiques de Gallien le prit par le bras et lui dit : « Ton père ne reviendra pas. À l'heure qu'il est, il est certainement mort. »

Titus lui mordit la main et tenta de s'enfuir, mais il fut rattrapé. Il criait, ruait et pleurait lorsqu'on l'entraîna.

Une fois à Antioche, ils embarquèrent au milieu de l'été pour Ravenne, puis pour Milan, où Gallien établit sa cour.

Titus fut confié au maire du palais, que l'on chargea de son instruction. Mais l'enfant était intraitable, il refusait la nourriture et les visites. Il se cachait sous son lit et essayait de s'enfuir, au point qu'on finit par lui adjoindre un garde.

Bien qu'il fût occupé par les affaires d'État, Gallien

s'inquiétait pour le sort du garçonnet, qui dépérissait à vue d'œil : il n'avait pas oublié l'avertissement de Lucius Domitius Aurelianus, il savait que « Main à l'épée » ne lançait pas de menaces en l'air. Il fit remplacer le pédagogue, un vieillard acariâtre et autoritaire, par une jeune esclave âgée de quinze ans.

« Qui es-tu ? demanda le petit à sa vue.

— Je me nomme Tillia et suis attachée à ton service.

— Je n'ai besoin de personne. Va-t'en.

— C'est moi qui ai besoin de toi. »

Titus l'observa à la dérobée.

« Je voudrais te convaincre de manger quelque chose, dit l'esclave.

— Je n'ai pas faim.

— L'appétit vient en mangeant.

— Je n'ai pas faim.

— Si je n'arrive pas à te nourrir, on me battra. On me fera très mal. Le maire du palais est un vieux fils de pute.

— Je suis d'accord.

— Et il éprouve un réel plaisir à faire souffrir.

— Je le pense également. »

Tillia s'approcha et s'assit à côté de Titus. « Je t'ai apporté une tasse de bouillon chaud. Je l'ai préparé avec soin, il te plaira. »

Titus garda le silence.

« Si tu ne manges pas, tu mourras. Et quand ton père reviendra, il mourra à son tour de tristesse. C'est donc ce que tu souhaites ?

— On prétend que mon père est mort.

— On t'a menti. »

Le visage de l'enfant s'éclaira. Comme il ouvrait la bouche pour presser la jeune fille de questions, celle-ci y glissa une cuillerée de bouillon.

« Qu'en dis-tu ? demanda-t-elle.

— Pourquoi m'a-t-on menti à propos de mon père ? Et toi, qu'en sais-tu ? Tu n'es qu'une esclave. »

Tillia profita de la brèche qu'elle s'était ménagée dans les défenses de l'enfant pour continuer à le nourrir, puis elle répondit : « Parce que ton père est le commandant Aquila, une légende vivante. Son nom est sur toutes les lèvres. On dit qu'il a été capturé par les Perses avec l'empereur Valérien. Son corps n'a pas été retrouvé parmi ceux des soldats qui ont péri ce jour-là à Édesse.

— Tu y étais ?

— Non. Je suis arrivée dans la suite de Gallien, avec les cuisiniers et les intendants qui accompagnent la cour. Mais j'ai parlé aux soldats qui étaient allés récupérer les corps après le départ des Perses.

— De toute façon, cela ne change rien. Si mon père est prisonnier et réduit en esclavage, je ne le reverrai plus.

— Ce n'est pas vrai. Gallien a promis de payer une rançon aux Perses pour libérer l'empereur, et si l'empereur est relâché, il reviendra avec ton père et tous ceux qui ont été capturés avec lui.

— Quand ?

— Bientôt, je pense. Les négociations ont déjà été entamées.

— Et s'ils ne trouvent pas d'accord ?

— Les puissants trouvent toujours un accord.

— J'espère que tu as raison. Tu sais beaucoup de choses, pour une esclave.

— C'est normal. Les gens ne nous considèrent pas comme des êtres humains. Ils parlent librement devant nous, comme si nous étions des meubles ou des statues. Mais maintenant, veille à reprendre des forces pour le jour où ton père rentrera et où tu pourras à nouveau le serrer dans tes bras. »

Titus finit le bouillon. Après le départ de Tillia, il alla à la fenêtre et posa le menton sur le rebord. Il contempla le va-et-vient des domestiques et des soldats dans la cour, qui lui rappelait la place forte d'Édesse. Il revoyait la palestre où son père s'entraînait à l'épée et au javelot, les convois provenant de Dura et de Damas, de Palmyre et de Thapsaque, de Nisibis et de Ctésiphon, les étoffes bariolées, les armes ciselées, les verres, les pierres dures, les œufs d'autruche décorés, les plumes de paon, les animaux exotiques. Il avait la nostalgie d'Édesse et il avait la nostalgie de ses parents, de sa mère qu'il ne reverrait pas, de son père, le héros qu'il admirait plus que quiconque au monde. Il voulait croire qu'il était en vie et il tentait d'imaginer où il se trouvait, s'il avait faim ou froid, s'il était humilié par ses geôliers. Il regardait le ciel s'assombrir à l'est et il essayait de calculer la distance qui le séparait de Metellus, puis il fermait les yeux et se le représentait, assis sous un palmier, ou cheminant dans l'immensité de terres lointaines, dans le sillage des chameaux au pas ondoyant. Il aiguisait jusqu'à l'extrême sa sensibilité d'enfant pour saisir la pensée et l'affection qui lui manquaient.

Milan était humide et torride, toujours couvert d'une chape de brume, qui laissait rarement entrevoir les cimes des Alpes, au loin. Lorsque Titus était autorisé à sortir avec l'un de ses précepteurs ou de ses gardes, il s'intéressait aux étals des vendeurs ambulants, dans le forum, les jours de marché. Tout le reste lui était indifférent.

Au fil du temps, Tillia devint sa seule amie, mais

uniquement dans l'enceinte du palais. Dehors, il était toujours surveillé.

Un jour où il se promenait dans le jardin avec la jeune fille, il lui demanda : « Qu'est-ce qu'un otage ? »

Tillia fixa sur lui un regard interdit. « Où as-tu entendu ce mot ?

— Un des gardiens l'a prononcé en bavardant avec mon précepteur.

— Ils ne parlaient pas de toi.

— Pourquoi, c'est une injure ?

— Non. Cela signifie un invité particulier. Un individu qu'on traite avec des égards mais qui n'est pas autorisé à s'en aller quand il le souhaite.

— Il s'agit donc de moi.

— Oui, je le crains. Cependant ton sort aurait pu être plus terrible, crois-moi.

— Peut-être. Mes parents me manquent beaucoup. Quand penses-tu que je reverrai mon père ? »

Tillia plongea ses yeux dans ceux de l'enfant : rarement elle avait perçu un sentiment aussi fort chez un être humain. Il lui sembla cruel de le décevoir, méchant d'alimenter de fausses espérances. Voilà pourquoi elle répondit : « C'est difficile à dire. Nous ignorons où l'empereur Valérien et sa garde sont retenus prisonniers. Nous ignorons le chemin qu'ils ont parcouru et l'état des négociations concernant la rançon. Un délai allant de six mois à un an me paraît raisonnable.

— Aussi long ?

— Le temps passe vite, mon petit. Nous pourrons nous estimer heureux si mes prévisions s'avèrent.

— Les choses risquent de mal se terminer, n'est-ce pas ?

— Hélas, la malchance existe. Prends mon cas, je suis née esclave et je n'ai jamais connu mes parents.

Et pourtant, ils me manquent et je désire leur présence. Il n'existe pas un jour, pas une nuit, où je ne tente d'imaginer leur aspect, leur voix, ou seulement leur nom. » Voyant les yeux de l'enfant s'embuer et son visage s'assombrir, elle chercha des mots d'encouragement. « Il faut toutefois se fier aux dieux et aux vertus des hommes. D'après ce que j'ai entendu dire, ton père est un grand homme, tout comme l'empereur. Les grands hommes empruntent des sentiers que le commun des mortels ne connaît pas. Tu sais quoi ? Être optimiste porte chance. Te rappelles-tu un épisode de bon augure, un discours de ton père ? Comprends-tu ce que je veux dire ? »

L'enfant poussa un long soupir et garda le silence un moment. Puis il répondit : « Oui.

— Alors ?

— Le matin de l'embuscade, mon père m'a promis de rentrer avant que la nuit tombe.

— C'est une promesse magnifique.

— Il ne l'a pas tenue.

— Peu importe. Ce n'est pas sa faute. Quoi qu'il en soit, c'est de très bon augure, crois-moi, et c'est ce qui compte. »

Elle le prit par la main et le conduisit à l'intérieur du palais, où le précepteur l'attendait pour sa leçon de grammaire.

Lucius Domitius Aurelianus atteignit Smyrne, en Pannonie, vers la fin du mois d'août, et prit ses quartiers dans le vaste camp qui s'étendait sur la rive droite du Danube.

Publius Festus, le commandant de l'armée danubienne, l'accueillit cordialement. « Je n'osais pas espérer un tel renfort ! L'un des meilleurs chefs de guerre de l'Empire. Et une légion invaincue, la "dixième *Gemina*". Celui qui a eu pareille idée mérite mes remerciements.

— Il s'agit de Gallien, sur les conseils de Cassius Silva.

— Tu ne parais pas content. Certes, Antioche ou Alexandrie étaient plus séduisants, mais tu t'habitueras. Ici, il n'y a pas de grandes distractions. Quelques parties de dés, avec des centurions, rien de plus.

— Je n'aime pas les jeux de hasard.

— Oui. C'est vrai. "Main à l'épée" est un officier intègre, de la vieille école. Ta renommée t'a précédé... Quoi qu'il en soit, les femmes de cette région sont belles et ne nous méprisent pas.

— Les femmes ne sont pas un problème. Quand attaquons-nous ?

— Quoi ?

— Je t'ai demandé quand nous attaquons. J'aimerais expédier cette affaire et regagner ma base d'Édesse, où un travail m'attend. »

Abasourdi, Publius Festus rétorqua : « Légat, je crois que tu n'as pas évalué la situation à sa juste mesure. De l'autre côté de ce fleuve se trouvent plus de soixante-dix mille Barbares armés jusqu'aux dents et habitués à se battre dans cette plaine immense, sur des chevaux inlassables. Il serait déjà bien beau qu'ils ne nous attaquent pas en masse. Nous disposons en tout et pour tout de trois légions, la tienne comprise, et si nous devions affronter une bataille en rase campagne, nous n'aurions aucune chance de l'emporter.

— Je n'envisage pas de déployer toutes nos forces. Je te demande l'autorisation de résoudre cette affaire avec ma légion. »

Incrédule, Publius Festus répondit : « C'est hors de

question. Ce serait un suicide, et j'ai besoin de toi en prévision d'une attaque barbare.

— Alors que dois-je faire ici ? Attendre, un point c'est tout ?

— Attendre, légat, attendre. Et espérer que les Barbares ne passeront pas de ce côté. »

Lucius Domitius plongea ses yeux dans ceux du commandant. « Je n'ai jamais attendu au cours de mon existence », dit-il. Puis il se leva, salua d'un signe de tête et s'éloigna.

4

La mine d'Aus Daiwa était située sur le haut plateau, dans une région isolée, aride et battue par un vent qui soufflait jusqu'au couchant. Un puits, quelques baraques pour le repos des mineurs, un bâtiment de briques crues réservé aux gardes et l'armurerie, voilà tout ce qui s'offrait au regard. Au centre du terre-plein principal, se trouvait un gigantesque mortier destiné à fragmenter le minerai. Il était actionné par un treuil et mû par une demi-douzaine de barres, chacune d'elles poussée par quatre hommes. Quand on soulevait le maillet, la cheville qui bloquait la roue du treuil à l'essieu se libérait, la roue extérieure roulait vers l'arrière et le maillet s'abattait avec fracas sur les roches entassées à sa base. Puis le treuil continuait son travail de Sisyphe dans les grincements.

La cuisine n'était autre qu'un foyer à l'air libre, où l'on préparait des plats pour les troupes.

Les prisonniers d'Édesse furent accueillis à coups de pied par un surveillant, qui les fit aligner devant une baraque. Il leur tint une espèce de harangue en perse, que traduisait un détenu, un vieillard édenté et osseux qui déclara se nommer Uxal.

« Voici l'endroit où vous mourrez. Peu importe

quand, mais ce sera sûrement ici. Personne n'a jamais réussi à s'échapper. Comme vous l'avez remarqué en arrivant, les villages les plus proches se trouvent respectivement à trois et à sept journées de marche.

« Si la fuite vous tente, sachez que vous serez poursuivis et rattrapés en l'espace de quelques heures, puis empalés au centre du terre-plein. Notre bourreau est très habile : il réussit à transpercer un individu de part en part sans abîmer ses organes vitaux, de façon qu'il survive pendant plusieurs jours.

« Ceux qui se rebelleront seront châtiés de la même façon. Ceux qui désobéiront ou qui ne produiront pas la quantité de minerai requise seront punis par dix coups de fouet, ou attachés trois jours durant au pal sans eau ni nourriture. Vous devez extraire chaque jour cinquante livres de pierres brutes. La nuit, vous serez enchaînés. La paille des cabanes est changée une fois par mois. Quand un prisonnier meurt, son groupe est chargé de jeter le corps dans le gouffre que vous voyez là-bas.

« Voilà tout ce qu'il vous faut savoir. »

Le surveillant ordonna ensuite qu'on ouvre une baraque. Uxal y fit entrer les nouveaux venus : vingt-trois hommes, dont douze Romains.

Le vieillard leur indiqua les paillasses, leur passa aux chevilles des fers qu'une chaîne fixait au sol au moyen d'un anneau et d'un cadenas. Il s'enchaîna de la même façon et remit la clef au surveillant, qui sortit et referma la porte derrière lui.

Uxal invita ses compagnons à garder le silence jusqu'à ce que les pas du surveillant se fussent éloignés, puis il leur dit tout bas : « Maintenant, vous pouvez parler. Il ne faut pas qu'ils nous entendent. Sinon, ils nous puniront, et je vous assure que leurs châtiments sont durs. Ici, votre vie n'a aucune valeur.

— Comment connais-tu notre langue ? demanda Metellus, assis non loin de lui.

— Quand j'étais jeune, j'ai vécu dix ans au service d'un marchand romain de pierres précieuses, qui avait un comptoir à Buprasium, dans le golfe.

— Et comment as-tu échoué ici ?

— Le marchand m'a vendu à un noble perse, bien que je fusse de condition libre, afin de payer ses dettes. J'ai essayé de m'enfuir, car je ne pouvais me résigner à l'esclavage, et l'on m'a jeté ici.

— À en juger par ton âge, on vit longtemps ici, déclara Lucianus. Tu n'es pas tout jeune.

— Ne te fie pas trop aux apparences. Si je suis vivant, c'est parce que j'ai su me rendre indispensable. J'ai un certain talent pour négocier les minerais. Au moins, le fils de chien que j'avais pour maître m'a appris quelque chose d'utile. Cela me permet de survivre, en admettant qu'on puisse qualifier de vie cette existence.

« Mais laissez-moi plutôt vous expliquer le fonctionnement de la mine. Commençons par la nourriture. Les mineurs n'ont droit qu'à des légumes secs et à de la farine de poisson, qui leur sont distribués une fois par jour, le matin. Et le soir, à une lavasse sombre au goût répugnant, dont je n'ai pas encore réussi à déterminer la composition. Cela vaut peut-être mieux. L'eau est rationnée, car il y en a peu. Évitez d'en boire le jour, quand on transpire beaucoup. Faites-le de préférence le soir : avec la fraîcheur, le corps n'en gaspille pas une goutte. Il arrive qu'on n'ait rien à manger parce que la nourriture n'est pas parvenue au camp, ce qui est souvent le cas après une tempête de sable. Rabattez-vous sur les cafards, ou même sur les rats. Je les prépare sur les braises de la forge, et je vous assure qu'ils ne sont pas mauvais. On peut aussi les manger crus. On s'habitue à tout.

« Pour le reste, oubliez que vous avez un nom, un pays d'origine et une famille. Oubliez que vous possédez un honneur ou un orgueil personnel, sinon vous mourrez sans tarder. Ne réagissez pas, ne regardez jamais les gardes dans les yeux, ne soignez pas vos camarades. Toute forme de solidarité est perçue comme une menace, comme une possible conjuration.

« Ceux qui nous surveillent et nous punissent pour un rien le font par crainte d'être châtiés de la même façon au cas où un problème surviendrait. Les Perses ont une imagination sans bornes en matière de supplices...

— Je le sais, dit Metellus. J'ai lu les *Histoires des Perses* de Ctésias. »

Uxal secoua la tête. « De quoi s'agit-il ?

— C'est l'ouvrage d'un médecin grec qui vécut à la cour de l'empereur Artaxerxès.

— Ah ! Quoi qu'il en soit, tu m'inquiètes un peu. Tu es un soldat, n'est-ce pas ?

— Nous le sommes tous.

— Mais tu l'es plus que les autres. Ton aspect constitue à lui seul un défi, et ton regard une provocation. Si tu veux vivre, dissimule-les.

— Je dois vivre. Et mes compagnons aussi.

— Très bien. Alors, faites ce que je vous ai dit, et vous vivrez plus longtemps. »

Au fil de son discours, les signes de la consternation s'étaient peints sur le visage des Romains, pourtant habitués à affronter les plus grands dangers, à risquer leur vie en permanence. La perspective d'une vie sans espoir, marquée par l'abjection et l'humiliation, jusqu'à ce qu'une mort atroce s'ensuive, suscitait dans plus d'un esprit des pensées de suicide, fin plus honorable pour un guerrier.

Comme s'il l'avait deviné, Uxal reprit, après une courte pause : « Demain, vous verrez que l'enfer existe, mais n'oubliez pas, il y a pire. Le troisième niveau, les galeries inférieures. Ceux qui y échouent sont marqués au fer rouge. Ils ne revoient jamais la lumière du jour, et ne remontent à la surface qu'à l'état de cadavres.

« Certains d'entre vous pensent sans doute au suicide. C'est en général le cas de deux ou trois hommes sur dix. J'en ai vu certains se fracasser le crâne en se lançant contre un rocher, d'autres se jeter du haut d'un puits, et d'autres encore s'empaler sur leur pic. Je respecte ce choix, que j'ai envisagé moi-même à plusieurs reprises. Mais si vous voulez un conseil, essayez de survivre. On ne sait jamais ce que l'avenir réserve. En vérité, j'ai vu des prisonniers sortir d'ici.

— Combien ? interrogea Publius.

— Trois... en vingt ans.

— Ce n'est pas beaucoup », commenta Quadratus d'une voix sarcastique.

Uxal répliqua : « Cela dépend du point de vue.

— Et sais-tu comment ils ont eu la vie sauve ? demanda Balbus.

— Je l'ignore.

— Une rançon ? lança Metellus.

— C'est possible. Mais je n'en suis pas certain.

— Nous te remercions des avertissements et des informations que tu nous as donnés. Je pense qu'il nous faut maintenant dormir. Une journée de travail nous attend.

— Il n'y a pas de quoi. Nous sommes dans la même merde. Il me semblait normal de vous expliquer les règles. À propos, ne vous fiez à personne, ne parlez pas aux inconnus. Les mouchards sont légion. Ils sont prêts à vous vendre et à vous dénoncer pour une cuillerée de lavasse supplémentaire.

— C'est également ton cas, je suppose, insinua Metellus.

— Non.

— Et pourquoi ?

— J'ai ma dignité. Je l'ai toujours conservée car je l'ai toujours cachée. Les hommes ne sont pas tous égaux, voilà pourquoi j'ai décidé de ne pas me donner la mort. Après tout, j'ai connu un tas d'individus intéressants ici. Nombre d'entre eux ont eu la chance de mourir. D'autres sont encore en vie.

— Merci pour tes conseils. Et maintenant, si tu le permets, il vaut mieux que nous dormions.

— Une seule chose... Une question.

— Parle.

— Un bruit étrange s'est répandu dans le camp juste avant votre arrivée.

— Ah oui ?

— On murmure qu'un personnage très important se trouve parmi vous... »

Metellus s'abstint de répondre.

Uxal examina un à un les nouveaux venus. « Je me demande bien qui, de vous, est ce grand seigneur... » Son regard se posa sur Valérien. « C'est toi. Nul doute, ce ne peut être que toi... L'empereur des Romains... Incroyable ! » Il ricana. « Le destin est absurde... Absurde. Toi, qui donnais des ordres au monde entier, ou presque, tu vaux à présent moins que le vieillard édenté qui se tient devant toi. »

Metellus le saisit par ses haillons. « Et maintenant, ça suffit ! Un mot de plus, et je te ferai passer l'envie de plaisanter !

— Du calme, général, ton empereur n'a rien à craindre de moi. J'étais simplement curieux. C'est la première fois que je vois un empereur de toute mon existence. Si j'étais mort hier, je n'aurais pas eu cette chance. » Il s'allongea sur sa paillasse, mais continua de marmonner : « C'est à ne pas y croire... à ne pas y croire. »

Metellus se coucha à son tour et lança à ses hommes : « Essayez de dormir, maintenant, et essayez de survivre. À tout prix. Le suicide est une désertion, ne l'oubliez pas. »

Il faisait encore noir quand ils furent réveillés et libérés de leurs chaînes. Un surveillant leur distribua des pelles et des pics, sous l'œil des troupes, alignées à quelques pas de là, leurs épées dégainées. Ils montèrent par groupes de cinq sur une plate-forme, que des câbles fixaient à un treuil, et s'enfoncèrent sous terre. On leur remit une lanterne pour éclairer les galeries étroites et obscures de la mine.

Quand les Romains furent réunis dans leur secteur, Metellus s'adressa à l'empereur : « César, ne te fatigue pas. Nous sommes onze, et nous sommes en mesure d'extraire la quantité de minerai qui t'est requise. Ce sera un petit effort supplémentaire pour chacun d'entre nous, cependant ta vie est précieuse et nous devons la protéger à tout prix. »

Valérien répondit d'une voix calme mais ferme : « Non. Ici, nous sommes tous égaux. Je travaillerai. Il n'est pas juste que vous vous sacrifiiez pour moi.

— César, intervint Quadratus, il faut que tu économises tes forces pour le jour où ta rançon arrivera. Tu es responsable de l'Empire, tu es le père de la nation et tu dois rentrer, coûte que coûte.

— Je ne suis plus rien, mes amis. Je ne suis qu'un compagnon d'infortune. Je regrette de décevoir vos espoirs, mais si mon fils avait entamé des négociations pour mon rachat, nous le saurions déjà. Les messages qu'échangent les gouvernants voyagent beaucoup plus vite que le convoi qui nous a amenés ici. Et maintenant, mettons-nous au travail. Nous disposons d'un délai à peine suffisant pour accomplir la tâche quotidienne que nos geôliers nous ont fixée. » Il s'empara d'un pic et l'abattit avec force sur la roche. Des éclats volèrent de tous côtés.

Metellus, Quadratus, Balbus et Antoninus l'imitèrent. Les autres entreprirent de ramasser les fragments de turquoise, d'en remplir les paniers et de les entasser dans la galerie principale, où se trouvait le monte-charge. Un surveillant notait le nombre de paniers que chaque mineur apportait, puis donnait le signal, et le monte-charge s'élevait vers la lumière en grinçant.

Au fur et à mesure que le travail avançait, la galerie était envahie d'une épaisse poussière, qui transformait les mineurs en fantômes, leur coupait le souffle et leur brûlait les yeux. La difficulté qu'ils avaient à respirer amenuisait leurs forces, et la chaleur rendait leur travail insupportable.

La journée leur sembla interminable et, quand ils remontèrent à la surface, ils tenaient à grand-peine debout. La soupe à l'odeur répugnante leur parut un délice, et l'eau qui coulait dans leur gorge un baume.

« Tout est relatif, déclara Uxal. Ce bouillon en ferait vomir plus d'un en temps normal, mais au terme d'une journée d'enfer on ne le trouve pas si mauvais, n'est-ce pas ?

— Tu as raison, vieillard, répondit Antoninus en avalant le liquide les yeux fermés.

— Et maintenant, laissez-moi vous donner un conseil. À partir de demain, protégez-vous le nez et la bouche avec un linge humide, si vous voulez continuer à respirer normalement. »

Valérien s'approcha. « Pourquoi nous aides-tu ainsi ? L'homme qui t'a rendu esclave était un Romain. Tu devrais nous haïr. »

Uxal sourit. À l'évidence, il était honoré de bavarder avec l'empereur des Romains. « Mon maître était un fils de pute avant même d'être un Romain, et les fils de pute sont innombrables. Tu me demandes pourquoi, mais je ne sais te répondre. Peut-être parce que vous avez l'aspect et les manières d'êtres civilisés.

— Nous possédons nous aussi des mines, ainsi que des esclaves qui travaillent de la même façon que nous, ici.

— Il y a des esclaves partout, et il y en aura toujours sous diverses formes, mais en parcourant votre monde, j'ai vu des temples, des places, des bibliothèques, des fontaines et des aqueducs, des routes immenses, des thermes pourvus de bassins d'eau froide et d'eau chaude... Un jour, je suis allé dans une ville dénommée Lambèse, en plein désert. Bien qu'elle fût située au milieu de nulle part, elle possédait une bibliothèque regorgeant de livres, un marché où les fonctionnaires contrôlaient les poids des balances, ainsi que la capacité des récipients servant à mesurer le vin et l'huile, des bains et des fontaines alimentés par l'eau d'un aqueduc qui la convoyait sur des centaines de milles... Quand je voyageais, je m'arrêtais chaque soir dans un endroit où il y avait de quoi manger, un lit propre et des soldats capables d'éloigner les voleurs, les escrocs et les assassins. »

Valérien le regardait avec émotion. Cet humble

voyageur décrivait les aspects de la vie civile qu'il avait encouragés sous son règne. « Tes paroles me comblent de joie, dit-il, bien qu'elles ne soient pas totalement justifiées. Tu n'as connu du monde perse que ce trou infernal. Si tu avais visité Persépolis, Pasargades, Babylone et Suse, tu en parlerais peut-être avec enthousiasme.

— C'est possible. Mais les expériences d'un homme sont ce qu'elles sont. Sais-tu une chose ? Je rêvais de devenir citoyen romain. Peux-tu le croire ?

— Je le crois. C'est encore le rêve de nombreux individus. J'ai le pouvoir de te contenter. Personne ne m'a destitué de mes fonctions, voilà pourquoi, en vertu de l'humanité dont tu as fait preuve envers mes compagnons et moi-même, moi, Licinius Valerianus Caesar, je te déclare citoyen romain. »

Uxal jeta à la ronde un regard stupéfait. « Je suis citoyen romain ! C'est inimaginable ! Quels avantages cela m'apporte-t-il ? »

Sergius Balbus intervint : « Avant tout, tu peux voter et élire les magistrats, léguer tes biens et le droit de citoyenneté à tes enfants. Devant les tribunaux, tu as droit à deux degrés de jugement et à une mort rapide, par décapitation, en cas de condamnation à la peine capitale...

— Hum... je crains de ne jamais pouvoir en profiter. Mais cela ne fait rien. Je te remercie, empereur. »

Valérien sourit avant de puiser sa ration dans le seau.

Quadratus se pencha alors vers Uxal. « Maintenant que nous sommes compatriotes, dis-moi une chose, vieillard. Personne n'a jamais pensé à utiliser les outils de travail pour éliminer les gardiens ?

— Il est possible que certains y aient pensé. Mais personne n'a jamais essayé, tout au moins depuis que je suis ici.

— Et pourquoi ?

— Au bout d'un mois de ce régime, on a tout juste assez de forces pour s'extraire de ce trou et se traîner à sa paillasse fétide. Alors, se battre contre des hommes bien armés, bien nourris et dix fois plus nombreux...

— Je comprends...

— Bien. Et maintenant, couchez-vous. Le surveillant ne va pas tarder. »

On entendit un bruit de verrous. Uxal invita ses compagnons à se taire et à s'allonger. Le surveillant entra, il passa une chaîne dans les anneaux qui cerclaient les chevilles des prisonniers et l'assura à l'aide d'un cadenas. Puis il ressortit en tirant la porte derrière lui.

« Pourquoi ne t'a-t-il pas enchaîné, cette fois ? demanda Antoninus à Uxal.

— Cela dépend des jours. Ils savent que je ne tenterai pas la fuite. Ils flairent la résignation. Et puis où voulez-vous que j'aille ? Ils me rattraperaient avant même que j'aie parcouru un mille, et je n'ai aucune envie d'être empalé. »

Cette nuit-là, Metellus songea à Clelia et à son fils Titus, qui lui manquaient de plus en plus. Jamais il n'avait eu à affronter une situation aussi désespérée. Le matin où il avait quitté Édesse aux côtés de l'empereur pour aller retrouver Chahpour, il avait en quelque sorte pressenti le danger, mais pas un instant il n'avait imaginé que sa vie changerait aussi radicalement, que son existence se conclurait au fond d'une mine, dans un trou sombre où personne n'irait le chercher.

Malgré la profonde consternation qui l'accablait, il s'efforçait de réfléchir : si le destin avait bouleversé son existence, il pourrait invertir de nouveau le cours des événements pour des raisons qui paraissaient maintenant inconcevables. Il importait de rester en vie et de protéger l'empereur.

Il leva les yeux vers le toit et parvint à distinguer une étoile à travers les planches : elle brillait d'une lumière intense. Il se demanda à quelle constellation elle appartenait. Il tentait d'occuper son esprit pour refouler le désespoir. Malgré les propos d'Uxal, il essayait d'envisager toutes les issues possibles. L'ennemi lui avait ôté sa liberté, mais ni son intelligence ni sa volonté. Ces ressources étaient encore intactes, et la nécessité les aiguiserait. Dès que l'occasion s'en présenterait, il les utiliserait à bon escient.

Pendant de nombreuses années, on l'avait entraîné à se battre, à résister à la fatigue, à la souffrance et aux privations, mais cette nouvelle épreuve constituait le plus dur des combats, la plus exténuante des marches, la plus douloureuse des blessures. Il invoqua en son for intérieur ses ancêtres afin qu'ils volassent à son secours dans cet abîme d'abjection, puis il céda à la fatigue et plongea dans un cauchemar : ni veille ni sommeil, ni vie ni mort.

5

Les mois s'écoulèrent, faits de journées identiques, d'efforts inhumains, de privations et d'humiliations. Les saisons aussi. L'automne, l'hiver, le soleil de plus en plus bas sur l'horizon, puis de plus en plus haut, les baraques glaciales, puis chaudes et enfin ardentes. De nouveau, le soleil déclinait, la poussière des tempêtes s'insinuait dans chaque fissure, étendant sur les hommes et les choses le même manteau gris.

Æmilius, le chrétien, fut le premier à mourir par une nuit d'automne. Plus que les efforts, ce furent la captivité, l'obscurité et les coups, les châtiments incessants qu'un des surveillants lui infligeait sans motif qui eurent raison de lui. Et surtout l'humiliation. Il avait cessé de s'alimenter et se laissait dépérir.

Son dieu juif avait été incapable de le libérer et de lui sauver la vie. En effet, si Metellus et ses compagnons estimaient normal que les dieux ne s'intéressent pas aux actions des hommes, il en allait tout autrement pour Æmilius. Il pensait que son dieu l'aimait, qu'il avait choisi de souffrir sous le préfet Ponce Pilate deux cent trente ans plus tôt pour expier les fautes de l'humanité entière. Il pensait qu'il existait après la mort une autre vie, où son dieu le consolerait. Comme c'eût été agréable, songea Metellus en lui fermant les yeux dans la baraque.

« Dors, soldat, dit-il. Maintenant, tu ne souffres plus. Et où que tu ailles, emporte le bout de notre cœur qui t'appartient. »

Puis il se tourna vers Uxal. « Je voudrais te demander un service.

— Je ne peux pas faire grand-chose, mais parle.

— Pourrais-tu intercéder auprès du surveillant afin que nous l'enterrions ? C'est le vœu des chrétiens.

— Il n'en est pas question. Les Perses estiment que les morts contaminent la terre, qui est sacrée. Voilà pourquoi ils les exposent au sommet de tours comme celle qu'on aperçoit là-haut, sur la colline. Ils les nomment les “tours du silence”. Les chairs sont dévorées par les vautours, et les os dissous lentement par le soleil, le froid, la pluie et la neige. Peut-être n'ont-ils pas tort. En ce qui me concerne, je trouve cela préférable à l'ensevelissement. Quoi qu'il en soit, vous n'avez pas le choix. Jetez-le dans le ravin, comme les autres. Cela ne changera pas grand-chose.

— Cela change tout, au contraire. Jamais mes soldats ne sont partis sans recevoir les honneurs funèbres de la part des détachements alignés.

— Tête de mule ! Ne vois-tu donc pas à quel état vous êtes réduits ? Peux-tu imaginer ton aspect ? J'aimerais avoir un miroir afin que tu puisses t'y regarder. Tu as l'air d'un rebut humain, d'un...

— Je n'ai pas besoin de miroir. Je me vois dans les yeux de mes hommes, dans leur aspect et dans leurs plaies, je me vois dans l'humiliation de mon empereur. »

Il fabriqua une civière rudimentaire avec deux

piquets d'acacia et prépara une croix au moyen de sarments, puis il invita ses hommes à y allonger le corps d'Æmilius.

Mais Uxal les retint sur le seuil. « Attendez, malédiction ! Vous avez envie de vous faire tuer ? Laissez-moi dire au surveillant que vous voulez accompagner votre compagnon au ravin. »

Metellus arrêta ses hommes.

Uxal revint un peu plus tard. « Vous pourrez y aller quand la nuit sera tombée. Ne marchez pas en file, mais de manière désordonnée. Ne montrez aucune sorte de discipline et ne portez pas le corps sur vos épaules. Quant à ton chef, il vaut mieux qu'il reste ici.

— D'accord », répondit Metellus en échangeant avec Valérien un regard complice.

Ils attendirent que le soleil se fût couché pour sortir avec le corps de leur compagnon. Ils traversèrent le camp sous l'œil distrait des gardes, qui mangeaient à l'écart. Quand ils ne furent plus à portée de vue, Metellus ordonna aux hommes de hisser la dépouille d'Æmilius sur leurs épaules et de s'aligner deux par deux. Parvenus au bord du gouffre, ils déposèrent le grossier catafalque sur le sol.

« Y a-t-il quelqu'un, parmi vous, qui connaît les prières des chrétiens ? demanda Metellus.

— Moi, répondit Severus.

— Tu es chrétien, toi aussi ?

— Je l'ai été.

— Alors récite la prière. Nous t'écouterons. »

Severus baissa la tête et commença : « *Pater noster, qui es in coelis, sanctificetur nomen tuum...* »

Lorsqu'il eut terminé, Metellus pria : « Dieu des chrétiens, accueille mon courageux soldat, donne-lui la lumière car l'obscurité a causé sa mort et l'obscurité la renouvellerait durant les temps à venir. » Il se tourna vers le soldat mort et dit : « Tu seras enseveli ainsi que tu l'as mérité. »

Puis il jeta un regard à la ronde pour s'assurer que personne ne les voyait, ramassa une poignée de sable et la répandit sur le cadavre en murmurant la formule rituelle : « *Sit tibi terra levis, Æmili...* » Un instant, il revit le visage terreux de Clelia que sa main recouvrait de poussière, et il ne put retenir ses larmes. Le moment était arrivé. À son signe, les hommes inclinèrent la civière et précipitèrent le corps dans le ravin. Ils le regardèrent rebondir comme un pantin désarticulé sur les aspérités de la paroi rocheuse puis s'abattre au fond dans un bruit sourd.

Quand ils se dévisagèrent ensuite, chacun lut dans les yeux rougis de l'autre la même question : qui subirait ce sort la prochaine fois ?

Tandis qu'ils regagnaient le camp en silence, Metellus rejoignit Severus. Cet homme de trente-cinq ans en avait passé quinze dans la légion, où il avait reçu de nombreux honneurs.

« As-tu vraiment été chrétien ?

— Oui.

— Et pourquoi ne l'es-tu plus ?

— Je pense que les chrétiens nous influenceront au point que nous ne serons plus à même de nous défendre et de nous battre.

— D'après toi, on ne peut pas être à la fois un bon guerrier et un chrétien ?

— En théorie, oui. En réalité, non. Chacun de nous, je le crois, aimerait renoncer aux armes, mais qui en prendra l'initiative ? Chez moi, on dit que le loup mange la brebis.

— Chez moi aussi.

— De plus, il est interdit aux chrétiens de désirer la vengeance. Ils sont tenus de pardonner à leurs ennemis. Te rends-tu compte ? Que crois-tu donc qui me permet de vivre, commandant ? Chaque heure qui passe, je couve ma rancœur et j'espère que j'aurai, un jour, un de mes geôliers entre les mains, ne serait-ce que quelques instants.

— C'est bien, soldat. Tout ce qui t'aide à survivre me convient. Si nous savons être assez durs, assez audacieux et assez patients, le moment viendra. Nous autres Romains possédons une force que le monde nous envie, la force qui nous a permis de défaire tous les peuples que nous avons rencontrés. Elle se nomme *virtus*. Le jour où nous l'oublierons, et seulement ce jour-là, nous serons vaincus. »

Ils atteignirent bientôt le camp. Les patrouilleurs étaient déjà en selle, ils rôdaient dans les environs.

Severus s'immobilisa un instant. « Commandant.

— Oui ?

— Aurons-nous la vie sauve ?

— Plus d'une année s'est écoulée depuis notre arrivée, et nous sommes presque tous en vie. Cela me paraît extraordinaire. Je crois... oui... je crois que nous nous en tirerons.

— Veux-tu dire qu'on nous rachètera ? »

Metellus plongea ses yeux dans les siens. « Non, je le crains, soldat. Trop de temps a passé. Si Gallien avait versé une rançon, nous serions déjà libres. Nous allons être obligés de compter sur nos seules forces. »

D'autres soldats s'étaient approchés.

« Tu veux dire que tu as un plan, commandant ? »

Metellus répugnait à mentir à ses hommes, qui avaient en lui une confiance aveugle, et pourtant il déclara d'une voix ferme : « Oui, j'ai un plan. »

À leur arrivée, ils entendirent un râle. L'empereur était couché sur sa paillasse, il frissonnait de fièvre et respirait à grand-peine.

« Martianus ! » appela Metellus.

Martianus accourut. S'il n'était pas médecin, il avait été infirmier militaire pendant de nombreuses années. Il toucha le front de Valérien et déclara : « Il est brûlant.

— Je le vois, commenta Metellus, inquiet.

— C'est à cause des sauts de température. Le jour, il fait une chaleur torride, et la nuit un froid intense. On quitte la mine en nage et l'on s'expose aussitôt au vent du haut plateau.

— Que faire ?

— Des couvertures en laine, des boissons chaudes et des fumigations seraient nécessaires. »

Valérien ouvrit les yeux. « Ne vous inquiétez pas pour moi. La mort sera une libération. N'essayez pas de me sauver la vie, vous ne feriez que prolonger mon agonie.

— Hélas, César, nous sommes impuissants, répondit Metellus. Mais si nous le pouvions, nous t'aiderions, car nous croyons fermement en ton destin. »

Martianus essuya le front de l'empereur, l'aida à boire de l'eau, colla l'oreille contre sa poitrine et écouta le sifflement laborieux de son souffle. « Essaie de dormir, César », lui dit-il, puis il s'adressa à ses compagnons : « Donnez-moi un peu de votre paille. Je l'en couvrirai et le réchaufferai. »

Les hommes s'exécutaient quand Uxal les arrêta d'un geste. Il ouvrit un judas et jeta un coup d'œil à l'extérieur. « Ils ne vont pas tarder. S'ils ne m'enchaînent pas, je parviendrai peut-être à dénicher une couverture. C'est dangereux, mais j'essaierai. »

Un vent froid s'était levé. Il sifflait à travers les planches, et les hommes serrèrent contre leurs flancs leurs pauvres haillons.

Le surveillant se présenta un peu plus tard. Il glissa la chaîne dans les anneaux des prisonniers, Uxal exclu. Considéré désormais comme un collaborateur, le vieillard jouissait d'une certaine liberté. Il patienta un peu après le départ du surveillant et sortit à son tour. Il revint un peu plus tard armé d'une toison.

« Voilà. Cela le réchauffera.

— Je te remercie, déclara Metellus. Je ne l'oublierai pas. »

Le vent redoubla de violence, et les hommes se pressèrent les uns contre les autres, dans un cliquètement de chaînes.

De temps à autre, Metellus tâtait, impuissant, le front de l'empereur, qui tremblait et claquait des dents sous la peau de mouton. Il dit à Uxal :

« Cette année, l'hiver s'annonce rigoureux. Comment lutterons-nous contre le froid ?

— Il leur arrive de distribuer des couvertures et des peaux de mouton. Mais j'ignore les instructions qu'ils ont reçues à votre sujet.

— Nous laisseront-ils donc mourir de froid dans ce taudis ?

— Je ne peux écarter cette hypothèse. »

Metellus songea à sa maison, aux nuits qu'il avait passées avec Clelia, il songea à sa peau tiède et au parfum de ses cheveux. Il se revit border son fils, qui dormait dans la chambre voisine, sous la protection d'une petite amulette en or, pendue au mur. Son cœur se serra. Il se sentait privé de forces, au bord de l'abattement.

La voix de Severus l'arracha à ces pensées. « Commandant, tu as dit que tu avais un plan ? C'est vrai ? Nous emmèneras-tu loin de ce trou ?

— Laisse-le tranquille, répondit Balbus. L'empereur est malade.

— Oui, nous devons nous efforcer de le guérir, dit Metellus. Uxal obtiendra peut-être qu'on le traite de manière plus humaine. Mais quand le moment arrivera... oui, je vous emmènerai loin d'ici.

— Tu l'as promis, déclara Rufus.

— Je l'ai promis. Pour l'heure, occupons-nous de l'empereur. Nous ne partirons pas sans lui. »

Le silence se fit : ces derniers mots semblaient contredire les premiers et rendre toute promesse inutile. En effet, il était impossible qu'un homme aussi malade s'enfuie.

Valérien, brûlant de fièvre, délirait. De temps à autre, il tombait dans l'inconscience. Son souffle était de plus en plus pénible, il se muait en râle.

Quand vint l'aube, Metellus dit à Uxal : « Cet homme n'est pas en mesure de travailler. Il ne tient pas debout.

— Je le sais.

— Lui permettront-ils de se reposer ?

— Et tu me le demandes ? C'est la première fois que je suis confronté à ce genre de situation.

— Aide-moi. Parle au gardien.

— J'essaierai. Mais nous n'avons rien à lui offrir. Pourquoi devrait-il nous écouter ?

— Je ne sais pas, malédiction ! Que cela ne t'empêche pas d'essayer ! »

Uxal grommela avant de dire : « Il est inutile de hausser le ton. Cela ne résout rien. Je n'ai qu'un seul espoir, trouver une idée avant que ce fils de chienne vienne nous libérer. » Il s'approcha de l'empereur et le contempla. Valérien avait le teint terreux, les yeux cernés et enfoncés, le corps couvert d'ecchymoses, les cheveux sales, collés par la saleté et la transpiration.

C'est alors que la porte s'ouvrit en grinçant et que le surveillant entra. Il cria quelques mots dans sa langue et entreprit d'ôter la chaîne qui fixait les anneaux des prisonniers au sol. Uxal lui répondit du tac au tac en perse. Tandis que l'homme haussait les épaules, il insista d'un ton paisible, presque détaché.

Le garde grogna avant de se tourner vers Valérien. Il lui lança un regard torve et adressa quelques mots à Uxal.

Les captifs gagnèrent ensuite l'entrée de la mine, abandonnant Valérien à sa paillasse.

« Que lui as-tu dit ? interrogea Metellus.

— Que s'il obligeait Valérien à nous suivre, il serait responsable de sa mort. Que le génie d'un empereur défunt est vindicatif et dangereux. Qu'il lui infligera la pire des morts qui existe pour un Perse : être enseveli vivant sous un éboulement.

— Il t'a cru ?

— Peut-être pas. Mais pourquoi courir ce risque ? Au fond, cela ne lui coûte rien, et j'ai garanti que la quantité de turquoises extraites demeurera inchangée.

— Je te suis très reconnaissant. J'espère seulement avoir l'occasion de te rendre la pareille.

— Je n'ai pas fait grand-chose. L'idée de pouvoir rendre service à un empereur me plaît. Cela n'arrive pas tous les jours.

— En effet. »

Balbus et Quadratus organisèrent le travail de façon

que leur production de minerai soit suffisante et de la meilleure qualité. Pour ce, ils travaillèrent sans relâche. Metellus, en particulier, tournait toutes ses pensées vers l'empereur, qui gisait seul et fiévreux dans la masure croulante qui leur servait de dortoir. Vers son fils aussi : il s'efforçait d'imaginer où il était, comment il était vêtu, qui l'entourait. Il se demandait s'il songeait à lui ou s'il le considérait comme mort. Cette seule idée lui causait le plus grand des chagrins.

Les dernières heures de travail furent fort pénibles : les muscles des mineurs étaient engourdis par la fatigue, par les crampes, et chaque mouvement requérait un énorme effort.

Quand vint l'heure de remonter à la surface, Metellus et ses hommes assistèrent à la pesée du minerai, qui se révéla plus abondant que nécessaire et d'excellente qualité. Les surveillants les autorisèrent à regagner leur logis, et Uxal devina que les directeurs de la mine étaient très satisfaits. Il commença à entrevoir une possibilité de salut pour ses amis. Il interrogea Metellus :

« Ce résultat est-il un pur hasard ?

— Que veux-tu dire ?

— Tu ne me feras pas croire que vous avez voulu satisfaire vos geôliers en vous tuant à la tâche.

— Non. J'essaie juste de leur prouver qu'ils ont intérêt à nous garder en vie, car notre rendement est supérieur à celui des autres.

— Une idée simple, mais efficace. Je me demande seulement combien de temps vous parviendrez à maintenir ce rythme.

— Peut-être vont-ils mieux nous nourrir.

— Tu parles ! »

Le vieillard se trompait. Ce soir-là, la soupe parut

meilleure et plus abondante. Et pour la première fois, elle était accompagnée de pain.

Metellus se prodigua pour faire avaler quelque chose à l'empereur. En vain. Son état s'était aggravé, il avait du mal à respirer et son corps était couvert de sueur froide. Son cœur s'emballait, tout son organisme semblait soumis à de terribles efforts.

Metellus demanda à Martianus : « Qu'en penses-tu ?

— Il pourrait résister encore quelques jours. Ou ne pas passer la nuit... »

Uxal les interrompit : « Je viens d'avoir une idée. Une sorte d'illumination.

— De quoi parles-tu ? interrogea Metellus.

— Tu vois le ravin où nous jetons les morts ?

— Bien sûr. J'en reviens.

— Eh bien, il s'agit en réalité du lit d'un ruisseau, à sec pendant toute l'année. J'ignore d'où il arrive, peut-être des montagnes. Quand il pleut, ou quand la neige fond sur les cimes à la fin de l'hiver, il est envahi par les eaux. Le temps de quelques jours, parfois même de quelques heures, cette gorge asséchée se transforme en un torrent impétueux qui rugit en bouillonnant entre les parois rocheuses. Il emporte tout sur son passage. De fait, quand l'eau se retire, le lit est propre, libéré des corps qui pourrissent au soleil, des os et des crânes qui vous rient au visage avec leurs mâchoires ouvertes.

— Où veux-tu en venir ? lança Quadratus en soupirant.

— Nulle part. Mais il m'est arrivé quelque chose, à la mine, pendant une de ces inondations, et je me demandais si...

— Par les dieux ! s'écria Metellus. L'empereur s'éteint ! »

Le souffle de Valérien n'était plus qu'un râle. Sa poitrine osseuse se soulevait, ses yeux étaient vitreux. Il semblait avoir perdu connaissance.

Metellus s'approcha autant que sa chaîne le lui permettait et comprit que l'empereur voulait lui parler. Il lui prit donc la main et dit : « Je suis là, César.

— Il faut que tu rentres, Marcus Metellus... Que tu rentres...

— Pas sans toi.

— Non, c'est terminé, et tu le sais. Mon fils m'a abandonné...

— Ne dis pas ça... Nous ignorons ce qui se passe... Ne te décourage pas, essaie plutôt de guérir, nous t'aiderons...

— Je n'ai plus de souffle, mon garçon... »

Metellus tressaillit car jamais l'empereur ne s'était adressé à lui de la sorte. Il devina qu'il s'apprêtait à prononcer des paroles de vérité, non plus de pieux mensonges.

« Écoute-moi bien, reprit en effet Valérien. Gallien n'a pas la force nécessaire pour régner seul. Il écoutera les chrétiens, et les chefs de l'armée lui désobéiront... Il faut que tu rentres et que tu sauves l'empire de la dissolution. Promets-le... promets-le à un homme qui meurt.

— Je te le promets. Je ferai tout mon possible pour obéir à tes ordres...

— Jette mon corps dans la fosse. La pluie me lavera, et le vent m'enterrera... » Les larmes ruisselaient sur ses joues creuses. « C'est ma faute, dit-il encore au prix d'un grand effort. J'aurais dû l'imaginer. Mais le cœur d'un père est aveugle, le comprends-tu ?

— Ne te tourmente pas, César. Tes souffrances vont prendre fin. Tes ancêtres sont prêts à t'accueillir. Chasse les soucis de ton esprit, élève ton esprit. Tu seras divinisé, et nous offrirons à ton ombre des sacrifices dans notre patrie, sous le ciel d'Italie. Je te le jure. »

Un instant, on entendit le souffle du vent à travers les planches, puis le vent parut lui aussi se calmer. C'est dans ce silence irréel que la voix de Marcus Metellus Aquila retentit : « L'empereur est mort. »

6

Avant l'aube, Uxal quitta la baraque et s'entretint avec le surveillant en chef. « Leur empereur est mort.

— Quand ?

— Cette nuit.

— De quoi ?

— D'épuisement, bien sûr. Ils vont le conduire au ravin, si vous n'y voyez pas d'inconvénient.

— D'accord. Rappelle-leur le règlement.

— Ils le connaissent. Ils ne sont pas stupides. Qu'on les libère maintenant. Ils veulent être de retour à l'heure où commence le travail. Ils doivent aussi produire le minerai qu'extrayaient les deux défunts.

— Pour l'instant, ils ont réussi.

— Tu connais leur secret ? Ils ont créé une organisation à l'intérieur de laquelle chacun effectue le travail qui se prête le mieux à sa morphologie ou à ses prédispositions. Si ce système était appliqué à la mine tout entière, la production doublerait.

— Intéressant. Je pourrais échanger quelques mots avec ce Romain.

— Si tu veux, je te l'amène ce soir.

— Je te dirai quand je voudrai le voir.

— Naturellement, mon sublime commandant.

— Et maintenant, débarrasse le plancher, espèce de pou. »

Uxal regagna la baraque, accompagné du surveillant, qui libéra les prisonniers.

Metellus et ses hommes installèrent le corps de Valérien sur la civière qu'ils avaient fabriquée pour Æmilius. Dehors, les étoiles brillaient encore dans le ciel, et l'on ne distinguait qu'une légère lueur rosée sur la crête des montagnes, vers l'est. Ils s'acheminèrent en silence sur le sentier poussiéreux qui menait au ravin, précédés d'Uxal, qui éclairait la route au moyen d'une lampe. Un vent glacial et cinglant s'était levé, il emportait les buissons d'amarante qui jonchaient le haut plateau vers des lieux plus hospitaliers.

Lorsqu'ils se furent suffisamment éloignés du camp, Metellus ordonna à ses hommes de hisser la civière sur leurs épaules et d'avancer au pas comme s'ils arboraient encore l'uniforme rouge de la légion, comme s'ils étaient précédés de leur aigle.

Au bord du gouffre, ils arrachèrent des troncs de tamaris et les entassèrent, bien qu'Uxal tentât de les en dissuader.

« Que faites-vous ? Avez-vous perdu la tête ?

— Ne t'inquiète pas, le vieux. Personne ne s'en apercevra. Le vent se renforce, et il vient du nord. Il dispersera la fumée et les odeurs.

— Pourquoi risquer votre vie ?

— Si l'empereur des Romains ne reçoit pas les honneurs funèbres qui lui reviennent, il ne pourra être accueilli parmi les dieux. Ses cendres doivent être livrées à l'urne.

— Ce ne sont que des cendres ! Vous êtes fous... fous... Vous ne croyez tout de même pas à ces bêtises.

— Tu vas voir », répondit Metellus.

Ses compagnons glissèrent des sarments entre les troncs. Ils avaient préparé un bûcher grossier.

« Donne-moi la lampe, dit Metellus.

— Il n'en est pas question.

— Si tu refuses de me la donner, je te jette dans le ravin.

— Serais-tu capable de le faire ? demanda un Uxal abasourdi.

— Je n'hésiterais pas un instant. La lampe... », répéta-t-il, la main tendue.

Le vieillard s'exécuta, incrédule.

Metellus versa sur les sarments l'huile que la lampe contenait, puis approcha la flamme. Le feu se propagea aussitôt au tas de bois, alimenté par le vent impétueux du haut plateau.

« Hommes ! s'écria Mételllus. En rangs ! »

Les deux centurions partagèrent les soldats en deux files, à droite et à gauche du bûcher.

Alors, Metellus déclama en martelant ses mots : « Honneur à Licinius Valerianus Augustus, empereur des Romains ! »

Les hommes dressèrent le bras, comme s'ils brandissaient les javelots de la légion, et hurlèrent : « Honneur ! »

Uxal ne pouvait en croire ses yeux. Cette cérémonie absurde risquait de gâcher tous les efforts qu'il déployait dans le but d'obtenir des privilèges pour les Romains. Et ce, au moment même où leur situation s'améliorait. « Je m'en vais, dit-il. Je ne veux pas être mêlé à cette folie. Vous n'imaginez pas ce qui se produira s'ils vous surprennent.

— Tu peux partir, répondit Metellus. Nous nous attardons un moment. Nous te rejoindrons ensuite. »

Uxal rebroussa chemin. Il essayait de rentrer discrètement dans la baraque, quand un surveillant le remarqua.

« Où sont les autres ? demanda-t-il.

— Les autres ? Ils ne vont pas tarder. Ils récitent leurs prières et leurs formules. Tu sais, les Romains possèdent un tas de religions, et chacun a son mot à dire. »

Le soleil frappait maintenant la crête des montagnes. Le vent changea de direction, poussant vers le campement l'odeur de brûlé.

« Mais c'est..., s'exclama le surveillant, inquiet.

— Le bivouac du corps de garde. Il fait froid ce matin. »

L'homme poussa Uxal violemment, le faisant rouler au sol, avant de se précipiter vers le ravin. « Où vas-tu ? Il n'y a rien par là. Arrête-toi ! » s'écria le vieillard, qui se releva et lui emboîta le pas.

À leur arrivée, le feu avait faibli et les braises étaient disposées en cercle. Le garde interrogea les Romains.

« Il vous a demandé ce que vous faites ici, traduisit Uxal.

— Nous nous réchauffons, répondit Metellus. Nous sommes presque prêts. »

Cependant le surveillant devina à leur visage que les prisonniers lui cachaient quelque chose. Il plongea dans les braises la pointe de son épée et y découvrit un bout d'étoffe carbonisé, ainsi qu'un lambeau de chair. « Vous avez brûlé cette charogne ! Vous avez profané le feu, maudits ! » Puis il cria en direction du camp : « Venez ! Vite ! Sacrilège ! »

Metellus bondit et engagea avec l'homme une lutte qui les mena au bord du ravin. Mais déjà, les autres gardes accouraient. Ils encerclèrent le petit groupe.

Comprenant que tout était inutile, Metellus lâcha prise. Il tendit le doigt vers Uxal.

« Il n'a rien à voir dans cette histoire. Nous en sommes entièrement responsables. »

Le vieillard traduisit à l'adresse des gardes, qui se hâtèrent d'enchaîner ses compagnons et de les traîner au centre du camp.

« Qu'avez-vous fait ? continuait-il. Je vous avais avertis, je vous avais avertis ! Désormais plus rien ni personne ne pourra vous sauver.

— Arrête de coasser, le vieux ! lui lança Quadratus. Si nous devons mourir, nous mourrons, et nous en finirons avec cette ignominie. »

Mais Uxal, qui frémissait à l'idée des tortures que ses amis allaient subir, ne cessait de répéter : « Tu ne sais pas ce que tu dis. Tu ne sais pas ce que tu dis. »

Le surveillant en chef passa en revue les captifs. Il plongea le regard dans celui de Metellus et sembla en rester là. Mais soudain, il se retourna et lui assena un coup de bâton à l'estomac. Sans lui laisser le temps de se redresser, il le frappa violemment à la nuque.

Quand le Romain reprit connaissance, un globe brûlait devant lui. Il comprit aussitôt qu'il s'agissait d'un fer rouge : on s'apprêtait à l'aveugler.

Cette perspective horrible ranima les dernières forces de son esprit et déchaîna tout ce qui lui restait d'énergie. Il hurla de tout son souffle, saisit le fer rouge à mains nues, le fit tournoyer dans l'air et le rattrapa au vol. Puis il l'enfonça dans la bouche de son bourreau, dont le cri s'éteignit dans un grésillement de chairs. Aussitôt après, l'instrument s'abattait sur le crâne d'un autre soldat.

Balbus assena un coup de poing à l'homme qui se tenait devant lui, il enroula ses chaînes autour de son cou et l'étrangla. Quadratus jeta l'un des gardiens au sol et pressa ses chaînes sur sa bouche, à l'instar d'un mors. Il lui brisa les dents et lui déboîta la mâchoire. Le hurlement de douleur du malheureux se noya dans un gémissement indistinct. Les autres Romains se ruèrent sur leurs geôliers avec la force du désespoir. Balbus, Quadratus et Metellus, qui s'étaient emparés des armes de leurs adversaires, frappaient de tous côtés avec une fougue irrépressible. Martianus avait vu tomber le gardien qui détenait les clefs : il s'empara de celles-ci et libéra ses compagnons. Au même moment, deux surveillants couraient au corps de garde.

« Par ici ! s'écria Uxal. Vite, par ici, à l'armurerie ! »

Ses amis lui emboîtèrent le pas, tandis que les soldats fondaient sur eux. Quadratus brisa le verrou d'un coup de hache et entra le premier. Des dizaines de flèches se plantèrent dans la porte juste après que les Romains l'eurent refermée derrière eux.

Un long silence s'abattit sur les lieux. Les gardes, environ une trentaine, approchèrent en traversant le nuage de poussière que la bataille avait soulevé. Lorsque celui-ci se fut dissipé, ils découvrirent un spectacle surprenant. Dix soldats romains se tenaient devant eux, pourvus de leurs armures et de leurs épées : Metellus, Balbus, Quadratus, Martianus, Publius, Rufus, Severus, Lucianus, Septimius et Antoninus.

Les dix hommes bondirent aussitôt sans laisser aux Perses le temps de réagir. Ils se battaient comme les furies de l'enfer, comme les démons de la guerre, avec une rage féroce, un acharnement furibond. Chaque coup faisait mouche ; aucun blessé n'échappait à la mort.

Marcus Metellus Aquila encourageait les siens : il savait que leur énergie surhumaine s'épuiserait rapidement, les laissant à la merci de l'ennemi. Il fallait donc que tous les Perses meurent, qu'ils soient tous anéantis. Quand son épée tournoya enfin dans le vide, il se rendit compte qu'ils avaient mené à bien cette entreprise impossible. Dix esclaves, dix forçats épuisés avaient exterminé en l'espace de quelques instants trente guerriers bien armés et bien nourris.

Ils se dévisagèrent, hors d'haleine, couverts de sang, de poussière et de sueur. Metellus brandit son épée et déclara dans un souffle : « César est vengé. » Puis il s'écroula au sol, comme mort.

Les autres l'imitèrent, l'un après l'autre : la lutte qu'ils avaient menée pour leur liberté avait tari toutes leurs forces.

« Ce n'est pas le moment de vous reposer ! s'écria alors Uxal. Vite, dépêchez-vous ! Nous n'avons pas de temps à perdre. »

Metellus se releva à grand-peine et jeta un regard à la ronde. Les autres mineurs se pressaient autour d'eux. Hébétés, ils contemplaient le spectacle incroyable qui s'offrait à leurs yeux.

« Dis-leur qu'ils sont libres et qu'ils doivent se joindre à nous pour forcer le barrage et gagner le salut, annonça Metellus.

— Tu rêves ! Ils ne bougeront pas. Ils savent qu'il s'agit d'une tâche impossible, que les fuyards seront rattrapés, puis empalés.

— Traduis ! Pendant ce temps, vous, Rufus, Martianus et Severus, accompagnez Balbus. Jetez une cape perse sur vos épaules et montrez-vous aux postes de garde extérieurs. Évitons de semer le soupçon dans les esprits. »

Balbus s'exécuta puis revint.

Uxal traduisit dans toutes les langues qu'il connaissait les propos de Metellus, cependant il obtint le résultat qu'il avait prévu. Un instant, une lueur traversa les regards fous des prisonniers, qui baissèrent toutefois la tête en un geste de résignation. Quelques murmures fusèrent ici et là, puis le silence s'abattit sur l'assemblée.

« C'est bien ce que je pensais, commenta Uxal. Ils n'ont pas le courage de partir. Un oiseau qui a passé toute sa vie en cage ne s'envole pas quand on lui ouvre la porte. Le monde l'effraie. Imagine donc ce que pensent ces captifs encerclés par une centaine de soldats bien armés...

— Nous nous en irons seuls.

— C'est un suicide, mais je ne peux te blâmer. Cette existence n'en est pas une. Vous êtes des soldats, vous mourrez l'épée au poing. Et maintenant, enferme les prisonniers. Certains pourraient avoir envie de se gagner les faveurs des gardes par quelque mouchardage.

— Les enfermer ?

— Oui, ce sera aussi leur salut. Ainsi, personne ne pourra les accuser de sédition. »

Metellus ordonna à Quadratus, Lucianus, Publius et Septimius de conduire les détenus dans leurs baraques. Tandis qu'ils verrouillaient les portes, il se tourna vers Uxal : « Qu'est-ce que tu as dit ?

— Moi ? Rien.

— Pas maintenant. Avant... avant...

— Qu'est-ce que tu racontes ?

— Hier soir, quand je t'ai interrompu. Tu disais qu'il y avait eu une crue... et puis ?

— Ah oui ! Je me trouvais dans une galerie du troisième niveau où je ramassais des cadavres, quand j'ai vu d'une des parois dégoutter de l'eau.

— Une des parois qui communiquent avec le fond du canal ?

— L'eau ne pouvait venir que de là.

— D'après toi, le point de contact avec la paroi du canal se situe au-delà de la ceinture extérieure des postes de garde ?

— J'en suis persuadé.

— Serais-tu capable de retrouver cet endroit ?

— Oui, je pense.

— Alors allons-y immédiatement. »

Metellus apostropha Quadratus, qui survenait à cet instant : « Rassemble les hommes. Munissez-vous de pelles, de lampes et de pics, puis suivez-moi. »

Bientôt, la petite troupe lui emboîta le pas, à l'exception de Balbus, qui manœuvrait le monte-charge. Uxal crut bon d'avertir : « Attention, le spectacle que vous allez voir n'a rien d'agréable. C'est là que vous auriez échoué, vous aussi. »

Ils se précipitèrent au deuxième niveau et dévalèrent un escalier raide, creusé dans la roche. Ils se heurtèrent alors à une porte ferrée. En bas, un guichet basculant servait sans doute à introduire de la nourriture. Uxal tira le verrou, mais la force de Quadratus fut nécessaire pour ouvrir. Devant eux, un boyau s'enfonçait dans les entrailles de la terre. Il y flottait une puanteur insupportable d'excréments et de putréfaction. Les Romains se dévisagèrent l'un l'autre, puis Uxal leur jeta : « Alors, vous vous bougez un peu les fesses, ou vous préférez rester là, à méditer sur votre avenir ?

— Allons-y ! » s'écria Metellus, qui s'élança le premier, sa lampe brandie. Ils débouchèrent bientôt sur une grotte assez vaste, où une vision d'horreur les attendait : des larves humaines grattaient les murs avec des pics en bois. Voyant surgir des hommes armés d'une manière aussi inhabituelle, les forçats s'interrompirent. Avec leurs cernes noirs, leurs joues creuses, leur barbe longue et inculte, leurs dents pourries et leurs membres squelettiques, ils évoquaient des spectres. Ils toussaient et chancelaient. Un peu à l'écart, certains pilaient le minerai et déposaient les turquoises dans une corbeille.

« On leur distribue une quantité de nourriture proportionnelle au nombre de pierres qu'ils extraient. Il est étonnant qu'ils puissent encore s'accrocher à la vie, dans ces conditions-là. La plupart d'entre eux s'éteignent en l'espace de quelques mois. Et maintenant, suivez-moi. » Il s'achemina vers une étroite galerie qui s'ouvrait du côté opposé. Quadratus indiqua les forçats.

« Que faisons-nous d'eux ?

— Rien, répondit Uxal. Ils sont incapables de marcher. Ils seraient aussitôt aveuglés par le soleil, et leur peau se couvrirait de plaies. Laissez-les mourir en paix. »

Ils parcoururent une centaine de pas et atteignirent une bifurcation. Uxal vira à droite. Il y avait là un second antre, d'environ cinq pas sur trois.

« C'était ici, déclara le vieillard. C'est tout au moins ce qui me semble.

— Ce qui te semble ? interrogea Publius.

— Qu'est-ce que tu crois ? Cela s'est produit il y a environ trois ans, peut-être même quatre. Si tu es si malin, pourquoi ne trouves-tu pas une issue ? »

Metellus invita ses amis à se taire et éclaira la paroi. « Oui, c'est le bon endroit. On distingue encore une différence de teinte sur la roche. »

Il posa sa lampe et abattit le pic sur la paroi, du grès assez friable, qui cédait sans opposer de résistance. Septimius et Lucianus creusèrent, eux aussi, en frappant alternativement. Bientôt, Publius remplaça le plus fatigué des trois, et le travail put continuer.

De temps à autre, Uxal ramassait des fragments et les tâtait. Ils étaient de plus en plus humides. Soudain, il ordonna au trio de s'interrompre.

« Qu'y a-t-il ? demanda Publius en toussant et en haletant.

— J'aimerais que vous tâtiez ces morceaux de grès et que vous me donniez votre avis. Certains me paraissent plus humides que d'autres. Mais je ne voudrais pas que l'imagination me joue un mauvais tour.

— Celui-ci est humide, décréta Metellus.

— Celui-ci, en revanche, est plus sec », affirma Quadratus. Et Septimius déclara :

« Ici, il y en a un encore plus sec. »

Uxal réfléchit un moment avant de conclure : « La première couche est sèche, la deuxième, celle de l'intérieur, humide, et la troisième de nouveau sèche. Je pense donc que nous nous rapprochons de la paroi extérieure, qui donne sur le canal, et qui est exposée au soleil.

— Tu as raison, dit Metellus.

— Jouons le tout pour tout. Poursuivez votre travail. Pendant ce temps, je rebrousserai chemin avec deux hommes, qui me hisseront à la surface. Nous réunirons de l'eau, des vivres, et vous rejoindrons. Si mes calculs sont bons, vous aurez alors presque terminé. Avec un peu de chance, nous sortirons et aurons la vie sauve. Si nous devions toutefois déboucher à l'intérieur de l'enceinte de surveillance... Eh bien, nous nous offrirons un bon repas. Au moins, nous mourrons le ventre plein.

— Je pense que nous réussirons, vieillard, dit Metellus. Tout au moins je l'espère. Remonte. Nous continuons de creuser. »

Uxal, accompagné de Rufus et de Severus, retourna sur ses pas à tâtons afin de laisser la lampe aux autres, qui se remirent au travail. De plus en plus fatigués, ils s'interrompaient fréquemment pour se reposer.

À un moment donné, Septimius déclara : « Pourvu qu'Uxal et les autres redescendent sans tarder ! Sinon nous mourrons avant d'avoir pu percer cette maudite paroi.

— Tais-toi ! s'écria soudain Metellus.

— Qu'y a-t-il ? »

Metellus abattit son pic sur le fond de la brèche. « Vous entendez ?

— Ça sonne creux », dit Septimius, dont le visage s'éclaira. Il avait tant maigri qu'il évoquait un adolescent sous-alimenté.

« Oui, ça sonne creux. Allons-y ! Courage ! »

Ils redoublèrent d'ardeur au fur et à mesure que la paroi cédait.

« Et maintenant, arrêtez ! ordonna Metellus. Il serait stupide de nous laisser emporter par la hâte et l'émotion, après avoir accompli tant d'efforts. »

Il abattit le manche de son pic sur le grès, qui s'émietta, formant une ouverture. Un rayon de soleil filtra.

Les hommes se dévisagèrent en silence, bien qu'ils eussent envie de crier de joie.

Metellus jeta un coup d'œil à l'extérieur, puis il élargit le trou au point d'y glisser la tête. Quand il recula un peu plus tard, il avait les larmes aux yeux. « Nous avons réussi, dit-il. Nous avons franchi l'enceinte ! »

7

Le roi des rois, Chahpour Ier, se trouvait encore dans ses appartements quand on y introduisit un individu qui avait un message de la plus grande importance à lui livrer.

L'homme se prosterna devant lui, face contre terre, et attendit que le vizir l'invite à se relever. « Mon seigneur, dit-il, le Romain s'est éteint il y a dix jours. Dans la mine de turquoises d'Aus Daiwa. Je suis venu te l'annoncer selon tes ordres. »

Le souverain parut ébranlé par cette nouvelle. D'un geste, il écarta le coiffeur qui lui frisait la barbe. « Comment est-il mort ? demanda-t-il.

— Comme tous ceux qui travaillent à la mine. D'épuisement, de fièvres, de mauvais traitements en tout genre.

— A-t-il parlé avant de mourir ? »

Gêné, le messager baissa la tête. « Pardon, grand seigneur, mais il est mort durant la nuit, entouré de ses seuls compagnons, ces Romains que tu as vaincus et emprisonnés grâce à la puissance de ton bras. Il ne peut avoir dit grand-chose. Depuis quelque temps, il était plus mort que vif.

— Et quand il était en vie ? N'a-t-il jamais demandé

de l'aide ou supplié ? » Le messager s'apprêtait à livrer une réponse qu'il pensait satisfaisante, quand Chahpour l'interrompit : « La vérité.

— Il n'a pas prononcé un seul mot jusqu'à sa mort. »

Le souverain garda le silence un instant avant de poursuivre : « Son corps... où l'a-t-on mis ?

— Dans le ravin où l'on jette les carcasses de tes ennemis qui expient leurs fautes à la mine. »

Chahpour, enveloppé dans un peignoir en soie rouge et or, arpenta un moment sa chambre. « Je veux ses armes. Pourquoi ne me les a-t-on pas encore apportées ? »

Le messager hésita.

« Je t'ai posé une question !

— Les armes des Romains ont été entreposées dans l'armurerie du camp. Le palais royal ne les a jamais réclamées.

— Eh bien, maintenant, c'est fait.

— Ta Majesté n'aura pas à le répéter. Une fois parvenu au camp, je transmettrai tes ordres, et le trophée te sera remis dans les plus brefs délais. »

Le souverain adressa un signe au messager, qui s'inclina et regagna la porte à reculons. Il se tourna ensuite vers son vizir, un vieux dignitaire d'ancienne noblesse qui portait le nom d'Artaban. « Il n'a rien dit, il n'a pas supplié, il n'a pas demandé à être soulagé de son insupportable fardeau.

— S'il l'avait fait, l'aurais-tu écouté ?

— Peut-être.

— La véritable générosité est celle qui n'attend pas d'être invoquée.

— Veux-tu dire que je ne suis pas généreux ? Que je ne suis pas magnanime ? J'ai favorisé la diffusion de la culture des Grecs et des Indiens dans mon royaume, j'ai permis à tous mes sujets de pratiquer leur propre religion. N'est-ce pas de la magnanimité ?

— Je ne dis pas le contraire, mon seigneur. Je dis que si tu éprouves à présent de la pitié, c'est peut-être parce que le Romain est mort. Tu te rends compte que personne n'est à l'abri, qu'un empereur peut être emprisonné par son ennemi et périr. Peut-être te demandes-tu aussi si tu saurais partir comme lui, supporter la misère, l'humiliation, l'oubli. Il n'est pas difficile de périr sur le champ de bataille, l'épée au poing, de périr sous le soleil, au comble de l'excitation, dans la frénésie du combat. S'éteindre dans les efforts et l'abandon est une tout autre affaire.

— Il a eu la mort qu'il méritait. Les Romains sont des pillards insatiables, le monde entier ne suffit pas à leur avidité.

— C'est aussi ce qu'on dit de nous.

— Mais toi, de quel côté es-tu ?

— Aurais-tu des doutes ? Ne t'ai-je pas servi avec fidélité durant toute mon existence ? Il est de mon devoir de te dire aussi des choses désagréables. Je suis ton ministre, non un courtisan. Ainsi, l'empereur des Romains rendit à Osroès, ton prédécesseur, la fille qu'il tenait en otage sans rien réclamer en échange.

— Hadrien... Lui, c'était un grand homme.

— Ce ne fut pas le seul. Une chose me déplaît dans cette histoire : que Valérien ait été trompé, attiré dans un piège. Si j'avais été à Édesse, je t'aurais fait part de mon dissentiment. Ce n'était pas digne de toi. Les peines que tu as infligées à cet homme n'ont pas été dignes, non plus, de ta personne. Au fond, Valérien ne s'est jamais souillé du moindre crime. Il a essayé de stabiliser les frontières d'un territoire qui fait l'objet de disputes depuis toujours.

— Ce devait être un avertissement. Ses successeurs sauront ainsi ce qui les attend s'ils défient le Grand Roi. Tu verras, Gallien n'osera pas lever le petit doigt contre moi. »

L'air grave, Artaban déclara : « Gallien n'est pas un problème. Le problème, c'est Septimius Odaenathus, le défenseur de la frontière est. Il a eu l'audace de nous attaquer lorsque tu quittais Édesse. Ton butin et tes concubines sont tombés entre ses mains et tu portes encore la cicatrice d'une blessure reçue... » Chahpour fronça les sourcils, mais son vizir poursuivit, impassible : « Il possède une cavalerie aussi puissante que la nôtre et une infanterie supérieure. Notre armée n'est pas en mesure de le battre, ni de lui reprendre ce qu'il t'a soustrait.

— Lorsque je le vaincrai, il sera puni beaucoup plus durement que son empereur.

— Si je puis me permettre, cela ne me paraît pas une bonne idée. Odenath est un grand guerrier, mais il est aussi dévoré d'ambition. Et sa femme, la sublime Zénobie, l'est peut-être plus encore. Quant à Gallien, c'est un homme intelligent, doublé d'un faible. D'après mes informateurs, Zénobie ferait pression sur son époux afin qu'il abandonne l'empire et se constitue un royaume.

« S'il s'y résout, il sera obligé de s'entendre avec nous. Les convois qui rejoignent Palmyre, la base d'Odenath et de Zénobie, traversent notre territoire. Un conflit ne ferait que lui nuire, comme à nous, du reste. Tu as infligé à l'Empire romain la plus grande humiliation de tous les temps. Ne pousse pas trop la bonne fortune, mon seigneur. Si Septimius Odaenathus rompt avec Gallien, comme je le crois, l'empereur des Romains sera très affaibli, mais Odenath ne sera pas en mesure d'égaler la puissance de Rome. Nous devons donc obéir à notre intérêt : tant que des Occidentaux achèteront des marchandises précieuses en Orient, nous ne pourrons qu'en tirer avantage. Si les rois transmettent leur nom à la postérité par la gloire militaire, un bon ministre doit veiller à la bonne santé du commerce et de la circulation des biens afin de répandre l'aisance et la richesse autour de lui.

— J'y réfléchirai, j'y réfléchirai. Pendant ce temps, rassemble toutes les informations utiles. »

D'un signe, Chahpour rappela le barbier, qui n'avait pas lâché son fer à friser.

Comprenant que l'heure de se retirer était venue, le vizir prononça la question rituelle : « As-tu encore besoin de moi, mon seigneur ? »

Le souverain le congédia d'un geste de la main. Puis, comme Artaban hésitait, il demanda : « Qu'y a-t-il ?

— Il y a une chose que je brûle de savoir.

— De quoi parles-tu ?

— Gallien t'a-t-il offert une rançon pour son père ? »

Chahpour renvoya une nouvelle fois le coiffeur. « Pourquoi veux-tu le savoir ?

— Par curiosité. Je suis père, moi aussi, et j'ai été fils. Je me demande si le pouvoir peut revêtir assez d'importance pour reléguer au second plan les sentiments et les liens de sang. En outre, l'absence de nouvelles concernant d'éventuelles négociations m'a toujours paru étrange. C'est une question d'État qui me concerne directement.

— Si tu crois qu'un souverain peut se laisser influencer par les liens de sang, tu n'as pas ta place auprès de moi. Seul compte le suprême intérêt de l'État.

— Je ne suis pas un roi, je peux me permettre d'avoir des sentiments. »

Le souverain ne releva pas cette affirmation, il répondit plutôt : « Oui. Gallien m'a offert une rançon.

— Combien ?

— Il n'a pas posé de limites à cette somme.

— As-tu répondu, Majesté ?

— Non.

— Pourquoi ?

— C'est une affaire qui ne regarde que moi.

— As-tu fait savoir à Valérien que son fils avait offert une rançon ?

— Non.

— Pourquoi ?

— Je voulais qu'il souffre. Pour un père, c'est la pire des tortures.

— Ainsi, les souverains ont des sentiments.

— Je ne pouvais écarter cette hypothèse.

— Je comprends. Dans ce cas, la souffrance est beaucoup plus grande. Est-ce aussi une affaire personnelle ?

— Oui.

— Me pardonnes-tu l'audace de t'interroger à ce propos ?

— Interroge-moi, si tu le souhaites, mais tu n'obtiendras pas de réponse. Et maintenant, tu peux te retirer. »

Le vizir s'inclina et recula jusqu'à la porte, tandis que Chahpour confiait une nouvelle fois ses joues aux soins du barbier.

Inquiet, Artaban regagna ses appartements et s'assit à sa table. Il se demandait si la position qu'il occupait auprès de son souverain était menacée : il aurait dû être informé, le premier, de la rançon proposée par Gallien, et c'était à lui qu'il revenait de mener les négociations. Or Chahpour lui avait caché cette information capitale. Il réfléchit longuement, en particulier à l'allusion personnelle que le roi avait faite au cours de leur entretien. Il n'était pas tenu de lui fournir d'explication, et il aurait pu s'abstenir de répondre. Peut-être avait-il voulu lui laisser entendre qu'il avait été contraint d'agir ainsi, et que cela n'ôtait rien à l'estime qu'il avait pour son vizir.

C'était la première fois qu'il se trouvait dans une telle situation. Il décida de convoquer son meilleur informateur, un vieil eunuque nubien qui lui était très fidèle et qui entretenait des relations étroites avec la reine mère, le roi et de nombreux personnages influents. On lui avait imposé à la Cour le nom d'Ardashir – sans doute avait-il oublié celui qu'il portait autrefois.

L'homme se présenta relativement vite, compte tenu de son embonpoint, fruit de sa condition d'eunuque et de son faible pour les mets indiens, qu'un cuisinier de Taxila lui préparait chaque jour avec soin.

« Comment te portes-tu ? » interrogea le vizir.

L'eunuque s'essuya le front, s'assit et tira de sa poche un éventail en plumes de faisan qu'il commença à agiter. « Comme un pauvre vieillard. Que souhaites-tu savoir, Ton Excellence ?

— Je ne cherche pas d'information précise. J'aimerais comprendre ce qu'on me cache dans ce palais et pourquoi.

— De quoi s'agit-il ?

— Le roi vient de me révéler que Gallien, le fils de l'empereur des Romains, avait avancé il y a quelque temps une offre de rançon. Personne ne m'en a informé au moment des faits. Le roi des rois a invoqué des motifs personnels qu'il a refusé de me dévoiler. Que je sache, il n'a pas rencontré Gallien et il n'avait jamais vu Valérien avant l'embuscade d'Édesse. As-tu eu vent de cette affaire ?

— Non. Mais mon instinct me dit qu'une femme se cache derrière tous ces mystères. »

Artaban sourit. « On prétend que les eunuques connaissent la nature féminine mieux que quiconque et, à en juger par certains racontars, qu'ils sont supérieurs à bien des amants.

— Oh, c'est de la vieille histoire ! En vérité, subir dans l'enfance une mutilation aussi cruelle vous dote d'une sensibilité hors du commun que les femmes apprécient. Nos caresses sont parfois plus agréables que la pénétration brutale d'un mâle qui se comporte comme un verrat en rut. Pour revenir à nos moutons, j'ignore la nature des raisons que le roi a invoquées. Si j'ai pensé aux femmes, c'est parce qu'elles jouent toujours un rôle dans ce genre d'affaires.

— Es-tu certain de ne posséder aucun élément capable de m'éclairer ?

— Un bruit circule depuis quelque temps à la Cour...

— Un bruit ?

— Il y a deux ans, au cours d'une négociation, Chahpour aurait rencontré la femme de Septimius Odaenathus, le général de Valérien qui défend le front est. C'est une Syrienne d'une très grande beauté. Elle se nomme Zénobie.

— J'en ai entendu parler.

— Son charme est si grand qu'aucun homme n'y est insensible. C'est tout au moins ce qu'on raconte. Hélas, je ne l'ai jamais vue.

— Quel est le rapport avec ma question et avec les propos du grand roi ?

— Tu as parlé de motifs personnels... C'est le seul élément dont je dispose dans ce domaine concernant le roi des rois, l'éblouissant Chahpour, notre souverain. »

Artaban s'efforça de déchiffrer l'expression subtilement évocatrice de l'eunuque, qui reprit alors, sur le ton qu'on adopte pour se faire comprendre d'un simple d'esprit : « Procédons par hypothèses. Imaginons que le roi soit tombé amoureux de cette femme au point d'en être obsédé. Imaginons qu'il ait répondu à l'offre de Gallien par une autre proposition...

— Zénobie à la place de la rançon ?

— Attention, ce n'est qu'une hypothèse. Et c'est toi qui l'as formulée, Ton Excellence ! Mais si cette hypothèse correspond à la vérité, de nombreuses choses s'expliquent. Chahpour ne pouvait certes soumettre pareil marché à Odenath, qui venait de lui soustraire son butin et une partie de son harem par une attaque surprise. En revanche, il pouvait induire Gallien à faire pression sur le général, afin que celui-ci cèdât son épouse en guise de réparation. Cet accord serait demeuré secret : Valérien en échange de Zénobie.

— Ainsi Gallien aurait été incapable d'imposer sa volonté à Odenath, et les négociations destinées au rachat de Valérien se seraient enlisées...

— Bien entendu, cette hypothèse est le fruit de notre imagination. Nous autres eunuques éprouvons une grande fascination pour les histoires d'amour car ces expériences suaves, mais terribles, nous sont interdites. » Il conclut sa phrase par un long soupir.

Artaban reprit : « Bien entendu. Une hypothèse fantaisiste doublée de racontars. Mais, tu le comprends, dans la position qui est la mienne, il me faut tenir compte du moindre bruit, y compris des gazouillis des oiseaux et des soupirs du vent dans le jardin royal.

— Je le comprends.

— Quoi qu'il en soit, cette conversation a été un vrai plaisir, Ton Excellence. Considère-moi à ta disposition. »

Les deux hommes s'embrassèrent sur les joues, puis l'eunuque se dirigea vers la porte en faisant trembler ses chairs à chaque pas.

Le vizir soupira. Ardashir lui avait sans doute fourni une bonne lecture des événements. Une lecture qui expliquait aussi le silence de Chahpour : le roi des rois n'aurait jamais révélé, pas même à son fidèle ministre, qu'il était obsédé par une femme et qu'il mélangeait les affaires d'État avec une question d'ordre personnel. Il en fut soulagé. Le souverain n'avait donc pas manifesté de méfiance à son égard, mais de la pudeur, ou de la retenue. Rassuré, il pensa avoir obtenu, certes de manière allusive – au reste, il ne pouvait en être autrement –, les renseignements qu'il cherchait.

Il se renfonça dans son fauteuil et savoura quelques instants de sérénité. Puis il s'empara des documents que son secrétaire avait préparés. Il lut la correspondance et inscrivit au bas de chaque feuille la synthèse de la réponse à envoyer. Il s'interrompit brièvement pour se sustenter et poursuivit son travail jusqu'au crépuscule.

Il songea alors que son domestique ne tarderait pas à entrer et à lui annoncer que le dîner était prêt, que son secrétaire lui rappellerait le nom des invités et les raisons de leur présence à sa table.

Mais c'est un garde impérial qui se présenta sans y avoir été invité. « Le grand roi veut te voir », lui dit-il.

Le vizir gagna à toute allure la salle des audiences, où Chahpour l'attendait. Celui-ci se retourna brusquement en l'entendant entrer. Un coup d'œil suffit à Artaban pour comprendre qu'il était furibond et que sa colère se déverserait en partie sur lui.

« Disparus ! s'écria le souverain. Évanouis, et personne ne sait rien !

— Pardon, mon seigneur, qui a disparu ?

— Les Romains ! Ils se sont envolés, les maudits, sans laisser de traces ! Comment cela est-il possible ?

— Je ne comprends pas... N'a-t-on pas annoncé que Valérien s'était éteint ? »

Tout en s'efforçant de maîtriser sa colère, Chahpour se tourna vers un individu, dans l'ombre, que le vizir n'avait pas encore remarqué et l'invita, d'un signe, à parler.

Celui-ci obtempéra : « Il est mort, bien sûr. Mais il était entouré de dix hommes, qui se sont envolés. Intrigué par le calme étrange qui régnait dans le camp, un détachement de cavalerie y a pénétré. Les prisonniers étaient enfermés dans une baraque. Seuls manquaient à l'appel les Romains et leurs cuirasses, conservées dans l'armurerie. Nous les avons cherchés partout, en vain. Ils se sont évanouis dans le néant avec un vieux forçat qui rendait service aux surveillants. »

Artaban s'approcha. « Et les gardes armés ?

— Morts. Tués.

— Ainsi, les prisonniers se sont emparés des armes, ont éliminé les surveillants et se sont enfuis. Je ne vois là rien de mystérieux.

— Et pourtant, il y avait une trentaine de gardes, bien armés et bien nourris. Les Romains étaient au nombre de dix, épuisés et sous-alimentés. Ils n'avaient même plus l'aspect humain. En outre, l'enceinte extérieure du camp est occupée par plus de trois cents cavaliers qui surveillent toutes les issues. Personne n'a rien vu.

— Je ne crois pas aux prodiges. Ils ont bien filé quelque part. Il vaut mieux, pour le responsable du camp, qu'on les retrouve, sinon il en subira les conséquences.

— Le responsable du camp fait partie des victimes, expliqua le messager. À l'heure qu'il est, le commandant des garnisons extérieures donne la chasse aux Romains. Il a demandé des renforts aux postes les plus proches et il bat le territoire pouce par pouce. C'est une région aride et nue, où il est impossible de se cacher. Nous les trouverons, mon seigneur. Notre commandant en est certain. Il lui importait que notre seigneur sache qu'on ne pouvait lui imputer cette fuite... Le responsable du camp a sans doute sous-évalué les capacités de résistance de ces prisonniers. Mais il est fort probable qu'ils aient été rattrapés à l'heure qu'il est. J'ai quitté Aus Daiwa aussitôt après cette découverte et il m'a fallu dix jours pour parvenir jusqu'ici. Je ne serais pas étonné si un autre messager se présentait bientôt pour annoncer la capture des évadés. »

Blême de colère, Chahpour ne disait mot, se déchargeant par son silence de cette affaire sur son vizir. Celui-ci invita donc le messager à le suivre :

« Notre seigneur et souverain a déjà été assez dérangé par ton impudence. Viens avec moi, et efforçons-nous de tirer cette affaire au clair. » Or le messager ne semblait guère désireux de s'éloigner.

« Qu'y a-t-il ? lui ordonna le roi des rois. Ne me fais pas perdre patience !

— Mon seigneur, je dois te donner, hélas, une autre mauvaise nouvelle. L'invité aux yeux perçants s'est enfui, lui aussi.

— Quoi ?

— Plus au moins au même moment. Il avait demandé à visiter le monastère zoroastrien, où il a été accompagné. C'est là qu'il a disparu. Les prêtres n'ont su fournir aucune explication, et les gardes ont réagi trop tardivement. Nous avons alerté toutes nos garnisons d'ici jusqu'à l'océan. Nous le retrouverons. »

Chahpour ne semblait plus avoir la force de s'emporter. Il enjoignit au messager de se taire et appela son vizir. « Envoie au plus vite des courriers à notre ami. Qu'ils lui annoncent que notre invité s'est enfui et qu'il pourrait réapparaître à tout moment. Fais-lui savoir qu'il y a sans doute eu un complot. Nous lui apporterons tout notre soutien et nous nous emploierons à capturer le fuyard. Nous ne pouvons nous permettre de perdre son amitié. C'est avec lui et avec son gouvernement qu'il nous faudra négocier ces prochaines années des accords commerciaux d'une valeur inestimable.

— Ne t'inquiète pas, mon seigneur, ton message arrivera le premier.

— Je compte sur toi, tu es le seul en qui j'aie confiance... Comment avancent les travaux, à Persépolis ?

— Bien, Majesté, ils sont presque achevés. On a sculpté un bas-relief énorme où l'on voit Valérien implorer à genoux Ta Majesté, dans la splendeur de sa gloire. Il surmontera une inscription décrivant tes exploits en perse, en parthe et en grec.

— Fort bien. Et maintenant, va ! Il n'y a pas de temps à perdre. »

Artaban s'inclina profondément, glissa le bras sous celui du messager et quitta la salle des audiences. Une fois dans le couloir, il poussa l'homme contre le mur et siffla : « Dis-moi la vérité si tu veux quitter ce palais en vie.

— Je suis parti après deux jours de recherches incessantes dans un rayon de sept parasanges.

— Sept parasanges ? Ils ne peuvent avoir couvert une telle distance en l'espace de deux jours dans l'état où ils étaient.

— Plusieurs patrouilles ont poussé plus loin, mais elles n'ont trouvé aucune trace des Romains.

— Alors, ils se sont évaporés dans l'air, comme l'a déclaré le roi.

— Je ne sais que dire, Ton Excellence. Nous avons retourné la moindre pierre et fouillé tous les convois dans un rayon de sept parasanges. En vain. Les gardes de la seconde enceinte n'ont jamais abandonné leurs postes de surveillance, et ils n'ont pas vu âme qui vive. »

Le vizir lâcha prise et ordonna au messager de le suivre dans son cabinet. « Dans ce cas, il convient de chercher plus près. C'est compris ?

— Qu'entends-tu par là, Ton Excellence ? Nous avons inspecté le camp de fond en comble.

— Avez-vous interrogé les autres prisonniers ?

— Ils ont déclaré que les Romains les avaient enfermés dans la baraque. Ils n'ont pas la moindre idée de leur destination.

— Et maintenant, écoute-moi bien, si tu ne veux pas te retrouver empalé. Retourne au camp et fais fouiller une nouvelle fois les baraques, les galeries, les boyaux de la mine. Ils ne peuvent pas avoir disparu. Peut-être se sont-ils cachés tout près et attendent-ils que vous abandonniez vos recherches pour se remettre en route. Trouve-les et amène-les-moi, c'est compris ?

— Oui, Ton Excellence.

— Et donne-moi des nouvelles de notre invité aux yeux perçants dès que vous l'aurez localisé. Car je dois, moi aussi, en rendre compte.

— Fort bien, Ton Excellence.

— Pars sans tarder et ne me déçois pas.

— À tes ordres, Excellence, balbutia le messager, pâle comme un linge.

— Alors, dépêche-toi ! »

L'homme s'éloigna en toute hâte. Du balcon de ses appartements, le vizir le vit franchir la porte sud du palais et disparaître dans un nuage de poussière.

Aussitôt après, il convoqua le responsable du service des courriers et lui remit un billet à convoyer à la vitesse du vent.

8

Metellus attendit que ses compagnons reviennent avec les provisions et que l'obscurité s'abatte sur le gouffre pour élargir la brèche qu'il s'était ménagée dans la roche. Enfin, il sortit à l'air libre. Le ciel fourmillait d'étoiles, la Voie lactée semblait dessiner un pont lumineux entre les deux parois du ravin. À cette vue, il fondit en larmes et respira profondément, comme si c'était la première fois, comme s'il renaissait.

Il se pencha, plongea les mains dans le sable sec, parmi les galets que l'eau et le vent avaient polis au fil des saisons, huma un buisson de menthe sauvage et caressa les fleurs d'un petit genêt qui poussait sur le rocher. Il éprouvait la sensation merveilleuse de découvrir le monde.

Maintenant qu'il était libre, ses souffrances, la perte de son épouse, l'absence de son fils, la mort de ses camarades et de l'empereur, tout paraissait lointain. Il le comprenait : sa vie lui avait été rendue, et il s'emploierait à la défendre. Une force et une puissance indicibles l'animaient. Après pareil prodige, il était certain de pouvoir affronter toutes les épreuves de la vie, de pouvoir imprimer aux événements la force de sa foi, de son inébranlable détermination.

Il fut surpris de ne pas sentir l'odeur des cadavres. La nature toute-puissante avait déjà transformé les corps en d'autres substances, en d'autres façons d'être : les bêtes sauvages, le soleil, le vent, la poussière... Dans la clarté que réfléchissaient les parois calcaires, il distingua des os, non loin de là. Les os d'innombrables malheureux, les os de ses compagnons venus mourir en ce lieu lointain et désolé.

Ces premiers instants de liberté reconquise furent si intenses que Metellus perdit la notion du temps. Quand la main de Quadratus se posa sur son épaule, il eut l'impression de s'arracher à un rêve.

« Commandant... »

Il se retourna et contempla ses hommes. Ils étaient hirsutes, maigres, marqués dans le corps et l'esprit par une captivité inhumaine, mais leurs prunelles brillaient d'une lumière magique, presque folle, qui perçait l'obscurité de la nuit. La lumière de la victoire sur la mort, sur les ténèbres, sur le désespoir.

Il les étreignit l'un après l'autre, scrutant leurs yeux emplis d'émotion et de larmes, et chaque étreinte fut ponctuée du choc des cuirasses, du fer heurtant le fer. Étreinte de soldats à la peau dure, prêts à tout parce qu'ils avaient tout enduré.

Cependant Metellus devinait que s'installer ne fût-ce qu'un instant dans cette joie ineffable pouvait signifier la fin de ce qu'ils avaient conquis. « Il nous faut colmater la brèche que nous avons ouverte dans le grès. Publius, tu es le plus fluet d'entre nous, regagne la galerie et referme l'ouverture en laissant assez d'espace pour ressortir. Nous achèverons ton travail de l'extérieur. Pour l'heure, mangeons et buvons, car nous devons récupérer des forces.

— Doucement, intervint Martianus. Nous ne sommes

plus habitués à manger à notre faim. Mieux vaut ne pas trop alourdir notre estomac. Je me souviens d'un de nos hommes, libéré en Pannonie, qui ne s'était nourri que de navets pendant trois mois et qui est mort après avoir dévoré une miche de pain ainsi que de la viande salée de porc. Mastiquez chaque bouchée, réduisez-la en bouillie avant de l'avaler. Buvez à petites gorgées. Dès que vous éprouverez une sensation de satiété, arrêtez-vous. Vous mangerez moins et plus souvent. Si vous m'écoutez, vous resterez en vie et recouvrerez vos forces. Si vous vous abandonnez à la gloutonnerie, vous mourrez. »

Uxal distribua les provisions qu'il avait volées dans le garde-manger du camp : du pain d'orge, des légumes secs, des noix. Et de l'eau.

Publius se mit aussitôt après à la tâche, il camoufla parfaitement la brèche de l'intérieur, puis de l'extérieur, étalant plusieurs couches d'argile du plat de la main, et parachevant son œuvre par une pierre. Maçon pendant plusieurs années, il avait conservé l'habileté qui caractérisait ce corps de métier.

Une fois ce travail accompli, ils tinrent conseil. Metellus se tourna vers Uxal, le seul à qui ces lieux étaient familiers. « Nous te devons la liberté et nous dépendons encore de toi. Que devons-nous faire ? Quelle direction allons-nous prendre ? »

Fier du rôle qu'on lui reconnaissait, le vieillard répondit : « Je vous conseille de ne pas bouger.

— Quoi ?

— Oui. Nos anciens geôliers vont lâcher tous les hommes dont ils disposent à chaque coin de route et sur chaque piste. Ils fouilleront les convois et les caravansérails dans un rayon de plusieurs milles. Leur échec les amènera à se rapprocher. Mais ils ne songeront sans doute pas à nous chercher sous terre et, en admettant qu'ils le fassent, ils ne trouveront rien. Nous attendrons ce moment-là pour sortir et nous nous éloignerons le plus possible. Ai-je été clair ?

— Très clair. Mais ton plan marchera-t-il ? demanda Metellus.

— Avons-nous le choix ?

— Je ne crois pas.

— Cette gorge sèche est une bonne cachette. Les Perses la considèrent comme un lieu de contamination et en sont terrifiés. De plus, il nous permettra de recouvrer nos forces avant d'affronter notre marche.

— Et les armes ? interrogea Balbus. Qu'en faisons-nous ?

— Peut-être convient-il de les dissimuler, de les abandonner... J'hésite, car un groupe armé suscite le respect, il est susceptible de négocier ou d'imposer ses volontés, ou encore de louer ses services. Dans des situations favorables, bien sûr.

— Je n'entrevois pas de situations favorables, pour nous, dans un rayon d'au moins dix milles, commenta Antoninus. Mais nous pouvons démonter nos armures, et nos cottes de maille ne prennent pas de place. Nous ne laisserons derrière nous que nos boucliers, trop encombrants.

— Puisque nous sommes d'accord, qu'il en soit ainsi, répliqua Balbus.

— Lorsque nous serons prêts à partir, reprit Uxal, nous aurons besoin de bêtes de somme. Il y a, non loin d'ici, une mare où s'abreuvent quelques ânes sauvages. Je les ai souvent vus d'en haut, quand je jetais les ordures. Il suffira de préparer un piège pour nous procurer un moyen de transport confortable. »

Metellus se tourna vers Septimius et Lucianus. « Si mes souvenirs sont bons, vous étiez d'habiles chasseurs. Occupez-vous de cette tâche. »

Les deux hommes acquiescèrent. « Si nous les attachons pendant quelques jours et leur donnons à manger ce que nous dénicherons dans les parages, ils nous suivront comme des agneaux. Nous obtiendrons de bonnes cordes en tressant les fibres de cette plante, qui pousse dans la roche. »

Metellus adressa un signe à Antoninus, qui appartenait au corps des *fabri*. Celui-ci opina du bonnet. « Et puis ? demanda-t-il encore à Uxal.

— Nous descendrons cette gorge sèche jusqu'à ce que nous voyions apparaître un ruisseau, un torrent, puis un affluent. Ce sera une marche pénible, mais hors de portée de vue et sur un itinéraire où les éclaireurs à cheval ne pourront pas nous suivre. Si je ne m'abuse, le Khaboras se trouve à l'ouest. Il jaillit d'une magnifique oasis où il est fort aisé de se cacher, ou de louer ses services à des caravanes ayant besoin d'une escorte pour s'enfoncer jusqu'au cœur de l'Asie. À une journée de marche de l'oasis, nous aurons tout loisir de nous embarquer sur le fleuve et d'atteindre les rives de l'océan. Alors, nous serons enfin en sécurité, et chacun pourra s'en aller par son propre chemin.

— Comment nous acquitter de notre dette envers toi ? interrogea Metellus.

— Vous le faites déjà. En cet instant précis, je suis un homme libre, je respire l'air de cette splendide soirée, je suis entouré d'amis. Si telle devait être ma dernière nuit, elle vaudrait la peine d'être vécue. Mais il est trop tôt pour se réjouir. Bien des obstacles nous attendent sur la route qui mène à l'océan.

— C'est vrai, intervint Quadratus. Toutefois, cela en valait vraiment la peine, tu as raison. Je me rends compte à présent qu'il est aussi important de mourir que de vivre en homme libre. »

Uxal reprit : « Bien sûr, il conviendra de se déplacer de nuit et de faire disparaître toutes les traces de notre passage pour éviter qu'on nous retrouve. Le moindre indice pourrait nous être fatal. En cas d'échec, promettez-moi que le premier coup d'épée sera pour moi. Si j'étais capturé vivant, il n'y aurait pas de limites à mes souffrances.

— Tu as la parole d'un officier romain, répondit Metellus en lui serrant la main. Elle vaut plus qu'un serment.

— Bien. Et maintenant, cherchons un abri pour demain. Deux d'entre vous remonteront le lit du ruisseau, deux autres le descendront. Le premier qui trouvera un refuge approprié viendra nous avertir. Pas un bruit, pas un mot. J'insiste : si l'on nous surprend, nous sommes perdus. »

Metellus envoya Quadratus et Antoninus vers l'aval, Balbus et Septimius vers l'amont.

Ce dernier découvrit une anfractuosité dans la roche, bien abritée et bien dissimulée par une dalle de calcaire. Il rebroussa chemin et déclara : « Quand j'étais petit, je passais le printemps à la montagne, chez mon oncle. J'aimais me promener dans les grottes. Je les connaissais toutes. Allez, venez, celle-ci me semble vaste. »

Aussi silencieux que des ombres, ses compagnons s'introduisirent l'un après l'autre dans une brèche qui servait d'entrée à la caverne, puis s'allongèrent sur le sable qui en tapissait le fond. Ils étaient épuisés par la tension, par les efforts, par les violentes émotions qu'ils avaient éprouvées au cours des dernières heures. Metellus se chargea de la première ronde, flanqué d'Uxal, qui refusait de le laisser seul.

« Tu n'as pas confiance en moi ? Sais-tu combien de tours de garde j'ai fait dans la légion ?

— Lorsque tu étais dans la légion, tu étais en bonne santé, bien nourri et en pleine possession de tes moyens. Ici, tu es en piteux état et tu as besoin de te reposer. Si tu restais seul, tu t'endormirais en moins d'une heure.

— Pas toi ?

— Les vieillards dorment peu. Et ils aiment bavarder... C'est une belle nuit, commandant Aquila. Tel est le nom de ta famille, n'est-ce pas ?

— Oui.

— Un nom de vrai soldat ! Avec un nom pareil, tu n'avais pas d'autre avenir !

— Nous disons *nomen est omen*. Le destin est écrit dans le nom. »

Uxal leva les yeux. « Que d'étoiles ! C'est merveilleux ! Et dire que nous avions le même ciel au-dessus de nos têtes, au camp...

— Nous n'avions certes pas l'occasion de l'admirer ! Le soir, nous étions si fatigués que nous nous écroulions aussitôt après avoir avalé notre lavasse quotidienne. »

Uxal contemplait un squelette, étendu non loin de là entre deux rochers. « De qui peut-il bien s'agir ?

— Qu'importe ? D'un des nombreux individus qui ont péri dans cet enfer.

— Maintenant, il ne souffre plus. Il rit de toutes ses dents. Il rit de nous, qui suons, nous inquiétons et inventons mille expédients pour prolonger notre vie d'un misérable souffle. Il sait qu'il faut mourir un jour et qu'il est inutile de se démener autant. Voilà pourquoi il rit. Tu ne crois pas ?

— C'est possible. Si c'est le cas, il se trompe. Chaque instant mérite d'être vécu. Je me suis toujours raccroché à de simples sensations, y compris dans les périodes les plus noires de mon existence : être en vie, voir mes amis, admirer les aubes et les couchers de soleil, entendre les oiseaux chanter et les chacals hurler la nuit. Voilà ce qui comptait pour moi. Et l'espoir, bien sûr. L'espoir ne meurt jamais. L'espoir de retrouver mon fils, par exemple.

— Ah, ton fils...

— Dans dix jours, ce sera son anniversaire. Si j'étais avec lui, j'organiserais une belle fête. Je lui offrirais une petite armure, fabriquée par un bon artisan, et une cape de tribun militaire. Il en rêve ! C'est un gentil garçon. Il respecte son pédagogue, est appliqué, intelligent et affectueux. Le soir, quand je rentrais au quartier général, il venait à ma rencontre, ôtait mon épée et m'aidait à délacer mes jambières. Il m'apportait des serviettes propres pour le bain et s'asseyait sur le bord du bassin. Il me posait mille questions. »

Uxal soupira. « Comme il doit être agréable d'avoir des enfants !

— Oui, quand on est fortuné. N'en as-tu jamais eu ?

— Et comment ? Pour avoir des enfants, il faut une femme. Qui voudrait épouser un homme comme moi ? Parfois, je me demande quel aspect ma progéniture aurait eu. Et ton fils, comment est-il ?

— C'est un bel enfant. Il a les yeux noirs et profonds de sa mère, la peau lisse, d'un beau doré.

— Il ne te ressemble donc pas ?

— Si. Nous avons un peu le même caractère, les mêmes manières, la même démarche.

— Tu le retrouveras. J'en suis certain. »

Metellus baissa la tête.

C'est alors que des hennissements et des cris retentirent au loin. Les deux compagnons se dévisagèrent avec crainte. Mais Uxal ne tarda pas à retrouver sa bonne humeur. Il s'exclama en ricanant : « Ils tâtonnent dans le noir, ha, ha, ha !

— Chut ! Veux-tu donc qu'on nous entende ?

— Ne t'inquiète pas, nos poursuivants ne savent pas où nous chercher. Et tu sais pourquoi ? Parce qu'ils sont persuadés que personne n'a jamais quitté, vivant, le troisième niveau. Or c'est justement de là que nous nous sommes sauvés. À l'heure qu'il est, les surveillants fouillent sans doute les baraques, les ordures, le fenil, ils examineront les prisonniers un à un, leur ordonneront de se déshabiller et de défiler devant eux. J'ai déjà vu cette scène, il y a bien longtemps... Tiens ! Ils sont passés de l'autre côté. »

Il indiqua les lumières qui se déplaçaient sur le bord du ravin, du côté opposé à celui du camp. « Ils ont atteint cet endroit au prix d'un long détour. Il paraît que le ravin est infranchissable sur de nombreux milles à l'amont et à l'aval. C'est, au reste, la raison pour laquelle ils ont bâti le camp là il se trouve. »

Bientôt, les cavaliers furent engloutis par les ténèbres. Metellus scruta les étoiles et dit : « L'heure du deuxième tour de garde est arrivée. Je vais réveiller Quadratus. Tu devrais dormir un peu, toi aussi. »

Un peu plus tard, il s'allongea enfin sur le sable sec, dans la tiédeur de la caverne, en paix avec lui-même, avec la nature qui l'entourait et le protégeait. Il dormit d'un sommeil bref, mais profond.

La lumière du soleil et la voix d'Uxal le réveillèrent : « Voulez-vous vous raser, commandant ? »

Le vieillard se tenait devant lui, armé d'une cuvette d'eau, d'une éponge, de ciseaux et d'un rasoir.

« Où as-tu trouvé tout ça ?

— Quand j'ai rebroussé chemin à la recherche de vivres et d'eau, j'ai aperçu de nombreux autres articles dans l'entrepôt. Je me suis donc servi. Vous avez vraiment l'aspect de forçats évadés. Un bon rasage vous rendra une allure de seigneurs. »

Metellus se soumit de bon gré à la torture d'Uxal, qui lui rasa les joues avec un instrument qui avait dû connaître des jours meilleurs et des ciseaux qui avaient sans doute servi à tondre les moutons. Ses camarades l'imitèrent. Ce simple rite leur donna le sentiment de réintégrer la civilisation. Ils le jugèrent de bon augure.

Ils commencèrent à rationner leur nourriture en prévision du séjour dans la grotte et du voyage qui les attendait. Cependant, Publius et Lucianus, qui avaient servi en Palestine et en Arabie, reconnurent bientôt à l'extérieur des plantes produisant de petits bulbes au goût de noisette, fort nourrissants. Ils les ramassaient à la tombée du soir, après s'être couverts de poussière pour mieux se confondre avec le milieu naturel.

La capture des ânes fut plus compliquée qu'ils ne l'avaient pensé. Ils fabriquèrent des cordes en tressant les fibres d'une plante et préparèrent des appâts avec une grande quantité de bulbes. Il leur fallut trois jours pour attraper trois ânes, deux femelles et un jeune mâle, qu'ils conduisirent à grand-peine à leur refuge, où ils les habituèrent à leur présence. Avec les fibres de la même plante, ils confectionnèrent des nattes.

Metellus et Antoninus étudièrent une voie leur permettant de gravir la paroi du ravin et parvinrent, à la faveur de la nuit, à atteindre un endroit d'où l'on pouvait épier le camp d'Aus Daiwa. De nombreuses patrouilles y entraient et en ressortaient. Des signaux lumineux palpitaient dans le vaste désert qui s'étendait de toutes parts jusqu'à l'horizon. On les cherchait encore.

Ils décidèrent de patienter deux jours supplémentaires, puisque deux jours les séparaient de la nouvelle lune, d'une nuit totalement sombre.

Puis ils bandèrent les sabots des ânes et les chargèrent de leurs armures, qu'ils dissimulèrent sous les nattes. Et quand la dernière lueur se fut éteinte, ils se mirent en route. Grâce au repos forcé et aux aliments nourrissants qu'ils avaient consommés, ils avaient recouvré leurs forces.

Ils avancèrent prudemment en veillant à ne pas faire de bruit et quand ils s'arrêtèrent, à l'aube du lendemain, ils n'avaient pas parcouru plus d'un mille. L'absence d'abri et la proximité de la mine les mettaient à la merci d'une patrouille qui eût longé le bord du ravin.

Ils se divisèrent donc en trois groupes, qui marcheraient à trois cents pas l'un de l'autre, puis poursuivirent leur route dans l'espoir de trouver un refuge.

Soudain, le centurion Elius Quadratus, qui guidait la petite avant-garde, entendit un crépitement de sabots en haut de la gorge. Il ordonna à ses compagnons de se plaquer contre la paroi rocheuse et à Antoninus, qui se tenait à ses côtés, d'aller avertir le groupe suivant.

Antoninus arriva juste à temps : un instant plus tard, et le groupe composé de Balbus, d'Uxal, de Lucianus et des ânes aurait surgi en pleine lumière. Les quatre hommes attendirent en retenant leur souffle que le bruit du galop eût décru pour rejoindre leurs camarades, qui s'étaient préparés au pire. Metellus déclara :

« Les dieux nous protègent. Continuons ! Nous n'avons pas le choix. »

Ils couvrirent encore un mille. Si l'ombre des hauteurs et des pitons rocheux qui se dressaient sur la rive est du gouffre les dissimulait de temps à autre, ils étaient tenaillés par la crainte d'être vus. Enfin, ils dénichèrent un abri suffisamment vaste : les inondations périodiques avaient creusé le grès friable qu'enserraient deux couches de silex, créant une cavité assez profonde et assez haute pour permettre à un individu de s'y tenir debout. Les Romains et leur guide y poussèrent les ânes et y pénétrèrent en toute hâte. Soulagés, ils s'octroyèrent un peu de repos.

Metellus chargea Publius et Antoninus de dénicher un point d'observation leur permettant d'épier le territoire environnant, le camp d'Aus Daiwa – en admettant qu'il fût encore visible – et l'enceinte de surveillance qui devait se situer derrière eux.

Vêtus d'une courte tunique, les deux hommes se hissèrent sur une corniche et, de là, au sommet de la paroi. Ils y montèrent la garde pendant toute la journée.

À leur retour, ils trouvèrent leurs compagnons en proie à une certaine agitation : Septimius et Lucianus avaient abattu, à l'aide de leurs javelots, un bouquetin qu'ils s'employaient à dépecer.

« Par Hercule ! s'exclama Quadratus. J'ignorais que vous étiez chasseurs !

— Je suis à moitié celte, répondit Septimius. Chez nous, nous apprenons à chasser le sanglier avant même de parler. »

Lucianus ajouta : « Et moi, je suis à moitié grec. J'aime la viande grillée ! Il me tarde de la savourer.

— Il n'en est pas question, coupa court Metellus. Nous sommes encore trop près de la mine. La fumée et l'odeur risqueraient de nous trahir. La viande crue sera tout aussi nourrissante.

— De la viande crue ! s'écria Uxal. Un plat qui se prête mal aux édentés dont je fais partie. Tant pis, je me contenterai de farine de pois chiches. » Mais ses camarades hachèrent les entrailles, le cœur et le foie de la bête à son intention. Ils découpèrent ensuite d'autres morceaux, qu'ils enveloppèrent dans les nattes afin de mieux les conserver. Ils espéraient les cuire dès que possible.

Leur bonne humeur apparente dissimulait une peur irrépressible. La peur de voir s'évanouir tôt ou tard la liberté qu'ils avaient reconquise, la peur de ne pas avoir le temps de se donner la mort s'ils tombaient dans les mains de leurs ennemis. Le hurlement du chacal salua un très mince croissant de lune et marqua le début du premier tour de garde, qui échut au centurion Sergius Balbus et au légionnaire Septimius. Armés d'un poignard et d'une épée, ils se placèrent au pied de deux rochers, au centre du couloir, et veillèrent en silence, traquant le moindre bruit, épiant toutes les ombres de la nuit.

De temps à autre, Balbus interpellait son compagnon, à dix pas de lui : « Hé, blondinet ! Tu es là ?

— Je suis là, centurion. Je suis là. »

la bête à son intention. Ils découpèrent ensuite d'autres morceaux, qu'ils enveloppèrent dans les pattes afin de mieux les conserver. Ils espéraient les cuire dès que possible.

Leur bonne humeur apparente dissimulait une peur irrépressible, la peur de voir s'évanouir tôt ou tard la liberté qu'ils avaient reconquise, la peur de ne pas avoir le temps de se donner la mort s'ils tombaient dans les mains de leurs ennemis. Le hurlement du chacal salua un très mince croissant de lune et marqua le début du premier tour de garde, qui échut au centurion Sergius Balbus et au légionnaire Septimius. Armés d'un poignard et d'une épée, ils se placèrent au pied de deux rochers, au centre du couloir, et veillèrent en silence, traquant le moindre bruit, épiant toutes les ombres de la nuit.

De temps à autre, Balbus interpellait son compagnon à dix pas de lui d'un chuchotement : « Es-tu là ? — Je suis là, centurion, je suis là. »

9

La marche reprit au terme du second tour de garde et, au bout d'un moment, le terrain se fit plus praticable. Le fond du ravin s'élargit et les bords s'abaissèrent. La pierre polie par le vent offrait le double avantage d'une progression aisée et de l'absence d'empreintes.

La blancheur des rochers et des parois reflétait une clarté qui permettait de voir où l'on posait les pieds. Quand le jour se leva, les Romains et leur guide avaient parcouru trois milles dans le silence le plus complet et en toute tranquillité. Ils n'osaient toutefois espérer que leur chemin se poursuivrait sans embûches.

Il leur fallut chercher une nouvelle cachette, où ils attendirent la tombée de la nuit. Metellus ordonna à Lucianus et à Septimius, qui semblaient s'apprécier, d'explorer les environs afin de s'assurer qu'ils n'étaient pas suivis. S'ils ne disposaient pas d'une grande liberté de mouvement, dans cette région aride et plate, ils pouvaient au moins éviter à leurs camarades des surprises indésirables, leur signaler l'arrivée de patrouilles perses ou de convois. Les premières constitueraient un danger mortel, les seconds le salut.

Ils avancèrent de la sorte quatre nuits durant et atteignirent bientôt un endroit recouvert de cailloux et de graviers, constellé de buissons épineux et de plantes aromatiques. Ils s'arrêtèrent pour tenir conseil. Metellus prit la parole :

« Désormais, nous sommes à découvert, et donc vulnérables, mais nous ne pouvons rebrousser chemin ou nous abriter éternellement dans le ravin. Uxal connaît cette région mieux que nous, son avis sera donc déterminant.

— Je n'ai pas grand-chose à dire, répondit le vieillard. Nous n'avons pas d'autre choix que de suivre le lit du ruisseau. Les rives nous dissimuleront en partie. En cas de danger, il suffira de nous coucher et d'attendre. La nuit nous protégera, elle aussi, bien que la lune soit de plus en plus lumineuse. Si mes souvenirs sont bons, nous devrions, dans deux ou trois étapes, croiser le chemin des caravanes qui se dirigent vers les oasis, ou vers la rive de l'océan. Nos chances de salut augmenteront alors de jour en jour.

— Par les dieux ! Tu es un véritable stratège ! s'exclama Balbus d'un ton ironique. Tu surpasseras bientôt le commandant Metellus.

— Si tu as une meilleure idée, personne ne t'empêche de l'exposer. Je me contente de dire ce que je sais et je propose ce qui me paraît juste.

— Balbus plaisantait, intervint Metellus. Je partage ton avis. Espérons que la fortune continuera de nous être propice. Une chose m'inquiète, cependant. L'absence de vivres. Nous aurons terminé nos réserves d'ici deux jours, ainsi qu'une bonne partie de l'eau.

— À en juger par la végétation, de plus en plus abondante, nous devrions bientôt rencontrer un point d'eau. Quant à la nourriture, nous nous la procurerons à l'oasis de Khaboras. Si la situation devenait désespérée, les ânes nous serviraient de repas.

— Alors remettons-nous en route, dit Metellus. Et que la fortune nous assiste ! Antoninus ira en avant-garde, et Quadratus en arrière-garde. Je ne vois pas d'autre précaution à prendre. »

Les deux hommes s'éloignèrent de leurs compagnons d'un demi-mille chacun et les rejoignirent aux premières lueurs de l'aube.

La petite troupe couvrit ainsi deux étapes d'environ deux parasanges, soit un peu plus de six milles romains. Le matin de la seconde étape, Quadratus affichait toutefois un air inquiet.

« Que se passe-t-il ? demanda Metellus.

— J'ai aperçu un homme, commandant. Je pense qu'il nous suit.

— Est-il seul ?

— Oui.

— Cela me paraît étrange.

— J'en suis pourtant presque sûr.

— Est-il à pied, ou à cheval ?

— À cheval.

— En général, les Perses se déplacent en groupes fournis, intervint Uxal. S'ils voyageaient seuls, ils seraient obligés de lâcher leur proie pour aller faire leur rapport à leurs supérieurs.

— C'est vrai, approuva Metellus. Dans ce cas, de qui peut-il s'agir ?

— Je l'ignore, répondit Quadratus. Je l'ai vu à deux reprises, sur l'arête d'une colline, au loin. Puis il a disparu. »

Metellus reprit : « Il n'y a qu'un seul moyen de découvrir son identité : aller à sa rencontre et le surprendre, par exemple juste avant l'aube. Emmène Publius, qui est agile et rapide, et essaie d'apprendre ce que cet homme veut. Mais ne vous exposez pas, ne prenez pas de risques.

— Nous ferons de notre mieux, commandant. Tu peux compter sur nous.

— Bien. Reposez-vous d'abord une heure ou deux. Emportez un glaive et un poignard, ils pourraient vous être utiles. Au moindre signal de danger, rebroussez chemin.

— Compris. » Quadratus s'éloigna avec son compagnon et s'allongea sur une natte à l'abri d'un grand buisson de tamaris.

À la fin du premier tour de garde, ils s'emparèrent des armes et se dirigèrent vers l'arrière.

Ils cheminèrent prudemment en profitant de l'abri que leur offraient la maigre végétation et le relief du terrain. La clarté du premier croissant de lune leur permettait de distinguer les contours du paysage, et le ciel limpide était rempli d'étoiles. Soudain, Quadratus retint Publius.

« Qu'y a-t-il ?

— Tu ne sens pas ? Une odeur de brûlé.

— C'est vrai.

— Un feu. Un bivouac. Et pas très loin.

— Allons jeter un coup d'œil ?

— Oui, mais rampons. Nous avons promis de ne pas courir de risques inutiles. »

Ils avancèrent tout doucement en tâtant le terrain pour éviter de faire rouler le moindre caillou et parcoururent ainsi un demi-mille. Après quoi Quadratus adressa à Publius le signal convenu, le chant du rossignol, qu'ils utilisaient lors des campagnes militaires pour indiquer la proximité de l'objectif.

Le jeune homme l'imita et le rejoignit.

Quadratus pointa alors l'index devant lui : un bivouac éteint répandait une légère odeur de fumée. « La cendre est encore chaude, dit-il une fois qu'ils se furent approchés. L'individu qui a allumé le feu ne s'est pas soucié de l'éteindre.

— C'est vrai, répondit Publius en refermant le poing sur les cendres. Peut-être ne veut-il pas gaspiller ses provisions d'eau.

— Ne dis pas de bêtise. Il suffit d'un peu de sable pour éteindre un foyer. Je me demande s'il n'a pas essayé de nous attirer ici pour... »

Il n'eut pas le temps d'achever sa phrase. Publius lui asséna un coup de coude. Son regard était rempli de stupéfaction et de peur.

Un cavalier se tenait à vingt pieds de là, immobile. À la lueur de la lune, les Romains distinguèrent son corps mince, d'adolescent, ou presque, son pantalon et sa tunique. Son visage était dissimulé par une étoffe noire, fixée à un couvre-chef en feutre d'une forme étrange.

« Crois-tu qu'il est armé ? chuchota Publius.

— Oui, je le crains. Ne bouge pas. Nous ignorons son plan. »

Le cavalier talonna son cheval et le fit tourner autour des deux hommes. Bien que le silence de la nuit fût absolu, le bruit des sabots était presque imperceptible.

« On dirait qu'il ne touche pas terre, murmura encore Publius, dont le regard était aimanté par la mystérieuse figure.

— Ne bouge pas. Ne lui fais pas face. Il ne nous frappera pas dans le dos. Si nous nous retournons ensemble, il pensera que nous avons peur.

— La pure vérité », admit Publius entre les dents.

Le cavalier acheva ses circonvolutions autour des deux hommes et se plaça une nouvelle fois devant eux. Soudain, un arc apparut entre ses mains, une flèche encochée sur la corde tendue.

« C’est terminé. Adieu, centurion, nous nous reverrons dans l’Hadès. »

Quadratus s’abstint de répondre. Fasciné, il fixait la pointe de la flèche. Le cavalier le tint en joue un moment, puis il écarta l’arc et éperonna sa monture. Quelques instants plus tard, il avait disparu derrière une ondulation du terrain.

Les deux compagnons se dévisagèrent, avant de rebrousser chemin d’un pas rapide.

Le jour se levait quand ils rejoignirent leurs camarades. Ils leur racontèrent ce qui leur était arrivé. Metellus demanda à Uxal : « Qu’en penses-tu ? De qui pouvait-il s’agir ? Certainement pas d’un éclaireur perse, puisqu’il les a épargnés.

— Non, un éclaireur ne se serait pas contenté de les menacer. De plus, il aurait été accompagné. À l’évidence, notre homme ne veut pas être dérangé. Si l’un de vous devait de nouveau croiser sa route, il n’hésiterait pas à utiliser son arc.

— C’est aussi ce que je crois, dit Quadratus. S’il avait eu l’intention de nous éliminer, rien ne l’en aurait empêché. Il a voulu nous signifier de le laisser en paix.

— Vous avez dit qu’un voile noir lui couvrait la bouche, n’est-ce pas ? demanda Metellus.

— Oui, une étoffe enroulée autour d’un étrange couvre-chef. L’homme portait une tunique croisée devant et resserrée par une ceinture, ainsi qu’un pantalon et des chaussures qui lui recouvraient les pieds. »

En un éclair, Metellus revit le cavalier qui avait surgi à Édesse, dans l’entourage de Chahpour, et, plus tard, sur le haut plateau perse.

« Cet individu est étrange, observa Severus. Il nous suit, mais ne veut pas être suivi.

— Ce n’est pas sûr, rétorqua Balbus, qui avait gardé

le silence jusqu'à ce moment-là. Peut-être emprunte-t-il tout simplement la même route que nous. Peut-être fuit-il, lui aussi, quelque chose ou quelqu'un.

— C'est possible, répondit Metellus. Voilà pourquoi sa présence ne me paraît pas inquiétante. Continuons notre chemin. Et profitons de la fraîcheur. Quand il fera trop chaud, nous nous arrêterons. Et si nous ne trouvons pas d'abri, nous en construirons un. En marche ! »

Il s'ébranla le premier. Balbus et Quadratus lui emboîtèrent le pas. Venaient ensuite Uxal, Septimius et Lucianus avec les ânes. Antoninus, Severus, Martianus, Publius et Rufus, qui ne se séparait jamais de son javelot, fermaient la marche.

L'aurore s'annonça par une fine bande rosée à leur gauche, puis par un arc lumineux qui balaya les étoiles l'une après l'autre. Quand le soleil se leva, le paysage aride, que la lumière incertaine, le bleu de la nuit et le rose de l'aube avaient sculpté et teinté d'une multitude de couleurs et d'ombres évanescentes, se transforma en une lande calcinée et aveuglante, sur laquelle l'air brûlant créait des images trompeuses.

Voyant ses hommes ruisseler de sueur, Metellus leur ordonna de s'arrêter et de construire un refuge avec leurs nattes et leurs bâtons. Ils abandonnèrent les ânes aux buissons de tamaris et aux plantes vert vif en forme de globe qui poussaient entre les pierres.

Ils s'allongèrent côte à côte, se couvrirent le visage d'un linge et essayèrent de dormir. Rufus veillait en compagnie de Publius, dont le regard fouillait l'horizon.

« Le voici, déclara soudain ce dernier.

— Qui ?

— Lui. L'archer à cheval.

— Je ne vois rien.

— Regarde ce tourbillon de poussière ! Il est là-bas, sur l'arête de cette colline.

— Tu as de bons yeux. Ah oui, je le vois moi aussi ! Mais que fait-il ?

— Rien. Il est planté sur son cheval, au beau milieu du désert.

— Le soleil ne lui tape-t-il donc pas sur la tête ?

— Qui sait ? Nous ignorons d'où il vient et qui il est. On prétend que l'Asie est si grande qu'elle couvre le reste du monde. Certaines terres sont peuplées de monstres à un seul pied, ou sans visage, ou encore pourvus d'un œil au milieu de la poitrine.

— Et tu y crois ?

— Je ne sais pas. Mais je suis certain d'une chose : cet homme est différent de nous. Nous nous sommes retrouvés nez à nez avec lui comme s'il surgissait du néant. Je me demande aussi ce qu'il cache derrière son grand voile noir. Le centurion Balbus n'a peur de rien, et pourtant il a blêmi quand il l'a vu apparaître à la lumière de la lune, son arc pointé sur lui.

— Tout le monde est blême à la lumière de la lune.

— Vous allez arrêter ! interrompit Quadratus. J'aimerais bien dormir une heure ou deux. »

Les deux hommes se turent, sans détourner les yeux de la petite silhouette sombre, immobile sur l'arête d'une colline.

« Si tu veux mon avis, reprit Rufus tout bas, il nous laisse aller de l'avant pour éviter de mauvaises surprises.

— Ou alors il nous suit parce qu'il ne sait pas où aller. Il doit croire que nous connaissons la route.

— C'est possible. Quoi qu'il en soit, le commandant a raison, laissons-le cuire dans son jus et occupons-nous de nos affaires. Il finira par s'envoler. »

Et de fait, l'homme disparut aussi vite qu'il était apparu. Rufus et Publius furent distraits un instant par les ânes et, lorsqu'ils tournèrent de nouveau le regard vers les collines, le cavalier s'était évanoui dans le tremblement de l'air brûlé par le soleil.

Quand vint le soir, ils mangèrent quelques dattes sèches et quelques noix, burent la dernière ration d'eau, que Martianus servit dans une écuelle en bois, et se remirent en route le long du lit asséché du torrent.

Ils cheminèrent toute la nuit et la nuit suivante, l'estomac presque vide et le gosier sec. De plus en plus las, ils payaient le prix des efforts et des traitements inhumains qui avaient été leur lot pendant un an et demi. Seules la force de leur volonté et la constance de leur esprit, qu'ils avaient trempé dans les épreuves les plus dures, leur permettaient d'avancer.

L'état d'Uxal les inquiétait : son âge, sa fatigue, les émotions de cette aventure semblaient peser sur son corps gracile.

À l'aube du troisième jour, la végétation commença enfin à croître sur le lit du torrent, et le vieillard reprit courage, au point d'exhorter les Romains à poursuivre leurs efforts, au lieu de préparer un abri pour la journée.

« Pourquoi es-tu aussi pressé ? demandait Metellus. Nous avons beaucoup attendu. Nous pouvons attendre encore.

— Je suis certain que nous touchons au but. Tu vois ces oiseaux ? Ce sont des pinsons, ils ont besoin de boire tous les jours. Nous sommes presque arrivés. »

Il ne se trompait pas. En l'espace de deux heures, la température changea et la végétation s'épaissit.

« Je vais faire un tour, déclara Uxal. On ne sait jamais. Attendez-moi et soyez discrets. »

Il partit seul et quand il ressurgit, quelques instants plus tard, il avait les cheveux et les vêtements mouillés, les lèvres étirées en un sourire qui aurait été radieux s'il n'était pas édenté.

« De l'eau !

— De l'eau ? répéta Metellus, incrédule.

— Des dattes et des pistaches. En abondance. »

Metellus ne souffla mot, mais il remercia en son for intérieur ses ancêtres et le génie bienveillant de Clelia, qui l'avaient protégé jusqu'à cet instant-là. Il emboîta le pas à Uxal et gagna le sommet d'une modeste colline, où il s'immobilisa pour contempler l'image du salut. Il regarda ses hommes courir vers un bosquet de palmiers et de tamaris luxuriants sans oser croire qu'ils avaient accompli un pas de plus vers la liberté.

De l'eau et de la nourriture nous donneront la force et le courage de continuer, songeait-il en les rejoignant. Nous trouverons des centres habités, des marchés, des caravanes qui nous emmèneront loin de cet enfer.

Son fils lui avait envoyé, par ses pensées et par la foi en son retour, l'eau qu'il s'apprêtait à boire, se disait-il, persuadé que les bonnes intentions de ses êtres chers infléchissaient le cours des événements en sa faveur, ou en la faveur de ses compagnons.

L'eau jaillissait entre deux pierres de calcaire, remplissant jusqu'au bord un bassin naturel. Elle ruisselait en cascade à travers une fissure et alimentait une rigole qui se ménageait un passage entre des cailloux étincelants et du sable.

Nus, ses hommes s'aspergeaient en riant et en plaisantant comme des adolescents, heureux de pouvoir enfin se laver. Après s'être désaltéré, Metellus s'unit à ce bain collectif avec le sentiment d'avoir recouvré ses forces et sa confiance en l'avenir.

Il était midi lorsqu'ils abandonnèrent la mare. Ils s'allongèrent à l'ombre en laissant Martianus de garde aux portes de l'oasis.

Remarquant qu'il y avait là de nombreuses traces d'animaux, Lucianus déclara : « Nous trouverons sans doute de la viande. Gazelles, bouquetins et antilopes viendront s'abreuver à la tombée de la nuit. Il suffira de patienter et de bien viser.

— Pourrons-nous allumer le feu ? interrogea Severus.

— Je pense qu'il n'y a plus de danger, répondit Uxal. De nombreux milles nous séparent de la mine d'Aus Daiwa et plusieurs jours se sont écoulés depuis notre évasion. De plus, les caravanes transitent par cette route. La fumée d'un bivouac n'aura rien d'anormal. Nous dissimulerons notre feu derrière des nattes et des feuilles de palmier.

— Cette idée ne me plaît guère, répliqua Metellus. Cependant, je suis prêt à courir ce risque. Nous avons besoin de forces, et un morceau de viande rôtie constitue une belle tentation, y compris pour un légat. »

Les hommes éclatèrent de rire, avant de s'abandonner l'un après l'autre au repos. Ils employèrent le reste de la journée à ramasser des dattes encore vertes mais déjà comestibles, ainsi que des pistaches, dans l'intention de les griller dès qu'ils auraient allumé le feu.

Lucianus et Septimius chassèrent leurs camarades de la source et se mirent à l'affût. Rufus les rejoignit, armé de son inséparable javelot, et ils attendirent tous trois que la nuit tombe. Ils s'étaient abstenus d'entraver les ânes de façon que leur présence rassure les animaux sauvages.

Peu après le couchant, une jeune gazelle s'approcha. Flairant le danger, elle s'éloigna aussitôt. Un chacal vint s'abreuver, avant de repartir en trottinant. Les bêtes de grande taille se présentèrent plus tard : une antilope et un couple de bouquetins. Profitant de la faible lumière, Lucianus visa et décocha une flèche.

Touchée à la cuisse, la femelle tenta la fuite. Le javelot de Rufus la cloua au sol, tandis que le mâle et l'antilope s'échappaient en quelques bonds et disparaissaient dans l'obscurité. Septimius l'acheva au couteau, la dépeça et la découpa. Pendant ce temps, Uxal s'efforçait d'allumer le feu à la manière des nomades, en frottant un bâtonnet de sycomore dans le creux d'une branche sèche de tamaris. Il se lassa vite, mais Balbus et Quadratus, qui l'avaient observé, le relayèrent. Un peu plus tard, un filet de fumée s'élevait, suivi d'une petite flamme.

Ce fut le premier vrai repas que les Romains consommèrent après dix-neuf mois de captivité. Uxal avait saupoudré la viande d'une herbe salée qui poussait parmi les pierres.

« Si nous avions un peu de vin..., dit Antoninus. Je ne sais pas ce que je donnerais pour une gorgée de Massique.

— Nous avons eu de l'eau, rétorqua Metellus. C'est déjà un miracle.

— Commandant, dit Rufus, nous allons nous en tirer, n'est-ce pas ? Ils ont sans doute arrêté leurs recherches. »

Metellus arracha une tige d'avoine sauvage, qu'il tourna et retourna un moment entre ses doigts. Puis il répondit : « Il convient toujours de se glisser dans les pensées de l'ennemi. Que ferais-tu si tu étais à leur place ? Baisserais-tu les bras ? »

Antoninus garda le silence.

« Vivons au jour le jour, reprit Metellus. Chaque journée qui s'achève est une journée de gagnée. Oui, nous pouvons nous en tirer. Chaque heure qui passe nous rapproche de la liberté, mais les Perses ne se résigneront pas, soyons-en certains. Et maintenant, couvrez le bivouac, effacez les traces, mettez le bât aux ânes et partons. »

Ils s'ébranlèrent peu après, et leur petite colonne fut engloutie par l'obscurité de la nuit.

10

À trois ou quatre milles de là, une caravane composée d'une douzaine de chameaux et d'une petite escorte de cavaliers apparut sur l'arête d'une colline. Leurs silhouettes étaient sombres, car ils se déplaçaient à contre-jour en suivant un itinéraire parallèle à celui des Romains, qui empruntaient le lit du torrent par souci de discrétion. Metellus, qui s'était écarté de plusieurs centaines de pas afin de s'assurer qu'on ne les voyait pas, avait constaté avec soulagement que seule la tête des plus grands était visible. En revanche, il était impossible de les distinguer dans le noir.

Il décida qu'on marcherait seulement la nuit, cette tactique ayant donné jusqu'alors d'excellents résultats. Cependant, on s'ébranlait maintenant au crépuscule et on ne s'arrêtait qu'au lever du soleil, ce qui permettait de pousser la distance couverte à chaque étape jusqu'à sept ou huit milles.

Le cours d'eau s'élargissait de plus en plus, alimentant une végétation assez abondante, où se pressaient de nombreux animaux, en particulier des perdrix et des outardes. Leur chair enrichissait souvent le régime des Romains. Uxal excepté, ils étaient tous jeunes, et leurs organismes, longtemps opprimés par les privations, réagissaient bien à la nourriture rare, mais nourrissante, qu'ils parvenaient à se procurer. Plus que tout, l'enthousiasme de la liberté retrouvée et la détermination les ragaillardissaient.

Ils continuèrent donc leur progression, parallèlement à la caravane, sans doute constituée de marchands, de domestiques et de gardes, qu'ils avaient aperçue. Chaque nuit ils bivouaquaient sur les rives du torrent, où ils allumaient un feu et préparaient de quoi dîner.

Au cours de la deuxième étape, le torrent fut avalé par le sol et la nourriture se raréfia pendant les huit milles suivants. Mais Uxal avait toujours des ressources. Un soir où il rôtissait des aliments sur une pierre chauffée par les braises, Quadratus lui demanda :

« Qu'est-ce que c'est ? L'odeur est agréable.

— C'est bon. Goûte. »

Le centurion se servit, bientôt imité par ses compagnons.

« Qu'est-ce que c'était ? finit par interroger Severus.

— Des larves.

— Tu veux dire des vers ? s'exclama Severus, dégoûté.

— Appelle-les comme tu le veux. L'important, c'est de manger, répondit Metellus. Je ne veux pas que vous perdiez vos forces. La moindre étincelle d'énergie nous est nécessaire. »

Ils parcoururent deux autres étapes de trois parasanges et virent avec soulagement réapparaître le torrent. Au terme de la sixième étape, ils atteignirent à l'aube une région couverte de palmiers luxuriants, parmi lesquels le torrent s'enfonçait avant de confluer dans le Khaboras. Dominant la vallée de sa présence scintillante, ce fleuve coulait du nord vers le sud. De nombreuses caravanes campaient le long de ses rives et parmi les palmeraies ; d'autres surgissaient de tous côtés. On distinguait aussi à l'ouest un village de maisons basses en briques crues, revêtues de boue.

« L'oasis de Khaboras ! exulta Uxal. Ne vous l'avais-je pas dit ?

— Nous n'avons jamais douté de toi, déclara Metellus en posant une main sur l'épaule du vieillard. Et nous t'en sommes reconnaissants. Tu es le véritable chef de notre expédition. Sans toi, nous n'aurions jamais pu rallier cet endroit. Mais je crains que le plus dur ne soit à venir. Les oasis sont des passages obligatoires pour le commerce. Nos ennemis le savent mieux que quiconque. Je suis certain que les caravanes ou les maisons cachent des espions perses, sinon des soldats déguisés. »

Quadratus demanda : « Quels sont tes plans, commandant ?

— Envoyons Uxal en éclaireur avec deux ânes. Septimius tiendra le rôle de son serviteur, ce qui le dispensera de parler. En outre, il reviendra nous faire son rapport. Quand Uxal aura négocié un passage avec une caravane, nous le rejoindrons, prêts à entreprendre le voyage et à fuir définitivement le danger.

— C'est une bonne idée. Et quand devrons-nous partir ? » interrogea Uxal.

Metellus regarda le soleil. « Les individus qui n'ont rien à se reprocher voyagent dans la journée. Vous gagnerez donc l'oasis ce soir. Il vous faudra patienter un peu. »

Les hommes s'installèrent à l'ombre des palmiers et, pour tromper le temps, se consacrèrent à de menues occupations, laver le linge dans le torrent, tailler un bâton, aiguiser une épée ou un poignard, fabriquer un panier avec des roseaux tressés, etc.

Publius préféra rebrousser chemin sur un demi-mille avec Rufus, qui l'interrogea :

« Tu penses toujours à l'archer à cheval ?

— Imagine un moustique qui ne cesse de te tourner autour en vrombissant. Tu sais qu'il va te piquer et tu ne peux détourner tes pensées de lui.

— Je vois très bien ce que tu veux dire.

— Je donnerais n'importe quoi pour savoir où cet homme se trouve à cet instant précis et ce qu'il a dans la tête. »

Les deux amis atteignirent une hauteur, d'où ils eurent tout loisir d'embrasser du regard une vaste étendue. Mais il n'y avait qu'une caravane, au loin, destinée probablement à l'oasis du Khaboras.

« À mon avis, il est parti de son côté. Nous ne le reverrons pas, crois-moi, dit Rufus.

— Je le souhaite. Une petite voix me dit toutefois qu'il n'en est rien. Quoi qu'il en soit, je m'attarde encore un peu. Si tu veux regagner le campement, ne te gêne pas. »

Rufus déclina cette invitation et s'absorba dans la contemplation du paysage : le jour naissant projetait sur la surface ardente du désert d'étranges illusions, des formes évanescentes qui dansaient sur les arêtes des rochers, des tourbillons de poussière qui se tordaient et se libéraient comme des esprits damnés sous la brûlure du soleil.

Plusieurs heures s'écoulèrent ainsi, puis le Romain finit par lancer : « Rentrons. C'est un fantôme que nous attendons. Je te l'ai dit, il s'en est allé sur son propre chemin.

— D'accord. Mais tu sais quoi ? Je suis certain qu'il a surgi au moment même où nous avons tourné le dos. Ce fils de pute... Quelque part au milieu du désert...

— C'est une idée fixe ! Ton homme peut bien apparaître et disparaître autant qu'il le veut, je m'en fiche complètement. La seule chose qui m'intéresse, c'est de m'unir à une caravane et de rallier un port sur l'océan, de m'embarquer sur un navire marchand en partance pour l'Ouest, et de retrouver ma maison de campagne en Sicile. Tu pourrais m'accompagner. C'est une belle demeure en pierre, dotée d'un moulin. Je possède des arbres fruitiers, des oliviers, un pré pour les moutons. Et des poules. Chaque matin, ma femme remplit un panier d'œufs.

— Moi aussi, je vis à la campagne. Du côté de Spolète. Je cultive le blé, la vigne, et soigne un bois de chênes qui fait le délice des cochons. Je fabrique des jambons et des saucisses au goût incomparable.

— Je préfère ne pas y penser. Mieux vaut ne pas nous bercer d'illusions, nous ne sommes pas encore hors de danger. À mon avis, le pire doit encore venir. Tu as entendu le commandant ? D'après lui, cette oasis est l'endroit idéal où nous chercher. »

Publius fit brusquement volte-face, comme s'il voulait surprendre quelqu'un. Mais il n'y avait personne, derrière lui.

« Ah ! s'exclama Rufus en secouant la tête. Tu ne veux donc pas te résigner ! »

L'après-midi ensoleillé et aveuglant s'écoula dans un étrange silence : chacun se plongeait dans ses propres pensées en attendant de pénétrer dans l'oasis, une étape importante et dangereuse.

Ceux qui avaient le plus pâti de la captivité, en raison de leur caractère, de leur refus de toute oppression – Quadratus et Balbus, mais aussi Septimius et Antoninus –, se demandaient s'il ne convenait pas, plutôt, de prolonger leurs instants de liberté dans des lieux moins fréquentés. Cependant ils comprenaient qu'ils devaient tous partager le même sort, que leur petite armée avait un chef, le commandant Aquila, légat de la deuxième légion *Augusta*, un des plus courageux généraux de l'empire, le meilleur guide qui fût.

Ils l'épiaient, au pied des palmiers, curieux de connaître son humeur. Or Metellus, tout à ses projets, affichait une expression impénétrable. Il savait qu'il lui fallait éviter la moindre erreur, déterminer l'itinéraire le plus sûr pour conquérir une liberté définitive.

Uxal revint le lendemain, au crépuscule, en compagnie de Septimius. Il exhiba un panier en paille et s'exclama : « Du pain ! Je vous ai apporté du pain, valeureux guerriers ! Qu'en dites-vous ?

— Du pain ? s'étonna Lucianus. Je me demande si je sais encore le goût qu'il a !

— Juges-en par toi-même, mon joli ! s'écria Septimius en brandissant les miches. Il y en a tant et plus.

— Comment cela s'est-il passé ? interrogea aussitôt Metellus.

— Bien, plutôt bien. Nous avons fait la connaissance d'un marchand indien, un certain Darouma, pour lequel Septimius a travaillé en échange de ce sac de pain frais. Il s'en va après-demain. Il a l'intention de descendre le fleuve pendant un jour ou deux, jusqu'à un port d'où l'on peut gagner l'océan.

— Lui as-tu parlé de nous ?

— J'ai dit que j'attendais des amis qui comptaient s'embarquer, mais qui n'avaient pas les moyens de se payer le voyage. Bref, je me suis contenté de préparer le terrain sans entrer dans les détails.

— Septimius, as-tu remarqué quelque chose d'étrange ? As-tu eu l'occasion de te déplacer ?

— Pas tellement. J'ai vu des marchands, des ouvriers, des esclaves, des gens de toutes les races : Perses, Juifs, Arméniens, Arabes, ressortissants de Commagène et d'Adiabène. J'ai rencontré un Syrien d'Émesus, qui parlait latin. Il m'a raconté un tas de choses intéressantes. »

Uxal entreprit de rompre le pain, tandis que Lucianus allumait le feu grâce aux braises contenues dans un récipient en bois de palmier et recouvertes de cendres, dont il ne se séparait pas.

« Quel genre de choses ?

— En premier lieu qu'Odenath a attaqué Chahpour avec les légions de Palmyre et les auxiliaires osroènes. Il lui a soustrait le butin qu'il avait accumulé pendant sa campagne militaire et lui a infligé de lourdes pertes. Seule la chance a permis à Chahpour de se sauver, paraît-il. »

Metellus posa sur Septimius un regard inquiet. « C'est une bonne nouvelle, mais comment avez-vous été amenés à aborder un tel sujet ?

— Nous puisions de l'eau quand j'ai entendu l'homme s'adresser en latin à un domestique. Je lui ai donc demandé d'où il venait, et il m'a répondu. Tu sais ce que c'est... Au bout d'un moment il m'a raconté qu'il se trouvait dans le convoi de ravitaillement au moment où Odenath avait poursuivi Chahpour et lui avait flanqué une raclée.

— Bien fait, par Hercule ! J'aurais aimé être là, pour châtier ce coq emplumé, ce paon vaniteux, ce lâche, ce fils de chien...

— C'est également ce que j'ai pensé, poursuivit Septimius. Je me suis dit aussi que, si cette attaque avait eu lieu un peu plus tôt, nous aurions pu être libérés, et l'empereur aurait peut-être survécu... Quoi qu'il en soit, ce Syrien savait un tas de choses. D'après lui, Gallien n'est pas retourné en Orient. Il s'est entouré de ministres chrétiens. C'est Odenath qui commande de fait au sud de l'Anatolie, à l'instar d'un souverain indépendant.

— Cela ne m'étonne pas. Odenath est un excellent général, mais il est dévoré d'ambition, et sa femme plus encore. De surcroît, elle le mène par le bout du nez... Quelle langue ce Darouma parle-t-il ?

— Uxal s'est entretenu avec lui en perse. Je l'ai entendu négocier avec un Syrien en grec, si je ne m'abuse.

— Alors allons-y. Conduis-moi auprès de lui.

— Maintenant ?

— Inutile d'attendre. Nous mangerons ton pain en chemin. Allons-y. »

Ils se dirigèrent vers l'oasis, où l'on allumait de nombreux feux, qui diffusaient dans l'air une clarté rougeâtre. Les membres des divers convois se réunissaient pour le dîner : des femmes arabes au visage tatoué, de jeunes esclaves syriaques, des Arméniens aux tuniques grises et aux longs manteaux bleus, ocre et noirs, des Indiens aux cheveux lisses et aux cheveux crépus, des Juifs aux couvre-chefs de lin blanc et même des Éthiopiens. Ils s'activaient tous dans un grand bruissement, tandis que les enfants jouaient à se poursuivre entre les palmiers et les canaux d'irrigation. Cependant ni Metellus ni ses hommes ne se laissaient distraire par ce spectacle serein et séduisant, où ils traquaient, sans le montrer, des mouvements suspects.

Soudain, Uxal déclara : « Voici le campement de Darouma. Au fond, près des maisons en brique. Laissez-moi passer devant. »

Darouma se tenait au milieu d'un terre-plein, où ses

hommes rôtissaient un mouton. Il portait une tunique ocre, longue jusqu'aux pieds, qui couvrait sans les dissimuler sa taille massive et son ventre proéminent. Les lobes de ses oreilles étaient ornés de boucles en argent, et sa chevelure noire tirée en chignon sur la nuque. Au vu des nombreux fils gris qui la veinaient, Metellus estima qu'il avait une cinquantaine d'années. Il le salua en grec : « *Chairé !*

— *Chairé !* répondit l'Indien. Bienvenue dans mon modeste campement, étranger. »

Il parlait une koinè de type oriental, avec un accent fort mais indéfinissable, ce type de grec qu'on emploie indifféremment de Byzance à Alexandrie jusqu'aux entrepôts du golfe Persique, de la mer Rouge et de la côte sud de l'Arabie, cette langue que comprenaient surtout les non-Grecs et que les Grecs d'Athènes étaient incapables de parler. Il poursuivit :

« J'imagine que tu es le chef de ta petite caravane.

— Mes compagnons ont placé leur confiance en moi », dit Metellus en s'efforçant de reproduire la façon de parler de son interlocuteur.

Celui-ci s'assit sur une natte et invita le groupe à en faire autant. Il constata avec amusement que les nouveaux venus avaient grand-peine à croiser les jambes.

« Je n'ai pas de coussins, dit-il. Les nattes sont peu encombrantes et donc faciles à transporter.

— Elles nous conviennent très bien, répondit Metellus non sans embarras.

— Votre ami m'a dit que vous cherchez un travail.

— Je vais t'expliquer notre situation. Nous convoyions un chargement d'étoffes et de peaux vers le port de Hormusia quand nous avons été assaillis par une bande de brigands. Nous avons tout perdu, à l'exception de ces trois ânes, qui s'étaient enfuis dans le désert au moment de l'attaque. Nous avons survécu par miracle. Nous n'avons plus d'argent et il nous faut aller vers la côte, où nous essaierons de nous embarquer. Nous savons tout faire, nous sommes de bons artisans, forgerons et menuisiers, nous pouvons transporter des chargements ou... »

Un domestique déposa un plateau de viande tout juste rôtie aux pieds de son maître, qui la distribua à ses invités. « J'imagine que vous avez faim, dit-il avec un air étrange qui hésitait entre l'inquisition et la curiosité.

— Oui, nous sommes affamés. »

Darouma adressa un signe à un domestique, qui passa le plateau à la ronde. Les hommes se jetèrent sur la nourriture, mais Metellus les foudroya du regard, avant de se servir à son tour et de manger calmement. Il sentait que leur hôte observait avec une attention méticuleuse, quoique discrète, leur aspect, leurs airs gênés et circonspects, il devinait que rien ne lui échappait.

Une amphore de vin de palme circula. Il était étonnamment frais et pétillant. Le Romain en profita pour relancer la conversation :

« Comment fais-tu pour le conserver à cette température ?

— En mouillant sans cesse le récipient qui le contient. L'eau qui sèche rafraîchit l'amphore, ainsi que le vin, à l'intérieur. Je tiens cette astuce des nomades du désert. Ils vivent dans des conditions qu'aucun citadin ne parviendrait à supporter.

— Nous te sommes obligés de ta gentillesse et de ton hospitalité. J'espère que nous pourrons t'en remercier d'une manière ou d'une autre. »

Soudain Darouma se rapprocha et lui demanda à brûle-pourpoint : « Qui es-tu ? » Voyant son invité hésiter, il insista : « Tu n'as pas l'habitude de mentir. Ni même de t'asseoir de cette manière. Tu es accoutumé à donner des ordres et à être obéi au moindre signe. Tu viens donc de l'Occident, et tu es certainement militaire. Un officier romain, dirais-je... ou plutôt, je serais prêt à le jurer. Et ces individus sont tes hommes, le vieillard excepté. »

Il parlait tout bas de manière à n'être entendu que de son interlocuteur. Inquiet, Metellus porta la main à la poignée de son épée, sous sa tunique.

« Inutile ! l'arrêta aussitôt Darouma. Je ne suis pas du genre à trahir mes invités. Tant que vous mangerez de mon pain, vous serez en sécurité. »

Le Romain posa alors les deux mains sur ses genoux en poussant un profond soupir. Darouma continua :

« Vous pourriez être des espions. Or à en juger par votre aspect, par les cicatrices que vous vous efforcez de cacher sous vos haillons et par vos regards terrifiés, je dirais plutôt que vous avez échappé à une terrible menace. Seriez-vous les évadés du camp d'Aus Daiwa auxquels les Perses donnent la chasse dans tous les coins de la région ?

— Que veux-tu que je te réponde ?

— Rien. Je sais que j'ai tapé dans le mille.

— Dans ce cas, pourquoi nous as-tu invités ?

— Par pure curiosité. Ces longues traversées sont d'un ennui mortel et j'aime me mêler des affaires d'autrui quand elles sont excitantes. Quoi qu'il en soit, je n'ai pas cru un seul mot de votre histoire, même si le vieux sait mentir beaucoup mieux que toi.

— Que comptes-tu faire ?

— As-tu des enfants ? » interrogea Darouma comme s'il n'avait pas entendu.

Metellus lui lança un regard surpris. « Un fils. Mais j'ignore où il se trouve et ce qui lui est arrivé.

— Tu n'as donc pas de femme.

— J'en avais une. Elle a été tuée.

— Par les Perses ?

— Par les Romains.

— Alors, pourquoi ne trahis-tu pas ? Tu es à l'évidence un officier supérieur et tu disposes certainement d'informations très précieuses. Non, tu l'aurais déjà fait, à l'heure qu'il est, pour échapper à la captivité et à l'oppression... Je crois avoir compris. Tu comptes au nombre de ces Romains qu'on voit sculptés sur les arcs et sur les colonnes : inflexibles, tout d'une pièce, intrépides et un peu stupides.

— C'est possible.

— Ne te vexe pas, j'essaie seulement de te comprendre. N'ai-je pas intérêt à connaître mes futurs compagnons de voyage ?

— Tu veux dire que...

— Comment t'appelles-tu ? » interrompit encore une fois l'Indien.

Cette façon de sauter du coq à l'âne insupportait Metellus, qui répondit toutefois sans hésiter : « Marcus Metellus Aquila.

— Prononcé dans ta langue, ton nom fait sans doute trembler ceux qui l'entendent.

— Mon nom n'a jamais été déshonoré.

— Je l'aurais juré. Maintenant, écoute-moi bien, tu vas dire à tes hommes qu'ils peuvent passer la nuit sous cette tente, là-bas, près des chameaux. Tu seras mon invité.

— Je te remercie, mais j'ai l'habitude de tout partager avec eux.

— Cette fois, tu feras une exception pour m'être aimable. Je crois l'avoir mérité.

— Je n'arriverais pas à m'endormir. Je dois m'occuper des tours de garde.

— Inutile. Les soldats perses ont déjà fouillé cet endroit de fond en comble. Ils ont tout retourné, jusqu'à la dernière pierre, et je ne crois pas qu'ils reviendront. En outre, mes gardes ne supportent pas que d'autres fassent leur travail. Mais si cet arrangement ne te convient pas, vous pouvez retourner là d'où vous venez.

— Non. J'accepte et je te remercie au nom de mes hommes. Alors, tu nous emmèneras ?

— Cela dépend.

— De quoi ?

— Tu le sauras bientôt. »

Il se leva et se dirigea vers sa tente.

11

Uxal conduisit les hommes à leur tente, et Metellus demeura seul un moment auprès du bivouac. C'était une belle nuit, il était l'invité d'un riche marchand, avait savouré du pain croustillant, de la viande rôtie et du vin frais. Ses hommes avaient bien mangé et ils se reposaient maintenant dans un lieu décent. Tout portait à croire que Darouma les emmènerait, qu'ils rejoindraient l'océan et regagneraient leur patrie. En cet instant précis, leur longue captivité, la mort de l'empereur et d'un de leurs compagnons, les souffrances cruelles qu'ils avaient endurées prenaient, dans son esprit, une allure de cauchemar destiné à s'évanouir avec l'apparition du soleil. Mais une pensée le ramenait à la dure réalité : la nostalgie de sa femme perdue et d'un fils dont il n'avait plus de nouvelles.

Il pensait à Aurelianus, « Main à l'épée », il espérait que cet ami loyal s'occupait du petit Titus, qu'il le protégeait. Peut-être l'hébergeait-il, peut-être entretenait-il dans sa mémoire le souvenir de son père, lui instillait-il l'espoir en son retour.

Pas un seul soir – depuis qu'il avait été emprisonné et depuis qu'il s'était enfui –, il ne s'était couché sans prier ses ancêtres de veiller sur l'enfant auquel il avait promis de rentrer le jour où il avait entrepris bien malgré lui un voyage que quiconque eût jugé sans retour.

Où es-tu, mon fils ? se demandait-il. Où es-tu, mon petit ? Il se plaisait à croire qu'au même instant Titus s'interrogeait de son côté, que leurs pensées se rencontraient à leur insu quelque part le long de la voûte céleste, qu'elles se changeaient en étoiles filantes... Voilà, comme celle qui traçait une ligne enflammée dans le noir jusqu'aux chevelures des palmiers.

Au fond, il ne se trompait pas. Si les dieux l'avaient écouté, il aurait vu qu'au même moment Titus regardait le ciel, d'un balcon du palais impérial, à Milan.

Tillia, l'esclave, l'observait. Il avait grandi depuis qu'elle était entrée à son service et il semblait s'être accoutumé à sa condition. Il assistait aux leçons de grec, de mathématiques, de grammaire et d'écriture que lui dispensait son précepteur, un recteur de Trèves à la barbe jaune et aux cheveux d'étoupe. On le traitait avec respect et l'on s'occupait de lui tout au long de la journée, jusqu'au couchant, moment où elle prenait le relais.

Titus ne croisait Gallien que rarement, au cours des cérémonies officielles. Il était persuadé que l'empereur n'osait l'approcher, de crainte d'avoir à répondre à ses questions : « Où est mon père ? Où est le tien ? »

Il n'avait pas revu Aurelianus, l'ami de son père, le héros que les soldats surnommaient « Main à l'épée ». On lui avait appris qu'il avait franchi le Danube avec ses légions, que celles-ci avaient fauché plus de vingt mille Sarmates, qu'il en avait lui-même exterminé cinquante au cours de la bataille. Et si le général n'avait pas obtenu de triomphe, c'était parce que Gallien était jaloux de son succès. Au reste, il l'avait aussitôt dépêché en Mésie, où les Goths se faisaient menaçants.

Il tenait ces nouvelles de Tillia. Sa condition d'esclave lui permettait d'écouter sans être remarquée, tels une statue ou un bibelot.

Intrigué, il avait demandé un jour à son précepteur : « Pourquoi les Barbares nous en veulent-ils autant ?

— Ils ne nous en veulent pas. Ils souhaitent pénétrer dans nos territoires pour profiter, eux aussi, des belles choses que nous possédons. Si tu avais le choix entre une existence dans un chariot, au froid de l'hiver et à la chaleur de l'été, dans la saleté, la faim et la soif, et une vie dans une maison où tu mangerais et boirais à ta guise, jouirais du chauffage l'hiver, de fontaines rafraîchissantes l'été, de bibliothèques et de jardins, que ferais-tu ?

« Sais-tu combien d'aqueducs Rome possède ? Onze. Et Milan ? Sept. Sais-tu combien de pièces a ce palais ? Trois cents. Combien il y a de bibliothèques dans l'empire ? Environ cinq mille, contenant treize millions de livres. Et combien de routes ? Deux cent mille milles, avec une station de poste tous les quinze milles.

« Nous essayons de contenir les Barbares par la stratégie. Quand cela ne suffit pas, l'armée s'en charge. C'est ce que font à présent nos généraux en Pannonie et en Mésie.

— Un de nos généraux est un ami de mon père.

— Ah oui ? De qui s'agit-il ?

— D'Aurelianus, dit "Main à l'épée". Il n'est pas du genre à plaisanter, et si quelqu'un me fait du mal, il devra lui rendre des comptes.

— Personne n'a l'intention de te faire du mal.

— Dans ce cas, pourquoi me garde-t-on prisonnier dans cet endroit ?

— Tu n'es pas prisonnier, mais invité. Et “cet endroit” n'est autre que le palais impérial. Il n'y en a pas de plus beau au monde.

— Moi, je ne l'aime pas. Et je veux m'en aller.

— Tu es trop jeune.

— Alors pourquoi ne faites-vous pas revenir mon père ? »

Personne n'avait de réponse à cette question, pas même l'empereur.

Quand Titus parlait de son père, il sentait monter en lui une humiliation que son âme ne pouvait supporter. Il interrompait alors toutes ses activités et s'éloignait. Il pleurait en cachette, de frustration et de mélancolie.

« À quoi songes-tu ? »

Soudain, la voix de Darouma retentit derrière Metellus. Il s'aperçut qu'il ne restait plus que des cendres dans le foyer : il s'était écoulé beaucoup de temps depuis qu'il s'était égaré dans ses pensées. « À mon fils.

— Crois-tu qu'il soit en danger ?

— Tout est possible. Je n'ai pas de nouvelles. C'est presque pire que d'en avoir de mauvaises.

— N'y a-t-il personne pour s'occuper de lui ?

— Si, un ami, chef d'une grande unité de combat. Je sais qu'il fera tout son possible pour le protéger, mais il est peut-être loin. Ou mort. C'est une chose qui arrive aux guerriers.

— Pas aux généraux.

— Il compte aux rangs de ceux qui se battent en première ligne, pas à l'arrière. Il est le premier à affronter les risques auxquels il expose ses soldats. C'est aussi mon cas. Nous sommes faits tout d'une pièce, nous sommes un peu stupides, comme tu l'as dit.

— Nous avons tous des défauts et des qualités. Personne n'est parfait.

— J'imagine que les Perses ont mis nos têtes à prix. N'es-tu pas tenté de toucher la récompense ?

— Je vends et j'achète des marchandises, pas des hommes.

— Notre présence dans ta caravane, ne serait-ce que pour peu de temps, constitue un grand risque. Pourquoi le prendre ?

— À la fin du dîner, tu m'as posé une question à laquelle j'ai répondu : "Cela dépend."

— De quoi ?

— Des risques que vous êtes prêts à courir, tes hommes et toi.

— N'importe quels risques en échange de la liberté.

— Alors, nous allons nous entendre. Si tu n'es pas trop fatigué, bien sûr.

— Je ne le suis pas. Je t'écoute.

— Ce ne sont pas des raisons commerciales qui m'amènent ici.

— Nous non plus. Continue.

— J'avais rendez-vous avec un homme qui ne s'est pas présenté. Notre accord prévoyait, dans ce cas, un second point de rencontre, plus au sud, dans un port situé à deux journées de marche sur le Khaboras.

— Tu as donc l'intention de partir.

— Demain, ou après-demain au plus tard. Mais ce rendez-vous manqué m'inquiète. Voilà pourquoi la présence de soldats armés et habiles pourrait m'être utile.

— Nous ?

— Vous êtes en piteux état, mais vous avez l'air d'avoir survécu aux pires dangers.

— À plus de dix-huit mois de captivité dans la mine d'Aus Daiwa.

— C'est incroyable... Quoi qu'il en soit, si vous acceptez de servir d'escorte à cette caravane, je vous nourrirai et vous paierai en sicles d'argent tous les dix jours jusqu'à destination. Après quoi, vous serez libres de vous en aller. Avec la somme que vous aurez gagnée, vous pourrez regagner votre patrie. »

Metellus secoua la tête.

« Cela ne te convient pas ? demanda Darouma.

— N'as-tu pas dit que tu avais des gardes ?

— J'ai menti. Les gardes en question ne sont autres que des domestiques. J'ai voulu le cacher pour ne pas vous donner de mauvaises idées. Toi aussi tu as menti, même si tu y étais obligé. Alors, cet accord te plaît-il ?

— Beaucoup. J'ai du mal à y croire.

— Je n'ai peut-être pas été assez clair. Vous allez risquer votre vie.

— Je n'ai jamais fait que ça !

— Et tes hommes ?

— Ils ont confiance en moi.

— Alors, affaire conclue.

— Étant donné la situation, il vaudrait mieux que je monte la garde.

— Mes serviteurs s'en chargent, et je pense que cela suffira. La nuit est claire, on y voit comme en plein jour. Mais si cela doit te rassurer, adjoins-leur un de tes hommes. Ton lit t'attend dans ma tente. Bonne nuit, commandant Aquila.

— Bonne nuit, Darouma. Et merci. »

L'Indien sourit et prit congé.

Metellus tira son épée de sous sa tunique, la ceignit et gagna la tente où ses hommes dormaient. Balbus montait la garde devant. « Je l'aurais juré. Tu as été inspiré, centurion. Darouma nous a engagés pour servir d'escorte à la caravane.

— Te moquerais-tu de moi, commandant ?

— Nullement. En échange, il nous nourrira et nous paiera jusqu'à notre destination. Cela me paraît un bon accord.

— Magnifique ! Va donc te reposer. J'organiserai moi-même les tours de garde. »

Metellus fit encore quelques pas autour du campement. L'oasis était plongée dans le silence et dans l'obscurité. Repus, les animaux – ânes, mules, de grands chameaux de Bactriane, de frêles dromadaires – dormaient, recouverts de leurs caparaçons à rubans rouges et bleus. Le gazouillis de l'eau qui coulait entre les canaux retentissait au loin, mêlé à la voix du Khaboras et de son courant majestueux. La lune semait des étincelles d'argent. De temps à autre, l'ombre d'un oiseau de proie passait entre les palmiers séculaires, aussi silencieux qu'une pensée nocturne. Tout semblait baigner dans le calme.

Metellus retourna à la tente de Darouma, bien décidé à s'octroyer quelques heures de vrai repos. Soudain, il entendit un chien grogner, à l'entrée. Songeant que les chiens ont une ouïe beaucoup plus fine que celle des êtres humains, il porta le regard au-delà des palmeraies, vers les collines crayeuses qui encadraient l'oasis. On y entrevoyait une sorte de brume.

Impossible. C'était de la poussière. Des chevaux !

À la pensée qu'un escadron s'approchait au galop, il sentit son sang se glacer dans ses veines. Il se précipita vers la tente de ses hommes. Si leur rêve avait pris fin, pensait-il, au moins ils mourraient dignement, l'épée au poing. Balbus était déjà sur le qui-vive.

« C'est étrange, commandant. Les oiseaux se sont brusquement envolés, et les autres animaux sont inquiets...

— Aux armes ! Un escadron de cavalerie approche. »

Réveillés par le centurion, les hommes bondirent sur leurs pieds et se rassemblèrent autour de leur chef. Celui-ci criait :

« Ils viennent sûrement nous capturer. En ce qui me concerne, ils ne m'auront pas. Je ne retournerai pas dans ce trou. Que ceux qui partagent mon avis me suivent ! »

Déjà, l'on entendait un bruit de galop.

« Ne prenez pas d'initiative ! Les palmiers qui bordent les maisons nous dissimulent à leur vue. Il n'y a pas d'endroit plus abrité. Si les Perses nous encerclent, nous reculerons jusqu'au passage qui sépare ces deux bâtiments, derrière, et nous nous battrons jusqu'au bout de nos forces. Je n'ai pas d'autre solution à vous proposer. Une alternative nous attend : une mort rapide ou un long tourment. N'hésitez pas. Au moins, nous avons le choix. Je tiens à vous dire que je suis fier de vous, jamais je n'aurais pu rêver de meilleurs soldats et amis. Si le destin veut que nous dînions demain dans l'Hadès, qu'il en soit ainsi. Allez ! »

Les hommes se postèrent chacun derrière un palmier. Lucianus et Septimius tendaient les cordes de leurs arcs, Rufus soupesait son javelot, Publius et Antoninius serraient leur épée dans leur poing, Severus et Martianus leur poignard.

Quant aux deux centurions, Balbus et Quadratus, ils regardaient droit devant eux dans l'attente de l'attaque, du bref et furieux combat qui les conduirait à la mort, armés aussi bien d'une épée que d'un poignard.

C'est alors qu'Uxal s'écria : « Regardez donc là-bas ! » tout en indiquant un sentier qui traversait la partie est de l'oasis, où l'on distingua bientôt un cavalier enroulé dans une cape noire et lancé au galop.

« Bon sang... », pesta Metellus. Déjà l'escadron de cavalerie traversait l'oasis et s'évanouissait au sud dans un épais nuage de poussière.

« Ce n'était pas nous qu'ils cherchaient, déclara le vieillard.

— Non, dit Metellus en poussant un soupir de soulagement.

— Ils poursuivaient ce cavalier, expliqua Quadratus.

— Avez-vous distingué ses traits ? »

Publius répondit : « Il est passé à toute allure, dans le noir, mais je suis prêt à jurer que c'est l'homme qui nous suivait.

— Ne l'écoute pas, commandant, intervint Rufus. Il est obsédé par cet individu. Il rêve de lui, le voit partout.

— Publius, pourquoi crois-tu qu'il s'agit du même homme ?

— La cape noire, le corps mince, la façon de se tenir en selle. Il est rare que je me trompe, commandant.

— Peu importe, dit Uxal. Ce qui compte, c'est que l'escadron soit parti et que nous ne soyons pas sa cible. J'ai vraiment cru que c'était la fin.

— Moi aussi », admit Metellus.

Soudain, une voix retentit : « Que se passe-t-il ici ? » Metellus se retourna et se trouva nez à nez avec Darouma, en tenue de nuit.

« Un escadron de cavaliers perses vient de traverser l'oasis. Il semblait poursuivre un cavalier qui les précédait de peu.

— Un cavalier ? L'avez-vous vu ?

— Oui, répondit Publius qui le décrivit une nouvelle fois.

— Quelle direction a-t-il prise ? »

Le soldat indiqua un bosquet, le long du fleuve.

Darouma invita alors Metellus à le suivre dans sa tente, puis à s'y asseoir.

« Je préfère rester debout, déclara celui-ci. C'est plus confortable.

— Je me fais du souci.

— S'agit-il de l'homme que tu attendais ?

— C'est possible. »

Dehors, les aboiements se mêlaient à des appels dans plusieurs langues. Tirés du sommeil par une irruption qu'ils ne savaient expliquer, les voyageurs étaient inquiets.

Un moment, Darouma sembla s'égarer dans ses pensées, puis il sursauta et dit : « Inutile de se ronger les sangs. De toute façon, je n'y peux rien. Partons sans tarder. Demain, à l'aube. J'ai fait porter des vêtements dans la tente de tes soldats. Nous marcherons jour et nuit sans nous arrêter afin d'atteindre au plus vite le port fluvial dont je t'ai parlé. Et maintenant, reposetoi. Un long voyage nous attend. »

Metellus laissa des consignes à Balbus et alla se coucher à l'endroit qu'on lui avait indiqué. Avant de fermer les yeux, éreinté, il se dit qu'il abandonnait sa propre aventure pour pénétrer dans celle d'un homme dont il ne savait encore rien.

Ils partirent à l'aube sans avoir mangé, tandis que le chant du coq résonnait dans toute l'oasis, encore plongée dans l'obscurité. Ils se désaltérèrent et se nourrirent en cours de route.

Ils cheminèrent toute la journée sous un soleil brûlant. Monté sur un grand chameau et protégé par un baldaquin, Darouma se rafraîchissait le visage à l'aide d'un mouchoir humide, incapable, malgré son inquiétude, de renoncer à son confort.

Le Khaboras coulait non loin de là, sur leur droite, bordé de palmiers, de sycomores, de figuiers et de gros buissons de laurier.

Les Romains étaient alignés des deux côtés du convoi, suivis d'Uxal, qui chevauchait un de leurs ânes. Ils virent bientôt apparaître des embarcations : de simples bannes, sur lesquelles on avait tendu des peaux de bœuf tannées et passées au bitume, mais aussi de véritables coques en bois, munies de voiles en forme de trapèze, d'un double gouvernail à l'arrière. Ces bateaux longeaient parfois la rive de si près qu'on pouvait distinguer le visage des marins. En effet, le fleuve avait creusé son lit dans le calcaire et ses rives étaient très élevées.

De temps à autre, elles s'abaissaient, et l'on voyait surgir des villages de briques crues et séchées au soleil, dont les femmes marchaient d'un pas ondoyant, une jarre sur la tête, dont les enfants nus, à la peau brune, jouaient dans l'eau en criant et en s'éclaboussant. Ces communautés pacifiques ne se distinguaient en rien des centres habités de la Méditerranée, de la Mésopotamie ou de l'Égypte. Et pourtant, les grands pouvoirs impériaux y recrutaient des jeunes gens auxquels ils insufflaient la haine de l'ennemi, quel qu'il fût, avant de les envoyer à la guerre. Chaque camp se croyait dans son droit, chacun imaginait que son monde était le meilleur, qu'il convenait de l'étendre et de l'imposer partout.

Metellus avait nourri, lui aussi, de telles pensées. Ses voyages l'avaient toutefois amené à considérer son monde comme le seul où il valût la peine de vivre. Nulle part ailleurs il n'avait rencontré un concept d'humanité comparable à celui que l'union des civilisations athénienne et romaine avait produit. Sa longue et cruelle captivité, à la merci d'un ennemi qui se moquait des droits des peuples et ne manifestait aucun respect pour les individus courageux, vaillants et fidèles, l'avait conforté dans ses convictions.

Les étrangers croyaient, eux aussi, avoir raison – il l'admettait. Mais il ne parvenait pas à oublier que si Valérien, son empereur, avait perdu la liberté et la vie, c'était parce qu'il avait cru en la loyauté de son adversaire, parce qu'il avait jugé bon de prendre des risques pour obtenir et consolider la paix dans tous les coins du monde connu, des rives de l'Atlantique au delta de l'Indus.

Plongé dans ses pensées, il marchait sous un soleil de plomb.

12

Ils ne rencontrèrent pas d'imprévus au cours du voyage. Des hommes armés, peut-être des brigands, apparurent à la tombée du soir, mais la vue des épées de Metellus et de ses compagnons les dissuada de tenter la moindre attaque, en admettant que telle fût leur intention.

Le lendemain soir, ils atteignirent le port fluvial, une petite ville poussiéreuse, installée sur un méandre, que des palmiers ainsi que des buissons de laurier entouraient, et qu'abritait un môle en briques cuites, capable d'accueillir bon nombre de vaisseaux.

Persuadé que des soldats perses et des espions hantaient les lieux, Darouma pria Metellus et les siens de dissimuler leur visage sous une écharpe.

« Éparpillez-vous, dit-il, mais ne vous perdez pas de vue. Vous saurez que j'ai trouvé un bateau quand vous verrez cette étoffe verte flotter sur son mât. Alors vous attendrez la nuit et monterez à bord par petits groupes. Cachez vos armes sous vos capes, ne cherchez querelle à personne. Ne bavardez pas entre vous. Si un espion perse entendait un mot en latin, ce serait la fin. Communiquez par signes sans vous faire remarquer. Il ne vous reste plus qu'un obstacle à franchir avant de recouvrer votre liberté. Si vous le surmontez, la captivité ne sera plus, pour vous, qu'un lointain souvenir. Un faux pas pourrait, en revanche, réduire à néant tous vos efforts.

« Les derniers instants sont toujours les plus critiques. Il suffit d'un rien pour se trahir : un regard ou une attitude déplacés, un mot prononcé au mauvais endroit au mauvais moment. Et si l'on vous capture, n'oubliez pas : je ne vous connais pas, je ne vous ai jamais vus. Vous avez bien compris ? Et je ne pourrai rien faire pour vous, rien.

— Tu en as déjà fait assez, Darouma, répondit Metellus. Nous ne voulons pas que tu risques ta vie pour nous. Je veillerai à instruire mes hommes comme il se doit.

— Fort bien. Et maintenant séparons-nous. »

Metellus et les siens décidèrent d'éviter les tavernes et les étals qui se pressaient le long du môle. Ils mangèrent du pain sec et burent l'eau de leurs gourdes en arpentant, l'air indifférent, les petites rues grouillantes de passants.

Les marchandises qu'on voyait exposées sur les comptoirs étaient nombreuses et variées : des dattes, du pain azyme cuit dans des fours de brique, du poisson séché et salé, du poisson frais et des pêches à l'aspect appétissant, des courges, des melons et des poires sauvages sans doute très dures. Il y avait aussi des animaux – serpents, singes, oiseaux au plumage multicolore d'espèces inconnues. Et des parfums que les vendeurs proposaient dans des flacons en pâte de verre colorée ou en albâtre. Les Romains étaient captivés par ce spectacle, par les odeurs de viande rôtie, par les condiments exotiques et les épices.

S'il leur était difficile de distinguer les prix, ils

comprirent que les arômes étaient réservés aux riches, des négociants aux bourses pleines qui marchandaient en criant dans toutes les langues, achetaient et vendaient avec la conviction de faire une bonne affaire.

Pour la première fois de sa vie, Metellus voyageait librement au-delà des frontières de l'empire. Il avait rêvé à plusieurs reprises d'entreprendre un voyage de ce genre, mais l'empire était si vaste que le moment de rebrousser chemin était déjà venu lorsqu'on atteignait ses confins.

L'immensité, l'absence de frontières et de limites lui procuraient une sensation nouvelle, une sorte de vertige. En Asie, comprenait-il, l'espace adoptait des dimensions incommensurables, et les peuples qui l'habitaient étaient sans doute fort nombreux. Dépaysé, excité, il pensait aux étendues toujours semblables qu'il avait parcourues, aux plaines désertes, au ciel inexorablement blanc, sans nuages. Il se remémorait les histoires de peuples et d'animaux merveilleux qu'il avait lues dans les pages de Pline et du *De mirabilius* et parvenait à la conclusion suivante : les formes monstrueuses de la nature n'existaient que dans l'esprit de l'homme, qui les abandonnait au fur et à mesure que son exploration et ses connaissances prenaient le pas sur son imagination. À moins que les héros antiques, Hercule, Thésée, Ulysse, eussent éliminé tous les monstres de nombreuses années plus tôt. Alexandre avait dû être déçu, lui aussi, lorsqu'il avait constaté qu'il n'y avait en Inde ni hippogriffes, ni chimères, ni fourmis chercheuses d'or.

Il déambula parmi les étals, accompagné d'Uxal, qui connaissait la langue et n'éveillait pas les soupçons. Apercevant un petit éléphant sculpté dans du bois d'acacia et peint, dont la trompe mobile se balançait, il murmura à l'oreille du vieillard : « Peux-tu acheter ce jouet ? C'est pour mon fils. »

Uxal marchanda avec acharnement, puis tendit quelques pièces au vendeur et s'empara de l'objet. « Tu comptes rentrer chez toi rapidement, dit-il une fois qu'ils se furent éloignés.

— Pourquoi ?

— Parce que les enfants grandissent et se désintéressent vite des jouets. »

Metellus soupira. « Tu as raison. Pour moi, le temps s'est arrêté à l'instant où j'ai été capturé. Mon fils sera toujours à mes yeux l'enfant que j'ai quitté, dussé-je demeurer mille ans absent.

— Cette histoire me rappelle un vieux poème. Un homme, un marin me semble-t-il, regagne son île après une longue absence et découvre en son fils un adulte.

— Il s'agit de l'*Odyssée*, du nom de son héros, qui laisse à Ithaque un enfant de quelques jours et retrouve un homme de vingt ans, Télémaque.

— Oui, c'est cela. Je te souhaite de revoir ton fils beaucoup plus vite que cet homme n'a revu le sien.

— Moi aussi, Uxal. Moi aussi... »

Ils cheminèrent un moment en silence tandis que la nuit tombait sur des rues de moins en moins fréquentées et sur les blanches terrasses du village. Metellus, qui regardait vers le port, envoya soudain un coup de coude à Uxal. « L'étoffe verte, dit-il. Darouma a trouvé un bateau. »

Metellus et Uxal montèrent à bord après que tous leurs compagnons eurent franchi la passerelle de bois et de roseaux qui rattachait l'embarcation à la terre ferme.

Darouma ordonna alors qu'on allume les lanternes,

à l'avant et à l'arrière, et que deux hommes montent la garde : un de ses Indiens, dénommé Saraganda, flanqué d'un Romain, Antoninus. Il fit ensuite servir le dîner, composé des produits épicés et pimentés qu'il avait achetés au port : de la viande salée de chèvre, des poissons grillés avec du thym et de la mauve, du pain azyme, cuit dans un four de brique, ainsi que du vin de palme.

Des lazzis s'échappaient des bateaux amarrés, où les marins se détendaient en levant un peu le coude et en s'amusant avec une fille louée au port. Mais les Romains étaient nerveux, ils mangeaient et buvaient sans mot dire, les yeux fixés sur la rive. Metellus demanda à Darouma : « D'où viennent les membres de l'équipage ?

— De Taprobane. Ne t'inquiète pas, personne ne comprend leur langue. En outre, ils n'ont pas d'amis en ville. Ils travaillent pour moi depuis de nombreuses années, et je les ai toujours bien payés. Rassurez-vous.

— Ce calme... Cela me semble trop beau pour être vrai.

— As-tu oublié l'attaque à l'oasis ? Et puis si le cavalier en fuite est l'homme que j'attendais, il est possible qu'il soit mort à l'heure qu'il est.

— Tu as raison. À force de souffrir, on devient égoïste. »

Darouma acquiesça. « Je vais te dire le fond de mes pensées. Nous ne pouvons pas encore nous estimer hors de danger. Des soldats du roi empruntent le fleuve, des espions arpentent le port, et les rives sont ponctuées d'archers à cheval. On s'intéresse beaucoup à vous. À ce propos, si tu souhaites que nous poursuivions notre route ensemble, il te faudra me dire toute la vérité.

— Tu la connais.

— Pas toute. Pourquoi étiez-vous à Aus Daiwa ? Et comment vous êtes-vous évadés ? C'est pratiquement impossible.

— Jure-moi d'abord que tu ne répéteras mes propos à personne.

— Tu te fies à la parole d'un marchand ? rétorqua Darouma avec un sourire.

— Je pense que, si tu avais voulu nous trahir, tu l'aurais déjà fait.

— C'est vrai. Alors ?

— J'ai ta parole ?

— Pour ce qu'elle vaut, tu l'as. »

Metellus hésita encore un moment, puis il songea que Darouma avait le droit de savoir à quoi il s'exposait en leur accordant l'hospitalité. « Je commandais la garde de Licinius Valerianus Augustus, le dernier empereur des Romains, qui a péri en détention à Aus Daiwa après que Chahpour l'eut capturé par traîtrise à Édesse. Nous nous sommes enfuis avec l'aide d'Uxal, qui nous a conduits jusqu'à l'oasis du Khaboras. C'est tout.

— Par la grande Trimūrti !

— Qu'as-tu dit ?

— J'ai invoqué notre triade suprême, comme celle que vous vénérez dans votre Capitole, à Rome.

— Tu es allé à Rome ?

— Non, mais on m'en a parlé. Revenons à nos moutons. Vous êtes dans le pétrin, et moi aussi. Tu aurais pu me le dire plus tôt.

— Tu nous aurais emmenés ?

— Non.

— Tu as la réponse à ta question.

— Depuis quand êtes-vous en fuite ?

— Environ un mois et demi, peut-être plus. »

Darouma soupira. « Une bien belle affaire... Si les Perses nous capturent, ils nous écorcheront vifs.

— Je le sais.

— Il est vrai que vous vous en êtes tirés jusqu'à présent. Comment vous êtes-vous débrouillés en l'absence de chevaux ? Et par surcroît en rase campagne ?

— Nous nous sommes cachés pendant plusieurs jours à un endroit que nos geôliers jugeaient inaccessible, le ravin où l'on jette les cadavres.

— Génial ! Et ensuite ?

— Nous nous sommes déplacés de nuit. En suivant le lit du torrent nous avons fini par déboucher sur le Khaboras.

— Je retire ce que j'ai dit sur la stupidité des Romains. Mais faisons en sorte que tous vos efforts ne soient pas réduits à néant.

— Comptes-tu rester longtemps à quai ?

— Trois jours. Tel était notre accord. Je compte un jour de plus par sécurité. Pendant cette période, vous ne descendrez pas à terre. Je veillerai à vous procurer ce dont vous aurez besoin.

— D'accord. Mais il y a un problème.

— Quoi ?

— Nous avons passé un accord avec toi. Tu nous as engagés en qualité d'escorte. Comment travaillerons-nous si nous ne pouvons pas quitter le bateau ?

— Vous aurez tout loisir de le faire, je te l'assure.

— Où et quand ?

— Cela aussi, tu le sauras en temps voulu. Et maintenant, essaie de garder ton calme. »

Les Romains passèrent trois jours dans un état d'apathie totale. L'après-midi, la chaleur était insupportable. Allongés parmi les cordes à l'ombre de la voile, tendue comme un dais, ils rêvaient en vain d'un bain dans le fleuve. Vers le soir, un vent frais se levait, et le dîner se transformait en événement.

Darouma descendait à terre le matin en compagnie de deux ou trois hommes, à la recherche de l'individu qu'il attendait. Il revenait à la nuit avec des paniers en osier remplis de provisions. Metellus ne posait pas de questions, mais il percevait son inquiétude : plus le temps s'écoulait, plus les risques augmentaient, et plus les probabilités de rencontre avec le mystérieux personnage s'amenuisaient.

Le soir du quatrième jour, l'Indien prit une décision. « Partons. Si le cavalier que vous avez aperçu à l'oasis du Khaboras était mon homme, il aurait dû être ici depuis deux jours, étant donné que nous avons avancé au pas des chameaux et des ânes. Je ne peux plus attendre. Peut-être le retrouverons-nous sur l'océan.

— Comme tu le veux, répondit Metellus. Je le regrette pour toi. Mais nous sommes prêts. »

Ils levèrent l'ancre le lendemain, juste avant l'aube. Les marins poussèrent l'embarcation au milieu du courant en faisant levier sur des perches. Ils n'eurent plus ensuite qu'à manœuvrer les gouvernails de l'arrière pour conserver une bonne assiette. Leur vitesse était modérée mais constante, et le paysage défilait sous leurs yeux en offrant une grande diversité de formes et de lieux. Au passage du bateau, des groupes de gazelles, qui s'abreuvaient, levaient leur petit nez noir, cependant elles ne s'enfuyaient pas, sans doute habituées à la circulation fluviale. Des flamants roses fouillaient le fond des rives de leur bec crochu à la recherche de nourriture.

À chaque méandre, à chaque promontoire, le paysage se faisait plus spectaculaire : les rochers viraient à l'ocre et au jaune, les palmiers étaient de plus en plus grands et de plus en plus luxuriants, les villages de pêcheurs et de paysans se multipliaient.

« Cela me rappelle un peu la Basse-Égypte », déclarait Metellus, quand il fut interrompu par le cri d'un marin, perché sur la vergue. L'homme, à la peau sombre et luisante de sueur, indiquait un point sur la rive.

« Par tous les dieux ! s'exclama Publius. C'est lui ! »

Un cavalier au turban noir dévalait une colline au galop, une vingtaine de soldats perses à ses trousses. À en juger par leur vitesse, ils l'avaient débusqué depuis peu.

Darouma se précipita au bastingage en criant : « C'est lui ! Accoste, accoste ! »

Le timonier s'exécuta sans tarder, et l'embarcation vira brusquement à gauche. À cet endroit, les rives étaient basses mais escarpées, et le fugitif filait vers un méandre où la végétation formait un bosquet idéal pour se cacher. Hélas, son destin semblait scellé.

« Arcs et javelots ! » s'écria Metellus. Aussitôt, ses hommes se ruèrent sur le bastingage de bâbord et se préparèrent à tirer.

Pendant ce temps, le timonier avait corrigé la trajectoire du bateau. Maintenant, il avançait parallèlement à la rive, à une distance d'environ vingt pieds. Le cavalier, qui avait sans doute remarqué cette manœuvre, se rapprochait à toute allure. C'est alors que ses poursuivants le bombardèrent de flèches, qui se fichaient autour de lui avec une précision de plus en plus menaçante, mais sans le toucher. Il semblait deviner leur direction et les esquiver. Metellus enjoignit à ses hommes de riposter. Deux Perses furent abattus, ce qui ralentit un peu le groupe.

Darouma ordonna encore une fois d'accoster au timonier, qui se bornait à maintenir le cap, craignant de s'échouer sur un bas-fond. Furieux, il saisit l'homme par le col et le renversa, avant de prendre lui-même les commandes du bateau. On entendit à deux reprises la quille racler le fond, cependant la coque résista. Désormais, huit ou dix pieds séparaient l'embarcation de la rive.

Puis l'Indien cria un mot, un seul, d'une voix sèche et coupante, un ordre peut-être, ou une exhortation prononcée dans une autre langue.

Sous les yeux abasourdis des soldats et de l'équipage, le cavalier grimpa alors sur le dos de sa monture et bondit. Il survola le vide comme s'il était privé de poids et atterrit sur le pont dans un bruit sourd, les pieds et les bras écartés, les genoux fléchis, parfaitement immobile.

Darouma vira sans tarder vers le centre du fleuve, et tandis que les Perses lançaient une salve de flèches, Metellus et ses hommes soulevèrent les claires-voies des cloisons comme autant de boucliers. Une fois hors de portée de tir, ils se tournèrent vers le nouveau passager pour s'assurer qu'ils n'avaient pas rêvé. Le mystérieux personnage se tenait toujours là. Les Romains et les membres de l'équipage s'approchèrent alors pour examiner de plus près ce prodige.

Stupéfait, Metellus lança à Darouma : « C'est lui ? »

Le marchand acquiesça.

« Que lui as-tu crié ?

— Saute !

— En quelle langue ? »

Darouma eut un geste qui signifiait qu'il répondrait plus tard. Tandis qu'il rejoignait l'homme tombé du ciel, Metellus eut l'impression de reconnaître celui-ci à ses yeux noirs, en amande, et il comprit que l'étranger le reconnaissait, lui aussi. En un éclair, il se retrouva à Édesse, à l'instant où Valérien était contraint de s'agenouiller devant Chahpour, et il fixa encore une fois ces yeux sombres, scintillants.

L'Indien croisa les mains sur sa poitrine et s'inclina. Le nouvel arrivé joignit le poing gauche et la main droite, puis pencha légèrement la tête. Il gagna enfin la proue, où il demeura, les yeux fixés sur l'horizon.

Les Romains se dévisageaient, abasourdis. Publius brisa le silence :

« Je vous avais bien dit que c'était lui.

— Lui qui ?

— L'homme qui nous suivait dans le désert.

— C'est possible, rétorqua Rufus. Mais de qui s'agit-il ?

— Je dirais plutôt : "De quoi s'agit-il ?" intervint Lucianus, sans détourner le regard du mystérieux personnage.

— C'est un homme, par Hercule ! répondit Antoninus.

— Et s'il s'agissait d'un dieu ? hasarda Severus. Je n'ai jamais vu un individu éviter les flèches et... voler.

— Il n'a pas volé. Il a sauté.

— Ah oui ? Et tu appelles ça un saut ? Essaie donc, nous verrons si tu réussis. »

Metellus interrompit la conversation en invitant ses hommes à plus de discrétion. Il s'approcha de Darouma. « C'est lui, n'est-ce pas ?

— Grâce au ciel, oui. Je n'avais plus aucun espoir.

— Mais de qui s'agit-il, si je puis me permettre ?

— D'un prince.

— De quel pays ?

— De la Chine. »

Metellus lui lança un regard stupéfait. « La Chine ? Qu'est-ce que c'est ? »

13

« La Chine ? répéta Darouma avec un sourire. La Chine est le pays de la soie. Sur vos cartes, à vrai dire très approximatives, elle porte le nom de *Sera Major*.

— On prétend que certains de nos marchands y sont allés, ainsi qu'une délégation, dit Metellus. À l'époque de l'empereur Marc Aurèle, un magistrat de rang équestre atteignit la capitale avec deux centurions. Mais le récit de ce voyage s'est perdu. Et toi, tu connais bien ce pays ?

— Assez bien. Je m'y rends tous les deux ou trois ans pour acheter des lots de soie, que je revends ensuite sur les marchés perses et indiens. Quand elle arrive chez vous, elle est déjà passée entre de nombreuses mains, et chacun y a gagné sa part.

— C'est là que tu as fait sa connaissance ? » demanda le Romain en indiquant du menton l'étranger, assis à la proue. Il portait une tunique grise, bordée de jaune et ornée d'un petit col, un pantalon large et des chaussures étranges, qui rappelaient à Metellus celles des Phrygiennes et des Cappadociennes. Il était difficile de distinguer ses traits, dissimulés par le voile noir qui lui couvrait la tête.

« Oui. Je l'ai rencontré là-bas il y a plusieurs années.

— Qui est-ce ?

— Un prince. Un prince de ce pays, le fils de l'empereur. »

Metellus songea aussitôt à Gallien et fut secoué d'un frisson. Il sentait peser sur lui un destin qu'il aurait aimé refuser mais qui l'attirait terriblement. « Par quel mystère un simple marchand a-t-il pu côtoyer les souverains de ces contrées ?

— C'est une longue histoire, que je te raconterai plus tard... si j'en ai le temps.

— Et que faisait-il avec Chahpour ? »

Darouma hésita quelques instants. Le bateau glissait sur l'eau. Au fur et à mesure que le fleuve s'élargissait, la vitesse du courant diminuait, ralentie par le vent du sud.

« Il lui avait été envoyé en qualité d'ambassadeur, finit-il par dire. Il était censé passer plusieurs mois à la cour du grand roi. C'était la première fois qu'un tel événement se produisait. Tous les convois de soie destinés à l'Occident transitant par la Perse, les deux empires avaient jugé bon d'établir des relations.

— En tant que commerçant, tu as certainement favorisé ce projet. »

Les soldats regardaient, eux aussi, le prince. À la dérobée, en feignant de bavarder, ou ouvertement et sans pudeur, comme l'on observe une créature exotique venue de terres lointaines. Mais celui-ci gardait les yeux fixés sur l'horizon, plongé dans une solitude apparente. Il semblait impossible qu'il eût tout juste échappé à la mort et accompli un exploit interdit à tout autre mortel. Quel genre d'homme était-ce donc ? Quelle sorte de sang coulait donc dans ses veines ?

Soudain le vent fit vibrer les haubans telles les cordes d'une harpe. « Le temps change », dit Darouma comme s'il pensait à voix haute. Puis il reprit le fil de la conversation : « Oui, comme n'importe qui... je suppose. Mais deux années s'écoulèrent sans qu'on eût la moindre nouvelle du prince. »

Deux ans, songea Metellus, plus ou moins la durée de sa captivité à Aus Daiwa. Il demanda : « Et quand se sont achevées ces deux années ?

— Il y a environ six mois. C'est alors que je suis venu à sa recherche. »

Ainsi, le jour où Valérien avait été capturé au pied des remparts d'Édesse, le prince était un invité, tout au moins en apparence.

Un homme de l'équipage s'approcha. Il indiqua à Darouma les collines qui s'élevaient à quelques milles de là, sur la rive ouest. On y voyait des dromadaires filant à toute allure.

« Crois-tu que nous sommes suivis ? interrogea Metellus.

— Tu m'en demandes trop. Je ne peux te dire qu'une chose : le grand roi utilise des dromadaires pour envoyer des messages urgents à travers le désert. Les chevaux ne résisteraient ni aux efforts ni à la soif. Si ces hommes portent des messages, il est probable qu'ils nous concernent. Dans ce cas, je donnerais le contenu de ma bourse pour savoir ce qu'ils disent. Hélas, je ne connais rien à la divination. »

Metellus eut le cœur serré à l'idée que, peut-être, des obstacles les séparaient encore de la liberté. Mais, nul doute, ils trouveraient un port à l'embouchure du fleuve, un port où les navires océaniques chargeaient et déchargeaient des marchandises, convoyées ensuite vers l'Occident par la voie fluviale ou terrestre.

L'Occident. Cette pensée l'obsédait, et son regard suivait avec insistance la trajectoire du soleil vers le couchant, vers sa terre.

Édesse. La reverrait-il un jour ? Reverrait-il son fils ? Et que trouverait-il à son retour ? Il songeait aux événements qui s'étaient produits derrière les remparts de la ville et se disait que sa vie était en danger aussi bien dans sa patrie qu'à l'étranger. Il lui faudrait se cacher, agir dans l'ombre, frapper avec une détermination impitoyable. Il rentrait chez lui pour tenir une promesse, pour réparer son erreur. Il l'avait commise en toute bonne foi, certain qu'Aurelianus remplirait ses devoirs et que Silva serait à la hauteur de la tâche dont on l'avait chargé en le nommant commandant de la place forte. Mais une pensée le tourmentait : s'il avait obéi à l'empereur, qui le priait de rester à Édesse, il aurait pu éviter le désastre, voler au secours de Valérien avec un détachement, le libérer.

Des destins parallèles et imaginaires traversaient son esprit, alimentés par le remords qui se terrait au fond de sa conscience, tel un crocodile attendant dans la boue que les eaux se calment pour remonter à la surface.

Valérien lui avait confié une mission impossible : rétablir l'autorité de l'État. Et il avait promis, il avait donné sa parole à l'empereur agonisant... Affronter des épreuves difficiles comportait le sacrifice de sa propre vie, il le savait, mais il était un soldat et il avait coutume de penser que la mort est un moindre mal, comparé à la perte de l'honneur.

La vitesse du courant s'amenuisait et il vit le groupe de dromadaires gagner du terrain vers le sud, avant de disparaître à l'horizon. Il y avait de plus en plus d'embarcations sur le fleuve ; certaines, comme la leur, suivaient le courant, d'autres le remontaient, toutes voiles dehors, en profitant du vent du sud.

Au couchant, Metellus remarqua que le prince se

levait d'une manière insolite : il étirait les bras et les jambes alternativement, tendait les doigts dans une direction puis dans l'autre. S'agissait-il d'une danse ? D'une façon de se dégourdir les membres ? Et pourquoi était-il resté aussi longtemps immobile ?

Il observa ses hommes. Ils étaient tous occupés : Publius sculptait un bout de bois avec son poignard ; Uxal confectionnait des cuillers dans un morceau d'acacia ; Lucianius ravaudait ses vêtements au moyen d'une aiguille à filets ; Severus et Martianus avaient aligné sur le pont leurs cuirasses démontées, ils les contrôlaient l'une après l'autre en serrant à la pince tous les anneaux ; Rufus effilait la pointe de son javelot ; Antoninus fabriquait une canne à pêche rudimentaire, aidé de Septimus ; Balbus passait la pierre à aiguiser sur son épée d'un long mouvement en bavardant à voix basse avec Quadratus.

L'inertie constituait, pour eux, un châtiment, une source d'ennui. Et la fixité de l'étranger leur paraissait peu naturelle. C'était la preuve que le monde était beaucoup plus grand que les Romains ne le pensaient, si grand que l'empire des Césars, étendu sur toutes les terres de la mer Intérieure, devait sembler peu de chose. Une telle diversité ne pouvait que s'accumuler et croître avec l'élargissement infini des territoires, le fléchissement du ciel, le changement des constellations.

Le mode de vie différait peut-être en ces lieux si lointains. Ce qui était bon à Rome et à Alexandrie ne l'était peut-être pas sur la terre de ces petits hommes aux yeux en amande, auxquels la réalité se présentait sans doute d'une manière oblique, selon leur façon d'entendre et de penser. Mais ces réflexions ne faisaient qu'effleurer l'esprit de Metellus, il les considérait ni plus ni moins comme des souvenirs à raconter à son fils quand tout serait terminé.

La voix de Darouma le fit sursauter. « C'est prêt, commandant.

— Quoi donc ?

— Tu ne sens rien ? Le dîner est prêt.

— Par les dieux... le soir est déjà tombé. Je ne m'en étais pas aperçu.

— J'ai vu que tu étais plongé dans tes pensées et j'ai préféré ne pas te déranger. Lorsqu'un homme a passé une longue période en prison, il a besoin de s'adonner à la rêverie. L'absence de liberté comprime l'intelligence, anéantit l'imagination. On commence par se réapproprier le passé...

— C'est vrai. Le passé et ses fantômes.

— Mais aussi l'avenir et ses espoirs.

— Les espoirs..., murmura Metellus. Il m'en reste si peu... Il suffit toutefois d'un seul espoir pour que la vie revienne. Darouma, tu ne peux imaginer mon état d'esprit et celui de mes hommes. Nous avons le sentiment d'avoir échappé à une torpeur fatale. Nous prenons peu à peu conscience de notre situation, de ce qui nous reste et de ce dont on nous a spoliés...

— Et maintenant, mange. La vie te semblera meilleure, l'estomac plein. »

Ils s'installèrent tous en cercle. Le jeune étranger se joignit à eux en s'asseyant sur ses talons, selon ses habitudes. Il ôta son voile noir et exhiba un visage glabre, presque enfantin, une longue chevelure de jais incroyablement lisse et attachée sur la nuque par un lien en cuir, une petite bouche bien dessinée, un teint de cire, d'une étrange pâleur. Un visage qui ne pouvait rougir. Metellus se demanda s'il était imperméable à la colère et aux émotions fortes, s'il possédait une sorte d'imperturbabilité congénitale, l'ataraxie que les philosophes occidentaux avaient théorisée en produisant des efforts spéculatifs.

Uxal distribua les cuillers qu'il venait de fabriquer, puis le cambusier passa avec les assiettes, dans lesquelles il versait du poisson et des légumes cuits à l'étouffée, assaisonnés avec de l'huile, du safran et du poivre.

Les hommes se mirent à manger avec appétit. Voyant que le jeune étranger ne touchait pas à son assiette, Metellus lui tendit sa cuiller en inclinant la tête. Le prince s'abstint de la saisir mais prononça quelques mots à voix basse. Metellus se tourna vers Darouma.

« Qu'a-t-il dit ?

— Je peux lui demander s'il accepte de te parler. Il connaît le perse.

— Et qui te dit que je le parle ?

— Je t'ai entendu échanger quelques mots avec un muletier à l'oasis de Khaboras.

— Et tu m'as laissé parler la koinè pendant tout ce temps-là ?

— J'ai pensé que tu voulais garder une langue de réserve pour une raison qui ne me regardait pas.

— Et moi ? s'entremit Uxal. Cela ne me regardait pas non plus ? J'ai joué l'interprète comme un imbécile durant un an et demi, alors que tu comprenais le perse !

— Je le parle aussi, répondit Metellus d'une voix calme. Mais je ne voulais pas que cela s'ébruite. On aurait pu nous entendre... Ce n'était pas par méfiance, Uxal. On ne prend jamais assez de précautions. »

Le vieillard grommela avant de se replonger dans son assiette.

Darouma s'entretint avec l'étranger sur un ton respectueux, puis il dit à Metellus : « Je lui ai demandé s'il acceptait de bavarder avec toi.

— Ah oui ? Et qu'a-t-il répondu ?

— Il accepte. Tu peux t'adresser à lui en perse. »

Metellus se tourna vers le prince et déclara : « C'est un étrange destin qui nous a réunis, seigneur.

— Cela n'a rien d'étrange. Les individus qui ont de grandes responsabilités ne se rencontrent jamais par hasard.

— Et pour quelles raisons, dans ce cas ?

— Parce qu'ils partagent les mêmes routes, les mêmes parcours. Deux rois séparés par d'immenses distances ont plus de possibilités de se rencontrer que l'un d'eux en a de consacrer un seul regard à l'individu qui nettoie les latrines. »

Jugeant le ton de son interlocuteur froid et détaché, Metellus crut bon d'aborder un sujet plus terre à terre. « Tu ne veux pas manger avec nous ?

— La quantité de nourriture que contient cet ustensile ne sied guère à un homme bien élevé. » Il tira de sa tunique deux bâtonnets et entreprit de s'alimenter en portant à sa bouche des quantités si modestes qu'on voyait à peine ses mâchoires bouger.

« Par les dieux ! s'exclama Uxal. Il mange comme un petit oiseau.

— Il mange ce dont il a besoin. Avez-vous remarqué l'énergie qui l'anime ?

— Justement, intervint Metellus. Je me demande où il la puise.

— Tu le sauras en temps voulu, répondit Darouma.

— En temps voulu ? Il nous en reste peu, maintenant. Le rivage de l'océan n'est plus très loin. »

Darouma s'abstint de répondre, et un étrange silence s'installa, d'autant plus que les hommes ne cessaient d'épier l'étranger. Ils constatèrent que Metellus remplissait un peu moins sa cuiller et ils l'entendirent reprendre, en perse :

« Darouma dit que tu viens d'une grand contrée, à l'est...

— *Zhong Guo*, répondit l'homme.

— Tel est le nom de ton pays ?

— Oui. Et le tien ? »

Metellus hésita un instant, puis il répondit en latin : « *Imperium Populi Romani.*

— Où se trouve-t-il ?

— À l'extrémité de l'Occident. Il renferme en son sein une mer entière.

— Sans doute ce que nous nommons le *Ta-T'sin Guo*, c'est-à-dire le pays occidental. »

Metellus en déduisit que le mot *guo* signifiait « pays » ou « terre », puisqu'il était commun aux deux expressions. « Ainsi, vous connaissez notre existence, de même que nous connaissons la vôtre, car nous vous achetons beaucoup de soie... Darouma dit que tu es un prince. Sache que nous sommes honorés de voyager en ta présence. »

L'étranger eut un léger hochement de tête.

« Puis-je savoir ton nom ?

— Dan Qing.

— Je m'appelle Marcus Metellus Aquila.

— Ta langue semble très compliquée.

— Et la tienne très simple. Mais il s'agit sans doute, dans les deux cas, d'impressions superficielles. »

Metellus constata que le prince lui parlait sans cesser de le fixer droit dans les yeux, ce qui le mettait mal à l'aise. Son regard lui paraissait énigmatique, impénétrable.

Soudain, une forte rafale de vent interrompit leur conversation.

« Vent d'ouest, observa Uxal.

— Oui, acquiesça Metellus.

— Je n'aime pas ça, dit Septimius.

— Moi non plus, mais cela ne veut rien dire. Le vent est semblable au destin des hommes, il peut changer d'un instant à l'autre. »

D'un signe, Darouma ordonna au cambusier de ramasser les assiettes vides et fit circuler une jarre de vin de palme. Seul Dan Qing la refusa, se contentant de boire quelques gorgées d'eau. Puis il se leva, s'inclina et descendit sous le pont. Metellus se tourna alors vers Darouma.

« Vous n'avez pas beaucoup parlé. C'est étrange pour deux hommes qui avaient un rendez-vous et un plan de fuite communs.

— Il y avait trop de monde. Je vais rejoindre le prince maintenant et bavarder tranquillement avec lui. Que ceux qui veulent dormir demandent des nattes et des couvertures. La nuit est humide, même s'il fait chaud. Inutile de te dire de tenir les yeux ouverts. Des embarcations pirates rôdent, elles sont très rapides et très dangereuses. De plus, le danger que vous fuyez ne s'est pas encore évanoui.

— Je le sais. Nous ne nous laisserons pas surprendre. » Tandis que Darouma se retirait, Metellus rassembla ses hommes et établit les tours de garde. Une grande lune rougeâtre jaillit du fleuve en traçant sur l'eau un long sentier doré, tandis que le reflet du soleil résistait à l'ouest.

Vers minuit, Dan Qing remonta et s'installa à la proue, où il demeura jusqu'à l'aube, totalement immobile. Metellus, qui l'observait, n'aurait su dire s'il veillait ou s'il dormait, à la vue de sa tête, penchée sur la poitrine. Son repos paraissait vigilant : rien ne lui échappait, ni les mouvements des membres de l'équipage, ni les changements de direction ou de vibration dans l'air.

La nuit s'écoula dans le calme. La lune se coucha après le deuxième tour de garde, laissant un ciel constellé d'étoiles extraordinairement lumineuses, traversé d'un bout à l'autre par le voile blanc de la Voie lactée. Metellus se chargea du troisième tour avec Quadratus. Au lever du soleil, il remarqua que Dan Qing s'octroyait un peu de repos, la tête sur un rouleau de cordages. Il avait une fragilité presque enfantine, même si son corps, courbé comme un arc, semblait prêt à se tendre d'un moment à l'autre avec la puissance qui avait caractérisé son bond prodigieux.

Le Romain aurait aimé lui parler, l'interroger sur son lointain pays et sur les origines de la soie. Des histoires invraisemblables circulaient à ce propos, en Occident : on disait ainsi que cette étoffe était tissée par un ver. Cependant il ne voulait pas le déranger, même s'il n'ignorait pas qu'ils n'auraient bientôt plus l'occasion de deviser, puisque chacun reprendrait sa propre route, regagnerait son propre monde.

Darouma ressurgit au lever du soleil, dans une longue tunique coupée dans une étoffe claire, semblable au lin mais beaucoup plus légère. Les rives, basses et sableuses, s'étaient écartées. Il dit à Metellus :

« D'ici deux heures, nous apercevrons l'océan.

— Et nos chemins se sépareront. Nous te sommes immensément reconnaissants de ce que...

— Je ne crois pas.

— Comment ça ?

— Ils ne se sépareront pas. Vous nous accompagnez, le prince et moi.

— C'est une plaisanterie ! Nous ne...

— Nous avons passé un accord. Est-ce ainsi que les Romains font honneur à la parole donnée ?

— Tu ne veux tout de même pas que nous te suivions jusqu'à cet endroit...

— La Chine ? Bien sûr que oui.

— Ce n'était pas prévu.

— Si. Je vous ai engagés jusqu'à la fin du voyage.

— Nous sommes arrivés à la fin du voyage. Le rivage de l'océan. Alexandre aussi s'y est arrêté. Darouma, mon fils est seul, privé de mère, aux mains de mes ennemis. Le comprends-tu ? Je pensais à lui quand je négociais notre engagement. Et c'est en toute bonne foi que je l'ai pris jusqu'au rivage de l'océan. Au nom de cette bonne foi je me considérerai dégagé de nos obligations à l'instant même où nous atteindrons l'embouchure de ce fleuve. »

Darouma inclina la tête et parut réfléchir un moment. Puis il dit : « Vous me devez la vie, Romains, et j'exige maintenant le paiement de cette dette. Puisqu'il n'y a rien de plus précieux que la vie, vous ferez ce que je vous demanderai pour me rembourser ne serait-ce qu'en partie. Ah, mais c'est de la philosophie ! Si vous descendez à terre, où irez-vous ? Vous n'avez pas assez d'argent pour payer votre passage avec une caravane.

— Nous prendrons un bateau.

— Les Perses contrôlent les quais. En outre...

— C'est un risque qu'il nous faut courir.

— Si vous m'accompagnez, poursuivit Darouma comme s'il n'avait pas entendu, vous verrez des choses dont vous ne soupçonnez même pas l'existence, vous connaîtrez un monde qu'aucun de vos compatriotes n'a vu et ne verra jamais. Vous serez payés si généreusement que vous ne devrez plus songer à gagner votre vie pendant le restant de vos jours. Après quoi, je vous ramènerai aux portes de votre monde. Je le ferai moi-même, ou je chargerai des guides de cette tâche. »

Les Romains s'étaient rassemblés non loin de là.

Non sans appréhension, ils regardaient leur chef s'entretenir avec Darouma. Dan Qing était présent, lui aussi. Il leur lança un regard qui exprimait enfin une émotion. De la crainte, peut-être, ou de la déception.

Le timonier commença à virer de bord, abandonnant le centre du courant.

14

Le bateau glissa vers la rive ouest, ce que Metellus interpréta comme un signe positif. Pourtant, le regard de Darouma ne promettait rien de bon, et celui de Dan Qing demeurait impénétrable. La chaleur était insupportable et l'humidité étouffante ; des nuages noirs enflaient à l'horizon.

Ils virent apparaître une ville portuaire, des quais grouillants de vaisseaux, où des marins à demi nus chargeaient et déchargeaient des marchandises, cousaient et ravaudaient des voiles, réparaient et contrôlaient rames et gouvernails, s'exprimaient dans toutes les langues, mêlant leurs cris à ceux des mouettes, qui volaient au fil de l'eau.

Metellus examina chaque embarcation dans l'espoir de reconnaître une forme familière, par exemple un navire alexandrin, sur lequel il pourrait embarquer en faisant valoir son rang militaire. Sa présence, il le savait, pouvait être une source d'avantages pour un capitaine de vaisseau.

Balbus le rejoignit. « Que faisons-nous, commandant ?

— Nous rentrons chez nous.

— Si je ne m'abuse, ce Darouma ne semble guère approuver ton projet.

— C'est le cas. Il voudrait que nous les escortions, son prince aux yeux obliques et lui, jusqu'à la *Sera Major*, la Chine, comme il l'appelle. Il y a eu, de toute évidence, un malentendu. Mais rien ne l'autorise à exercer la moindre contrainte sur nous, il faudra bien qu'il le comprenne.

— Et s'il refuse ?

— Que veux-tu dire ?

— Il pourrait nous dénoncer, nous livrer aux Perses. Au fond, qui l'en retient ?

— Notre invité. Les Perses sont à sa recherche et l'Indien est, à n'en pas douter, responsable de sa sécurité. Tant qu'il est là, nous n'avons rien à craindre. En revanche, si nous nous séparons... »

C'est alors que retentit la voix d'un marin, en haut du mât : « Navire de guerre à tribord ! »

Darouma réagit sur-le-champ : « Rames à l'eau, hommes aux postes de manœuvres, barre à gauche ! » Le chef de l'équipage transmit les ordres, les marins posèrent leurs rames sur les tolets et les actionnèrent sans tarder. D'autres attendaient qu'on franchisse l'estuaire du fleuve, prêts à larguer la voile.

Metellus vit un vaisseau étroit et rapide, que poussaient une cinquantaine de rameurs, quitter le port avec autant de guerriers. Un étendard rappelant une créature ailée – le symbole d'Ahura-Mazda – flottait à l'arrière. Il cria à ses hommes : « Aux armes ! »

Ceux-ci s'exécutèrent et se précipitèrent à la muraille de tribord. Non sans courage, Uxal voulut les accompagner, mais Quadratus le repoussa rudement.

Le navire de Darouma était avantagé par le courant et la poussée des rames, cependant le bateau de guerre filait à toute allure, bien décidé à lui couper la route.

« On nous a sans doute précédés pour nous souhaiter la bienvenue, dit Darouma.

— Est-ce bien à nous qu'ils en veulent ? demanda Metellus.

— Évidemment. » L'Indien regardait avec crainte le navire perse, qui se rapprochait.

« Hisse la voile, lui glissa soudain Dan Qing.

— Voyons, il n'y a pas de vent ! » rétorqua Metellus.

Le prince le fixa un instant et répondit : « Il va se lever.

— Obéissez ! » s'exclama Darouma. Les marins s'exécutèrent. Quelques instants plus tard, le grand rectangle d'étoffe pendait, inerte, à sa vergue. Metellus secoua la tête et rejoignit ses hommes. Le navire de guerre se tenait au milieu de l'estuaire, et le timonier continuait de pousser vers bâbord à la recherche d'une issue, à l'abri de l'autre rive.

« Préparons-nous ! ordonna Metellus. Ils sont cinq fois plus nombreux que nous.

— Si mes souvenirs sont bons, ce n'est pas la première fois que nous affrontons ce genre de combat », rétorqua Quadratus.

Metellus empoigna son épée et cria : « Hommes, prêts à repousser l'abordage ! » Au même moment, le vent se leva et s'engouffra dans la voile, qui se tendit en faisant grincer la vergue et ployer le mât. Le timonier résista, mais il ne put empêcher l'embarcation de dériver dangereusement vers la terre. Alors le chef de l'équipage ordonna d'accélérer le rythme aux rameurs de gauche, qui compensèrent ainsi la dérive et conduisirent le vaisseau à l'estuaire, où le vent le saisit de plein fouet, lui imprimant une grande rapidité.

Démâté, le bateau de guerre renonça à la poursuite et interrompit sa course.

Les Romains et les membres de l'équipage exultèrent, tandis qu'Uxal improvisait une petite danse qui suscita leurs rires.

« Darouma, vous êtes maintenant en sécurité, dit Metellus. Tu pourras engager une autre escorte un peu plus loin. C'est ici que nos chemins se séparent. Accoste.

— Et comment ? Regarde la rive, elle est impraticable, bourrée d'écueils. Et le vent ? Le reconnais-tu ?

— Je ne suis pas un marin.

— C'est la mousson, qui souffle vers l'est, de jour comme de nuit, avec une force invincible, pendant toute la saison.

— Accoste ! répliqua Metellus d'un ton qui n'admettait pas de réplique. Nous nous jetterons à l'eau, si nécessaire. Ce n'est que de l'air. Nous en avons vu d'autres. »

Le vent se renforçait et les nuages se rapprochaient à une vitesse terrifiante : ils formaient un mur noir, traversé par des éclairs, qu'accompagnait le grondement lointain et menaçant du tonnerre. La puissance de cette nature étrangère et hostile se manifesta soudain, et Metellus, habitué à la douceur méditerranéenne, fut saisi d'inquiétude. La foudre déchira le ciel et projeta sur la mer des éclats aveuglants.

« À vos postes ! s'écria le chef d'équipage. Réduisez la voilure ! Cap sur les vagues ! »

Metellus blêmit, sous l'œil sarcastique de Darouma, décoiffé par une violente rafale. « N'aie pas peur, commandant, ce n'est que de l'air. Dis à tes hommes de bien s'accrocher, s'ils ne veulent pas se retrouver à l'eau. » Sur ces mots, il s'agrippa fermement au bastingage.

Le soleil fut assombri par le front nuageux, il projeta

un dernier rayon sur la surface livide et écumeuse avant de disparaître.

« C'est l'océan, commandant ! s'exclama l'Indien. Rien ne peut lui tenir tête. »

Dan Qing gagna la proue en bondissant et empoigna les haubans qui attachaient le foc à la bôme, tel un cavalier qui s'accroche aux rênes d'un cheval emballé. Uxal alla se blottir comme un rat dans le coqueron avant, derrière un rouleau de cordes.

Poussé à l'arrière, le bateau commença à tanguer, s'enfonçant dans les creux qui s'ouvraient devant lui et se cabrant aussitôt après sur les pentes liquides de vagues qui ressemblaient à des collines.

Une pluie torrentielle s'abattit sur le pont, le fouettant avec une violence inouïe, qui s'ajoutait à celle des vagues. L'eau ruisselait dans la sentine par l'unique écoutille.

Toujours agrippé au bastingage, Darouma se rapprocha de Metellus. « J'ai besoin de deux hommes robustes à la pompe de la sentine ! Je ne peux dégarnir les postes de manœuvres. Vite ! Nous risquons de couler !

— Rufus, Septimius, à la pompe ! »

Les deux hommes s'exécutèrent sur-le-champ. La pompe était un engin exceptionnel, de fabrication romaine, à en juger par la marque du constructeur. Rufus tira vers l'extérieur le tuyau de toile, dont il confia l'extrémité à Publius, au bastingage de tribord, puis il redescendit à la sentine et actionna la machine de toutes ses forces.

L'eau ne cessait d'affluer et les deux hommes avaient grand-peine à écoper. Ils profitaient des instants de trêve relative pour rattraper leur retard. Mesurant l'ampleur de leur tâche, Metellus établit un roulement.

La tempête se déchaîna pendant plusieurs heures. L'équipage était épuisé, cependant il ne ménageait pas ses efforts. De temps à autre, Metellus scrutait Dan Qing. Immobile à l'avant, le prince semblait maintenir l'embarcation en équilibre, la guider parmi les vagues, en vertu d'une force mystérieuse que lui-même ne comprenait ni ne percevait, mais qui paraissait imprégner la coque, unir le bordé et le mât dans ce désordre d'éclaboussures, de coups de tonnerre et d'éclairs. Quelques lanternes, accrochées aux haubans du grand mât, diffusaient une lueur qui donnait aux hommes une allure de fantômes. Le chef d'équipage criait pour couvrir le fracas de la tempête.

Peu après minuit, une vague particulièrement forte balaya le pont jusqu'au coqueron avant, chassant Uxal du refuge où il s'était blotti et l'entraînant vers le bastingage de droite. Celui-ci était interrompu par des ouvertures d'environ deux pieds de large destinées à l'évacuation de l'eau. Le courant y projeta le vieillard, qui tenta de s'agripper aux montants en appelant à l'aide de tout son souffle. Quelques instants s'écoulèrent avant que Metellus ne se précipitât à son secours.

Uxal résistait à grand-peine. Metellus attrapa sa main, mais une deuxième vague le poussa à son tour dans le vide. Sans lâcher le vieillard, il passa le bras droit autour du montant et s'écria : « Par ici ! Par ici ! Vite ! », cependant le vacarme et le désordre étaient tels que personne ne l'entendit. Une nouvelle onde s'abattit, emportant son ami, qui disparut dans le bouillonnement d'eau avec un hurlement désespéré. Metellus luttait contre le courant, il se balançait contre la muraille, tentait de prendre assez d'élan pour se hisser à bord, mais il était assailli par les vagues, qui l'affaiblissaient. Il songea que l'océan allait refermer ses bras sur lui et cria une dernière fois.

Or, à l'instant où il s'abandonnait à cette étreinte glaciale, une force formidable le retint. Pendu par les pieds au bastingage, Dan Qing saisit le Romain par les poignets et imprima à son corps une telle énergie qu'il le catapulta jusqu'à la rambarde. Metellus s'y accrocha et se hissa sur le pont. Un instant après, Dan Qing se redressait d'un coup de reins, voltigeait dans les airs et atterrissait tout près de lui.

Stupéfait, Metellus ne parvint à murmurer qu'un simple merci.

Dan Qing inclina la tête avant de regagner son poste, à l'avant.

À l'aube, la tempête commença à se calmer. Darouma et le chef d'équipage entreprirent alors de compter les rescapés à la faible lumière qui filtrait à travers les nuages.

Metellus rejoignit ses hommes. « Uxal est mort. Pourquoi n'avez-vous pas obéi à mes appels au secours ?

— Commandant, tout le monde criait, et la mer hurlait encore plus fort, répondit Lucianus. Dans un tel désordre, il était impossible de distinguer le moindre appel. Nous nous efforcions tous de résister à la force des vagues, transis de froid et engourdis de fatigue, quand nous n'écopions pas. Je regrette...

— Pauvre Uxal, dit Balbus, qui surgissait de la cale.

— Nous lui devons notre salut, ajouta Rufus. Sans lui, nous n'aurions jamais réussi à nous extirper de cet enfer. »

Publius déclara : « Si je rentre à Spolète, j'élèverai un autel dans la cour de ma maison et j'offrirai des sacrifices pour célébrer chaque année l'anniversaire de sa mort. C'était un homme bon, il s'était attaché à nous. »

C'est alors que Darouma survint. « J'ai perdu deux marins cette nuit. Et vous en avez perdu un, n'est-ce pas ?

— J'ai fait tout ce que je pouvais pour le sauver, et sans lui..., répondit Metellus en désignant Dan Qing, je serais mort moi aussi. Je me demande par quel mystère il a réussi à m'entendre et à me saisir les poignets juste avant que je ne coule. »

Darouma eut un petit sourire. « Il a appris une philosophie très particulière qui lui permet de percevoir la moindre vibration dans l'atmosphère. C'est extraordinaire, pour un homme si jeune. »

Metellus lui lança un regard abasourdi, puis il observa Dan Qing, qui avait ôté ses habits afin de les faire sécher, et qui était assis, jambes croisées, vêtu d'un petit pagne.

Darouma se tourna vers le chef d'équipage. « Le vent s'est calmé. Nous pouvons hisser la voile. Vérifions notre équipement et récupérons nos forces. » Il descendit à la cale, suivi de Metellus. « Sans cette pompe, lui confia-t-il en indiquant l'engin en bronze qui trônait sur une table, nous étions perdus.

— Un cylindre aspirant et un cylindre foulant. Cette machine a été conçue pour les mines, mais elle est utile partout. Où l'as-tu dénichée ?

— Elle vient d'Alexandrie, mais je l'ai achetée à Hormusia. Alors, tu as compris pourquoi je refuse d'aller vers l'ouest ? La mousson souffle pendant six mois, et personne ne peut naviguer contre elle, sinon à la rame et sur des trajets limités. Il n'est pas besoin d'être marin pour le comprendre. Nous atteindrons bientôt l'embouchure de l'Indus. Si vous décidiez de descendre à terre, vous pourririez sur la côte pendant six mois, sinon plus, en attendant que le vent tourne, en proie aux moustiques et aux fièvres méphitiques, à la misère, à l'incompréhension. Vous risqueriez d'être réduits en esclavage, ou de vous perdre dans un village de l'arrière-pays, travaillant à la journée en échange d'une poignée de riz.

— Qu'est-ce que le riz ?

— Le grain des marais. Vous le goûterez bientôt... Si, en revanche, vous me suivez, vous découvrirez un pays merveilleux, traverserez la chaîne de montagnes la plus haute du monde, le Caucase indien dont parlent les historiens d'Alexandre, l'Hindou Kouch, dans notre langue. Et quand nous aurons raccompagné Dan Qing, je vous reconduirai là où je vous ai promis.

— En l'espace de six mois ? demanda Metellus, soupçonneux.

— Peut-être un peu plus, mais c'est toujours mieux que d'errer de port en port en travaillant pour gagner de quoi se payer chaque trajet. Si tu crois que tu trouveras un bateau qui t'emmènera directement à Alexandrie, tu te berces d'illusions. Ma proposition est raisonnable, commandant, c'est la seule proposition sensée... Qu'en dis-tu ? »

Metellus soupira et leva les yeux : des poignards lumineux s'introduisaient entre les planches. « Il faut que j'en parle à mes hommes. Je te donnerai une réponse avant la tombée du soir. »

Darouma se dirigea vers l'écoutille. Metellus lui emboîta le pas. Il fut ébloui par la lumière du jour. Des nuages, que le vent effilochaient, galopaient dans le ciel, et les linges qui séchaient au soleil évoquaient une seconde et étrange voilure. La mer, à présent apaisée, scintillait de mille reflets. Des dauphins courbaient le dos et bondissaient pour retomber dans l'océan en un bouillonnement d'écume.

Le Romain songeait à son fils, qu'il lui tardait de retrouver, et à la mission que l'empereur lui avait confiée, il pensait avec tristesse à Uxal, qui dormait au fond de l'océan. Avant tout, se dit-il, il importait de rester en vie. Il poussa un grand soupir et rejoignit ses hommes. « Alors, vous avez vu ? Le vent et la tempête nous ont entraînés vers l'est.

— Où sommes-nous, commandant ? demanda Rufus.

— Je l'ignore. À un mois de navigation de l'embouchure de l'Indus, semble-t-il.

— De l'Indus ? répliqua Quadratus. Mais il est situé aux confins du monde !

— Le monde est sans doute plus grand que nous ne l'imaginons. L'immensité et la puissance de l'océan nous en donnent une idée.

— Alors, qu'allons-nous faire ? » interrogea Lucianus avec une impatience qui lui eût valu, en d'autres circonstances, une punition exemplaire.

Feignant de ne pas avoir entendu, Metellus rapporta ce que Darouma lui avait dit et proposé. Puis il conclut : « Je n'ai pas l'intention de contraindre qui que ce soit. Chacun est libre d'agir comme il le souhaite. Quand nous débarquerons en Inde, ceux qui le désireront pourront décider de rester ou de s'en aller par leur propre chemin. La proposition de Darouma me paraît raisonnable. Mieux, c'est, à mon avis, la seule possibilité que nous ayons de regagner notre patrie.

— Tu as confiance en Darouma ? interrogea Septimius, l'air inquiet. Au fond, nous ne le connaissons pas depuis longtemps. Ce n'est qu'un marchand, et la parole des marchands n'est pas réputée pour être sûre.

— Quelque chose me dit que Darouma n'est pas un simple marchand. N'a-t-il pas pris l'engagement de libérer un prince de la *Sera Major* et de le raccompagner dans sa patrie ? Ce n'est pas négligeable. Car Dan Qing est l'équivalent de Gallien dans un empire beaucoup plus vaste que le nôtre. En outre, Darouma a toujours tenu parole.

— Nous sommes dix et armés, rétorqua Publius.

— Nous étions des rebuts humains quand il nous a accueillis. Nos armes n'auraient pas servi à grand-chose s'il avait voulu se débarrasser de nous. Je lui suis reconnaissant de ne pas l'avoir fait, et je suis prêt à placer ma confiance en lui. Mais, je le répète, chacun d'entre vous est libre de prendre sa décision. Je refuse de vous donner des ordres dans une telle situation, c'est une responsabilité trop lourde. Une chose est certaine, toutefois : ce vent souffle constamment vers l'est pendant six mois, ce qui signifie que seul un retour par la voie terrestre est possible. Je veux vous rappeler qu'Alexandre tenta cette entreprise il y a cinq cents ans et qu'il perdit vingt mille hommes dans ce désert de sel. Et lui, il disposait d'une armée, de bêtes de somme, de véhicules, d'eau, de provisions et de guides indigènes. S'aventurer seul sur ces terres désolées, infestées de bêtes de proie, me paraît inconcevable.

« Enfin, l'hypothèse consistant à attendre sur la côte que le vent tourne n'a rien de certain. Décidez. Vous aurez tout le temps nécessaire. Si vous choisissez de me suivre, vous découvrirez des terres que personne n'a jamais explorées et vivrez une aventure que vous pourrez raconter à vos petits-enfants. Vous serez les seuls individus au monde à avoir parcouru, armes au poing, les deux plus grands empires au monde, à avoir atteint des endroits dont Alexandre le Grand n'imaginait même pas l'existence. »

Un silence subit s'abattit sur les Romains. Ils

s'étaient habitués à l'idée de rentrer chez eux, et cette nouvelle perspective les troublait, d'autant plus qu'ils avaient coutume de recevoir des ordres de leur commandant et de les exécuter.

Quadratus brisa le silence. « Si tu y vas, j'y vais.

— Moi aussi ! » s'exclama Balbus, l'autre centurion.

Et Antoninus de renchérir : « Tu peux compter sur moi, commandant. »

Lucianus et Septimius échangèrent un bref regard avant de communiquer leur décision : « Attendre que le vent tourne ? Nous n'y pensons même pas ! Le vent, c'est nous ! Nous autres de la "deuxième *Augusta*", par Hercule !

— Très juste ! » s'écrièrent ses compagnons.

Metellus sourit. « Alors, c'est bien compris. Je suis heureux que vous ayez décidé de me suivre. » Il se dirigea vers Darouma puis revint sur ses pas. « Ah, j'oubliais ! Ce qui vient de se produire n'aura pas de suite. À partir de maintenant, nous retournons aux bonnes vieilles règles. C'est moi qui donne les ordres. Vous, vous obéissez. »

15

Metellus alla vers le prince d'un pas feutré et s'immobilisa à une certaine distance de lui. « Chez nous, on raconte une légende qui rappelle un peu ce qui s'est produit cette nuit. »

Dan Qing s'abstint de répondre, mais il hocha la tête pour signifier qu'il écoutait.

« Il y a trois siècles, un grand homme de notre peuple, un conquérant, le fondateur de notre empire, qui portait le nom de César, traversa un bras de mer à bord d'une petite embarcation. Son ennemi avait rassemblé une flotte puissante de l'autre côté du détroit, et César devait rejoindre à tout prix son armée pour la mener à la victoire. Au milieu du trajet, une tempête éclata, secouant le bateau comme une coquille de noix. Épuisé, terrorisé, le nautonier avait grand-peine à maintenir le cap. Mais César s'approcha et lui dit : "Courage ! Tu conduis César et sa fortune !"

« Le nautonier retrouva ses esprits et mena son passager à bon port. César remporta la bataille contre son ennemi, il fonda l'empire qui s'étend sur toutes les terres de la mer Intérieure que nous appelons "Nostrum" et sur tous les peuples qui habitent à proximité. Cette histoire est relatée dans les écoles de notre empire.

— Dans quel but ?

— Pour apprendre aux enfants à ne pas se décourager. Pour qu'ils sachent que nous bâtissons nous-mêmes notre destin par la force de notre esprit, par notre détermination et notre courage. Cette nuit, tu m'as sauvé la vie, et je suis venu te remercier. Mais tu as également sauvé ta vie et, peut-être, le destin de ton pays, ainsi que le fit notre empereur quand il traversa la mer en tempête.

— Ton histoire évoque un présage, mais mon chemin est très long, les menaces innombrables et mes amis très rares. Combien d'hommes attendaient votre guerrier à l'autre bout de la mer ?

— Cinquante mille.

— Ce n'est pas beaucoup, mais ce n'est pas non plus négligeable. Moi, je suis seul.

— Seul ? »

Dan Qing se contenta d'acquiescer.

Metellus s'attendait que le prince lui demandât de l'aide, or celui-ci se contenta de poser les yeux sur la surface scintillante des flots. Il suscitait chez le Romain un étrange sentiment de révérence et de détachement. Si sa voix semblait jaillir de profondeurs abyssales, sa force physique et l'énergie inexplicable qui lui avaient permis de le sauver des eaux l'intriguaient.

« Darouma m'a prié de t'escorter avec mes hommes jusqu'à ta destination.

— T'a-t-il expliqué ce qui nous attend ?

— Non. Mais je peux l'imaginer.

— Et tu as accepté ?

— Oui.

— Pourquoi ?

— Je suis un soldat. Ces choses-là ne m'effraient pas. Darouma m'a promis qu'il nous raccompagnera. C'est la seule chance de salut que nous ayons.

— Cela me paraît une bonne raison.
— Puis-je te poser une question ?
— Tu peux.
— Pourquoi m'as-tu sauvé la vie, cette nuit ?
— Parce que tu es le chef de mon escorte.
— C'est une excellente raison », répondit Metellus avant de s'éloigner.

La traversée se poursuivit à un rythme régulier et à une vitesse soutenue. Vers le soir, ils aperçurent une autre embarcation, qui naviguait à la voile dans la même direction, à environ deux milles. Le voyage continua tranquillement jusqu'à minuit : ils essuyèrent alors une averse qui dura environ une heure. Toutefois, la mer demeura calme. Les lanternes répandaient une faible lumière et Metellus, couché sur une natte, jetait de temps à autre un regard à la ronde. Quadratus avait cependant instauré un tour de garde : à l'évidence, il ne se fiait pas aux hommes de Darouma, à moins que sa nature scrupuleuse, disciplinée et attentive ne l'amenât, par habitude, à prendre de telles précautions.

Lorsqu'il se réveillait, Metellus songeait à l'aventure qui les attendait, ses soldats et lui, sur une terre vaste et mystérieuse, parmi des populations dont il ignorait jusqu'à l'existence. Il éprouvait tour à tour plusieurs sentiments : la crainte d'avoir commis une folie en acceptant la proposition de Darouma et la certitude d'avoir choisi la seule issue possible dans de telles circonstances. Mais c'était la sensation de s'éloigner de son monde, de son fils et de sa mission qui lui causait le plus d'angoisse. Pris d'une sorte de vertige, il cherchait un remède dans le sommeil, s'abandonnait au clapotis des vagues contre la quille, au souffle tiède du vent.

À l'aube, les exclamations d'un marin de Taprobane, monté au sommet du mât, et le cri de Darouma le réveillèrent : « Regardez ! lançait ce dernier. Là-bas ! »

Ils se précipitèrent tous à la proue, d'où ils virent un jet de vapeur de la hauteur du mât jaillir des eaux, tandis qu'un dos énorme s'arquait et qu'une queue à deux lobes s'abattait sur les ondes.

« Là ! hurla Balbus. Une autre ! »

Metellus contempla avec stupéfaction ce spectacle incroyable : des monstres plus gros que le bateau et couverts de concrétions marines, à l'instar des navires océaniques, surgissaient de l'eau pour y replonger aussitôt dans un bouillonnement d'écume et un vacarme assourdissant.

« Qu'est-ce que c'est, commandant ? interrogea Lucianus. Allons-nous être attaqués ?

— Ce sont des baleines, répondit Darouma. Elles s'amusent comme des poissons tout en se nourrissant. Il leur suffit d'ouvrir la bouche pour avaler des bans entiers de sardines. »

Metellus intervint : « Onésicrite, l'amiral d'Alexandre, qui ramena le vaisseau royal de l'Inde jusqu'au delta du Tigre et de l'Euphrate, en parle dans son œuvre. Mais je n'imaginais pas les voir un jour.

— Tu ne regretteras pas d'avoir entrepris ce voyage, Romain. Tu comprendras enfin ce qu'est le monde et mesureras la petitesse de l'étang autour duquel vous avez bâti votre empire, par rapport à l'immensité des océans qui bordent l'étendue infinie de la terre. Je suis certain que tu en tireras des leçons. »

Metellus observa sans mot dire la danse des géants de la mer, leurs dos luisants, leurs queues gigantesques qui cinglaient les ondes, les jets de vapeur qu'ils lançaient vers le ciel. Soudain, l'un d'eux bondit près de la coque, et il put voir son œil minuscule, au coin de sa bouche. Un petit bulbe gris et inexpressif qui parut le scruter un instant avant de disparaître.

« Nos marins rapportent que ces animaux brisent les navires et dévorent les hommes tombés à l'eau ! Ce sont donc des légendes..., déclara-t-il un peu plus tard.

— Des légendes ? » Darouma appela un dénommé Jaïbal, un marin à la peau foncée, à demi nu, qui portait au cou un pendentif. « Et ça, c'est une légende ?

— Par les dieux ! Qu'est-ce que c'est ?

— Une dent. La dent d'un monstre de trente pieds de long, d'un chasseur rapide, vorace, implacable. Il en possède trois rangées et les plante dans tout ce qu'il voit bouger... Tourne-toi, Jaïbal ! »

Le marin s'exécuta. Une énorme cicatrice courait le long de sa cuisse.

« Un petit souvenir du tigre des mers. Jaïbal a eu de la chance. D'autres ont été déchiquetés et dévorés. Cela arrive souvent aux pêcheurs de perles. Vous qui vous plaignez de leur rareté, vous changeriez peut-être d'avis si vous voyiez une bête de ce genre surgir à quarante pieds de profondeur.

— Des perles..., dit Metellus. Je n'en ai acheté qu'une et je l'ai offerte à ma femme pour fêter la naissance de notre fils, à l'occasion de notre cinquième anniversaire de mariage. »

Jaïbal retourna à ses occupations, et Darouma ordonna qu'on leur serve une infusion. « Tu t'es entretenu avec Dan Qing, dit-il.

— Je l'ai remercié de m'avoir sauvé la vie.

— Tu n'aurais pas dû.

— Pourquoi ?

— Parce que c'est un prince chinois, le fils d'un empereur, considéré à son tour comme le fils du Ciel.

D'habitude, un homme de son rang n'adresse la parole qu'à ceux qui lui ont été présentés au cours d'un cérémonial compliqué. Tu l'as sans doute remarqué, il n'a eu pour moi qu'un geste de respect après avoir bondi sur mon bateau. Tu aurais dû me demander de te présenter.

— Rien ne t'empêchait de m'avertir.

— C'est vrai. En fin de compte, il vaut mieux que les choses aient suivi leur cours naturel. Il t'a répondu. Cela signifie qu'il n'accorde aucune importance au protocole dans la situation qui est la nôtre. »

Metellus jeta un coup d'œil à Dan Qing. Assis sur ses talons, il semblait absorbé, comme d'habitude, dans ses pensées.

« Que fait-il donc quand il passe des heures dans cette position ? Elle doit être terriblement inconfortable.

— Il médite.

— Il médite ? À quel sujet ?

— Sa méditation n'a pas d'objet précis. Il cherche le *dao*, c'est-à-dire la voie.

— La voie menant où ?

— Il ne s'agit pas d'un lieu.

— Ainsi, il ne médite sur rien et cherche une voie qui ne conduit nulle part.

— Plus ou moins. C'est en vertu de cette méditation qu'il a réussi à sauter de cheval et à atterrir sur ce bateau. C'est en vertu de cette méditation qu'il garde cette position des heures entières, comme s'il était privé de poids. Le *dao* est un concept philosophique complexe, élaboré par un des plus grands maîtres chinois, dénommé Kong Fuzi. Selon ses théories, la nature n'a ni fin ni intention, elle est empreinte d'une force intrinsèque qui la gouverne. Le *dao* n'est autre que l'âme universelle qui nimbe le cosmos, la terre et la façon d'être du genre humain. L'homme qui perçoit le *dao* s'en fait le véhicule et le porteur, il renonce à fléchir le cours des événements par la force, mais s'y abandonne et s'en laisse imprégner. »

Metellus commenta avec un sourire : « Connais-tu notre dicton, *Faber quisque est suae fortunae* ? »

Darouma avala une gorgée d'infusion avant de répondre : « Mon latin n'est pas bon, mais assez pour comprendre ces quelques mots : Chacun est le bâtisseur de son propre destin.

— Oui. Et c'est la négation des thèses que tu viens d'exposer.

— Elles n'impliquent pas qu'il faille renoncer aux décisions. Te rappelles-tu le bond du prince ? S'il l'avait effectué un instant plus tôt, il serait tombé à l'eau. Un instant plus tard, et il aurait été transpercé par les flèches. Il a sauté quand il a senti qu'une voie s'ouvrait entre deux destins contraires. Et une force relative lui a suffi pour obtenir ce résultat incroyable. Vous autres Occidentaux, vous ramez toujours contre le vent. » Darouma avait grand-peine à expliquer ces concepts compliqués dans une langue qui n'était pas la sienne. Il employait tantôt le perse, tantôt la koinè, et son interlocuteur lui suggérait de temps à autre les termes appropriés.

Metellus rétorqua sur un ton sarcastique : « Il serait donc légitime de se demander comment nous avons réussi, nous autres Romains, à bâtir un empire et à le conserver pendant des siècles. Et comment notre petit groupe de fuyards est parvenu à supporter les outrages du destin, les vexations de l'ennemi, à vaincre des forces dominantes en un affrontement féroce et bref, à parcourir des dizaines et des dizaines de milles dans le noir en se nourrissant exclusivement de ce qu'il trouvait, tourmenté par la soif et la faim.

— Je dois admettre que cela est remarquable, pourtant cela ne change rien à la réalité : un énorme gaspillage d'énergie, un prix exorbitant en matière de souffrances, pour un résultat qui n'est autre que le fruit du hasard... Revenons à Dan Qing. S'il a mis sa vie en péril pour toi, c'est parce qu'il s'est fait, de toute évidence, une haute idée de ta personne. D'autant plus que vous vous connaissez depuis peu.

— Tu te trompes. Je suis certain qu'il m'a vu à Édesse.

— Et qu'a-t-il vu précisément ? interrogea Darouma, tandis que le matelot versait de la tisane dans son écuelle.

— Il m'a vu combattre pour défendre mon empereur. Jusqu'au bout.

— Cela explique beaucoup de choses... »

Metellus avala, lui aussi, quelques gorgées. Il commençait à s'habituer à cette boisson au goût âcre, mais agréable, de feuilles parfumées. « Que faisait-il à Édesse avec Chahpour ? Et toi, que faisais-tu à l'oasis de Khaboras ? demanda-t-il à l'Indien. Puisque mon destin est de vous suivre, il est juste que je le sache. »

C'est alors que des cris retentirent à l'arrière. Des membres de l'équipage remontaient les filets qu'ils avaient jetés à l'eau, aidés par les Romains. Peu à peu, le pont se couvrait de poissons frétillants, qu'on ramassait dans des corbeilles afin de les nettoyer et de les préparer pour le dîner.

Darouma poussa un profond soupir, comme si une tâche difficile l'attendait, puis il commença : « La Chine est un empire très ancien, peut-être le plus ancien qui existe sur cette terre, mais elle est, depuis plusieurs décennies, l'objet de troubles incessants. Les

Barbares qui viennent du Nord ainsi que des dissensions intérieures ont divisé ce pays gigantesque en trois royaumes, chacun gouverné par un chef militaire, qui s'est proclamé *wang*, c'est-à-dire souverain. Ces chefs se sentent tous trois en droit et en devoir d'unifier l'empire et, par conséquent, d'éliminer leurs adversaires. Il en a résulté une guerre interminable qui dévaste des campagnes autrefois florissantes, détruit des villes riches, réduit les commerces de moitié. L'appauvrissement des paysans et l'affaiblissement des populations ont amoindri l'armée. Voilà pourquoi le royaume du Nord a cantonné les Hiong-nou, les Barbares nomades des steppes, à l'intérieur d'une grande muraille et pourquoi il leur a attribué des terres en échange de leur enrôlement.

« Dans un tel désordre et une telle décadence, ce royaume, le plus vaste et le plus puissant, était le seul point de repère. Sa capitale possédait la plus grande bibliothèque du pays, ainsi que vingt mille étudiants. »

Metellus était surpris par ce tableau, qui lui rappelait celui de l'Empire romain : la pression des Barbares au nord, les installations fréquentes de diverses tribus à l'intérieur des remparts, l'importance croissante des Barbares dans l'armée, les guerres civiles qui minaient la vie de l'État.

Darouma poursuivit : « Le royaume du Nord était affligé d'une grande plaie, le pouvoir excessif des eunuques du palais...

— Nous, au moins, nous n'en avons pas..., ne put s'empêcher de rétorquer Metellus.

— Les eunuques ? Ils sont nombreux en Chine. Et les chirurgiens y sont si habiles qu'on survit plus fréquemment à cette opération qu'on en meurt. Quoi qu'il en soit, les derniers empereurs étant pour la plupart des enfants quand ils montèrent sur le trône, ils durent autoriser leur mère à gouverner à leur place, ou s'appuyer sur les eunuques. Ceux-ci s'introduisent souvent au cœur du pouvoir grâce à leur intelligence et à leur ruse.

« En ce qui concerne Dan Qing, il s'est produit un événement singulier, que j'ai encore grand-peine à mesurer... »

Soudain, le vent se leva et s'engouffra dans la voile. Des nuages noirs s'amoncelaient à la surface des eaux, en direction de l'ouest, et Metellus entendit Antoninus confier à Rufus : « Si cela continue, nous aurons une nuit agitée.

— Ne t'interromps pas, dit-il à Darouma.

— Il y a trois ans, Dan Qing partit en mission diplomatique à la cour perse en laissant l'administration de l'État au plus fidèle ministre de son père, le régent Liu Bang. Ne le voyant pas revenir au terme des trois ans convenus, Wangzi, son maître, un sage qui vit dans un monastère perché sur les montagnes, commença à s'inquiéter. Je le connais depuis longtemps, car son monastère m'offre l'hospitalité à chacun de mes voyages.

« Wangzi avait organisé cette mission et s'était mis en contact avec des prêtres zoroastriens de manière à faire parvenir à Dan Qing le message lui indiquant nos deux rendez-vous, aux sources du Khaboras puis au port fluvial.

— Et maintenant, le prince regagne un royaume qui ne lui appartient plus. Il lui faudra se débarrasser d'un ministre qui l'a trahi et reprendre le pouvoir avec la seule aide d'un vieux moine. Mon empereur aurait trouvé une situation similaire si j'avais réussi à le ramener chez nous.

— Dan Qing s'est-il confié à toi ?

— Il a dit qu'il était seul.

— Cela signifie donc qu'il en est ainsi.

— Ne dispose-t-il pas de troupes fidèles ? D'amis ?

— S'il a parlé de solitude, c'est sans doute parce qu'il ne peut, ou ne veut, compter sur personne.

— Darouma, il est important que je sache jusqu'où il nous faudra accompagner Dan Qing, quand notre mission prendra fin et où commencera notre voyage de retour, que tu t'es engagé à mener à bon port.

— N'aie crainte, commandant, je ne suis ni un héros ni un guerrier. Nous pénétrerons en Chine par le sud, à travers les montagnes, et poursuivrons notre chemin jusqu'au monastère dont je t'ai parlé. C'est là que nos routes se sépareront. Dan Qing se dirigera vers son destin. Quant à nous, nous livrerons un chargement d'épices dans la plaine, récupérerons un lot de soie et rebrousserons chemin. Alors tu pourras commencer à compter les jours qui te sépareront du Ta-T'sin Guo.

— Le Ta-T'sin Guo... l'Empire romain pour les Chinois, n'est-ce pas ?

— Oui, c'est le nom qu'ils lui donnent. Ils le considèrent comme un pays fabuleux au fin fond de l'Occident. Mais ils ne connaissent rien à son sujet.

— Cela paraît incroyable... Nous achetons d'énormes quantités de marchandises en Chine, en exportons beaucoup, et pourtant nos empires n'ont jamais tenté de se mettre en contact l'un avec l'autre, comme s'ils constituaient deux mondes différents.

— Les distances... les distances, commandant. Elles sont si grandes qu'il est nécessaire de posséder des intermédiaires. Et ce sont les Perses, vos ennemis les plus acharnés, qui remplissent ce rôle. Au reste, ils n'entretiennent pas toujours de bons rapports avec leurs interlocuteurs orientaux.

— C'est vrai. Il y a deux cents ans, Tibère, notre empereur, déplorait que les Perses financent des guerres contre nous avec l'argent que leur rapportaient nos importations de soie et de pierres précieuses.

— Cela n'est guère surprenant, décréta Darouma d'un ton flegmatique. L'avidité est l'un des traits qui vous caractérisent. »

Metellus aurait voulu lui répondre, mais un vers de Virgile lui traversa l'esprit à cet instant précis : *Quo non mortalia pectora cogis, sacra auri fames*[1].

Et il préféra se taire.

1. « À quoi ne pousses-tu pas le cœur des mortels, exécrable soif de l'or ! » (*L'Énéide*, III, 55, traduction de Maurice Rat, Garnier, 1965.) [*N.d.T.*]

16

Le dîner fut prêt au couchant. Les domestiques avaient fait griller sur un brasero des poissons aux couleurs éclatantes, aux reflets bleuâtres ou verts, dont Metellus et ses compagnons ignoraient l'existence. Assaisonnée avec des épices, en particulier le poivre, drogue extrêmement coûteuse en Occident, leur chair était exquise.

Dan Qing s'assit un peu à l'écart. On le servit le premier et on lui offrit la boisson ambrée, issue de feuilles infusées, à laquelle Metellus avait goûté. Une jarre de vin de palme circula à l'intention des autres convives.

Le soleil se coucha parmi des nuages au ventre noir et aux contours pourprés. Ses derniers rayons tracèrent sur l'océan des sentiers enflammés qui léchaient l'embarcation.

Les Romains devisaient gaiement. Ils parlaient surtout de femmes, ce dont leur chef fut satisfait. Il ne les avait plus entendus aborder ce sujet depuis les derniers repas qu'ils avaient consommés à l'abri d'une tente, sur les monts Taurus, lorsqu'ils patrouillaient autour d'Édesse. Par la suite, ils n'en avaient eu ni le temps, ni l'occasion, ni même l'envie.

Ces conversations étaient donc le signe d'une vitalité retrouvée, songea Metellus, qui sentait lui aussi ses forces revenir. Mais elles ravivaient ses blessures, car son désir était tourné vers une femme qui avait cessé d'exister. Et pourtant son image continuait de le séduire : la pensée de ses lèvres charnues, de sa poitrine généreuse, typique des femmes du Sud, et de ses hanches rondes suscitait en lui des visions, des sensations concrètes. Il se rappelait leur dernier voyage en Italie. Une mission en Sicile. Il se remémorait un après-midi à Ségeste, sous la colonnade en pierre du grand sanctuaire. Assis côte à côte, ils avaient regardé le soleil se coucher, évoqué le moment où Metellus quitterait définitivement l'Orient, imaginé une maison dans ces lieux merveilleux, un champ d'oliviers, des vignes, un jardin de roses, des jasmins au parfum délicieux : ils élèveraient leur enfant à la manière de leurs ancêtres, lui apprendraient à faire le vin et à soigner les abeilles. Ils lui donneraient des frères et sœurs, qui grandiraient sereinement, à l'ombre de ces grandes colonnes solitaires. Lorsqu'il revivait ces moments, Metellus entendait résonner dans ses oreilles le piaillement des oiseaux cherchant leur nid sur l'architrave qui soutenait le ciel.

Tout s'était évanoui en un instant d'une douleur déchirante, dans un éclair de sang.

« Tu ne manges pas ? » La voix de Darouma l'arracha à ses souvenirs et le ramena au contenu de sa gamelle. « Je sais ce que tu ressens. Quand nous aurons débarqué, ton état s'améliorera. Tu verras de nombreux paysages défiler devant tes yeux : des villes, des villages, des montagnes. Tu entendras le rugissement du tigre et le barrissement de l'éléphant. L'Inde ! Tu éprouveras des sensations si nombreuses et si différentes que ta vie reprendra son cours comme le courant d'une rivière qui trouve un nouveau lit après avoir perdu le sien au cours d'un cataclysme.

« La mer, en revanche, est le miroir de nos pensées. Et qui plus est, de nos pensées les plus sombres, les plus mélancoliques. Elle reflète ce qui se niche dans les profondeurs de notre esprit, nos peurs inavouées. Même le visage de la mort transparaît sous sa surface liquide et changeante, derrière un horizon inaccessible. »

Metellus sourit. « Tu t'exprimes comme l'un des nôtres, comme l'un de nos poètes. Je croyais que votre philosophie avait résolu ces peurs.

— La nôtre. Pas la tienne. Il n'est pas difficile, pour moi, de deviner les pensées qui se pressent dans ton esprit.

— Dans ce cas, tu sais que tu n'as pas à t'inquiéter. Je survivrai. Et j'accomplirai mon devoir. »

Le dîner s'acheva rapidement et la lune jaillit des flots, éclairant l'immense étendue liquide. Metellus contempla un moment les mille facettes tremblantes que les rayons de l'astre y semaient, puis alla s'accouder au bastingage. Ainsi, il parcourait en sens inverse la route qu'avaient suivie Néarque, l'amiral d'Alexandre, et Onésicrite ! Il ne tarderait pas à découvrir ce dont le grand guerrier macédonien s'était contenté de rêver ! Il aurait aimé bavarder avec le prince aux yeux obliques, cependant son arrogance et son détachement le repoussaient comme une barrière infranchissable. Si ce personnage le fascinait et l'attirait, il ne pouvait s'empêcher de penser à l'humanité douloureuse de Valérien. Le vieil empereur s'était éteint parmi ses soldats avec une dignité et un courage qui surpassaient de beaucoup la moindre recherche philosophique.

Voilà pourquoi il préféra rejoindre Darouma, qui

sirotait son habituelle infusion de feuilles sèches. « L'existence de notre empire est-elle vraiment connue des Chinois ? interrogea-t-il.

— Oui. Mais ils en savent aussi peu au sujet de votre pays que vous au sujet du leur. On raconte qu'il y a un siècle et demi, à l'époque de l'empereur Hedi, un général chinois dénommé Ban Chao atteignit la mer Caspienne avec son armée, après avoir traversé les grands déserts de l'Asie centrale. Il dépêcha alors son lieutenant, Gan Ying, auprès du souverain du Ta-T'sin Guo, c'est-à-dire de l'Empire romain ! »

Metellus le dévisagea, abasourdi. « Comment sais-tu ces choses-là ?

— Je les tiens des moines de la forteresse. Ils conservent la copie de documents et d'ouvrages détruits dans l'incendie de la grande bibliothèque de Luoyang.

— Continue. Que fit Gan Ying ?

— Il parvint au rivage d'une mer intérieure.

— Le Pont-Euxin ?

— Sans doute, même si la description que renferment les sources est un peu confuse. À les en croire, il serait arrivé à deux journées de marche des confins du Ta-T'sin Guo.

— Incroyable... Du côté de Tigranocerte, sans doute, ou de Phase, en Arménie... Alors ?

— Alors, Gan Ying avait des guides perses. Lorsque ceux-ci comprirent qu'il voulait atteindre les frontières de l'Empire romain et s'entretenir avec son chef, ils déclarèrent que la distance qui les séparait de la frontière du Ta-T'sin Guo était aussi grande que celle qu'ils avaient parcourue jusque-là. Découragé, Gan Ying rebroussa chemin. Les Perses n'avaient aucun intérêt à ce que les deux empires entretiennent des relations directes.

— Bien sûr. Les taxes qu'ils imposent sur le passage des caravanes de la soie leur rapportent des sommes colossales. Mais ce n'est pas la seule raison. Si les deux empires étaient trop éloignés l'un de l'autre pour se craindre, ils auraient pu s'entraider ou s'allier contre des ennemis communs. Eux, par exemple.

— Tu hais les Perses, n'est-ce pas ?

— La haine est un sentiment personnel. Il ne peut se tourner contre une nation entière. Je hais les individus qui ont causé la mort de mon empereur et celle d'un de mes compagnons, qui nous ont infligé toutes sortes de souffrances et d'humiliations. Mais cela ne se serait pas produit si l'on avait payé notre rançon.

« Un grand historien grec prétend que l'histoire est en grande partie le fruit du hasard. L'événement que tu m'as raconté semble confirmer cette théorie. Que serait-il arrivé si les deux empires avaient établi des relations directes il y a un siècle et demi ? Le destin de l'humanité et le cours de l'histoire auraient-ils été changés ? Avec un petit mensonge, des guides perses se sont opposés à un énorme bouleversement. Par leur faute, nous sommes restés le Ta-T'sin Guo, aux yeux des Chinois, un pays mythique au fin fond de l'Occident, de même que la Chine est demeurée, pour nous, la *Sera Major*, le pays de la soie... »

Metellus se tut. Darouma, qui devinait ses pensées, lui lança : « Et si tu te chargeais d'établir ces liens ? C'est possible. Imagine les conséquences d'une rencontre entre les deux grands empires. Le tournant que cet événement imprimerait à l'histoire ! » Pour la première fois, depuis que Metellus le connaissait, il semblait enthousiaste.

« Je ne veux pas y penser maintenant, répondit le Romain. Je n'ai qu'un seul souci : rentrer chez moi au plus vite. Mais... si je pouvais... bien sûr, cette idée me fascine. Je me demande toutefois s'il est possible de nouer une relation avec des hommes tels que Dan Qing. Mon empereur avait coutume de s'adresser aux plus humbles de ses soldats...

— Parce qu'ils parlaient le même langage. Si tu souhaites communiquer avec Dan Qing, tu devras apprendre sa langue, et pas seulement celle qu'il parle : celle qu'il pense aussi. »

Metellus lui jeta un regard sceptique.

« Si tu veux, je t'aiderai », dit Darouma avant de lui souhaiter une bonne nuit et d'aller se coucher sous le pont.

Le Romain prit une coupe de vin de palme et en versa quelques gouttes dans la mer, en une libation à l'esprit d'Uxal qui flottait parmi les vagues.

Ils atteignirent l'embouchure de l'Indus treize jours plus tard. Le fleuve s'annonça par une grande tache jaunâtre qui s'élargissait au milieu de l'océan. Le vaste estuaire fourmillait d'embarcations, les rives grouillaient de marchands, de marins, de paysans. Ils descendirent à terre l'un après l'autre, à l'exception de Dan Qing. À l'évidence, ces lieux ne revêtaient aucun intérêt pour lui. Metellus et les siens s'éparpillèrent dans le marché, pour leur première sortie d'hommes libres.

On y respirait l'atmosphère d'un autre monde : costumes, vêtements, couleur de la peau, tout y était nouveau, y compris les animaux, singes, perroquets, éléphants... Et des vaches, des vaches qui se promenaient librement. Dotées d'une bosse à la base du cou, semblable à celle des chameaux, elles avaient un aspect bien particulier.

Suivi de ses marins, Darouma se consacrait aux

achats nécessaires à la suite de leur voyage. Metellus crut comprendre qu'on remonterait le fleuve en profitant de la mousson, puis qu'on prendrait la voie terrestre.

Non loin du marché, les Romains aperçurent une petite foule, amassée autour d'un arbre si grand qu'il aurait pu couvrir une légion entière. Des colonnes végétales pendaient de ses branches – des racines, en réalité. La stupéfaction de Metellus augmenta quand, s'étant frayé un chemin parmi la foule, il découvrit la raison de cet attroupement. Assis par terre, les jambes croisées et la tête ceinte d'un turban, un homme maigre à la peau grise et ridée, à la barbe longue, méditait. Ses mains étaient croisées entre ses genoux, les paumes tournées vers le ciel. Il évoquait par son immobilité un personnage antique de la culture grecque : le philosophe Diogène, le cynique qui vivait dans un tonneau et buvait dans une écuelle en bois. Il s'agissait sans doute d'un de ces gymnosophistes dont parlaient les ouvrages concernant Alexandre, songea Metellus, tel ce maître indien qui avait suivi le souverain macédonien, sur le chemin de retour, jusqu'à Persépolis, où il s'était immolé sur un bûcher funèbre. Calanos...

Comme Calanos, ce vieillard osseux ne manifestait aucune crainte de la mort : un serpent venimeux rampait sur sa poitrine et pointait sa petite langue fourchue tout près de son visage.

Les soldats de Metellus l'observaient, bouche bée. Balbus murmura : « C'est vraiment un pays étrange.

— Oui, confirma Antoninus. Nous aurons beaucoup de choses à raconter quand nous rentrerons chez nous. »

Rufus déclara alors qu'il allait examiner le port, où il débusquerait peut-être un capitaine romain. Mais

Metellus l'en dissuada : « C'est hors de question. Les embarcations resteront à quai pendant six mois jusqu'à ce que le vent tourne. En outre, nous avons donné notre parole d'honneur. Je vous ai demandé si l'un de vous s'opposait à ce projet, si l'un de vous souhaitait regagner notre patrie par ses propres moyens. Vous avez répondu que vous refusiez de me quitter. Vous tiendrez parole, par Hercule, je vous le jure !

— Je n'avais pas l'intention de me dérober, commandant. Je voulais juste échanger quelques mots en latin et, si possible, envoyer un message à ma famille. Le bouche à oreille est parfois indispensable... Il n'est pas dit que nous retournerons tous chez nous. Des épreuves difficiles, des attaques peut-être, des combats nous attendent...

— Nous rentrerons chez nous, Rufus. Et tous ensemble. Je te le promets. Et nous fêterons notre retour, nous nous remémorerons les dangers que nous aurons courus, les souffrances que nous aurons endurées, et nous en rirons. Et maintenant, rejoignons Darouma, il doit nous attendre. »

Il jeta un dernier coup d'œil au vieillard squelettique enserré dans les anneaux de son serpent et s'éloigna en se ménageant un passage parmi la foule.

Ils poursuivirent leur navigation. Metellus cherchait les endroits qu'Alexandre avait vus en descendant le fleuve dans la direction inverse. À sa droite s'étendait l'Inde profonde, celle que le guerrier macédonien n'avait pas explorée, et il se demandait ce que celui-ci avait éprouvé, accoudé au bastingage de son navire, en découvrant ce paysage fantastique, le soleil qui surgissait de l'horizon brumeux, les arbres gigantesques où nichaient des nuées d'oiseaux. Sans doute avait-il souffert en voyant s'enfuir l'horizon d'un monde que le destin lui refusait.

Et lui ? Réussirait-il avec sa minuscule armée à atteindre les confins de la terre, jusqu'à l'océan sans vagues ? Au fur et à mesure qu'on avançait, les aspects réels de la nature chassaient les images mythiques de la *Naturalis Historia* et du *De mirabilibus*, qui constituaient les fondements de ses connaissances de l'Extrême-Orient, mais la nature n'était pas en reste par rapport aux légendes.

La nuit, quand ils jetaient l'ancre le long d'une rive marécageuse, Metellus pouvait entendre les cris d'animaux inconnus et, parfois, le rugissement sourd du tigre en quête de proies. Alors, les marins de Taprobane tremblaient et se dévisageaient de leurs yeux écarquillés, tandis que les Romains balayaient les environs d'un regard timide. Seul Dan Qing semblait ignorer la peur. Il lui arrivait de descendre à terre et de s'enfoncer dans la broussaille, armé d'un seul couteau. Plus d'une fois, Metellus proposa de l'accompagner, mais Darouma l'en dissuada. Nul doute, arpenter la forêt ne comportait pas de danger pour lui. Quoi qu'il en soit, ce n'était qu'une de ses nombreuses bizarreries.

Partout, ou presque, ils virent des éléphants : ces merveilleuses créatures, objets de stupeur en Occident et considérées comme des bêtes sauvages au point qu'on les exhibait dans les combats du cirque, étaient utilisées ici pour le travail. Elles déplaçaient et soulevaient des troncs d'arbres à l'aide de leur trompe, tiraient d'énormes fardeaux sur des charrettes ou des traîneaux.

Souvent, des orages se déchaînaient. Les cataractes du ciel s'ouvraient alors, des murs d'eau se dressaient devant la proue, des éclairs, suivis d'épouvantables coups de tonnerre, éclairaient *a giorno* des étendues immenses. Les Romains étaient abasourdis. Il n'était pas rare désormais qu'ils traversent des régions inondées par le fleuve en crue et qu'ils voient des crocodiles indiens patauger paresseusement dans l'eau boueuse, ou se disputer la carcasse d'un animal domestique en fouettant l'eau de leur queue écailleuse, refermant leurs puissantes mâchoires sur lui.

Il y avait aussi d'énormes serpents tachetés, qui glissaient le long des branches, au-dessus de l'eau, ou qui sillonnait d'un mouvement élégant et sinueux les bourbiers, au-delà des rives. Darouma expliqua que ces monstres étaient inoffensifs et que d'autres, en revanche, étaient si venimeux qu'on mourait en quelques instants de leur morsure.

La nature qu'ils découvraient était terrifiante et presque toujours hostile, cependant elle fascinait ces hommes, qui ne cessaient de manifester leur émerveillement.

Soudain, la mousson souffla transversalement et l'on descendit à terre. Le bateau regagnerait le port, sur l'estuaire. On continuait à pied.

Suivirent des marches exténuantes pendant plus d'un mois jusqu'à la confluence des trois grands fleuves tributaires de l'Indus : l'Hyphase, l'Acésinès et l'Hydraotès. Alexandre y avait construit douze autels aux dieux olympiens pour marquer la limite extrême de sa marche vers l'est. Metellus demanda à Darouma de s'informer à ce sujet, songeant qu'il serait intéressant de visiter ces lieux, cependant personne n'en avait entendu parler. Plus de cinq siècles et demi s'étaient écoulés depuis l'aventure du jeune roi de Macédoine, et le royaume grec de Bactriane n'existait plus depuis longtemps, balayé par les populations que l'Empire chinois avait repoussées au-delà de ses propres frontières.

Metellus passa beaucoup de temps avec Darouma à apprendre la langue de Dan Qing. L'Indien lui avait assuré que cela favoriserait leur entente. En effet, parler une langue étrangère constituait pour le prince une humiliation intolérable qui, ajoutée à sa naturelle arrogance d'aristocrate, créait une barrière infranchissable entre ses interlocuteurs et lui.

« Ce n'est pas pour lui plaire que je le fais, disait Metellus. Cet idiome composé de monosyllabes, si différent du nôtre, m'intrigue. Et puis, j'ai toujours été attiré par les langues. À Édesse, j'étais le seul officier supérieur à pouvoir s'exprimer en perse d'une manière compréhensible.

— C'est vrai, tu es doué, tu apprends très vite », admettait Darouma. Il pensait que la curiosité du Romain pour le nouveau monde l'amenait à en apprendre la langue, comme s'il devait y séjourner longtemps, peut-être même définitivement.

Un jour, Metellus l'interrogea sur les montagnes à propos desquelles il avait entendu circuler des rumeurs vagues et contraires.

« Le Caucase indien, répondit l'homme. C'est ainsi que vous les appelez, car c'est le nom que leur donna votre Alexandre. Ce sont les montagnes les plus hautes de la terre. Leurs sommets s'étirent jusqu'à la demeure des dieux et leurs flancs sont couverts de cascades de glace. En cette saison, le souffle doux de la mousson y provoque des avalanches désastreuses : des monceaux de neige capables d'ensevelir une ville entière se déversent sur la vallée avec un grondement de tonnerre, détruisant des forêts, entraînant des rochers aussi gros que des maisons. Au fur et à mesure qu'on y monte, l'air se raréfie, rendant la respiration difficile, et la fatigue augmente à chaque pas, au point de devenir insupportable.

« J'ai entendu parler d'individus qui avaient gravi les pentes d'une de ces montagnes au-delà de toute limite raisonnable et qui n'avaient pas pu parcourir plus de cent pas en une seule journée. »

Metellus se réjouit que ses hommes ne comprennent pas le discours de Darouma, car ils eussent été terrifiés. C'étaient d'excellents soldats, de formidables guerriers, mais ils étaient habitués à se battre contre des êtres humains. L'idée de défier la nature les eût remplis d'effroi. Ne suscitait-elle pas en lui-même une grande inquiétude ? Une seule chose le rassurait : le calme de Darouma, qui était sans doute la conséquence de sa longue expérience.

« C'est pour m'effrayer que tu me racontes ces histoires ? lui demanda-t-il. D'habitude, c'est le contraire qui se produit. On cache les difficultés à ses hommes pour ne pas les inquiéter.

— Tu décideras de la manière dont tu t'adresseras à tes soldats. En ce qui me concerne, je préfère que tu saches ce qui t'attend. Je ne veux pas avoir à calmer une escorte terrifiée, dans une situation délicate.

— J'imagine que tu as affronté plusieurs fois ce genre de situations.

— Oui.

— Et que tu en es sorti indemne, puisque tu es là pour en parler.

— Cela me paraît évident.

— Dans ce cas, nous saurons réagir. Nous ne craignons aucune difficulté, aucun danger. Nous possédons, nous aussi, des montagnes élevées, les Alpes, que nos légions traversent en toutes saisons.

— Tant mieux. C'est la réponse que j'attendais. »

Ils parcouraient sept milles par jour et s'arrêtaient de temps à autre dans les villages pour acheter de la nourriture et s'approvisionner en eau. Ils découvrirent ainsi le grain des marais, particulièrement savoureux, beaucoup plus fin que le blé, mais d'une couleur identique. On le consommait bouilli, accompagné de légumes et de poisson. Les hommes se demandaient pourquoi l'on ne mangeait pas de viande de vache, alors que ces animaux étaient partout présents. On leur expliqua qu'ils étaient sacrés, que les tuer était considéré comme un crime aussi grave que l'assassinat d'un homme. Les fruits les récompensaient pleinement de ces privations : variés, abondants, ils étaient dotés de goûts et de couleurs sublimes.

Ils avançaient au pas des chevaux et des chameaux. Toujours aussi silencieux, Dan Qing chevauchait un bai, à la tête du convoi. Marcus Metellus le suivait, monté sur un cheval gris. Venaient ensuite les deux centurions à pied, puis six hommes, qui flanquaient les chameaux conduits par Darouma. Antoninus fermait la marche en compagnie de Rufus et de son immanquable javelot.

Ils marchaient *expediti*, avec des armes légères, ainsi que l'avait disposé Sergius Balbus, et au pas cadencé, tandis que leurs armures démontées voyageaient avec le bât. Ils se demandaient quand ils les passeraient pour accomplir leur service.

Le ciel était presque toujours couvert d'épais nuages qui déchargeaient de temps à autre de terribles averses. Le terrain se faisait alors glissant, une boue jaunâtre, sillonnée d'une eau trouble, qui imbibait aussitôt les vêtements. Abrités sous des auvents de roseaux, les villageois les regardaient défiler avec curiosité en songeant qu'ils devaient être fort pressés, puisqu'ils ne prenaient pas le temps de s'arrêter et d'attendre que la pluie cesse.

Un jour, les plaines commencèrent à onduler et le sentier grimpa vers le toit de nuages. La végétation se raréfia et changea. La forêt humide céda le pas à des fougères arborescentes puis à une sorte de *semper virens*, qui rappelait à Metellus les cèdres du Liban qu'il avait souvent admirés dans les provinces orientales de l'empire.

« Oui, ce sont bien des cèdres, lui expliqua Darouma. On les appelle dans notre langue *Deodara*.

— Qu'est-ce que cela signifie ?

— "Arbre de Dieu", répondit solennellement l'Indien.

— C'est étrange. Cela me rappelle le grec.

— Oui. Dans la koinè, on dirait *Diosdendron*.

— Comment est-ce possible ?

— Cela pourra te paraître étrange, mais notre langue et le grec ont de nombreuses ressemblances. Peut-être nos populations étaient-elles voisines dans un passé lointain.

— Les Juifs prétendent qu'au début des temps tous les peuples parlaient la même langue. Parce qu'ils avaient péché d'arrogance envers leur terrible dieu, ils furent dispersés, séparés, et leurs langues commencèrent à se différencier... »

Absorbés dans leur conversation, ils ne remarquèrent pas que les nuages s'étaient amoncelés au point de former une épaisse brume, qui atténuait et dissolvait les bruits. Quand ils s'en rendirent compte, ils poursuivirent leur chemin en silence, comme intimidés. Peu à peu, la couche de vapeur se dissipa et, dans la splendeur aveuglante du soleil et de la neige, on vit apparaître les montagnes, leurs sommets scintillants de glace, leurs cimes pointues qui transperçaient le ciel.

17

La vue de l'énorme massif stupéfia Metellus. Jamais il n'aurait pu imaginer un spectacle à la fois aussi fascinant et aussi terrible. La chaîne de montagnes s'élevait sur un immense plateau où les cimes se dressaient, tels des pinacles en cristal, aussi scintillantes que des diamants. Certaines étaient coiffées de nuages, d'autres se détachaient sur le ciel pur, d'un bleu si intense qu'il rappelait celui du firmament nocturne.

Le Romain pensa à la modeste masse de l'Olympe, qui avait inspiré aux Grecs l'image de la demeure des dieux, et réprima un sourire. Comme son monde semblait petit face aux manifestations de cette nature titanesque ! Il comprit alors pourquoi Alexandre avait vu le Caucase dans ce massif montagneux et pourquoi il en avait fait le théâtre du supplice de Prométhée.

Ses yeux étaient aimantés par ces sommets vertigineux, et ceux de ses hommes traduisaient une stupeur encore plus vive. Il entendit Antoninus dire : « Du haut de ces montagnes, on doit apercevoir les confins de la terre et l'océan qui les entoure.

— Non, répondit Darouma. Il est impossible de parvenir au sommet. Ceux qui se sont approchés de leurs parois ont relaté des choses épouvantables. Au-delà d'une certaine limite, le froid y est létal et l'air irrespirable, tant il se raréfie. »

La conversation en resta là, car les hommes concentraient leurs forces dans l'ascension qui leur coupait le souffle.

Metellus constata que les indigènes étaient petits et dotés d'une poitrine très large. Ces traits caractéristiques, pensa-t-il, devaient être adaptés aux exigences de la respiration. Tout au long du chemin, il remarqua d'étranges constructions de pierre en forme de dés, surmontées d'une coupole et, parfois, d'une flèche. Au cours d'une halte, il demanda à Darouma de quoi il s'agissait.

« Nous les nommons stoupas. Ils furent d'abord construits pour conserver les reliques d'un de nos philosophes, ou prophète, ou encore thaumaturge, j'ignore le mot exact dans la koinè. Ils rappellent sa prédication et ses exploits. Il s'appelait Siddhârtha, mais on lui donna le nom de *Bouddha*, qui signifie l'"Éveillé".

« Sa parole parvint en Chine et tu rencontreras son image en de nombreux endroits. Il est toujours représenté dans l'attitude de la méditation, qui lui a permis d'atteindre l'illumination et l'imperturbabilité.

— Ainsi, le *dao* de Dan Qing a quelque chose à voir avec l'enseignement de ce philosophe ?

— En partie. Le maître du prince est profondément attaché aux deux philosophies, celle du Bouddha et celle des savants chinois, maître Kong Fuzi et maître Lao-tseu. Vois-tu, commandant, le sentier de l'illumination tracé par... »

Metellus, qui dissimulait mal son agacement sous un sourire, l'interrompit : « Je crains qu'il ne me soit difficile de te suivre sur ce chemin, Darouma. Tu en demandes trop à un simple soldat.

— Ne t'inquiète pas. J'en serais resté là. Je ne suis qu'un marchand.

— Je n'en suis pas convaincu, mais nous aurons sans doute le temps de faire plus ample connaissance. Quant aux philosophes et aux prophètes, je les évite comme la peste.

— Pourquoi ? Crains-tu de te confronter à la pensée de ceux qui se sont élevés plus haut que toi ?

— C'est possible. Je suis un soldat, et l'on demande aux soldats d'assurer la sécurité et la paix d'un État afin que les philosophes puissent y mener leurs activités, les juges administrer la justice, les artistes et les poètes composer leurs œuvres. Pour nous acquitter de cette tâche, il nous faut affronter des individus qui ne sont pas en mesure de se nourrir, de construire une maison ou de cultiver un champ, des êtres primaires que meut une sauvage volonté de conquête, cette volonté de conquête qui animait nos ancêtres aux origines de la première république.

« Vois-tu, Darouma, je pense que les hommes se tournent vers les prophètes et les thaumaturges quand ils pensent que nos épées ne sont plus capables de leur garantir la vie et la possession de leurs biens. Ainsi, nous avons vu se répandre chez nous la religion d'un maître juif dénommé le Christ, qu'on présente comme le fils de Dieu. Ce prophète fut jugé coupable de sédition et exécuté par notre gouverneur il y a plus de deux cents ans. Aujourd'hui sa parole conquiert notre empire. Sais-tu pourquoi ? En réalité, ce Christ n'est pas à même, lui non plus, de garantir la sécurité de notre État, et encore moins de notre monde, cependant il promet à ses fidèles le bonheur dans l'au-delà, c'est-à-dire dans un lieu que personne n'a jamais vu et dont nul n'est jamais revenu. Les gens s'adressent aux dieux quand ils sont désespérés, quand ils ne croient plus en personne. Et si les dieux anciens ne leur inspirent plus confiance, ils choisissent de nouvelles divinités.

— Nous possédons un mot pour désigner ceux qui partagent tes idées.

— Nous aussi, coupa Metellus. Nous les qualifions de sceptiques. Hélas, ce mot vient également d'une école philosophique. Mais n'oublie pas, Darouma, si les hommes de mon espèce ne savent pas soutenir une brillante conversation, ils ont un avantage : ils sont habitués à ne compter que sur eux-mêmes et sur d'autres individus de leur espèce.

— C'est à eux que tu fais allusion ? interrogea Darouma en indiquant les soldats romains qui s'employaient à établir le camp.

— Oui.

— Et pourtant, tu as été bouleversé par le bond prodigieux de Dan Qing. C'était un geste royal, accompli par un homme en chair et en os, comme toi.

— C'est vrai. Mais à quoi sert son habileté s'il est incapable de communiquer avec qui que ce soit, s'il passe la plupart de son temps renfermé sur lui-même ? En quoi diffère-t-il d'une pierre, ou d'un arbre ? Ou, si tu préfères, d'un philosophe barricadé derrière ses convictions ? »

Darouma se tourna un instant vers Dan Qing, assis sur ses talons devant un petit stoupa, et répondit : « Il est difficile de juger un homme à ses seules apparences. Le silence et l'isolement sont parfois une punition qu'on s'inflige à soi-même. »

Le lendemain, ils se remirent en marche et gagnèrent le col. Ils se retournèrent pour regarder le long sentier sinueux qu'ils avaient parcouru : vu d'en haut, il paraissait encore plus escarpé. Ils passèrent la nuit dans une auberge, flanquée d'un enclos pour les animaux. À l'intérieur de cette modeste construction en pierres et en troncs d'arbres, un vieillard à la petite barbe et aux yeux en amande, identiques à ceux de Dan Qing, servait du mouton à l'étouffée, accompagné de grain des marais.

Les hommes de Metellus ne trouvaient guère ce plat appétissant, mais ils n'avaient pas le choix.

Le jour suivant, ils placèrent le bât sur les chameaux de Bactriane, plus appropriés au terrain montagneux, à la température et à l'altitude, puis ils descendirent vers un haut plateau, avant de remonter. Au bout de quelques jours, les Romains commencèrent à se plaindre de nausées et de douleurs oculaires. Metellus les invita à se protéger les yeux au moyen d'une bande noire dotée de deux étroites fentes, et Darouma leur distribua du sel, qu'il leur conseilla de mâcher : ainsi, leurs nausées disparaîtraient.

Dan Qing ne manifestait, en revanche, aucune fatigue, sans doute parce que ces lieux inaccessibles constituaient son milieu naturel. Au fur et à mesure qu'on avançait, les individus lui ressemblaient de plus en plus, bien que ces montagnards eussent le visage creusé, de la couleur de la terre cuite, en raison du soleil et de la sécheresse. C'étaient les Romains, maintenant, qui suscitaient l'intérêt des indigènes.

À l'évidence, ils n'avaient jamais vu d'êtres de leur race. Curieux comme partout ailleurs, les enfants approchaient ces étranges individus hirsutes, aux bras aussi velus que ceux des singes, aux yeux ronds. Ils étaient particulièrement intrigués par Septimius, par ses prunelles bleues et par ses cheveux très blonds. Ils effleuraient ses genoux et s'enfuyaient aussitôt en riant pour aller se cacher derrière les jambes de leurs pères.

Les voyageurs parcoururent quinze étapes et atteignirent un deuxième col, encore plus élevé que le premier. Là, ils troquèrent leurs chameaux de Bactriane contre de drôles de petits bœufs au poil très long, les seuls capables d'affronter l'altitude, expliqua Darouma. Ils traversèrent un paysage d'une extraordinaire beauté : les pics enneigés dominaient le convoi, telles des pyramides de glace aux reflets bleuâtres, et le sentier, de plus en plus étroit, grimpait sur les flancs des montagnes, surplombant des parois abruptes, des gouffres vertigineux. Quand une pierre, heurtée accidentellement par un homme, tombait dans ce ravin, elle en entraînait dans sa chute beaucoup d'autres, qui rebondissaient le long du précipice, rappelant aux hommes que le moindre faux pas était synonyme d'une mort assurée.

Ils avançaient lentement derrière les guides locaux, qui tenaient par la longe les bœufs velus, s'habituant jour après jour, presque heure après heure, à l'air glacial, à la lumière de plus en plus limpide, à l'atmosphère de plus en plus transparente de ces lieux.

Le froid était mordant, et les parois du gouffre ne cessaient de se rapprocher. Bientôt, les Romains comprirent qu'il leur faudrait le franchir et, pour cela, emprunter un pont de bois que des cordes tendaient au-dessus du précipice. Bien qu'ils fussent rompus à toutes sortes de dangers et d'aventures, ils se lancèrent des regards interdits, tandis que la terreur se peignait sur leurs visages. Mais l'impassibilité et la fermeté de leur chef, ainsi que l'exemple des centurions les ramenèrent au calme.

« Regardez droit devant vous, déclara Metellus, jamais en bas. Il ne s'agit que de quelques pas. Vous avez affronté des épreuves bien plus difficiles. »

Il ne fut pas aisé de faire passer les animaux. Balbus

accrocha une corde à un point d'ancrage, sur la paroi opposée, et y assura les bêtes de somme, de manière qu'elles ne penchent pas trop d'un côté, ou de l'autre, et qu'elles ne déséquilibrent pas le pont. Ce fut ensuite le tour des hommes. Dan Qing traversa sans difficulté. Darouma fermait la marche, flanqué de Lucianus et de Rufus, qui lui servaient d'appui.

Le temps se détériorait à vue d'œil. Un vent glacial soufflait en rafales dans l'étroite gorge, imprimant au pont une oscillation croissante. Quand ils entamèrent la descente, la lumière faiblissait. Ils gagnèrent en toute hâte des lieux moins âpres, où les températures étaient plus supportables, et purent enfin établir le camp, épuisés et transis de froid.

Ils poursuivirent leur route et atteignirent un carrefour quelques jours plus tard. Une autre piste, venue de l'est, coupait le flanc d'un massif rocheux, que creusaient de profonds ravins. Ils s'y reposèrent et troquèrent leurs bœufs contre des chameaux de Bactriane, ainsi que de petits chevaux hirsutes, fort résistants.

Ce système de relais rappela à un Metellus surpris celui qu'on pratiquait dans l'empire, avec les chevaux, le long du *cursus publicus*, le grand réseau routier qui s'étendait jusqu'aux localités les plus perdues de l'Afrique ou de la Bretagne. À la différence que ce n'était pas, ici, un État qui réglait pratiques et échanges, mais les exigences des voyageurs et les habitudes des communautés locales.

« Plus au nord, expliqua Darouma, vivent des tribus nomades qui élèvent les chevaux les plus rapides du monde. Les Chinois les appellent "coursiers sueurs de sang" et consacrent des sommes exorbitantes à leur achat. Certains empereurs ont offert leurs filles en mariage à leurs chefs barbares dans le seul but de s'assurer un troupeau de ces animaux fantastiques. Tu pourras les admirer quand nous aurons pénétré dans l'empire des Dragons.

— L'empire des Dragons ? interrogea Metellus. Qu'est-ce que cela signifie ?

— La Chine. C'est une manière de la désigner. Le dragon est une figure mythologique commune dans ce pays, il apparaît sous la forme de démon ou de protecteur. »

Darouma prononçait bon nombre de mots et d'expressions en chinois pour obliger son élève à s'exercer dans cette langue, bien que celui-ci – il le constatait – n'eût qu'une idée en tête : son retour.

Depuis le début du voyage, Metellus s'était rarement entretenu avec Dan Qing, se contentant de quelques phrases de politesse en perse pendant les repas, le matin au réveil, ou au moment du coucher. Mais il n'avait pas cessé d'étudier sa langue avec Darouma, chaque soir après le dîner et parfois pendant les haltes. Ses progrès avaient donc été constants.

Au cours des dernières étapes, le temps se détériora une nouvelle fois sur la grande chaîne de montagnes, et le groupe fut pris dans une tempête de neige, ce à quoi les Romains n'étaient pas préparés et qu'ils trouvèrent fort pénible. Un vent glacial, qui pénétrait les os et auquel aucun vêtement ne parvenait à s'opposer, se leva. Puis des cristaux coupants se mirent à tomber, tandis que le vent sifflait dans les gorges en gémissant. Metellus et ses hommes durent recourir à toute leur maîtrise et à toute leur résistance pour éviter de céder au froid et à la fatigue.

Plus d'une fois, Dan Qing posa sur eux son regard oblique et, s'ils avaient pu déchiffrer son expression impénétrable, ils auraient compris qu'il admirait l'endurance des hommes du Ta-T'sin, l'entêtement avec lequel ils luttaient contre les forces de la nature.

Les conditions se dégradèrent. Le froid paralysait maintenant les membres des voyageurs. Alors qu'ils avançaient parmi les tourbillons de neige, une forme bondit devant le cheval de Dan Qing, qui se déroba avec un hennissement de terreur.

Surpris, le prince chuta, et le cheval s'écroula devant lui, terrassé par un léopard blanc. Tombé à une faible distance du précipice, Dan Qing risquait d'y basculer. C'est alors que le léopard l'aperçut. Il abandonna la gorge de sa proie agonisante pour se diriger vers lui en montrant ses crocs sanglants. Publius, qui se trouvait à quelques pas de là, se rua en avant et agita sa cape sous le nez de la bête sauvage, qui continuait de rugir, enhardie par la faim. Tandis qu'il tentait de dégainer son épée, bloquée dans son fourreau, Balbus et Antoninus, promptement accourus, prêtèrent main-forte à Dan Qing. Mais le fauve assena un coup de patte à Publius, qui glissa dans l'abîme. « Aidez-le ! » s'écria Metellus. Au même instant, le léopard sauta sur lui. D'un geste rapide, le Romain se retourna, saisit le javelot de Rufus, qui le suivait, et en effectuant une formidable rotation transperça l'animal. Entendant Publius appeler au secours, il se dégagea en toute hâte. Mais déjà, Quadratus, Balbus et Septimius formaient une chaîne humaine vers Publius, accroché à un éperon rocheux. Celui-ci lâchait prise quand Septimius lui attrapa la main et le hissa sur le bord du gouffre.

Metellus contempla la bête mourante qui soufflait des nuages de vapeur et souillait la neige de son sang. C'était un animal superbe. Jamais il n'en avait vu de pareil. Seules les taches de son pelage permettaient d'en distinguer la forme sur la neige. Il pivota et se trouva nez à nez avec Dan Qing. Immobiles comme des statues, les deux hommes se regardèrent droit dans les yeux sans mot dire. Puis Metellus rejoignit Publius, encore tremblant de froid et de peur, et l'étreignit comme un fils qui vient d'échapper à la mort.

Ils poursuivirent leur chemin sous la tempête. Au crépuscule, ils atteignirent une cabane en troncs d'arbre, flanquée d'une étable. Épuisés, affamés, gelés, ils poussèrent leurs bêtes sous l'auvent et se traînèrent à l'intérieur. Un feu brûlait dans un grand brasero, au centre de la pièce, juste au-dessous d'un trou d'où la fumée s'échappait. Une marmite y ronronnait, à la lumière d'une lampe qui fumait, alimentée par de la graisse d'animal et fixée à une poutre du plafond.

Un homme et une femme assez âgés étaient assis sur une toison. Coiffés de bonnets en fourrure et vêtus de longues tuniques de cuir, ils semblaient contempler la marmite, une écuelle à la main. Après que Darouma se fut adressé à eux, le vieillard les invita à s'installer. Dan Qing pénétra le dernier dans la pièce et s'assit dans un coin, sur ses talons.

Alors la femme distribua des gamelles, dans lesquelles elle versa une louche de bouillon où nageaient quelques morceaux de viande de mouton. Cette nourriture chaude ranima un peu les hommes, avant de les plonger dans une profonde torpeur, favorisée par la tiédeur des lieux. Dès qu'ils eurent fini de manger, ils s'effondrèrent les uns après les autres sur des toisons, s'enfonçant presque aussitôt dans le sommeil.

Par habitude, plus que par scrupule, Metellus sortit dans le but d'effectuer une brève inspection. La lune, qui surgissait derrière une brume épaisse, projetait une lumière spectrale sur les montagnes, encore fouettées par la tourmente. On entendait les chevaux et les bêtes de somme mâcher paisiblement du foin, devant les râteliers, et au loin, le cri d'un oiseau nocturne s'élever du fond de la vallée. Il rebroussa chemin et se heurta à Dan Qing.

« Pourquoi l'as-tu fait ? lui demanda le prince en perse.

— Je suis payé pour ça », répondit Metellus. Puis il entra sans rien ajouter.

Le lendemain, la nature affichait un autre visage. Le soleil levant rosissait les pics enneigés et éclairait les prairies qui tapissaient le pied des montagnes. Le vent était tombé, un aigle tourbillonnait dans le ciel, en un mouvement ample et solennel. Quadratus sortit le premier en s'étirant. Il brisa la glace qui recouvrait un abreuvoir et se lava le visage. Les autres le rejoignirent un peu plus tard. Dan Qing abandonna la cabane le dernier, suivi par Darouma. On prépara les bêtes, tandis que les deux vieillards offraient des tasses de lait chaud. Darouma les paya en monnaie indienne, et la caravane s'ébranla. Ils voyagèrent toute la journée. Le lendemain, ils atteignirent une vaste plaine, où ils croisèrent d'autres convois, plus ou moins importants, qui avançaient en sens inverse avec leur chargement de marchandises. Metellus remarqua que leurs membres avaient tous le même faciès que Dan Qing, ce qui l'amena à conclure qu'on se rapprochait du but. En considérant le temps qui s'était écoulé depuis qu'ils avaient quitté l'embouchure de l'Indus, il calcula qu'un autre mois les séparait de leur point d'arrivée, et donc de leur marche de retour.

Ils parcoururent encore vingt étapes d'environ douze milles par jour, traversant une steppe puis un désert très aride, où il eût été impossible de se mouvoir en l'absence des guides locaux, qui connaissaient les pistes et les puits où abreuver hommes et animaux.

Metellus était désormais persuadé qu'il foulait des

terres qu'Alexandre lui-même n'avait pas explorées au cours de sa longue marche vers l'Orient, bien au-delà de Maracanda et d'Alexandrie Extrême. Il était sûr d'avoir franchi les terres qu'Hérodote attribuait aux peuples les plus lointains, les Issédones et les Hippomolges. L'aspect même du ciel et de ses constellations lui paraissait différent. Il se souvint qu'Antoninus avait servi dans l'armée en qualité d'arpenteur et se demanda s'il pourrait tracer une carte de leur parcours. Mais il ne disposait d'aucun instrument ou point de repère, ni de quoi écrire et dessiner. Il songea qu'une fois parvenu à destination, il fabriquerait une *groma* et se pourvoirait du matériel qui lui permettrait d'établir cette carte sur le chemin du retour. Elle constituerait un trésor inestimable, la description du territoire qui défilait maintenant sous le pas régulier et patient de ses soldats.

Comme lui, ceux-ci avaient le sentiment de traverser une terre illimitée, de voir leur monde rapetisser au fil des jours, tels les objets et les individus qu'on regarde du haut d'une tour ou du bord d'un précipice.

L'immensité de l'Asie leur coupait le souffle. Un silence abyssal, qu'interrompaient de temps à autre les cris répétés et monotones de créatures mystérieuses, flottait sur des déserts et des steppes que seul l'horizon bornait. Les couchers de soleil, presque subits, projetaient des éclairs sanglants sur les sables dorés et cédaient aussitôt le pas à des multitudes d'étoiles qui tremblaient dans le ciel infini. Parfois, l'on percevait un battement léger, et des nuées de fantômes ailés survolaient les têtes, dans les ténèbres, en suivant des sentiers invisibles. La lune se levait, pareille à un grand bouclier d'argent qui éclairait le paysage de sa lueur spectrale et suscitait les longs gémissements des chacals, ou à une faux qui effleurait les doux contours des dunes. Puis elle s'évanouissait, laissant l'étoile du matin présider à l'arrivée de l'aube.

D'autres hommes, d'autres convois parcouraient dans un sens ou dans l'autre cet immense territoire : des caravanes de chameaux qui avançaient de leur pas ondoyant. Plus d'une fois, Metellus se demanda pourquoi les brigands n'essayaient pas de s'approprier leurs précieux chargements. Les profits qu'on tirait de ces passages devaient être si grands que personne ne souhaitait en perturber le cours, finit-il par se dire.

Ses relations avec Dan Qing demeurèrent inchangées. En s'interrogeant sur l'attitude du prince, il était parvenu à la conclusion qu'ils étaient trop différents, que leur mentalité et leur éducation étaient trop éloignées pour qu'ils pussent se comprendre. Le fossé qui les séparait semblait même se creuser, et Darouma en paraissait satisfait.

Un jour où ils montaient à un col où ils avaient décidé d'établir le camp, une selle entre deux modestes montagnes, Dan Qing s'approcha et lui dit : « Il est temps que vous vous dotiez de vos armures. Le plus vite sera le mieux.

— Pourquoi ? Nous n'avons rencontré aucune difficulté jusqu'à présent.

— Parce que nous avons atteint la frontière de la Chine. Nous achèterons le nécessaire à la prochaine étape.

— Nous n'avons besoin de rien. Au reste, mes hommes refuseraient d'utiliser des armes auxquelles ils ne sont pas habitués. Ne t'inquiète pas, nous disposons de cottes de maille et de cuirasses, qu'il nous suffit d'assembler. Nous manquons juste de boucliers et de casques, que nous fabriquerons chez un forgeron. Comment t'es-tu aperçu que nous étions arrivés ? »

Darouma intervint : « Tu vois ces silhouettes des deux côtés du col ? »

Avant que Metellus ait eu le temps de répondre, Dan Qing poussa son cheval vers le point que le marchand lui indiquait, sauta à terre et s'inclina plusieurs fois. Le Romain dut se rapprocher pour voir ce dont il s'agissait. Le passage était flanqué de deux gigantesques statues en pierre, sculptées dans les flancs de la roche, qui représentaient des monstres ailés à l'attitude terrifiante.

Darouma s'exclama alors : « Bienvenue dans l'empire des Dragons ! »

18

Leur première halte en terre chinoise eut lieu dans un caravansérail que fréquentaient les convois de la soie. Il s'agissait d'un bâtiment carré, doté d'une tour à chaque angle et d'un portique à quatre arcades. Au centre, une fontaine constituée d'un bassin en pierre sculptée. Un four, une forge, ainsi qu'un moulin et une scierie qu'un torrent de montagne à l'eau limpide et impétueuse alimentait, faisant tourner les mécanismes à une vitesse élevée et un rythme constant, occupaient les côtés. Fascinés, Severus et Antoninus s'approchèrent pour examiner ces engins.

Metellus rejoignit Darouma. Il s'entretenait avec le fonctionnaire chargé de ces activités, qu'il priait d'autoriser deux *fabri* romains à utiliser la forge. Il acheta ensuite des chevaux.

Publius et Rufus s'employèrent à remonter les armures et à contrôler les cottes de mailles. Lucianus se chargea des javelots. Quand Severus et Antoninus eurent achevé leur tour d'inspection, il leur ordonna de fabriquer des boucliers avec les planches de la scierie, et de forger de nouveaux casques, tâches dont il s'acquittèrent sous l'œil vigilant de Metellus.

Au cours des quelques jours qu'ils passèrent en ces

lieux, les Romains eurent l'occasion de se faire une idée du monde dans lequel ils avaient pénétré, des rapports qui le régulaient, des monnaies qui y circulaient, des usages, des coutumes et de la religion de leurs habitants.

Il y avait là un petit sanctuaire en bois, peint de couleurs vives : rouge feu, blanc, jaune, ocre et vert. Un saint homme, peut-être un prêtre ou un devin, prédisait l'avenir à ceux qui le consultaient. Assis sur les talons, dans la position typique des indigènes, il jetait au sol des os marqués de signes incompréhensibles. Il s'agissait pour la plupart d'omoplates d'animaux, qui présentaient deux surfaces plates où l'on pouvait inscrire facilement des signes magiques.

« C'est de la scapulomancie, leur expliqua Darouma. La lecture des omoplates. Le devin les lance et, selon la face qui apparaît, en tire des auspices. Dan Qing connaît fort bien cette discipline. Son maître, le vénérable Wangzi, la lui a enseignée.

— Dan Qing, murmura Metellus. Un siècle semble s'être écoulé depuis le jour où il a bondi sur ton bateau, et j'ignore encore tout de lui, ou presque. Ici, les gens ont une étrange conception du pouvoir, puisqu'ils interdisent à un gouvernant d'avoir ne serait-ce qu'une modeste conversation avec des individus ordinaires. »

Tout en parlant, il suivait du regard le prince, qui gravissait à cheval les flancs d'une colline crayeuse surplombant le caravansérail. Darouma répondit :

« Je ne connais pas bien son histoire, mais d'étranges rumeurs circulent sur son compte. À les en croire, son passé dissimulerait des côtés obscurs, des secrets inavouables. Dans ce pays, le pouvoir suprême est fréquemment associé à des formes de cruauté inconcevables.

— Le pouvoir est partout identique, mais je comprends que ce pays est fort différent du mien. Qu'entends-tu par là ? »

Darouma sourit. « Quand le grand empereur Houang-ti dicta les règles de son royaume, il ordonna que toutes les écoles philosophiques ferment leurs portes et que tous les livres soient brûlés à l'exception d'un exemplaire que l'on conserverait dans la bibliothèque royale. Un certain nombre de sages, de philosophes et d'écrivains manifestèrent leur désaccord.

— Et alors ?

— Alors, Houang-ti fit ensevelir vivants quatre cent soixante d'entre eux dans une fosse commune.

— Je vois. De telles actions ont de quoi assombrir le plus exubérant des gouvernants, répondit Metellus d'un ton sarcastique. J'ai du mal à comprendre comment une philosophie aussi avancée que celle dont tu m'as parlé peut se concilier avec un pouvoir aussi cruel. Le meilleur de nos empereurs fut également un philosophe. Il se nommait Marcus Aurelius Antoninus. Ce fut un prince sage, austère et courageux.

— Si je ne m'abuse, sa réputation est parvenue jusqu'en Chine sous le nom d'An-Toun. »

Metellus tourna encore une fois le regard vers la colline. Dan Qing scrutait maintenant l'horizon et les massifs montagneux, couverts de bois, qui se succédaient telles des ondes marines conduisant à d'autres plaines, d'autres fleuves, d'autres montagnes. Ce monde semblait ne jamais prendre fin.

Darouma engagea des porteurs, deux chameliers et un médecin chinois, puis l'on se remit en route. Quelques jours de marche plus tard, on atteignit un lieu isolé, dans un bois de chênes, où les hommes passèrent leurs armures.

Le centurion Sergius Balbus se présenta à Metellus, qui l'observa, stupéfait. Il portait l'insigne de son grade, un casque orné d'une crête transversale en crins de cheval et le bâton de commandement. « La force est alignée, commandant. »

Metellus passa en revue ses hommes d'un pas lent en examinant leur tenue de combat, du casque jusqu'au grand bouclier carré, parfaitement reconstruit et même peint, comme ils en avaient l'habitude quand s'annonçait une rude journée. Sa gorge se serra à la vue des vétérans, dont les yeux brillaient de fierté et d'émotion.

Au terme de ce rite, Metellus s'immobilisa devant les deux *fabri*, Severus et Antoninus, qu'il félicita. « Je vois que vous n'avez pas oublié votre métier.

— Nous avons quelque chose pour toi, commandant », répondit Antoninus, avant d'exhiber la cuirasse d'officier supérieur de son chef, qu'il avait dissimulée jusque-là sous une cape. Il s'agissait d'une armure anatomique en fer bruni. Sur la poitrine, s'étalait l'image de la Gorgone sculptée en ronde-bosse. Un casque tout neuf, fabriqué sur mesure dans la forge du caravansérail, l'accompagnait.

Metellus en eut le souffle coupé. L'armure était parfaite, étincelante. « Comment avez-vous réussi...

— Nous l'avons transportée sous le bât en nous chargeant chacun d'une moitié, et nous l'avons remise à neuf dans l'atelier du caravansérail. Ces Barbares n'en sont pas revenus.

— Incroyable ! Aidez-moi à la passer. »

Antoninus posa la cuirasse sur les épaules de son chef, tandis que Severus nouait les liens sur les côtés. La dernière fois qu'on l'avait aidé à revêtir ses armes, se souvint-il, il se trouvait dans sa maison d'Édesse, sous le portique du péristyle, et s'apprêtait à rejoindre l'empereur. Cette demeure, qu'il n'avait pas regagnée, serait probablement sombre et vide à son retour, ou peut-être même occupée par des étrangers.

Il soupira et coiffa le casque que Severus lui tendait. Alors, il apparut à sa petite armée dans toute la dignité et l'importance de son rang. Les longues marches avaient modelé son corps, les muscles de ses membres étaient sculptés par des mois d'efforts quotidiens, brunis par le soleil de l'océan et des montagnes du Caucase indien.

Quadratus s'approcha, visiblement ému. « Salut, commandant, dit-il en se raidissant dans le salut militaire. Nous sommes à tes ordres, comme toujours... Si seulement nous avions notre aigle...

— L'aigle est présente dans notre poitrine, répondit Metellus. Elle saura nous donner courage, comme par le passé. Nous avons échappé à une captivité qui aurait anéanti n'importe qui, nous avons défié la fureur de l'océan et les tourbillons de l'Indus, la tourmente de neige dans les gorges du Paropamisos, et nous voilà presque parvenus au terme de notre mission. Dès que nous aurons accompagné le prince Dan Qing à sa destination, nous reprendrons enfin le chemin du retour. Je suis certain que nous reverrons tous ensemble notre patrie et que notre retour suscitera la joie et les grincements de dents. »

Il pivota pour laisser les hommes défiler en ordre de marche. Ce faisant, il se trouva nez à nez avec Dan Qing, qui déclara :

« Ce spectacle est impressionnant.

— Que veux-tu dire par là ?

— Jamais je n'ai vu des soldats arborer leur armure avec autant de fierté, manifester un tel attachement et un tel respect à leur chef.

— Chez nous, aucun officier ne peut exercer le commandement s'il n'a pas conquis l'estime et le respect de ses hommes. Aucun officier ne peut donner d'ordres s'il n'a pas montré qu'il savait les exécuter, ni exiger le moindre sacrifice de ses soldats s'il n'en a pas enduré de plus durs encore. Quoi qu'il en soit, voici les hommes auxquels ta personne est confiée, et je t'assure qu'il n'y en a pas de meilleurs. »

Dan Qing hocha la tête, il pressa son poing gauche sur la paume de sa main droite en un geste de salut qui excluait tout contact. Le Romain, qui était habitué à des poignées de main vigoureuses, répondit d'un signe de la tête et donna l'ordre de se remettre en marche.

Ils chevauchèrent des jours durant sur des sentiers perdus, parmi des buissons, des petits pins et des bouquets de roseaux indiens. Des plantes plus hautes et plus majestueuses se dressaient de temps à autre, là où le fond rocheux abritait une couche plus épaisse de terrain fertile.

Au fil du temps, la végétation se fit de plus en plus luxuriante et l'on vit apparaître des ruisseaux d'une eau limpide qui murmuraient entre des rochers imposants, ainsi que des animaux – pour la plupart des singes. Le pelage frangé qui ondoyait à chacun de leurs mouvements avait la couleur de l'or, et leurs pattes brunes évoquaient un pantalon. Un gros mâle s'approcha, montrant pendant quelques instants son visage de vieux philosophe, son nez camus, ses petits yeux brillants, pareils à des têtes d'épingle.

Ici et là, les surfaces rocheuses qui longeaient le torrent présentaient des inscriptions : des silhouettes de cerf, de taureau, de bouquetin aux grandes cornes recourbées, de chasseurs armés de leur arc et de leurs flèches. On apercevait aussi des signes magiques, que personne, pas même Darouma, ne parvint à déchiffrer tant ils étaient anciens. Metellus songea que cette civilisation plongeait sans doute ses racines dans les origines mêmes de l'humanité.

Au bout de quelque temps, il remarqua que Darouma ne cessait de balayer les environs du regard et de s'immobiliser, sur le qui-vive. Il arrivait aussi à Dan Qing de se retourner brusquement, y compris quand un oiseau s'envolait dans le bois, à l'approche des intrus.

La caravane de Darouma s'étirait, car on parcourait une vallée étroite et escarpée, qui avait toutefois l'avantage de ne pas être fréquentée. Tout portait à croire qu'on s'enfonçait dans un territoire ennemi, plutôt que dans la patrie d'un compagnon de route. Soudain, Rufus et Publius qui étaient allés de l'avant, intrigués par un étrange bruit, poussèrent des cris d'effroi. Une sorte d'ours blanc au pelage blanc et noir, dont le nez évoquait un masque, se dressait devant eux.

« N'ayez crainte, leur dit Darouma. Cette créature est totalement inoffensive, elle se nourrit de germes de bambou. »

Metellus, qui s'était battu des années durant dans les forêts de la Germanie et de la Pannonie, demeurait sans cesse aux aguets. L'envol subit d'une nuée d'oiseaux, le bruit de branchages brisés par un animal en fuite, le cri insistant et angoissant d'un oiseau nocturne suffisaient à l'inquiéter, et il ordonnait à ses hommes de poursuivre, armes au poing. Dan Qing se mouvait, en revanche, avec calme et mesure, mais ses gestes trahissaient une maîtrise constante de ses sens, une grande rapidité de réaction.

Il portait maintenant à sa ceinture une épée, qui semblait surgie du néant : personne, en effet, ne se rappelait à quel moment et à quel endroit elle était apparue à son côté. Elle était plus longue que les glaives des légionnaires et ornée d'une poignée ciselée selon un art très raffiné.

Soudain, Severus, qui effectuait une reconnaissance avec Martianus, à une centaine de pas, s'écria : « Qu'est-ce que c'était ? Tu as vu ? Qu'est-ce que c'était ? »

Metellus poussa son cheval et les rejoignit. « Que se passe-t-il ?

— Un oiseau ! hurla Severus en écartant les bras. Un oiseau aussi grand que dix aigles réunis !

— Un monstre », confirma Martianus.

Metellus le réprimanda : « Qu'est-ce que tu racontes ! Un animal pareil ne peut exister ! »

Il avait à peine achevé sa phrase qu'on entendit un sifflement, un souffle de vent. Une ombre gigantesque survola le terrain, ses ailes semblables à celles d'une énorme chauve-souris. Metellus la vit s'éloigner au-delà des arbres.

C'est alors que Dan Qing survint. D'une voix qui trahissait une légère appréhension, il demanda : « Que se passe-t-il ? Qu'avez-vous vu ?

— L'ombre d'un oiseau gigantesque a traversé notre chemin, répondit Metellus. À deux reprises. Severus et Martianus l'ont vu la première fois. Et moi, la seconde.

— Êtes-vous sûrs qu'il s'agissait d'un oiseau ? »

Darouma, qui était arrivé, monté sur un chameau, renchérit : « Comment en êtes-vous certains ?

— Le ciel n'héberge que des nuages et des oiseaux, affirma Severus. Comme il ne s'agissait pas de l'ombre d'un nuage, j'ai pensé que c'était celle d'un oiseau. Elle en avait bien la forme. Le commandant peut le confirmer, il l'a vue, lui aussi.

— Existe-t-il des créatures de cette dimension dans ce pays ? » interrogea Metellus.

Darouma répondit avec un sourire : « Nous sommes dans l'empire des Dragons, commandant, ne l'oublie pas.

— Nous avons également entendu une sorte de sifflement, un souffle, ajouta Martianus. Mais cela n'a duré qu'un instant. Quand j'ai levé les yeux au ciel, cette chose avait disparu au-delà du ravin. »

Dan Qing intervint : « Je crains que notre arrivée n'ait été remarquée. Peut-être nous épiait-on... du ciel.

— On nous épiait ? Mais qui ? interrogea un Metellus abasourdi. Un dieu ? Un démon ? Un dragon ailé ?

— Un homme, répondit Dan Qing d'une voix sombre. Et il sait maintenant que nous sommes ici. »

Le prince paraissait de plus en plus inquiet, il sursautait à chaque bruit. Soudain, son épée scintilla et une pomme de pin s'écrasa au sol, coupée en deux, tandis que l'écureuil responsable de cette alarme s'éloignait en poussant des petits cris et en bondissant d'une branche à l'autre. Puis il rengaina son arme d'un geste d'une incroyable précision. Tous les hommes se dévisagèrent, ébahis.

« À partir de maintenant, déclara-t-il, nous poursuivrons notre chemin avec la plus grande prudence. » Il remonta à cheval et avança d'un pas lent.

Antoninus, qui marchait aux côtés de Rufus, murmura à son oreille : « Je te l'ai dit, ce n'est pas un homme. Mais un dieu, ou un démon. »

Metellus se pencha vers Darouma. « À quoi faisait allusion le prince ? Je ne peux pas croire qu'il existe des hommes volants dans ce pays.

— Je l'ignore. D'étranges bruits circulent depuis un certain temps. Quoi qu'il en soit, les connaissances de ce peuple sont très vastes. Leur civilisation a plus de deux mille ans.

— Je suis las de ces mystères, las de voir Dan Qing jouer le dieu vivant. Il me tarde de rebrousser chemin. Quand arriverons-nous ?

— Je ne peux te le dire avec précision. Par souci de discrétion, nous ne suivons pas la route habituelle. Mais je crois deviner notre destination. Essayons de garder notre calme et avançons. »

Au cours des quatre jours suivants, ils parcoururent la vallée escarpée et boisée qui longeait le torrent sans rencontrer le moindre incident. Les hommes se détendirent et commencèrent à oublier l'ombre mystérieuse qui les avait survolés. Au soir du cinquième jour, un cri étouffé jeta toutefois l'alarme parmi eux, tandis qu'un guide s'écrasait au sol, transpercé par une flèche. Un autre projectile siffla tout près de la tête d'Antoninus, avant de se planter dans un tronc d'arbre.

« À l'abri ! À l'abri ! Protégez le prince ! » s'écria Metellus.

C'est alors qu'une nuée de dards s'abattit sur le groupe, touchant plusieurs membres du convoi et se fichant sur les boucliers des légionnaires, qui les avaient aussitôt brandis. Aussitôt après, des soldats vêtus de noir jaillirent des fourrés et se ruèrent sur Dan Qing et son escorte.

Cette attaque surprit les Romains, qui marchaient l'un derrière l'autre. Comprenant qu'ils risquaient d'être encerclés, Metellus leur ordonna de se regrouper autour de lui. Il n'avait pas achevé sa phrase qu'un homme l'attaqua avec une agilité et une rapidité extraordinaires. Il para ses coups à l'aide de son bouclier et de son épée, sans cesser de reculer vers Dan Qing.

Il l'avait rejoint quand deux autres individus l'assaillirent en faisant tournoyer des épées qui évoquaient des éclairs, tant elles scintillaient. Le prince répondit avec la même adresse.

Metellus hurlait pour couvrir la fureur de cet affrontement frénétique et se faire entendre de ses hommes, qui cédaient pas à pas du terrain. Il vit Rufus transpercer de son javelot l'un de ces démons ailés, qui s'écrasa sur les rochers ; Quadratus briser les os d'un autre du tranchant de son bouclier ; Publius et Severus se protéger dos à dos contre les forces dominantes des ennemis.

« Rufus est blessé ! Rufus est blessé ! » entendit-il à un moment donné. Mais déjà Balbus et Severus unissaient leurs forces pour défendre leur ami.

C'est alors que Dan Qing fut touché au bras et au côté. À cette vue, le Romain fut envahi par une fureur qu'il croyait avoir oubliée. Il asséna un violent coup de bouclier à son adversaire, dont il fracassa le crâne, tournoya sur lui-même et planta son glaive dans le dos de celui qui menaçait le prince.

« Hommes, à moi ! » hurla-t-il encore. Et cette fois ses cris parvinrent à ses soldats, qui, comme par miracle, se regroupèrent autour de lui. Ils formaient maintenant une ligne compacte qui évinçaient leurs ennemis. Quadratus et Balbus se retournèrent pour prêter main-forte à leur commandant, et trois guerriers furent abattus l'un après l'autre. Mais Dan Qing, blessé, faiblissait. Metellus s'écria : « Serrez le front ! » et la petite armée fit corps autour du prince, le protégeant sous un toit de boucliers. C'est alors que les ennemis dégainèrent d'autres armes, de longs harpons pointus, et effectuèrent des bonds spectaculaires pour tenter de frapper d'en haut. Mais les Romains leur barrèrent le passage en appuyant la visière de leurs casques sur la courbe de leurs lourds boucliers et en réagissant à coups de glaive. Leur blocus était impénétrable. La bataille se poursuivit, cette fois à leur avantage. À chaque ordre de Metellus, la barrière de boucliers s'ouvrait, et les javelots jaillissaient pour atteindre leur cible avec une précision étonnante. Soudain, le Romain s'aperçut que les guerriers adverses grimpaient aux arbres et s'élançaient pour enjamber la ligne des défenseurs. Il cria donc : « *Testudo !* » Six hommes reculèrent d'un pas et brandirent leurs boucliers au-dessus de leur tête. Aussi les assaillants atterrirent-ils sur ce toit impénétrable, hérissé d'épées et de poignards. Blessés aux pieds et aux jambes, ils chutèrent et furent aussitôt achevés. D'autres, tombés à l'intérieur du cercle, furent transpercés par les javelots.

Rufus se trouvait, lui aussi, à l'abri de la tortue, où ses compagnons l'avaient traîné, mais son état nécessitait des soins urgents.

L'assaut ayant pris fin, Darouma sortit de sa cachette avec ses serviteurs, qui tremblaient de peur, et se mit à déambuler parmi les cadavres.

« Par ici ! s'écria-t-il. Il y a un rescapé ! »

Dan Qing le rejoignit en tamponnant ses plaies sanglantes. « Il ne faut pas qu'il meure. Nous le ferons parler, et il avouera tout. »

Darouma ordonna à ses domestiques de soigner le blessé, mais celui-ci serra les mâchoires et un liquide foncé s'échappa de ses lèvres. Il fut saisi de convulsions, puis il expira en l'espace de quelques instants.

Le marchand lui ouvrit la bouche et en tira la coquille brisée d'un œuf de caille. « Du poison, dit-il. Cet homme ne parlera plus. »

19

« Du poison ? interrogea Metellus.

— C'est bien cela, répondit Darouma. Cela ne fait aucun doute. » Il se pencha sur un autre homme, celui que Rufus avait transpercé de son javelot, et tira de sa bouche un œuf identique, qu'il montra à la ronde. « Ces œufs sont remplis de poison et scellés à la cire. Une légère pression de la langue suffit à briser la coquille, et le poison produit aussitôt son effet. Si ces hommes ont un secret à protéger, ils ne risquent pas de le révéler. Les morts, c'est bien connu, ne parlent pas.

— Les "Renards volants", déclara Dan Qing, derrière eux.

— Qu'est-ce que cela signifie ? demanda Metellus.

— Il est temps de partir. Ce n'est pas l'endroit le plus approprié à une conversation. Nous en reparlerons plus tard.

— Tu es blessé ! rétorqua le Romain. Et l'un de mes hommes perd beaucoup de sang.

— Eh bien, soigne-le. Et vite. Envoyons des soldats en reconnaissance. Les hommes que nous avons tués avaient peut-être des complices. »

Martianus nettoya la plaie de Rufus au vin de palme et entreprit de la recoudre avec du fil et une aiguille. Dan Qing, qui observait la scène, commenta :

« Votre médecine est très primitive.

— Nous faisons ce que nous pouvons, répliqua Metellus, agacé. La situation n'est pas des meilleures, et il n'y a pas, semble-t-il, d'infirmerie près d'ici. »

Darouma avait adressé un signe à l'un de ses hommes, qui s'empressait maintenant d'examiner les blessures du prince, heureusement peu profondes. Metellus ramassa une des épées qui en étaient la cause, beaucoup plus longue que son glaive et à deux tranchants. La garde était ornée d'ivoire ainsi que de pierres de couleur, et la lame couverte de signes étranges, pareils à des symboles magiques. L'acier qui la composait était d'excellente qualité, comme en témoignaient les dentelures laissées sur les glaives, et les entailles imprimées sur les boucliers. Cependant, quand il essaya de la manier, il sentit que son poids entravait son poignet. Il se félicita donc d'avoir emporté ses propres armes : son glaive était, à ses yeux, l'extension métallique de son bras.

Les domestiques de Darouma avaient entouré Dan Qing, créant une sorte de barrière, qui dissimulait le médecin chinois et son patient à la vue des Romains. Quand Rufus fut hissé sur son cheval, un bras en écharpe, Dan Qing était déjà prêt à reprendre la route. Il ne semblait pas blessé, seulement las et éprouvé.

Ils avancèrent au pas, mais sur le pied de guerre, leurs lourds boucliers carrés au bras.

Metellus lança à Severus : « Beau travail, *faber*.

— Merci, commandant.

— La *testudo* était parfaite. Les boucliers ont résisté. Cette technique les a surpris.

— Je ne pensais pas que nous serions attaqués aussi vite. Je n'ai pas eu le temps de mettre au point mon idée. Mais je m'y emploierai à la prochaine halte. »

Metellus abattit la main sur l'épaule de l'homme et retourna se placer aux côtés du prince.

Au fur et à mesure qu'ils progressaient, les voix de la forêt se multipliaient, provenant d'oiseaux, de singes et d'animaux de toutes sortes. Ils virent un serpent à la peau tachetée glisser sur les branches d'un arbre et entendirent le grondement rauque du tigre. Les hommes de Darouma tremblaient et écarquillaient les yeux.

« De quoi ont-ils peur ? dit Quadratus. Un tigre n'est autre qu'un lion rayé, et j'ai vu bon nombre de lions se faire tuer.

— As-tu entendu parler des mangeurs d'hommes ? » demanda Darouma avec un sourire.

L'assurance du centurion vacilla. « Je suppose qu'un tigre affamé mange ce qu'il trouve, et s'il trouve un homme...

— Tu n'as pas compris. Les mangeurs d'hommes ne mangent que des hommes. Une fois qu'ils ont goûté leur chair, ils dédaignent toute autre nourriture. D'autant plus qu'il n'y a pas de proie plus facile à attraper que nous.

— Cela dépend, rétorqua Quadratus en faisant tournoyer son glaive sous le nez de l'Indien.

— Mes conducteurs ont vu de nombreux tigres. Ils reconnaissent les mangeurs d'hommes au grondement sourd et prolongé que tu viens d'entendre. Si j'étais à ta place, je dirais à mes amis de rester sur le qui-vive, d'autant plus qu'il nous faudra éteindre les feux pour éviter d'être repérés par nos ennemis. Je ne serais pas surpris d'apprendre que d'autres "Renards volants" rôdent dans les parages. Il se peut que... » L'air ému, il s'interrompit en voyant Dan Qing se pencher vers Metellus et lui parler. Il semblait assister à un événement d'une grande importance.

« Je te dois la vie, disait Dan Qing. Cette fois, j'étais perdu.

— Tu as sauvé la mienne, répondit Metellus en chinois.

— Comment cela est-il possible ?

— Il n'y a pas de meilleurs guerriers que mes hommes.

— Non, je faisais allusion à tes propos. Connais-tu donc ma langue ?

— Darouma me l'a enseignée, et je me suis exercé avec les porteurs chinois que nous avons engagés après avoir franchi les montagnes.

— Je m'explique maintenant vos interminables entretiens. Je n'aurais jamais cru qu'un Barbare puisse apprendre notre langue en si peu de temps. »

Metellus s'abstint de relever cette réflexion, et Dan Qing poursuivit : « Tes hommes et toi... je n'imaginais pas que vous sauriez repousser une attaque des "Renards volants".

— Ils n'étaient pas nombreux, et ils n'étaient pas habitués à notre tactique. Il y a beaucoup de choses que tu n'aurais jamais imaginé voir ou croire. À l'évidence, tu commets beaucoup d'erreurs sur le compte de ceux qui t'entourent.

— Et dire que j'ai déconseillé à Darouma de vous engager en affirmant que vous ne seriez qu'une gêne...

— Tu avais peut-être raison.

— J'avais tort.

— Reviendront-ils ?

— Je le crains. Ils se déplacent et agissent en petits groupes isolés. »

Metellus, qui avait des difficultés à maîtriser le chinois, demanda en perse : « Comment nous ont-ils repérés ? Nous avons presque toujours avancé dans une vallée étroite et abritée.

— Du ciel. Te rappelles-tu ? Tes hommes ont aperçu l'ombre d'un oiseau. Ils ne s'étaient pas trompés. Ces guerriers se nomment "Renards volants" parce qu'ils volent, accrochés à des ailes de soie, tendues sur des bambous, exploitant le mouvement des vents comme un bateau avec sa voile.

— C'est étonnant ! Nous possédons une très vieille légende qui parle d'un homme aux ailes artificielles. Mais sa conclusion est fort triste : l'homme finit par tomber à la mer. » Il observa un moment de silence avant d'ajouter : « Je n'avais jamais vu manier l'épée et voltiger de cette manière, comme le font ces hommes et toi aussi, du reste. Comment est-ce possible ?

— Votre éducation, à vous autres Barbares d'Occident, consiste à fortifier votre corps. La nôtre, à fortifier notre esprit. Et l'esprit va où il le souhaite.

— De bien belles paroles, mais je n'arrive pas à comprendre...

— Tu as vu ces corps tournoyer dans les airs, répondit Dan Qing, les yeux fixés droit devant lui. Tandis qu'ils effectuaient ces mouvements, le haut se changeait en bas, et le bas en haut... Voilà tout le secret. Les choses n'ont aucune valeur en absolu : ce qui est à droite est en même temps à gauche, et vice versa. Une fois que l'on se persuade de cette vérité, on vole avec autant de facilité que l'on marche... Mais tu as raison, ce ne sont que des mots. On ne peut trouver la voie sans pratiquer une longue et intense méditation. »

Metellus se demandait comment cette doctrine pouvait influer sur le mouvement des corps. Il se sentait égaré, projeté dans une dimension incertaine et confuse.

« Quoi qu'il en soit, poursuivit Dan Qing. J'ai moi

aussi une question. Étant donné que vous ignorez la voie, que vous ne savez équilibrer en vous-même les forces naturelles qui sont les seules capables de mener à la victoire, quelle sorte d'énergie vous animait tandis que vous affrontiez, sans céder à la panique ni au découragement, des ennemis plus habiles et plus rapides que vous, en possession d'un art militaire beaucoup plus évolué que le vôtre ?

— La *virtus*.

— De quoi s'agit-il ?

— Ce mot signifie "force virile", mais il est difficile d'en expliquer l'essence. C'est la force qui nous amène à donner notre vie pour notre famille et notre patrie, si nécessaire, sans d'autre espoir que le souvenir qui restera de notre honneur.

— Aujourd'hui, vous avez risqué votre vie pour moi. Je ne fais partie ni de ta famille ni de ta patrie.

— Nous t'avons donné notre parole. Il s'agit également de *virtus*.

— Cela suffit-il à alimenter cette valeur ?

— La *virtus* est une conviction, une image de soi, à laquelle on s'habitue à croire aveuglément, dès l'enfance, et qu'on se transmet de père en fils. Ceux qui la possèdent savent qu'aucun obstacle n'est insurmontable, aucune épreuve trop ardue, aucun sacrifice trop élevé, pas même celui de leur propre vie. Elle seule permet de résister au poids de la *disciplina*, l'esprit qui unit nos soldats, qui les transforme en un seul bloc, en un roc. Grâce à cette *disciplina*, chaque individu est animé par la force d'un détachement entier, y compris quand il est seul et encerclé, y compris quand il serait logique de céder à l'inéluctable. »

Dan Qing, qui avait écouté Metellus sans détourner le regard, finit par déclarer : « J'ai besoin de toi et de tes hommes pour reconquérir mon empire, usurpé par un imposteur.

— Je crains que dix hommes ne suffisent pas à la reconquête d'un empire, tout courageux qu'ils soient.

— Nous y parviendrons. Je le sais, je le sens. Il faut que tu m'aides, je n'ai personne en qui placer ma confiance. Je dois rétablir l'ordre et la loi, je dois ramener la paix, je dois réunifier le pays divisé en trois parties. Penses-y pendant le trajet qui nous sépare encore du château de mon maître, au monastère des Eaux susurrantes. Penses-y, je t'en prie... »

Metellus fut surpris : jamais il n'aurait pensé entendre la moindre prière sur les lèvres du prince.

« Si tu acceptes, il n'y aura pas de limite à ta récompense et à celle de tes hommes. Et tes hommes t'imiteront, j'en suis persuadé. Il suffira d'un signe, et ils te suivront au bout du monde.

— C'est justement la raison pour laquelle je fais rarement usage de mon pouvoir. Leur vie et leur destin reposent entre mes mains, et cette responsabilité pèse parfois sur mes épaules d'un poids intolérable.

— Pourquoi ? Ce ne sont que des soldats, et tu es leur maître. C'est ta volonté qui compte.

— Tu te trompes, prince. C'est leur vie qui compte. Pour un chef de guerre, la vie de ses soldats constitue le trésor le plus précieux.

— Je ne te comprends pas, mais j'accepte ton mode de pensée. Quoi qu'il en soit, une fois au château de mon maître, vous serez libres de repartir. Je te serai reconnaissant, et ton souvenir restera gravé dans ma mémoire. Je reprendrai contact avec les forces qui me sont encore fidèles et nous pourrons nous dire adieu. En revanche, si tu décides de rester, je t'offrirai un nouveau destin, un destin si brillant que tu ne peux le concevoir. »

Pensif, Metellus baissa la tête. Puis il demanda, plongeant ses yeux d'ambre dans les prunelles noires du prince : « Le monastère de ton maître est-il loin ?

— Il se trouve à huit jours de marche. Huit jours de danger toutefois.

— Nous t'escorterons jusque-là, puis, avec ton autorisation, nous repartirons avec Darouma, le seul homme à connaître la route du retour, le seul à pouvoir nous ramener chez nous. »

Dan Qing soupira. « Si c'est ce que tu souhaites, vous vous en irez avec ma bénédiction et celle de mes ancêtres. Mais laisse-moi croire pendant huit jours que tu te raviseras... Pour vous remercier de m'avoir protégé contre l'assaut de mes ennemis et de m'avoir escorté, je vous élève au rang de garde personnelle. Vous vous appellerez désormais les "Démons rouges", et toi, commandant, tu porteras un nom nouveau dans ma langue. Ainsi, tu appartiendras au Pays du Milieu, Zhong Guo, et à ma famille.

— Je ne mérite pas cet honneur, prince. Mais j'accepte avec gratitude, en mon nom et en celui de mes hommes.

— Dis-moi encore le nom de ta lignée.

— *Aquila*, répondit Metellus en latin.

— Et que signifie-t-il ?

— Il désigne le plus grand et le plus noble oiseau de proie qui soit. C'est aussi le symbole et l'enseigne de nos détachements de combat, l'animal consacré au roi de tous les dieux.

— Alors, déclara Dan Qing sur un ton solennel, tu te nommeras Xiong Ying, "Aigle superbe".

— Je porterai ce nom avec fierté tant que je vivrai sur ta terre, et je le garderai dans mon cœur pour le reste de ma vie lorsque j'aurai regagné ma patrie. »

Dan Qing inclina la tête, bientôt imité par Marcus Metellus.

Ils reprirent la route. Metellus et Dan Qing chevauchaient côte à côte, flanqués de Severus et de Martianus. Leurs compagnons précédaient la caravane de Darouma. Ils avancèrent trois jours durant sans rencontrer de difficulté. Chaque soir, Martianus soignait Rufus, bien que Darouma lui eût offert les services du médecin chinois, qui pansait les plaies du prince avec la plus grande discrétion. Le soir du troisième jour, la vallée s'ouvrit brusquement devant eux, offrant à leur vue un paysage merveilleux.

Les parois boisées s'inclinaient en pente raide vers une vaste plaine. L'eau du torrent alimentait une dizaine de canaux artificiels qui remplissaient de grands bassins, disposés en terrasses, tels des miroirs scintillants rougis par la lumière du couchant. Un village de maisons en bois aux toits de tuiles occupait le fond de la vallée. Au milieu, se dressait une demeure plus imposante que les autres, une sorte de maison fortifiée en forme de tour, dont chaque étage était souligné par quatre auvents. Les rangées de tuiles, remarqua Metellus, s'achevaient par une antéfixe, dont la décoration rappelait celle des temples consacrés à ses dieux.

Ce spectacle enchanta les Romains. Appuyés à leurs boucliers, ils contemplaient cette image idyllique, les bassins iridescents qui réfléchissaient les rayons du soleil couchant, les bosquets de roseaux si hauts et si souples qu'ils évoquaient un champ de céréales verdoyantes fléchies par le vent. De la fumée s'échappait des maisons et s'élevait dans un ciel où couraient des nuages rougeâtres.

Dan Qing se tourna vers Metellus. « C'est ici que je

suis né, Xiong Ying. Ma mère rejoignait mon père, qui menait une campagne militaire sur la frontière du Nord quand elle fut saisie par les douleurs de l'enfantement et obligée de demander l'hospitalité dans ce village. Les habitants ont élevé pour moi cette tour, que je suis le seul autorisé à habiter. Ils me sont dévoués et fidèles, raison pour laquelle nous pourrons faire halte ici en toute sécurité. »

Metellus aurait aimé prendre congé du prince et le confier aux villageois, mais Dan Qing l'ayant prié de réfléchir à sa proposition jusqu'au huitième jour, il devina que son geste eût constitué à ses yeux une insulte. Il était surpris de trouver dans ce pays éloigné une situation semblable à celle qu'il avait abandonnée dans le sien : le désordre des institutions et la précarité de l'État requéraient l'intervention d'un chef autoritaire. En vertu d'un hasard étonnant, il exerçait sa fonction habituelle : il était le garde du corps de l'empereur, l'homme en qui le souverain plaçait une confiance aveugle.

Il fut arraché à ses pensées par la voix de Dan Qing, qui lançait à Darouma : « Envoie un messager annoncer que je suis de retour. Les villageois voudront sans doute me rendre hommage. »

L'Indien s'exécuta sur-le-champ, et l'expédition se remit en route.

Le spectacle de la vallée émerveillait les Romains, dont l'aspect suscitait une profonde stupeur chez les habitants qui se trouvaient encore aux champs, des étendues d'eau où ils cultivaient le grain des marais, aidés par des buffles aux longues cornes plates. Les paysans étaient coiffés de curieux couvre-chefs coniques en osier ou en paille tressés. Ils tournaient la tête vers l'étrange cortège et examinaient avec stupéfaction les tuniques rouges des étrangers, leurs armures scintillantes, leurs jambières sculptées, leurs casques à crête. Ils se demandaient d'où venaient ces guerriers, assez puissants pour porter un si lourd équipement.

Mais déjà l'on reconnaissait le prince et l'on se prosternait sur son passage. Ce respect avait des allures d'adoration, et Metellus mesura la bienveillance que Dan Qing lui avait manifestée jusqu'à présent.

Au fur et à mesure qu'ils avançaient, les habitants se pressaient aux portes du village, tandis que les enfants couraient de tous côtés en criant, sans que leurs mères pussent les retenir. Des étendards flottaient au vent, des armes brillaient sous les derniers rayons du soleil, les dignitaires, qui quelques instants plus tôt portaient encore la tenue négligée des paysans, arboraient des habits aux couleurs vives. On aurait dit qu'un dieu était descendu du ciel afin de visiter ces lieux. L'émotion de ces gens simples toucha Metellus.

Ils mirent pied à terre à l'entrée du village. Dan Qing confia ses rênes à un palefrenier et termina son trajet à pied. Les Romains lui emboîtèrent le pas.

Bien qu'étonnés par cette visite, les dignitaires étaient alignés sur la grand-place, vêtus de tuniques en soie ornées de dragons ou de motifs floraux. Quand Dan Qing s'immobilisa devant eux, ils se prosternèrent tous, et Metellus ressentit une sorte de malaise à l'idée d'être exclu de ce cérémonial.

Ils se relevèrent à un signe du prince et s'approchèrent l'un après l'autre.

Soudain, l'on entendit un bruit de galop et l'on vit un groupe de cavaliers fondre sur le village dans un nuage de poussière rouge.

Metellus porta la main à son glaive, mais Dan Qing secoua la tête : il s'agissait de milices locales, qui lui étaient fidèles. De fait, il eût été impossible à quiconque de survenir sans être signalé. Leur commandant sauta à terre à quelques mètres du prince, imité par ses hommes.

Leurs armures n'étaient pas très différentes de celles des Romains. Ils portaient un casque pourvu de deux ailettes sur la nuque et les joues, une cuirasse dont les écailles de bronze étaient fixées par des anneaux de fer, une tunique en cuir qui leur descendait au genou, un pantalon d'étoffe raide et des bottes dont la pointe se relevait. Un mouchoir, noué à leur cou, était censé les protéger contre le frottement de la cuirasse.

Le commandant du petit groupe se prosterna face contre terre, imité en cela par ses hommes. Quand Dan Qing l'invita à se redresser, il lança à Metellus un regard hostile et prononça une phrase d'un ton sec.

Le Romain, qui n'avait pas tout saisi, interrogea Darouma :

« Qu'a-t-il dit ?

— Pourquoi les démons étrangers ne se prosternent-ils pas devant Ta Majesté ? »

Dan Qing répondit à l'officier en martelant ses mots de manière que Metellus le comprenne : « Maintenant qu'ils sont sur cette terre, ils le feront. » Puis il se tourna vers le Romain.

Metellus adopta une expression respectueuse mais ferme, et déclara en perse : « Un soldat romain ne se prosterne devant personne, prince... » Au même moment, un éclair brilla dans ses yeux et dans ceux de Dan Qing : tous deux se remémorèrent soudain leur brève rencontre à Édesse, au moment où Valérien avait été contraint de s'agenouiller devant Chahpour. Cela ne dura qu'un instant, puis Metellus conclut en appuyant sur ses paroles : « ... Pas même devant les dieux. »

20

Les dignitaires du village accompagnèrent le prince à sa résidence, où ils comptaient préparer un banquet en son honneur. Dan Qing les en dissuada :

« Mes chers amis, je ne veux pas vous causer d'ennuis ni vous détourner de la cueillette. Je désire seulement m'entretenir avec vous, savoir ce qui s'est produit en mon absence et décider de ce que nous ferons. »

Tout en parlant, ils avaient atteint la salle des audiences. Dan Qing s'assit sur un coussin de soie, contre le mur principal, et les membres de l'assistance se disposèrent à ses côtés selon leur rang et leur degré d'intimité. Il invita à s'approcher l'officier, qui s'était posté près de la porte. Il se nommait Baj Renjie.

L'homme s'exécuta, après s'être prosterné une nouvelle fois, front contre terre. Il s'immobilisa à cinq pas du prince.

« Vous le savez sans doute, commença celui-ci, mon absence prolongée est le fruit d'une trahison dont j'ignore l'auteur. Il y a trois ans, je me suis rendu en Perse, à la tête d'une ambassade, afin d'établir des relations directes avec l'empereur Chahpour. Au moment de repartir, j'ai été retenu sous une série de prétextes qui n'avaient à mes yeux qu'une seule explication : le pouvoir avait changé de mains à Luoyang.

« J'ai tenté à plusieurs reprises d'interroger l'empereur Chahpour à ce sujet, en vain. Si ses réponses étaient très courtoises, elles demeuraient évasives. On requérait ma présence dans toutes les cérémonies officielles et même dans des campagnes militaires, on me traitait comme l'invité le plus illustre du royaume, mais on s'opposait à mon départ... »

Des serviteurs entrèrent. Ils disposèrent des rafraîchissements sur de petites tables basses en bois de rose, qu'ils placèrent aux pieds du prince et des dignitaires.

Dan Qing but une gorgée de l'infusion de feuilles qu'il avait coutume de consommer à bord du bateau de Darouma, puis il poursuivit son récit : « Au début de l'année, j'ai reçu un message qui m'annonçait l'existence d'un plan de fuite. J'avais rendez-vous avec une caravane qui me conduirait ici. Cela n'a pas été facile. J'ai risqué ma vie plusieurs fois, mais j'ai mené à bien cette entreprise. J'ai du mal à croire que je me trouve auprès de vous, après une si longue absence. Il me faut remercier mon fidèle ami indien, Darouma, et les soldats que vous avez vus à mes côtés.

« Il y a trois jours, nous avons été victimes d'une violente attaque des "Renards volants". Sans ces soldats, je ne serais pas devant vous, aujourd'hui. Ils ont subi une captivité bien plus dure que la mienne et ont survécu grâce à un courage dont nous pouvons nous inspirer... »

Baj Renjie réprima une grimace de mépris, tandis que Dan Qing continuait, imperturbable : « Ces hommes viennent du puissant Ta-T'sin Guo, dont l'état n'est pas meilleur que le nôtre aujourd'hui. Je puis vous assurer qu'ils sont à la hauteur de la légende qui se répandit à l'époque de l'empereur Houang-ti.

— La légende des trois cents "Démons mercenaires" ? demanda l'un des dignitaires.

— Oui.

— Avec tout le respect que je te dois, intervint Baj Renjie, il ne s'agit que d'une légende, et près de trois cents ans se sont écoulés depuis. S'il m'est permis d'exprimer un avis, mon seigneur, il me semble injuste d'humilier tes fidèles serviteurs en leur préférant des étrangers dont tu ignores tout et qui ne sont autres que des mercenaires.

— Le grand empereur Houang-ti le fit. Pourquoi ne le ferais-je donc pas ? En outre, je n'ai l'intention d'humilier personne, j'entends juste rendre hommage à ces hommes qui ont risqué leur vie et ont été blessés pour me sauver. Tu devrais, toi aussi, leur être reconnaissant. Peut-être es-tu aveuglé par la jalousie, Baj Renjie. »

L'officier se maîtrisa à grand-peine et s'abstint de répliquer. Un autre dignitaire interrogea alors :

« Quelles sont tes intentions, mon seigneur ?

— Gagner le refuge secret de mon maître Wangzi et lui demander conseil. Mais dites-moi à présent ce qui s'est passé en mon absence. Qui a ordonné qu'on me retienne en Perse ? Les récits qu'on m'a faits ne me suffisent pas. Peut-être disposez-vous d'éléments que je devrais connaître. »

Les anciens et les dignitaires se dévisagèrent comme s'ils n'osaient pas prendre la parole.

« Qu'y a-t-il ? Pourquoi tant d'hésitations ? »

Un vieillard à la longue barbe blanche se décida. Il portait une tunique en soie jaune pâle, ornée des symboles du zodiaque. C'était le gardien de la maison, une charge que lui avait attribuée l'impératrice après avoir accouché. Il connaissait les secrets de la nature et du cœur humain. « Peu après ton départ, commença-t-il, l'état de santé de ton père a empiré. Il vivait reclus, assisté de ses médecins et de ses domestiques. La régence reposait entre les mains du sage Liu Bang. Celui-ci se mit à espacer ses apparitions publiques, et le bruit courut qu'un de ses protégés l'avait dépossédé du pouvoir. C'est tout ce que je sais. Notre village est loin du monde, et les nouvelles qui nous parviennent sont toujours anciennes et souvent déformées. Mais un fait est certain : ton père a rejoint scs ancêtres dans les cieux. »

Dan Qing baissa la tête. Il garda le silence un long moment avant de reprendre : « Tu ne sais donc m'expliquer ma captivité en Perse.

— Dans le doute, je préfère m'abstenir. Je n'ai qu'une certitude : un de tes ennemis tirait les fils.

— Comme je vous l'ai dit, j'ai été attaqué il y a trois jours par un groupe de "Renards volants" qui m'auraient sans doute tué si mon escorte ne m'avait pas défendu. Il faut donc en tirer deux conclusions. L'usurpateur a noué une alliance avec cette faction, dont, au reste, il est peut-être le chef. Et il sait que je suis de retour.

— En d'autres termes, l'un des tiens t'a trahi, déclara Baj Renjie.

— Ce n'est pas certain, rétorqua le vieillard. Il est possible que le prince ait été remarqué par un espion au cours de son long voyage. L'empereur perse a peut-être informé la cour de Luoyang de sa fuite, ce qui a mis en alerte les postes de frontière. »

Le prince reprit la parole : « Ta jalousie est ridicule, Baj Renjie. La trahison dont tu soupçonnes ceux-là mêmes qui m'ont rendu la liberté et m'ont ramené dans ma patrie est stupide et injuste. Je vais avoir besoin de tous ceux qui voudront bien m'aider, et notamment de toi, qui m'as toujours été fidèle. Mais je te prie de respecter les hommes aux yeux ronds, bien qu'ils soient barbares et très différents de nous. As-tu compris, Baj Renjie ? »

L'officier s'inclina en une profonde courbette.

« Je n'entends pas m'attarder ici plus que nécessaire, car je ne veux pas exposer au danger ce village que je chéris.

— Nous sommes prêts à tout pour toi, mon seigneur, protesta un dignitaire.

— Je le sais, et cela accroît mes responsabilités. »

Les membres de l'assistance se dévisagèrent, comme s'ils n'en croyaient pas leurs oreilles.

« Et maintenant, laissez-moi seul, je dois réfléchir. »

Avant de sortir, Baj Renjie lui demanda : « As-tu des ordres à me donner, mon seigneur ?

— Aucun pour le moment.

— Dois-je surveiller les Barbares ?

— Cela me paraît inutile.

— Et s'ils tentent de s'éloigner ?

— Ils ne le feront pas, car ils n'ont pas d'endroit où aller. En outre, une seule pensée occupe leur l'esprit : rentrer chez eux. Tu n'as donc rien à craindre. J'ai déjà pris les dispositions nécessaires pour qu'on les nourrisse et les loge. Et maintenant, va. »

Baj Renjie quitta la pièce à reculons en s'inclinant plusieurs fois.

Quand Dan Qing eut entendu la porte extérieure se refermer, il gagna la cage d'escalier et monta à l'étage.

À chaque marche, il avait l'impression de retourner à sa jeunesse, à son adolescence, à son enfance. Son père avait tenu à ce qu'il vive quelque temps en ces lieux, parmi des gens simples, des paysans et des bergers. Il se remémorait sa première rencontre avec sa sœur, Yun Shan, une créature céleste au visage d'ivoire et au front très pur. Longtemps, elle avait été sa camarade de jeux, sa confidente, sa précieuse image de jade. Puis il s'était produit un événement terrible, qui l'avait profondément blessée, élevant entre eux une barrière de rancune. Il n'avait plus de nouvelles d'elle depuis son départ, et il s'interrogeait sur les sentiments qu'elle nourrissait à son égard.

Parvenu au sommet de la demeure, il promena son regard sur la vallée, où l'ombre du soir s'était déployée, sur les contours des montagnes et la ligne sinueuse des collines. Puis il fixa les yeux sur un énorme chêne, devant un pic rocheux, et s'enfonça dans ses pensées. Bientôt, il distingua une faible lumière au pied du rocher, ainsi qu'un filet de fumée. Alors, il sortit, sauta à cheval et se dirigea vers cet endroit.

Il traversa le village et s'engagea sur le sentier qui menait à la colline. Il marchait au pas, guidé par la lueur du feu, au milieu des longs bambous et des chênes. Soudain, il s'arrêta : un chaman à la silhouette maigre était assis en tailleur devant le feu, sur lequel trônait une marmite en cuivre.

« J'ai appris ton arrivée, déclara le vieillard sans détourner les yeux des flammes.

— On t'a averti sans tarder. Je suis là depuis peu.

— Je sais tout ce qui se passe dans ce village. Tu t'es absenté longtemps.

— Tout a changé entre-temps. Le pouvoir de mon père repose entre les mains d'un usurpateur. Connais-tu son nom ?

— Non. Mais toi, tu le connais peut-être.

— J'ignore tout des événements qui se sont produits.

— Et pourtant, ton esprit abrite un pressentiment, n'est-ce pas ? »

Dan Qing s'abstint de répondre. Il contemplait les flammes : elles semblaient prêtes à déchaîner un incendie qui brûlerait toute la terre.

« N'est-ce pas ? répéta le chaman.

— Que veux-tu dire ? Que le Ciel a ôté sa charge à ma famille, ainsi qu'il a ôté la sienne aux Han, il y a trente ans. Que ce qui s'est passé, le *geming*, n'est autre que la volonté du Ciel ?

— Je n'ai rien dit de tout cela. Tel est donc ton pressentiment. Et c'est un mauvais signe. Au reste, le sang des Han coule aussi dans tes veines, bien que leur dynastie se soit éteinte.

— Que dois-je faire ?

— Regarder au fond de toi. Y chercher une cause de tout cela, une action qui a brisé l'harmonie, qui a interrompu le flux de l'énergie vitale en semant le désordre, la violence et la guerre.

— Je rêvais de donner à mon peuple la prospérité et l'ordre. Je rêvais de réunifier le pays.

— Alors, pourquoi as-tu des doutes ? Pourquoi la hâte t'a-t-elle poussé vers moi ? »

Dan Qing demeura coi.

« Jette les sorts, chaman, dis-moi qui est l'usurpateur. Qui se cache derrière son masque ? »

Le chaman lança une poignée de feuilles dans le feu et aspira la vapeur jaunâtre qui se libéra des flammes, puis il tira de sa besace les omoplates sacrées et les lança trois fois par terre, près du feu.

« Que vois-tu ? insista Dan Qing.

— Je vois de nombreuses vies sacrifiées et je vois une haine que seule la mort éteindra. Mais je ne parviens pas à voir où elle frappera... Car c'est toi qui dissimules le présage. C'est toi qui n'oses pas regarder. Pour cette raison, tu ne pourras porter le coup décisif, le coup qui abattra ton ennemi. Un autre devra s'en charger à ta place. Un individu qui n'a fait aucun mal dans l'Empire du Milieu. Quant à toi, si tu as le courage de regarder dans ton esprit, tu y verras le visage de l'usurpateur. Adieu, prince. »

Il ferma les paupières et s'enfonça dans une torpeur impénétrable.

Dan Qing s'efforçait de comprendre le message du chaman, mais il devinait que sans l'aide de son maître, le vénérable Wangzi, il ne parviendrait pas à progresser dans la recherche de la vérité.

Les hennissements de son cheval l'arrachèrent à ses pensées. Il saisit les rênes et regagna le village. Des lanternes de couleur éclairaient sa demeure en signe de fête, mais il n'y avait pas d'autre marque de célébration. Les mauvaises nouvelles obscurcissaient peut-être les bonnes.

Il dîna seul, ainsi que le voulait son rang, cependant cela lui fut désagréable, après avoir traversé tant d'épreuves avec ses compagnons de voyage. Malgré la distance qu'il avait toujours maintenue entre eux, il n'avait pas été indifférent à leur façon de vivre et à leur langue. Quand il eut terminé son repas, il se rendit dans la bibliothèque et se plongea dans la lecture d'un ouvrage ancien, qui avait échappé à l'incendie de la bibliothèque de Luoyang. Ce livre racontait l'histoire des « Démons mercenaires », des soldats étrangers surgis mystérieusement aux frontières occidentales du pays trois cent quatorze ans plus tôt. Personne ne savait d'où ils venaient.

L'empereur Houang-ti avait ordonné de les chasser de la place forte qu'ils avaient occupée, mais ses troupes avaient été repoussées inexorablement par ces guerriers indomptables, qui sortaient en rase campagne et se battaient, leur bouclier sur la tête. Séduit par leur courage, l'empereur leur avait proposé d'entrer à son service en qualité de gardes du corps. Dès lors, leur vaillance et leur fidélité leur avaient valu le rang de héros. La mort ne les épargna pas, au combat, et c'est au nombre de trois cents qu'ils passèrent à la légende. On racontait qu'ils reviendraient d'outre-tombe pour mener leur dernière bataille le jour où la dynastie serait menacée de destruction.

Dan Qing se coucha dans le lit qu'il occupait lorsqu'il était adolescent, le lit où il avait rêvé de femmes, d'aventures amoureuses. Il pria les âmes de ses ancêtres de l'aider dans une entreprise qui paraissait désespérée.

« Comment vas-tu, aujourd'hui, Rufus ? demanda Metellus.

— Il se porte beaucoup mieux, commandant », répondit à sa place Martianus. Rufus était, en effet, plongé dans un sommeil profond. « Un de leurs médecins est venu hier soir, envoyé par le prince. Je n'ai pas osé refuser son aide et je l'ai autorisé à examiner Rufus, sans prendre la peine de t'avertir.

— Tu as bien fait. Leur médecine est probablement plus avancée que la nôtre.

— Tu peux en être certain, commandant. Cet homme a versé un liquide sur la plaie, puis il l'a nettoyée et cousue avec une habileté extraordinaire, à l'aide d'un fil de soie. Rufus m'a dit qu'il sentait l'aiguille et le fil, mais qu'il n'éprouvait aucune douleur. Ah, si j'avais eu ce remède quand je soignais les membres déchirés de nos soldats après la bataille... Leurs cris, leur souffrance... Il est impossible de s'y habituer, commandant. »

Metellus opina du chef et passa la main sur le front du soldat blessé. « Il a de la fièvre, mais pas beaucoup.

— Cela fait dix heures qu'il dort. Ce doit être l'effet de la potion que le médecin lui a administrée, un liquide sombre qui avait, d'après Rufus, le goût amer de l'absinthe. Il n'y a pas de meilleur traitement que le sommeil contre la fièvre. Tu verras, à son réveil il aura un appétit de loup et il sera prêt à sc rcmettre en marche.

— Je l'espère.

— Commandant, puis-je te poser une question ?

— Bien sûr.

— Quand changerons-nous de direction ? Quand reprendrons-nous la route du retour ?

— Je ne sais te le dire. Nous devons nous fier à Darouma et au prince. À mon avis, quelques journées de marche nous séparent du but.

— Que se passera-t-il ensuite ?

— Il nous faudra attendre que Darouma ait expédié ses affaires, vendu et acheté sa marchandise, ce qui prendra un certain temps... Et nous assurer que le prince Dan Qing est en sécurité avant de l'abandonner.

— Je comprends. Et ensuite ? Nous rentrerons, n'est-ce pas ?

— Pourquoi ? En douterais-tu ?

— Eh bien, nous avons fait des calculs. Nous craignons de prendre du retard et de nous heurter une nouvelle fois à un vent défavorable, ce qui nous obligerait à patienter six mois de plus... »

Metellus interrompit Martianus d'un geste de la main. « Votre destin me tient plus à cœur que le mien, soldat. Cela devrait te suffire.

— Oui, commandant. »

Metellus sortit. Le soleil jaillissait des collines boisées, à l'est, et ses rayons se reflétaient sur les étendues d'eau, disposées en terrasses autour du village. De grands hérons gris prenaient leur envol et des nuées de huppes abandonnaient les chevelures des arbres où elles avaient passé la nuit pour traverser la vallée en un joyeux cortège saluant la lumière du matin.

Les paysans s'acheminaient le long des sentiers qui bordaient les étangs où chacun disposait d'un champ pour la plantation du grain des marais, leur nourriture habituelle. Ils étaient suivis de leurs chiens et de leurs enfants, qui jouaient dans l'eau.

Metellus se trouva nez à nez avec Publius, Septimius et Antoninus, qui paraissaient très agités. « Commandant, commandant !

— Que se passe-t-il ?

— Ce pays est incroyable ! Les poissons n'y sont pas gris, mais de la couleur de l'or !

— En êtes-vous sûrs ? Auriez-vous bu, de si bon matin ?

— Non. Viens, tu verras toi-même. »

Ils le conduisirent à une fontaine qui se déversait dans un grand bassin de pierre, où nageaient des poissons d'un rouge doré aux longues queues aussi transparentes que des voiles, des créatures admirables. Metellus les observa un moment, fasciné, avant de demander : « Où est Darouma ?

— Avec Quadratus et les autres, près de ces arbres, là-bas.

— Il faut que je lui parle. » Metellus et ses hommes se dirigèrent vers le petit groupe, qui admirait des arbustes magnifiques d'où pendaient des fruits ronds, également de la couleur de l'or.

« Sont-ils comestibles ? interrogea Antoninus.

— Bien sûr, répondit Darouma. Goûtes-en un. Ils sont mûrs. »

Antoninus cueillit un fruit et y planta les dents, mais il cracha aussitôt en pestant. « Ah ! C'est amer, ça pique, tu m'as empoisonné ! »

Darouma eut un sourire sournois, il s'empara d'un autre fruit, qu'il pela. Il y avait à l'intérieur un gros grain partagé en quartiers, qu'il distribua à ses voisins.

« C'est un fruit paradisiaque ! s'exclama Metellus. Jamais je n'en ai mangé de meilleur ! Qu'est-ce donc ?

— Une orange. C'est aussi le symbole de l'équité, car la nature l'a divisé en parts absolument égales.

— Et ceux-là ? demanda Septimius en indiquant des fruits semblables, mais de forme ovale et d'un beau jaune vif. Sont-ils comestibles ?

— Bien sûr, répondit encore Darouma. Goûte.

— Je ne me laisserai pas prendre deux fois, déclara Septimius, qui entreprit de peler le fruit.

— Je vois que tu apprends vite », commenta Darouma, satisfait.

Septimius fourra deux gros quartiers dans sa bouche. Aussitôt, son visage se contracta en une grimace de dégoût. « Ah ! Mais c'est terrible !

— Non, c'est différent, voilà tout. Une affaire d'habitude. » Il saisit le même fruit et en mangea un quartier avec plaisir. « C'est un citron. Il est plus amer, mais il possède de nombreuses qualités, comme beaucoup de choses qui ont ce goût. »

Metellus poursuivit son tour de reconnaissance. Il trouva Severus au travail, à la forge du village.

« Tout va bien ?

— Oui, commandant. Je prépare les boucliers... Je leur apporte une modification qui les rendra beaucoup plus efficaces.

— Une modification ? Et de quoi s'agit-il ?

— Tu le sauras en temps voulu, commandant. Je veux d'abord m'assurer que cela marche et... »

Severus n'avait pas achevé sa phrase qu'un garçon du village survint en courant. Il annonça à Metellus que le prince Dan Qing le demandait.

21

« Tu souhaites me parler ? » interrogea Metellus en pénétrant dans la bibliothèque en compagnie du domestique. Dan Qing lui tournait le dos. Assis sur une natte, il noircissait une feuille semblable au papyrus, mais plus fine et plus souple, en apparence.

« Pourquoi as-tu omis de me rendre hommage, hier, comme tous mes sujets ? Je suis l'héritier légitime au trône de cet empire, et tous les habitants de cette terre sont tenus de me vénérer en vertu d'un rite millénaire. Ton refus m'a humilié devant les villageois et devant le commandant Baj Renjie.

— Je me trouve sur cette terre, mais je ne lui appartiens pas. Mes hommes et moi ne sommes pas tes sujets.

— Aurais-tu l'audace de me laisser entendre qu'on ne vénère pas ton empereur ?

— Nous faisons brûler de l'encens à son génie le jour de son anniversaire, une fois par an, mais nous nous adressons à lui debout en l'appelant par son prénom. Au cours des campagnes militaires, il mange la même nourriture que nous, boit notre vin aigre et dort à même le sol comme le plus humble de ses soldats. Malgré tout, nous sommes tous prêts à mourir pour lui. La seule relation que tu pourras entretenir avec moi, prince, est une relation d'égal à égal, d'homme à homme. »

Dan Qing se leva et se tourna vers lui. « Chez nous, les individus sont liés à leur empereur par une relation qui a valeur de vertu et qui porte le nom de *yi*, ce qui signifie "le juste". Seul le lien qui se noue entre deux amis est égalitaire. Il se nomme *xin*, ce qui signifie "fidélité". Je peux te traiter comme un ami, Xiong Ying, mais es-tu prêt à m'être fidèle ?

— Je le crois. Si tu l'es, toi aussi. »

Dan Qing hocha la tête avant de rasseoir et de se replonger dans sa tâche. Intrigué par les signes qu'il voyait prendre forme sur la feuille blanche, Metellus s'approcha.

« S'agit-il d'inscriptions magiques, comme celles qui étaient gravées sur les os que le chaman lançait avant de livrer ses oracles, au caravansérail ?

— C'est notre écriture.

— Compliquée. Aucun signe ne se ressemble... Notre système est plus efficace : vingt-trois symboles permettent d'écrire tous les mots dans notre langue.

— Laquelle ?

— Le latin.

— On est donc contraint de l'apprendre pour deviner le sens de vos mots.

— Bien sûr.

— Dans ce pays, on utilise plus de cent langages différents. Chaque signe indique un concept distinct, tels que "homme", "maison", "arbre". Mais chacun le désigne par son idiome natal. Ainsi, il n'est point besoin d'apprendre une langue étrangère. Ces signes reproduisent la liberté de l'esprit, qui est plus importante que celle des corps, à laquelle tu tiens tant. Pourquoi s'agenouiller devant un souverain te semble si terrible ?

— As-tu entendu parler d'un roi occidental, d'un jeune et grand conquérant dénommé Alexandre ?

— Oui. En Perse, on l'appelle Iskandar, et on le considère comme un démon. Mais nous avons appris son passé, nous aussi.

— Quand il parvint aux confins de l'Inde, après avoir hérité la couronne des Perses, il voulut en adopter aussi les coutumes. Il exigea ainsi que ses hommes s'inclinent devant lui, ce qu'ils refusèrent, donnant naissance à un conflit irrémédiable et à des conjurations. Cela illustre bien l'importance que revêt, pour nous, la dignité de l'individu, y compris du plus humble.

— Avez-vous des esclaves ? »

Surpris, Metellus hésita un moment avant de répondre : « Oui, nous en avons.

— Chez nous, l'esclavage a été aboli par un décret de l'empereur Wang Mang il y a plus de deux siècles. »

Dan Qing en resta là. Metellus, qui ne savait que dire, le regarda écrire. « Où trouvez-vous un papyrus aussi blanc ? interrogea-t-il au bout d'un moment.

— J'ignore ce qu'est ce... papyrus. Ceci est du papier.

— Du papier ?

— Du papier. Nous le fabriquons avec des chiffons qui ont macéré. Nous les blanchissons à la lessive et les parfumons parfois avec du jasmin, de la rose ou de la violette. » Il tira une feuille d'un tiroir et la lui tendit.

Metellus en huma le parfum délicat, puis il la tourna contre le soleil, en admira la merveilleuse transparence et la consistance homogène. « Des feuilles parfumées. Pourquoi ?

— Pour les lettres d'amour. La destinataire de la missive en reconnaît l'auteur avant même de la lire. N'est-ce pas une bonne idée ? »

Metellus acquiesça. Ses yeux s'embuèrent.

« Tu penses à elle, Xiong Ying, n'est-ce pas ?

— Oui.

— Ta favorite ? »

Un instant, le chagrin de Metellus se refléta dans le regard impénétrable du prince.

« Ma femme, prince. Nous autres Romains n'avons qu'une seule femme, souvent pour toute la vie.

— Une coutume de Barbares. Mais si cela vous plaît... Elle te manque beaucoup ?

— Terriblement.

— Tu aimerais qu'elle lise tes mots ? »

Metellus observa un instant de silence. Puis il dit : « Je donnerais n'importe quoi pour que cela se produise. Mais je crains que cela ne soit impossible. Aucun message ne peut atteindre le royaume des morts.

— Tu n'as plus personne ?

— Un fils. Un enfant de sept ans. Je n'ai même pas pu lui dire adieu. Et j'ignore ce qu'il est devenu. »

Dan Qing baissa la tête. Les mécanismes du pouvoir auquel il était habitué voulaient qu'un enfant se trouvant dans ce genre de situation fût tué. Il se remit à écrire, traçant des signes élégants à l'aide d'un minuscule pinceau. Metellus lui demanda au bout d'un moment :

« Que sont les "Renards volants" ?

— Des animaux qui vivent dans les grandes forêts du Sud. Ils ressemblent à des petits renards à une différence près : une membrane rattache leurs pattes avant à leurs pattes arrière. Elle se tend lorsqu'ils bondissent d'une branche à l'autre, ce qui leur permet de planer et de voltiger dans les airs comme des oiseaux.

— Lorsque tu en as parlé, tu faisais allusion à des hommes, pas à des animaux. Aux hommes qui nous ont attaqués dans la vallée.

— Vêtus de noir, poursuivit Dan Qing en déposant son pinceau sur un support en bois laqué. Implacables, rapides comme l'éclair, des guerriers inégalables, fanatiquement dévoués à leur chef et à leur mission. Quand on a ces hommes dans son camp, on a la victoire assurée. »

Metellus s'approcha du mur de roche, où était fixée une énorme carapace de tortue. Il en caressa la surface lisse et brillante comme de l'ébène poli. « Et pourtant, nous les avons repoussés.

— Ils ne s'attendaient pas à la résistance que vous leur avez opposée... à un déploiement qu'ils n'avaient jamais eu l'occasion d'affronter. »

Metellus caressa encore une fois la grande coquille polie. « Nous l'appelons *testudo*, tortue. La tortue l'a emporté sur les "Renards volants"... même si notre tactique évoque plus celle du hérisson... C'est curieux, les hommes comparent souvent leurs attitudes à celles des animaux...

— Ne te fais pas d'illusion, Xiong Ying, ils finiront par trouver une parade...

— C'est possible. Mais, vois-tu, nous avons un vieux proverbe, forgé par un grand poète du passé : "Le renard a de nombreux tours dans son sac. Le hérisson n'en a qu'un, mais il est bon." »

Dan Qing se tourna vers lui. Un léger sourire traversa ses prunelles. « C'est un bon proverbe.

— Qui sont-ils vraiment ? Et d'où viennent-ils ? »

Dan Qing se leva, abandonnant sa position en tailleur avec l'élégance d'un serpent, ou d'un poisson qui nage. Il ouvrit un coffret, placé contre le mur, et en tira des fiches de bambous attachées par un cordonnet. Il les déroula, laissant apparaître un texte, qu'il parcourut du regard.

« Il y a plusieurs siècles, un grand maître dénommé Mo vécut dans l'Empire du Milieu. C'était une époque obscure, marquée par des luttes incessantes entre les familles les plus puissantes. Ce maître élabora une théorie qui faisait de la famille et des liens du sang le principe de tous les maux, de tous les particularismes, de tous les égoïsmes. Il imagina une société où chaque homme se sentirait membre d'une seule communauté universelle, sans distinctions familiales, où chaque père serait le père de tous ; chaque fils, le fils de tous ; chaque ville, la ville de tous ; où chaque citoyen serait membre de toutes les villes...

— Un de nos maîtres a élaboré la même théorie. Nous la qualifions de *cosmopolitismos* dans la langue de nos plus grands philosophes, ne put s'empêcher d'observer Metellus, qui ajouta aussitôt : ... Continue, je t'en prie.

— Maître Mo considérait la guerre comme le pire de tous les maux, comme l'action humaine la plus odieuse au ciel, et les guerriers comme de féroces mâtins de l'abîme... Il décida de s'y opposer de toutes les façons possibles... y compris par la guerre ! »

Metellus était stupéfait. « Nous possédons, nous aussi, ces concepts de l'absurde ! Nous les appelons *paradoxon*.

— Selon lui, ce n'étaient pas les actes des hommes qui étaient mauvais en soi, mais leur fin. Il rassembla ses disciples en une secte secrète, qui se subdivisa en plusieurs groupes autonomes, réglés par des lois très dures. On y mit au point des techniques de combat en tout genre, certaines purement défensives, d'autres d'une puissance offensive dévastatrice, des techniques fondées sur la maîtrise de l'esprit et sur une énergie illimitée...

« Quand une famille était victime d'un abus, quand une communauté, fût-elle un village ou une ville, subissait des violences injustifiées, ces hommes entraient en action. Ils se déplaçaient dans le noir comme des fantômes, attaquaient avec la vitesse de l'éclair et disparaissaient dans les ténèbres. Parfois, ils surgissaient du néant, comme s'ils obéissaient à un appel qu'eux seuls pouvaient entendre, et leurs unités de combat se reformaient comme par enchantement aux endroits les plus impensables.

« Ils frappaient avec une extrême dureté et laissaient toujours leur sceau afin que la signification et les destinataires du châtiment soient connus de tous. Lorsque l'un d'eux était blessé au combat, il faisait en sorte qu'on ne le capture pas vivant, afin de ne pas être obligé de révéler les secrets de la secte...

— Comme les hommes qui nous ont assaillis... Mais si leurs fins sont justes, pourquoi...

— Il n'y a pas de plus grande tentation que le pouvoir. Toutes les créations de l'homme contiennent le germe de dangereuses déviations, tu le sais certainement. Ce formidable instrument pouvait-il demeurer à l'abri de ces risques ? »

Metellus songea à ses légions, à l'extraordinaire machine de guerre que Rome avait créée pour sa défense et qui s'était changée au fil du temps en instrument de sanglantes guerres de conquête, d'exterminations de masse, de cruelles luttes civiles.

Mais Dan Qing poursuivait : « Quand maître Mo s'éteignit, la secte survécut dans l'ombre. On crut même qu'elle avait disparu. En réalité, les adeptes profitaient de ces longues périodes de silence pour affiner leurs techniques, progresser, élaborer des systèmes de communication de plus en plus sophistiqués.

« L'efficacité de cette secte reposait sur une hiérarchie totalement secrète, sur une communion absolue et sur une obéissance aveugle. Le secret était tel qu'on en arrivait à douter de son existence même, à la considérer comme le fruit de l'imagination, comme l'une des nombreuses légendes qui circulent dans cet immense pays. Cette conviction était probablement alimentée et répandue par les membres mêmes de la secte. Mais au cours des périodes critiques, ses adeptes ressurgissaient et frappaient, souvent dans des lieux très éloignés les uns des autres et dans les situations les plus diverses.

« Il semblerait qu'il y a environ cinquante ans, la secte subit une grave dégénérescence. Ses chefs se mirent à utiliser leur énorme puissance et les secrets de leurs arts de combat pour appuyer ou défaire les candidats au pouvoir suprême. Ce fut l'une des causes qui aboutirent au déclin et à la fin de la glorieuse dynastie des Han, qui a gouverné le pays au cours des quatre derniers siècles... et à la division de l'empire en trois royaumes distincts et rivaux : Wei, Shu et Wu. »

De nouveau, une sensation de vertige s'empara de Metellus : quatre siècles ! Une seule dynastie avait régné sur cette terre, pendant une période plus étendue que celle au long de laquelle toutes les dynasties impériales s'étaient succédé, à Rome.

Dan Qing continuait : « Ces combattants, qui avaient égaré les raisons de leurs origines et de leur existence, devinrent célèbres sous le nom de "Renards volants". D'autres, une minorité, quittèrent la secte pour se réfugier dans un endroit secret, fondant une communauté régie par les lois de la fraternité, partageant leur nourriture, les ressources de la terre et de l'eau, pratiquant l'agriculture et l'élevage des moutons, mais aussi la méditation, dans laquelle ils excellent.

— Aujourd'hui, les “Renards volants” te combattent et veulent ta mort. Pourquoi ? »

Dan Qing réunit les bambous et les rangea dans le coffret, qu'il ferma à clef. « La réponse pourrait être très simple. Le désir du pouvoir suprême...

— Ou ? »

Le prince fixa sur Metellus son regard magnétique, qui ne laissait aucune issue. « Pour une raison qui m'échappe, je te raconte une histoire que je n'aurais jamais relatée à personne. Cela m'inquiète.

— Je n'imaginais pas que les sentiments pouvaient t'inquiéter. Nous autres Romains sommes incapables de dissimuler nos émotions. Il est facile de les lire dans la couleur de notre visage. Mais toi, tu ne rougis ni ne blêmis jamais. Ton visage est un masque de cire.

— Votre race est encore en évolution, la matière qui vous compose est encore en phase de tumulte. La nôtre a atteint la perfection depuis longtemps... Mais nous sommes sujets à la volonté du Ciel. Et le Ciel peut décider d'ôter le mandat à une dynastie ou à un empereur s'ils se sont souillés d'infamie ou de tyrannie, de corruption. C'est alors qu'interviennent le *geming*, la révocation et l'esprit de révolte que rien ne peut arrêter. Ils engendrent une angoisse à laquelle personne ne peut échapper, pas même un Houang-ti, un empereur... Me seras-tu fidèle, Xiong Ying ?

— Je n'ai pu aider mon empereur, j'ai été contraint de le voir s'éteindre comme un misérable. Si je le peux, je t'aiderai, mais je dois savoir pour qui je me bats. Confie-moi ton inquiétude, prince.

— Mon père était un homme bon, un gouvernant sage auquel le sort du peuple tenait à cœur. Moi, je n'ai qu'un seul rêve : restaurer l'unité de l'Empire du Milieu. Pourquoi le Ciel devrait-il révoquer le mandat de ma famille ? Les “Renards volants” obéissent à une force obscure, j’en suis persuadé.

— N’as-tu jamais rien commis de honteux ? Rien qui n’enflamme ton visage sous ton masque de cire ?

— Tu vas trop loin. Personne n’a le droit de me poser de pareilles questions ! Un autre que toi eût payé très cher cette impudence !

— Rien qui n’ait offensé la justice ? insista Metellus d’un ton implacable en se rapprochant de Dan Qing.

— Pourquoi m’interroges-tu de la sorte ? Pourquoi me presses-tu avec tant d’insolence ?

— Parce que je te sens hésitant. Tu te défends comme si tu avais quelque chose à cacher. »

Dan Qing le figea du regard, puis répondit en martelant ses mots : « Je n’ai rien fait qui soit illégal. » Puis il lui tourna le dos et s’enfonça dans un silence dédaigneux.

Metellus gagna la porte. Il s’immobilisa un instant sur le seuil et lança : « Nous avons un proverbe qui dit : *Summum jus, summa injuria.* »

Dan Qing demeura coi.

« Il signifie : “Comble du droit, comble de l’injustice” », conclut le Romain avant de sortir.

22

Le soleil était déjà levé quand Baj Renjie se présenta, armé de pied en cap, et demanda à être reçu par Dan Qing.

« Mon seigneur, déclara-t-il, il est dangereux de s'attarder. Les “Renards volants” savent que tu es ici, et ils pourraient réapparaître à tout instant.

— Je suis prêt. Rassemble tes hommes.

— Ils n'attendent qu'un signe pour se mettre en route, prince. »

Dan Qing écarta les bras. Deux domestiques se précipitèrent pour lacer sa cuirasse et suspendre son épée à son côté. Baj Renjie reprit :

« Les Barbares qui t'ont escorté jusqu'ici ne te sont plus utiles. Tu peux les renvoyer avec le marchand.

— Les “Démons rouges” nous suivront jusqu'à notre destination, le château de mon maître Wangzi. »

L'officier n'osa pas répliquer, mais l'expression de son visage ne laissait aucun doute sur son état d'esprit.

Il sortit et passa devant Metellus et ses hommes, également armés, qui se nourrissaient près du bassin des poissons, sans leur accorder le moindre regard. Il rejoignit son régiment, une cinquantaine d'hommes, dont la moitié à cheval. Ils portaient une cuirasse constituée de plaques en bronze, une tunique en cuir, des bottes, un foulard au cou. Leurs cheveux étaient tirés sur la nuque et fixés par de longues épingles en ivoire, ainsi que par un ruban qui pendait sur leurs épaules. Ils arboraient un couvre-chef rond en feutre foncé. Les cavaliers étaient munis d'un arc en bandoulière et d'un carquois ; les fantassins d'une épée et d'un poignard. Metellus remarqua qu'ils étaient privés, eux aussi, de casque et de bouclier. Leur habileté à l'escrime rendait ces protections inutiles. Voilà pourquoi l'usage romain des javelots, des boucliers et des armes courtes avait surpris Dan Qing.

Le prince se présenta sur la grand-place et leva la main. Aussitôt Baj Renjie poussa son cheval au pas. Vingt-cinq cavaliers le suivaient. Dan Qing se plaça derrière eux, flanqué de Metellus, à cheval, et de ses hommes, à pied. Venaient ensuite les fantassins chinois. Darouma et sa caravane fermaient la marche.

Au début de l'après-midi, le convoi fit halte à un croisement. La route de droite était large et plane, celle de gauche, étroite et raide, s'élevait le long d'une arête rocheuse.

Darouma, monté sur son chameau, pria Dan Qing de s'arrêter. « Prince, c'est ici que nos routes se séparent. Je crois deviner que tu prendras celle de gauche, que je ne peux emprunter.

— Tu l'as déjà parcourue par le passé.

— Pas avec une caravane aussi encombrante et pas dans de telles conditions. En cas d'attaque, nous ne serions qu'une gêne pour toi. Tu salueras de ma part maître Wangzi.

— Je suis certain qu'il aimerait te voir et te remercier de tes services.

— À mon retour, je lui enverrai un message pour

fixer une rencontre. Dis-lui que je brûle de m'entretenir avec lui, et présente-lui mes hommages les plus respectueux. »

Metellus intervint. « Ai-je bien entendu ? Nos routes se séparent ici ?

— Oui, tu as bien entendu, commandant. Ton chinois s'améliore de jour en jour. Mais ne crains rien, je ferai halte ici à mon retour et nous reprendrons ensemble la route de l'Occident. »

Metellus répliqua en employant la koinè : « Il est absurde de se séparer. Le prince a sa garde, il n'a plus besoin de nous. » Devinant que ces mots avaient été prononcés dans un langage qu'il n'était pas censé comprendre, Dan Qing se retourna. Gêné, Metellus songea à la façon dont s'était conclu leur dernier entretien.

Darouma lui répondit dans la même langue : « N'aie pas peur...

— Je n'ai pas peur.

— Si. Tu penses que nous allons nous perdre de vue dans ce pays immense et que nous ne nous reverrons plus, ou que je choisirai d'autres routes et ne tiendrai pas ma promesse. Tu te trompes. Écoute-moi bien. Il m'est impossible d'emprunter ce sentier muletier avec ma caravane. Une fois que vous aurez atteint le monastère, le prince prendra sa décision. Son maître le mettra certainement en contact avec des forces susceptibles de l'épauler dans son entreprise. S'il repart, vous pourrez décider de le suivre jusqu'à Luoyang, où je m'attarderai au moins un mois. Si vous préférez attendre au monastère, ce qui me paraît plus probable, je vous rejoindrai à mon retour.

— Et s'il t'arrivait quelque chose ?

— Cela pourrait se produire également si nous restions unis. Mais dis-toi bien que le prince n'est pas un ingrat. Dans ce cas, il te fournirait des guides qui vous conduiraient à bon port. Ne t'inquiète pas, commandant, la parole d'un marchand indien est parfois aussi sûre que celle d'un officier romain. Nous nous retrouverons à ce croisement dans un mois, ou plus tôt, à Luoyang. Le prince sait où m'adresser des messages. Tu ne regretteras pas de l'avoir accompagné jusqu'au bout du trajet. Il se sent menacé et place une grande confiance en ta personne. Si tu ne le déçois pas, tu seras pleinement récompensé. »

Sur ces mots, il salua Dan Qing avec respect. « Je te souhaite bon voyage, prince, et bonne chance pour ton destin.

— Je te suis redevable, Darouma.

— Tu auras moyen de me remercier. Par exemple en m'accordant une concession pour le commerce de la soie. Mais nous en reparlerons plus tard, quand les dangers et les aventures qui nous attendent appartiendront au passé. » Il s'inclina et poussa son chameau vers la route de droite, suivi de ses domestiques et de ses guides.

Dan Qing lança à Metellus : « Tu peux l'accompagner, si tu le souhaites. Tu es libre. »

Le Romain était tiraillé entre les attentes de ses hommes, perdus au cœur de cet immense pays, et le devoir qu'impliquait sa parole donnée. Ayant le sentiment de servir une juste cause, il ne voulait pas abandonner le prince avant le but, mais il répugnait à laisser ses hommes à la merci des décisions d'autrui. « Je t'escorterai jusqu'à destination, dit-il. Mais j'exige le commandement de toute l'escorte, y compris des forces chinoises.

— Pourquoi ? répliqua Dan Qing, surpris. Il vaut mieux que chaque commandant soit responsable de ses propres hommes.

— Il en sera ainsi. Mais chacun de nous aura ses objectifs, que j'aurai établis.

— Que veux-tu dire par là ?

— Puis-je te parler en tête à tête ? »

Dan Qing acquiesça. Il sauta à terre et s'isola avec le Romain à quelques pas de là. Celui-ci déclara :

« S'il est vrai que les "Renards volants" nous ont repérés, ils savent certainement où nous nous trouvons à l'heure qu'il est. Il est probable qu'ils soient postés non loin d'ici. S'ils ne nous ont pas attaqués, c'est parce qu'ils ne disposent pas encore de forces suffisantes.

— C'est possible.

— Mais ils n'y manqueront pas dès qu'ils seront assez nombreux pour nous éliminer ou nous capturer. Voici donc mon plan. Nous allons nous enfoncer dans le bois. Quand nous en ressortirons, un de tes soldats aura revêtu ta tenue et pris ton cheval. Tu porteras pour ta part les habits d'un serviteur. Ta contre-figure s'engagera sur la route de Luoyang avec Baj Renjie et les forces chinoises, ce qui ne surprendra pas les "Renards volants", qui s'attendent sans doute à ce que tes compatriotes t'escortent.

« Nous nous ferons passer, quant à nous, pour des paysans et suivrons à pied le sentier muletier en utilisant nos chevaux comme de vulgaires bêtes de somme. Nous nous déplacerons après la tombée du soir en trois petits groupes espacés. Le jour, nous nous cacherons dans le bois. Pendant ce temps, les "Renards volants" emboîteront le pas à Baj Renjie et à l'homme qui jouera ton rôle.

— Baj Renjie sera heureux de se sacrifier pour moi.

— Si tu préfères, je peux prendre sa place. Dans ce cas, je rejoindrai Darouma avec mes hommes et ton double, alors que tu emprunteras ce sentier, déguisé en domestique, avec ton commandant chinois. Cela m'est égal. Mais je suis sûr d'une chose : c'est la seule possibilité dont tu disposes pour gagner ta destination sain et sauf. J'attends ta réponse. »

Dan Qing réfléchit un moment à l'écart, puis il se rapprocha de Metellus et dit : « J'accepte cette proposition. C'est toi qui m'escorteras. »

Il appela Baj Renjie et lui exposa le plan. Incrédule, l'officier tenta de le dissuader, mais le prince l'arrêta aussitôt : « Telle est ma décision, et elle est irrévocable, Baj Renjie. Obéis, si tu m'es fidèle. Sinon, va-t'en. »

L'homme reprit sa contenance et s'inclina respectueusement. Puis il ordonna à ses hommes de pénétrer dans le bois et de procéder aux opérations de déguisement.

Alors qu'il s'en éloignait, Dan Qing lui lança : « Je sais que cette décision est amère, mais c'est, à mes yeux, la meilleure possibilité d'arriver sain et sauf à mon but et de préparer mon retour à Luoyang. Que le ciel te soit favorable. Si tout va bien, nous nous reverrons à Luoyang à la taverne du Mûrier blanc. »

Baj Renjie s'inclina une nouvelle fois et monta à cheval. Il se plaça à la tête de son détachement. Le domestique qui jouait le rôle de Dan Qing chevauchait à ses côtés. Metellus observa :

« Ils parcourront un terrain découvert. Si les "Renards volants" les suivent, ils devront le faire à une certaine distance pour éviter d'être remarqués. Ils ne pourront donc pas distinguer ta contre-figure de l'original. »

Le prince et les Romains s'enfoncèrent, eux aussi, dans le bois et se préparèrent pour le voyage. Les hommes ôtèrent leurs cuirasses et les cachèrent dans le bât des chevaux. Ils enfilèrent alors des tenues indigènes et s'assirent sous un grand chêne. Une longue marche les attendait.

Désormais, leur captivité n'était plus qu'un lointain souvenir, et chacun d'eux était en pleine possession de ses forces. Habitués aux campagnes militaires, ils se sentaient à leur aise dans cette situation, qui ne présentait pas de dangers particuliers. La plaie de Rufus avait cicatrisé sans suppurer, preuve que la médecine chinoise était supérieure à celle des Romains. Quand le prince se déshabilla, avec l'aide de deux serviteurs, Metellus remarqua que ses bras et son torse étaient encore bandés, mais il ne vit pas de trace de sang sur ses pansements, signe qu'il était, lui aussi, sur la voie de la guérison.

Avant que la nuit tombe, ils mangèrent du blé des marais bouilli avec des pignons et de la viande de pigeon, un mets préparé au village dans les cuisines du prince. Ils dînèrent de bon appétit en utilisant les cuillers qu'Uxal avait fabriquées et en s'interrompant de temps à autre pour épier Dan Qing, qui portait de petites quantités de nourriture à sa bouche à l'aide de ses baguettes. Metellus avait essayé d'en faire usage, mais sans succès.

Une heure après le crépuscule, Quadratus partit en reconnaissance afin de s'assurer que les lieux étaient déserts. À son retour, Metellus donna l'ordre de se mettre en route, et ils s'ébranlèrent en tenant leur cheval par la longe, comme s'il s'agissait de simples bêtes de somme.

Le sentier, en terre battue, comportait des tronçons rocheux, qu'un passage millénaire avait toutefois polis. Une brise agitait la chevelure des arbres qui s'étendaient en un bois fourni, des deux côtés. Privés de lumière, les hommes avançaient d'un pas lent en parlant tout bas, ils avaient besoin de se rassurer dans cette atmosphère de plus en plus lugubre, dans ce paysage où chaque arbre, chaque éperon rocheux avait un aspect menaçant et inquiétant.

Balbus déclara : « Le commandant Metellus a opté pour la stratégie qui nous a permis de fuir Aus Daiwa. Nous déplacer de nuit et nous contenter de brèves distances en toute sécurité.

— Il faudrait que les "Renards volants" voient dans le noir, comme les chats, pour nous repérer, répondit Quadratus.

— À l'heure qu'il est, ils ont sans doute emboîté le pas aux Chinois qui escortent le faux prince.

— C'est probable, mais le commandant ne se fait pas trop d'illusions. Il sait que cette astuce ne nous vaudra qu'un petit avantage.

— Dans cinq jours, nous prendrons le chemin du retour. Enfin ! Je compte chaque instant qui me sépare de ma patrie. Es-tu déjà allé en Espagne ? À Saragosse ?

— Il vaut mieux que tu n'y penses pas trop, répliqua Quadratus. Tout peut encore arriver. As-tu idée de la distance qu'il nous reste à parcourir ? Des péripéties qui parsèmeront encore notre route ? De plus, le commandant m'a paru très inquiet quand Darouma nous a quittés. Il craint sans doute que l'Indien ne manque à sa parole et que nous ne nous égarions dans cet immense pays.

— Quoi qu'il arrive, le prince nous confiera à des guides qui nous mèneront à destination. Au fond, c'est à nous qu'il doit d'être en vie.

— J'aimerais que tu dises vrai. En ce qui me concerne, je n'ai jamais eu aussi peur de ma vie, et je n'ai jamais vu le commandant Metellus aussi soucieux. »

Un long cri retentit au sommet des montagnes, une sorte de gémissement qui salua l'apparition de la lune. Il provenait peut-être d'un loup, ou d'un chacal, ou encore d'un animal inconnu de cette terre regorgeant de surprises.

Les bruits de la forêt et le bruissement des feuilles, à chaque souffle de vent, les accompagnèrent le long de la route. Au loin, sur les crêtes des montagnes, ils aperçurent des éclairs qui illuminaient de l'intérieur d'énormes nuages annonciateurs d'une tempête. Le grondement sourd du tonnerre retentissait de temps à autre, pareil à celui du ressac.

En tête de la caravane, le prince Dan Qing et le commandant Metellus avançaient sans mot dire, tout à l'ascension qui leur coupait le souffle.

L'aube les surprit dans une petite clairière constellée de lis tigrés et de merveilleuses fleurs bleues semblables à des gentianes. Metellus ordonna aux hommes de réintégrer le bois et de se reposer à l'ombre de l'épaisse végétation.

Ils progressèrent ainsi quatre jours durant, s'arrêtant au lever du soleil et cheminant la nuit, à la lumière de plus en plus ténue de la lune, dans le parfum intense de la forêt, peuplée de fleurs aux pétales charnus et aux couleurs vives. Ils ne rencontrèrent que quelques passants au cours des heures qui précèdent l'aube ou le crépuscule : des bûcherons courbés sous le poids d'énormes fagots, ramassés dans le bois, ou des bergers qui conduisaient leurs troupeaux vers les pâturages de montagne.

Le matin du cinquième jour, le monastère apparut

sur le versant opposé d'un profond ravin, perché au sommet d'un rocher. Il s'agissait d'un bâtiment massif doté de quatre tours et gris comme la pierre de la montagne. À l'est, le mont rejoignait un massif boisé qui descendait en pente douce vers la plaine. Ces lieux évoquaient un ermitage de paix, de détachement serein. La construction se détachait sur un ciel d'opale qui adoptait peu à peu les teintes rosées de l'aurore. Elle était entourée de prairies sur lesquelles des arbres colossaux, géants solitaires dont la masse semblait considérable, déployaient leurs branches. C'était un château céleste, une demeure de l'esprit que jamais l'imagination de Metellus n'aurait su engendrer. Dans son monde, une bâtisse occupant ce genre de position eût été une sévère forteresse, abritant des soldats et des engins de guerre.

« Qui habite cet endroit, en dehors de ton maître ? demanda-t-il au prince, qui contemplait cette vue sublime.

— Des moines qui consacrent leur temps à la méditation et aux études, à l'éducation de l'esprit et du corps, à la recherche de l'harmonie de l'univers. Maître Wangzi est leur guide spirituel. Les moines lui portent une vénération filiale et nourrissent une admiration sans bornes pour ses dons d'ascète et pour la gentillesse de sa personne.

— Qu'est-ce qu'un moine ?

— Un individu qui choisit de quitter la société des hommes et se fait intermédiaire entre la terre et le ciel, un homme qui consacre sa vie à la recherche de soi-même et des forces divines du cosmos. Un être humble qui ne se présente pas comme le dépositaire de la vérité, mais qui cherche la voie et la parcourt en compagnie de ceux qui veulent le suivre. Tel est, pour moi et pour d'autres individus de mon espèce, maître Wangzi. Sans lui, je serais encore prisonnier des Perses et ma mission n'aurait jamais pu s'accomplir.

— Comment savait-il que tu étais prisonnier ?

— Je suis venu le saluer en grand secret avant de partir et lui ai dit que je me présenterais un an plus tard pour lui relater mon aventure. Quand il constata que je ne rentrais pas au terme de ce délai et que le pouvoir se transférait à Luoyang, il alerta toutes ses relations en Chine, en Inde et en Perse pour savoir ce qui m'était arrivé. Après m'avoir localisé, il envoya deux messages, l'un à Darouma, l'autre à moi-même, pour fixer un rendez-vous. Ce fut une sorte de prodige. Grâce à lui, je compris que j'étais destiné à ramener la paix et à restaurer l'État dans l'Empire du Milieu. »

Metellus s'abstint de tout commentaire.

« Et maintenant, remettons-nous en chemin, l'exhorta Dan Qing. Je brûle de le revoir.

— Mieux vaut patienter. Si nous sommes sains et saufs, c'est parce que nous avons rigoureusement suivi mon plan. Il serait stupide de se laisser aller à la hâte aussi près du but. Tu me surprends, prince. La patience n'est-elle pas une des vertus fondamentales de ton éducation ?

— Ce n'est pas une question de patience, Xiong Ying. On ne peut franchir le ravin qui nous sépare du château qu'en empruntant un pont suspendu. Cette entreprise, déjà ardue à la lumière du jour, serait un suicide une fois la nuit venue.

— Tu oublies la lueur de la lune.

— Elle ne sera pas suffisante, d'autant plus qu'elle n'éclaire pas ces lieux.

— D'accord. Combien de temps faut-il pour atteindre le château ?

— Deux heures de marche.

— C'est un risque acceptable, cependant nous traverserons le ravin demain, aux premières lueurs de l'aube. Le soleil est encore trop puissant.

— Comme tu le désires », répondit Dan Qing avant de s'enfoncer dans le bois.

Il se plongea dans la méditation et demeura toute la journée les jambes croisées, le dos droit, les mains posées l'une sur l'autre. Au crépuscule, il surgit devant le Romain comme s'il venait d'un autre monde. « Je suis prêt, dit-il. Allons-y.

— Allons-y », répéta Metellus en adressant un signe à ses hommes.

Les deux centurions, Sergius Balbus et Elius Quadratus, se placèrent à leurs côtés. Quadratus, le plus gradé, intervint : « Commandant, enfilons nos cuirasses. Une fois dans ce château, un lieu fermé, nous serons à la merci des embuscades.

— Cette demeure est un refuge de l'esprit, centurion, une oasis de paix où vivent des hommes qui pratiquent la méditation. Vous n'exhiberez donc pas vos armes. Si cela peut te soulager, cache ton épée sous ton manteau.

— Le permets-tu aussi aux autres ?

— Une seule chose m'importe, que vos armes ne se voient pas. »

Quadratus acquiesça, peu convaincu : il avait grand-peine à croire que cette forteresse apparemment inexpugnable était un lieu de méditation.

Ils reprirent leur marche après le couchant, quand le soleil eut incendié les nuages dispersés dans l'immensité, et gagnèrent le pont suspendu.

Metellus eût aimé le traverser sans tarder, mais il faillit tomber dans le gouffre. Aussi préféra-t-il rejoindre ses hommes et patienter jusqu'à l'aube avec eux.

23

Au lever du soleil, Dan Qing avança le premier sur le pont suspendu, une structure aussi fragile que dangereuse, lancée sur un abîme couvert de végétation d'où s'élevaient un parfum intense de fleurs et de musc, ainsi que le gargouillement d'un torrent invisible qui coulait beaucoup plus bas. Il marchait à reculons en tenant par les rênes son cheval, auquel il avait bandé les yeux. Il le maintenait ainsi au centre du pont, répartissant son poids de manière adéquate.

Quand Dan Qing eut atteint l'autre extrémité, Balbus lui emboîta le pas en l'imitant, suivi de Severus, de Publius, de Rufus et des autres. Venait ensuite Quadratus, un peu plus loin.

Metellus passa le dernier. Bien qu'il eût bandé, lui aussi, les yeux de son cheval, celui-ci donnait des signes de nervosité et de peur pour le moins inquiétants. Un petit écart eût suffi à déséquilibrer le pont et à le précipiter dans le gouffre parfumé et humide qui s'ouvrait sous ses pieds. Le Romain, qui le comprenait, s'en remit à la protection de ses ancêtres : ils lui avaient été favorables jusqu'à présent, ils ne l'abandonneraient pas alors même que le chemin du retour se rapprochait. Une fois de l'autre côté, il eut la sensation d'avoir franchi le dernier obstacle.

« Très bien, dit-il. Et maintenant, au château ! »

Les hommes libérèrent leurs montures du bandage qui leur obstruait la vue, sautèrent en selle et poursuivirent leur chemin.

Ils foulaient à présent un haut plateau très vert, parsemé de crocus pourpres et de fleurs blanches qui ressemblaient aux asphodèles. Au loin, à droite, des cerfs paissaient tranquillement sous l'œil vigilant d'un vieux mâle aux bois gigantesques. Au passage du cortège, des nuées d'oiseaux s'envolaient, abandonnant les chênes majestueux qui poussaient aux bords de la prairie pour traverser les brumes matinales.

Metellus poussa son bai et rejoignit le prince. « Tout m'a l'air calme, dit-il.

— À l'heure qu'il est, on a dû nous apercevoir. Mon maître ne tardera pas à venir à notre rencontre, j'en suis certain. »

Désormais, le soleil éclairait le glacis de l'énorme demeure et les statues de deux griffons, qui dominaient la tour la plus haute. La porte principale s'ouvrit lentement et une silhouette mince se détacha dans l'embrasure.

« C'est lui ? » interrogea Metellus.

Dan Qing secoua la tête sans détourner les yeux de l'entrée et répondit : « Non.

— Ton maître a-t-il été averti de ton arrivée ?

— Je ne crois pas. Nous n'en avons pas eu le temps.

— Penses-tu qu'il soit en danger ?

— Je l'ignore. Quoi qu'il en soit, nous le saurons vite.

— Je vais en avant avec deux hommes. J'arriverai bien à me faire comprendre.

— Non. Nous n'avons aucune raison de nous

inquiéter. Maître Wangzi est peut-être en train de méditer ou d'enseigner son art à ses novices. Quoi qu'il en soit, ce serait inutile. »

C'est alors que le son grave et prolongé d'un cor retentit au sommet d'une tour. Les flancs des montagnes environnantes renvoyèrent son écho.

« Qu'est-ce que cela signifie ? demanda Metellus.

— C'est le signal de la prière. Ces sons scandent la vie du monastère.

— Connais-tu cet homme ? »

Dan Qing garda le silence un instant avant de déclarer : « Son aspect m'est familier, cependant je ne parviens pas à distinguer ses traits. »

Son regard, d'habitude imperturbable, fut traversé par une appréhension qui n'échappa pas à Metellus.

À une centaine de pas de l'entrée, celui-ci invita ses hommes à se mettre sur leurs gardes, mais au même instant Dan Qing éperonna son cheval. Les Romains se lancèrent aussitôt derrière lui, et Metellus eut le temps de l'entendre dire : « Je suis un disciple de maître Wangzi. Je te prie de m'annoncer. Dis-lui que l'homme qu'il attendait depuis longtemps est arrivé. »

La silhouette élancée s'inclina en une profonde courbette.

« Les passants et les pèlerins sont les bienvenus entre ces murs. Le maître est occupé à méditer, mais je le préviendrai dès que possible de manière qu'il te reçoive rapidement. »

Dan Qing lui lança un regard incrédule, tandis que le jeune homme l'invitait à entrer et à le suivre d'un geste aimable. Il s'exécuta, flanqué de Metellus et de ses soldats, non sans épier le moine.

« Comment se porte-t-il ? interrogea-t-il au bout d'un moment.

— Bien. Avec l'aide du ciel. Mais puis-je te poser une question ? Qui sont ces étrangers qui t'accompagnent ?

— Ce sont mes serviteurs. J'ai entrepris un long voyage vers l'ouest. C'est de là qu'ils viennent, du Ta-T'sin Guo, le grand empire occidental.

— Ta-T'sin Guo... Rares sont ceux qui y sont allés et qui en sont revenus. Les distances sont, paraît-il, immenses... »

Metellus balayait du regard la grande cour pavée d'ardoise où ils se trouvaient. Des hommes au crâne rasé, vêtus de longues tuniques à larges manches, allaient et venaient, certains portant des corbeilles en osier remplies de fruits, d'autres des instruments de musique. Il remarqua que Dan Qing se retournait sur leur passage.

« Voici le maître ! s'écria soudain leur guide en indiquant une silhouette hiératique, enveloppée dans une longue tunique ocre, au sommet d'une des tours postérieures. Je vais aller lui annoncer ton arrivée et celle de tes serviteurs aux yeux ronds. »

Sans doute attiré, ou intrigué, par l'aspect des Romains, il paraissait désireux de poser des questions sur leur compte, mais, à l'évidence, la discrétion le freinait.

Ils avaient traversé la cour quand Dan Qing lui lança : « J'ai l'impression de t'avoir déjà vu.

— C'est fort possible. Ce n'est pas la première fois que je me trouve dans ce monastère. Si tu es un élève de maître Wangzi, nous nous sommes sûrement rencontrés ici. Je t'en prie, entre. Je vais demander qu'on nous apporte du thé. Tu aimerais peut-être en boire une tasse.

— Je boirai volontiers une tasse de thé. Si mes souvenirs sont bons, celui qu'on prépare ici est excellent. »

Le jeune homme opina du bonnet et indiqua la porte d'entrée. Voyant que Dan Qing se tournait vers Metellus, il ajouta : « Naturellement, je ferai servir un rafraîchissement à tes serviteurs. Ils seront d'abord conduits aux quartiers des domestiques. » Il indiqua un moine, qui s'approchait.

Le prince hocha la tête, et Metellus lui répondit par un signe d'assentiment. Il s'inclina et s'éloigna, suivi de ses soldats qui tenaient leurs chevaux par les rênes.

Dan Qing pénétra dans un salon qui lui était familier. L'odeur du bois de santal que les meubles dégageaient, ainsi que le parfum du thé provenant des cuisines voisines le rassurèrent. L'hospitalité de ces lieux sacrés voulait qu'il y eût toujours du thé prêt à être servi, des premières lueurs de l'aube jusqu'au cœur de la nuit, afin que les pèlerins et les voyageurs pussent profiter de sa chaleur et de ses facultés revigorantes. Le moine s'éloigna avant de réapparaître, armé de deux écuelles de thé fumantes, qu'il posa sur une petite table en laque rouge. Le prince s'assit en face de lui et porta une tasse à ses lèvres.

Soudain, il fut frappé par le regard perçant de l'homme, au-dessus de la fine céramique bleue. Il but une gorgée en le scrutant à son tour et déclara : « Je m'appelle...

— Dan Qing, compléta le moine avec une courbette. Mon prince.

— Tu sais donc qui je suis... Tu ne m'as pas encore livré ton nom. »

L'homme continuait de le fixer d'une manière qui eût été effrontée dans une autre situation, mais qui ne paraissait pas choquante dans le royaume de l'humilité qu'était le monastère. « Tu ne me reconnais pas ? interrogea-t-il avec un brusque sérieux. Peut-être préfères-tu oublier la cruauté dont tu as fait preuve à mon égard ? » Soudain, il bondit sur ses pieds et s'écria : « Dois-je ouvrir ma tunique et te montrer ma mutilation afin de raviver tes souvenirs ? »

Durement frappé par ces paroles, Dan Qing murmura : « Wei, tu dois être Wei... Ce n'est pas possible.

— C'est bien moi, et je suis ici pour me venger. »

Metellus et ses hommes passèrent sous la voûte de la tour nord, une imposante structure en bois sculpté et peint, et se dirigèrent derrière leur accompagnateur vers une grande porte en chêne.

Rufus, qui fermait la marche, s'écria brusquement : « Maudits oiseaux ! » Il retira de son crâne la main qu'il y avait portée d'instinct et s'aperçut qu'elle était rouge. « Commandant ! C'est du sang ! »

Une image traversa l'esprit de Metellus : la silhouette raide et immobile de maître Wangzi au sommet de la tour, cette tour même qui les dominait. Il leva la tête et vit que des gouttes couleur rubis coulaient du plafond.

« Retournons vite auprès du prince ! ordonna-t-il. À vos armes ! » Au même instant, une épée apparut dans la main du moine qui les précédait. Elle aurait décapité Metellus s'il n'eût déjà été sur ses gardes et ne se fût baissé rapidement. Aussitôt, Antoninus tira un poignard de sa ceinture et le projeta contre l'ennemi, qui s'écroula sans une plainte, la lame fichée dans le front.

« Rejoignons le prince, vite ! » hurla Metellus en se précipitant, arme au poing, vers le quartier des invités. Il ouvrit la porte d'un coup de pied et se rua à l'intérieur. « Prince ! C'est un piège ! Attention ! » Mais la vue de Dan Qing, immobilisé par des soldats, le figea sur place.

L'homme qui les avait accueillis à la porte était, de toute évidence, leur chef. Il adressa un signe à l'un des siens, qui pointa un couteau très affilé sur la gorge du prisonnier, et lança : « Jetez vos armes, ou il sera égorgé ! »

Metellus laissa tomber son glaive, et ses hommes l'imitèrent.

« Tes serviteurs sont très entreprenants, commenta Wei d'une voix sarcastique. Je me demande comment ils ont compris ce qui se passait ici. »

Metellus expliqua au prince : « Alors que nous passions sous la tour nord, une goutte de sang est tombée sur la tête de Rufus. Il n'y a que le cadavre de ton maître au sommet de la tour. »

Dan Qing poussa un cri de désespoir en s'efforçant de se libérer, mais ses gardiens lui tordirent les mains dans le dos et l'obligèrent à s'agenouiller.

« Je n'ai pas eu le choix, déclara Wei, impassible. Ce vieux fou refusait d'entendre raison, il s'apprêtait à réagir de manière inconsidérée. Son âge ne l'empêche pas d'être dangereux, et seule une épée peut briser ses mains osseuses.

— Espèce de chien enragé ! Maudit ! Tu paieras pour cette infamie !

— Plus que je n'ai déjà payé ? Ne crois-tu pas que tu exagères, prince ? Sais-tu ce que la castration signifie pour un garçon de seize ans ? As-tu idée de la souffrance, du désespoir, de l'horreur qui m'ont assailli ce jour-là ? »

Metellus fixa sur Dan Qing un regard stupéfait et interdit, mais le prince se détourna.

« Seul le désir de vengeance m'a permis de survivre, poursuivit Wei. Et je touche maintenant au but. Je t'ai enlevé ton royaume. Je t'enlèverai le reste avant de te condamner au désespoir éternel. Tu ne peux pas savoir combien j'ai désiré ce moment. Emmenez les étrangers ! » cria-t-il à ses hommes, et il ajouta, tandis qu'ils s'exécutaient : « Prenez aussi leurs armes ! Elles sont cachées sous les caparaçons des chevaux. »

Les soldats traînèrent les Romains au centre de la cour et les enchaînèrent aux mangeoires. Dan Qing fut conduit, quant à lui, à l'intérieur du monastère. Avant de quitter la pièce, il se retourna et demanda à Wei : « Où est Yun Shan ?

— Elle est ici, répondit l'eunuque avec un ricanement. Et elle sera bientôt en mon pouvoir, elle aussi. Peut-être m'aime-t-elle encore ? Qu'en penses-tu ?

— Laisse-la tranquille. Elle est étrangère à cette affaire. Cela ne la regarde pas ! »

Wei fixa sur Dan Qing un regard empli de haine et de désespoir. « Tu te trompes, prince. C'est à cause d'elle que tu m'as infligé la plus cruelle des humiliations. » Sa voix d'adolescent, à laquelle il tentait en vain d'imprimer un ton grave, contrastait de manière inquiétante avec la férocité virile que ses yeux exprimaient.

Ses traits étaient d'une extraordinaire beauté : sa peau était aussi polie et transparente que de la cire, sa mâchoire, légèrement prononcée, lui donnait une expression dure et volontaire. Il avait le cou droit et musclé, les doigts aussi fins que ceux d'une jeune fille, mais aussi forts et aussi robustes que les griffes d'un tigre. Dan Qing sentit son cœur vaciller dans sa poitrine tandis qu'on l'emmenait.

Demeuré seul, Wei se mit à arpenter la grande salle vide. Puis il appuya le coude contre le mur et posa le front sur son bras.

Il fut arraché à ses pensées par la voix d'un de ses hommes, un Xin Bei grand et sec aux yeux pareils à des fentes : « Mon seigneur, nous l'avons cherchée partout, mais sans succès.

— Ce n'est pas possible ! s'écria Wei. Vous n'avez pas bien regardé, tu as compris ce que j'ai dit ? Si vous tenez à votre tête, trouvez-la ! Je sais qu'elle est ici ! J'en suis certain ! »

Le Xin Bei ne broncha pas. Son visage de pierre grise demeura impassible, tandis qu'il s'inclinait et sortait. Il regagna les souterrains du monastère pour annoncer à ses hommes que leurs recherches n'étaient pas achevées. Il s'engagea dans un escalier un colimaçon, sur lequel gisaient les cadavres des moines qui avaient opposé une dure résistance à leurs assaillants, et pénétra dans une grande salle que des lampes en bronze éclairaient. Une colonnade de pierre sombre courait le long des murs. Sur un des petits côtés, deux dragons en bronze flanquaient les quelques marches qui conduisaient à la statue du Bouddha, représenté dans l'attitude de la méditation. Tout près, un bassin d'eau lustrale, reposant sur un trépied finement gravé. Des fleurs pourpres de lotus y flottaient.

Le Xin Bei avisa cinq soldats et leur dit : « Où allez-vous ? Notre seigneur nous ordonne de poursuivre nos recherches.

— Ici, il n'y a rien, répondit le chef de la patrouille. Nous avons fouillé partout.

— Retournez d'où vous venez, il y a sans doute des cachettes secrètes. Pendant ce temps, je m'occuperai de l'aile droite. Nous ne repartirons pas tant que nous n'aurons pas débusqué cette maudite vipère. »

Les cinq hommes rebroussèrent chemin et entreprirent d'explorer le sol, les murs, la statue du Bouddha, abattant la hampe de leurs lances sur chaque pierre et sur chaque colonne, socle compris. Puis ils brandirent une dernière fois leurs torches vers le plafond et ressortirent, l'un après l'autre.

Au même moment, une silhouette mince, vêtue de noir, apparut contre l'un des grands chevrons du plafond et rampa vers le sommet d'une colonne, avant de se laisser glisser à terre sans un bruit. Elle rejoignit le dernier soldat, qui s'apprêtait à franchir le seuil, et l'égorgea à l'aide d'un poignard affilé, accompagnant son corps dans la chute d'un mouvement aussi gracieux et léger que celui avec lequel elle eût déposé un enfant dans son berceau. Elle enfila sans tarder sa tunique et ses bottes, coiffa son casque et dissimula son visage sous la visière en forme de masque. Ayant saisi arc et carquois, elle s'engagea dans l'escalier. C'est alors qu'une main se resserra autour de sa cheville, l'immobilisant un instant.

« Yun Shan... »

La jeune fille se pencha vers le moine agonisant. « Bao Deng ! Mon pauvre ami...

— Fuis, sauve-toi ! Rejoins les hommes du “Lotus rouge”. Eux seuls pourront te protéger.

— Ils ne me connaissent pas... Je ne les ai jamais vus. Le maître voulait nous présenter, mais il n'en a pas eu le temps.

— Va à la capitale... à la taverne du Dragon vert. Remets au propriétaire le pendentif que je porte au cou... Prends-le. » Et il s'effondra dans un râle.

Yun Shan essuya une larme et s'empara du ruban de cuir que le moine lui avait indiqué. Un bijou en argent, au centre duquel se détachait une fleur de lotus en émail rouge, y pendait. La jeune fille ferma les yeux de son ami et rejoignit en quelques bonds la petite colonne qui gravissait l'escalier.

L'officier Xin Bei, qui surgissait à cet instant précis des quartiers est, devina au regard de ses hommes qu'ils avaient échoué dans leurs recherches et se rendit aussitôt auprès de Wei pour l'en informer. « Nous avons fouillé les souterrains de fond en comble, seigneur. Nous avons même examiné les cadavres, un à un, en pensant qu'elle avait peut-être été tuée par mégarde dans la mêlée. En vain. De deux choses l'une : ou tes renseignements étaient erronés, ou elle est parvenue à s'enfuir au milieu du désordre qui a suivi notre irruption au monastère.

— C'est impossible, commandant Zhou, j'ai confiance en mes informateurs et tout ce que je te dis est exact. Ne l'oublie pas, si tu veux éviter des conséquences désagréables. » Il quitta la salle, fit quelques pas dans la cour et observa avec une curiosité évidente les dix Barbares de l'Occident, attachés aux mangeoires. Non loin de là, ses hommes contemplaient leurs armes en se les passant de main en main.

Le vent du nord s'était levé, il poussait dans le ciel de gros nuages noirs gonflés de pluie. Au loin, le tonnerre grondait.

Wei ordonna au commandant Xin Bei : « Fais fouiller tous les villages des environs, fais surveiller les routes, les sentiers, les ponts et les gués. Je veux cette fille ! » Il se tourna vers les Romains et ajouta : « Et eux, attachez-les à leurs chevaux. Nous les emmenons. »

Des gardes les aidèrent à se hisser sur leurs montures et leur lièrent les mains au pommeau de leurs selles.

Dan Qing subit le même traitement, tandis que les soldats de Wei affluaient sur la place du monastère. Parmi eux, se trouvaient sans doute des « Renards volants », songea le prince, qui avait l'impression de reconnaître ces formidables guerriers à leurs mouvements légers, à l'intensité de leur regard, à la façon dont ils tenaient la poignée de leur épée. Constatant que Metellus le boudait, il se sentit humilié. Il lui dit : « Tu n'as pas le droit de me juger. Tu ne sais rien.

— J'en sais peut-être assez. Ce que j'ai réussi à comprendre m'a suffi. Ces atrocités sont incompréhensibles. Jamais nos souverains n'ont osé en commettre de semblables, pas même les plus fous d'entre eux. »

La colonne s'ébranla, menée par Wei, sur un cheval brun. Dan Qing et Metellus suivaient l'un des derniers chariots, auquel leurs montures étaient attachées.

Les nuages avaient grossi, ils étaient noirs et ourlés de gris. Sur ce fond inquiétant, des éclairs étincelaient, pareils à des serpents de feu. Le bruit sourd du tonnerre se fragmentait en mille échos sur les flancs rocheux de la vallée. Soudain, il se mit à pleuvoir.

Dan Qing regarda Wei sauter à terre et s'abriter dans le premier chariot, puis il reprit : « La solidité de notre État dépend aussi de l'exemplarité des punitions que nous infligeons.

— Il ne s'agit pas ici de punition, mais d'une terrible cruauté que rien ne peut justifier. Qu'avait fait ce garçon pour mériter pareil châtiment ? »

Un cavalier Xin Bei de l'escorte de Wei passa à côté de Metellus. Son regard pénétrant lui rappela celui de Dan Qing lors de leur première rencontre à Édesse. Il s'obligea à détourner les yeux et à se concentrer sur les propos du prince.

« Ce n'est pas moi qui en ai donné l'ordre, disait-il.

— Ah oui ? Et qui ? »

Jamais Dan Qing n'avait eu à fournir d'explications à un inférieur. Cette situation l'humiliait, cependant il ne put s'empêcher de poursuivre : « Wei essayait de séduire ma sœur, la princesse Yun Shan. Un ministre de mon père me l'apprit en expliquant qu'il s'agissait d'un individu ambitieux, désireux d'utiliser son charme pour s'unir à la princesse et entrer de la sorte dans la famille impériale. Il ajouta qu'on le manipulait peut-être dans le dessein d'introduire un sang nouveau dans la dynastie des Han.

— Un amour d'adolescence... Par les dieux, il s'était épris de ta sœur... Ce n'est pas un crime... Chez nous, cela se produit tous les jours, et personne ne s'en étonne. » La queue de la colonne s'ébranla, et Metellus jeta un coup d'œil à ses hommes, derrière lui. « Courage ! leur lança-t-il. Après ce que nous avons enduré, nous n'allons pas nous laisser abattre ! Le voyage est long et le cours des choses peut encore s'inverser. Les troupes chinoises du prince viendront à notre secours. »

Dan Qing interpréta cette interruption comme un manque de respect, mais il avait accepté d'entretenir une relation particulière avec le Romain, qu'il appelait Xiong Ying, et il comprenait que son attitude visait à le déstabiliser, à le mettre à l'épreuve, à établir s'il était encore digne de son amitié. Voilà pourquoi il jugea bon de se prêter au jeu. Il reprit donc comme si de rien n'était : « Mon père avait fiancé Yun Shan à un prince de l'État de Wu, un royaume qui s'était émancipé de l'empire, dans l'intention de le réunifier sans effusion de sang. Il chargea donc le ministre de décourager Wei. Mais Wei s'obstina. Voilà pourquoi le ministre décida de lui infliger une punition qui servirait d'exemple pour le présent et l'avenir.

— Il le fit donc émasculer. »

Dan Qing acquiesça.

« Quelle honte ! s'exclama Metellus sans un regard pour lui.

— Cet ordre n'est pas venu de moi.

— Cela ne change rien. Ceux qui détiennent le pouvoir sont également responsables des actes de leurs subordonnés. Mes hommes savent qu'ils ne doivent jamais s'écarter des règles dont leur commandant est le gardien suprême, pas même en pleine bataille, pas même dans les situations les plus précaires. Et c'est moi qui suis le responsable de leur conduite, y compris si celle-ci est contraire à mes principes. Nous avons un nom pour désigner tout cela : *disciplina*. »

Dan Qing ne commenta pas. Dans le silence qui s'était abattu sur eux, on entendait les chevaux s'ébrouer et le tonnerre gronder dans la vallée brumeuse.

24

« Elle est vivante. »

Dan Qing se tourna vers Metellus. « Qu'est-ce que tu dis ?

— Ta sœur est en vie.

— Comment le sais-tu ?

— Je sais encore distinguer le regard d'une femme. Et j'ai vu une femme déguisée en soldat Xin Bei. De qui d'autre pouvait-il s'agir ?

— C'est probable. Où est-elle allée ?

— Je l'ignore. Elle a plongé un instant ses yeux dans les miens, puis elle a disparu. Elle pourrait se trouver dans les parages, ou s'être éloignée au milieu de ces bois. »

Le vent soufflait maintenant en rafales impétueuses. Puis les nuages s'ouvrirent, délivrant une pluie violente qui inondait le terrain, transformait le sentier en un ruisseau boueux. Les Romains fléchirent le dos sous le fouet de l'averse, habitués à supporter sans mot dire les adversités, l'hostilité des êtres, de la nature et des intempéries. De temps à autre, leur chef se tournait vers eux, et son cœur se serrait. Il les avait persuadés de le suivre dans cette aventure, qui débouchait sur une autre captivité, peut-être tout aussi cruelle que celle à laquelle ils avaient échappé.

Il craignait que le destin ne leur fût plus favorable, il craignait de ne pas avoir mis à profit leur liberté retrouvée et il se torturait en cherchant une issue. De temps à autre, il jetait un coup d'œil à Dan Qing. Il percevait sa fureur, son humiliation, sa frustration et son impuissance, mais il comprenait que le prince désirait surtout parler, partager avec un ami le poids de l'angoisse qui l'opprimait. Le regard fixé droit devant lui, il demanda donc :

« À ton avis, qui t'a trahi ?

— Je l'ignore. Tout le monde m'a vu au village, et il n'est pas dit que tout le monde me soit fidèle.

— L'attaque des "Renards volants" venait toutefois des hommes mêmes qui nous ont capturés, ne le crois-tu pas ?

— C'est possible.

— Ton ennemi était au courant de ton arrivée quand nous avons franchi la frontière... Darouma ?

— Non. Pourquoi m'aurait-il libéré en bravant d'innombrables dangers pour me ramener chez moi ? Mon maître avait confiance en lui, et personne ne connaissait les hommes mieux que lui.

— Hélas, ton maître est mort...

— À l'heure qu'il est, l'orage a lavé son sang. Ces grumeaux noirs se sont dissous dans l'eau qui coule sur le glacis et sur les marches de pierre... Mais celui qui l'a tué doit mourir.

— Tu entends venger une vengeance. C'est absurde.

— Je ne suis pas responsable de ce qui est arrivé à Wei. Ne m'oblige pas à le répéter.

— Cela ne change rien à notre affaire. Wei a subi une blessure inguérissable. Il s'est transformé en machine de guerre, en un concentré de haine et de rancœur qui ne peut s'apaiser que dans le malheur d'autrui, dans le sentiment de pouvoir infliger des souffrances supérieures à celles qu'il a dû supporter.

— À l'évidence, tu éprouves le même sentiment... à l'égard de ceux qui ont tué ta femme et pris ton fils. Est-ce que je me trompe, Xiong Ying ? » Constatant que Metellus gardait le silence, Dan Qing conclut : « Voilà pourquoi je dois le tuer. Pour une raison ou pour une autre, Wei n'est plus un être humain, mais une bête féroce, un chien enragé qu'il faut abattre. »

Bientôt, la violence de l'orage sembla s'apaiser. Les nuages s'éloignèrent vers la plaine en laissant dans le ciel les traces effilochées de leur passage. Un épais brouillard envahit la vallée, tandis que les gouttes de pluie se faisaient plus denses mais plus rares. La colonne empruntait désormais une vaste clairière recouverte d'un beau manteau herbeux.

« Avons-nous un espoir de survie ? interrogea Metellus.

— Un de nos vieux proverbes dit que l'espoir ne meurt jamais.

— Nous avons, nous aussi, un proverbe de ce genre. Mais toi, qu'en penses-tu ?

— Te rappelles-tu ce que je t'ai dit au sujet des "Renards volants" ?

— Oui, très bien.

— Les disciples de la vraie voie, que maître Mo indiqua il y a de nombreuses années, n'ont pas disparu. Ils constituent même les adversaires les plus irréductibles des "Renards volants". Il s'agit de moines guerriers, qui ont prêté serment, qui sont capables de tous les exploits et prêts à tous les sacrifices. Ce sont les hommes du "Lotus rouge". Eux seuls peuvent nous tirer de cette situation. »

Il venait à peine d'achever sa phrase qu'un cri

résonna dans la vallée, aussi aigu et aussi strident que celui d'un aigle. Wei passa la tête à l'extérieur du chariot et balaya du regard les flancs des collines. Il semblait en proie à une étrange inquiétude.

« Qu'est-ce que c'était ? demanda Metellus.

— Un signal. Un message destiné à nous avertir que nous ne sommes pas seuls. Tu as peut-être raison, Yun Shan pourrait être en vie et décidée à nous libérer.

— Yun Shan signifie... "Vêtue de nuages", n'est-ce pas ? dit Metellus en traduisant en perse.

— Oui.

— Vos femmes portent-elles toutes des noms aussi fascinants ?

— Presque toutes. Et ton épouse ? Comment s'appelait-elle ?

— Clelia.

— Qu'est-ce que cela signifie ?

— C'est le nom d'une héroïne des temps anciens. Elle m'a confié notre fils au moment de mourir, or j'ignore où il se trouve, s'il est encore en vie... et la direction de notre marche ne cesse de m'éloigner de lui.

— Pas pour toujours... »

Metellus garda le silence un moment, puis il déclara, comme s'il concluait un raisonnement : « Je ne sais que penser de toi.

— Il faudra que tu chasses ta méfiance, en admettant que cela t'intéresse. Quoi qu'il en soit, je suis le seul homme sur lequel tu puisses compter, que cela te plaise ou non. »

Comme Metellus s'abstenait de répondre, Dan Qing reprit : « Nous devons unir nos forces pour essayer de survivre. Nous penserons plus tard au reste. Tu auras tout le temps nécessaire pour comprendre qui je suis. »

Le Romain se tourna vers ses hommes, curieux de savoir si cette seconde capture les avait abattus. Ils chevauchaient en s'entretenant tout bas. Peut-être sous-évaluaient-ils le danger, se dit-il, à moins qu'ils ne préférassent repousser ces pensées, qui leur paraissaient inutiles.

Ils établirent le camp à la tombée du soir près d'un village perché sur une colline. Les prisonniers furent libérés et rassemblés sous une tente, que surveillaient des gardes armés, à l'exception de Dan Qing, isolé.

Metellus tint un bref discours à ses hommes : « Je sais ce que vous pensez. Qu'il aurait mieux valu attendre la mousson du printemps en Inde, et qu'il nous sera difficile de recouvrer notre liberté. S'il en est ainsi, vous vous trompez. Sachez que si tout semble perdu à présent, nous avons pris la meilleure décision qui soit.

— Que se passe-t-il, commandant ? demanda Balbus.

— Le jeune homme qui nous a accueillis à la porte du château n'est autre que l'imposteur qui s'est arrogé le pouvoir en l'absence de Dan Qing. Ils nourrissent l'un pour l'autre une haine implacable. Cependant cet affrontement ne nous concerne pas, et il ne nous empêchera pas de survivre. Que les choses soient claires toutefois : tant que cette histoire n'est pas terminée, nous soutenons Dan Qing, y compris au risque de notre vie. Nous avons donné notre parole et nous la tiendrons. » Antoninus secoua la tête. Metellus feignit de ne pas le voir, il ajouta : « Tenez-vous prêts et ne perdez pas courage. Je vous ramènerai chez nous, dussé-je y perdre la vie. »

Ils reprirent leur route le lendemain. Pendant trois jours, ils parcoururent la vallée en direction de l'est, les mains attachées au pommeau de leur selle, et les jambes aux étriers, sous le regard vigilant des gardes de Wei, des mercenaires Xin Bei à l'aspect féroce et aux longues épées recourbées. En tête, marchaient les hommes en noir, armés d'un arc double ainsi que de flèches longues et lourdes. Dans ces conditions, tenter la fuite eût constitué un suicide. Dan Qing avançait à l'écart, lié au char de Wei, un véhicule très élaboré dont la partie supérieure, avec ses ornements de laque et de bronze, évoquait une luxueuse chaise à porteurs.

Au bout de quatre jours, la vallée se déploya en une vaste plaine, sillonnée par un grand fleuve aux eaux boueuses qu'empruntaient des embarcations aux voiles trapézoïdales, chargées de marchandises en tout genre. Partout s'étendaient des champs inondés d'eau pour la culture du grain des marais, qui constituait désormais le régime quotidien des Romains avec de la viande d'oie et des œufs – un traitement pour le moins généreux, qui comprenait parfois une boisson fermentée semblable au vin.

« Le commandant a raison, affirmait Quadratus. Nous n'avons rien à voir avec les conflits de ces gens. Wei a peut-être l'intention de nous enrôler dans son armée. Il lui importe donc que nous gardions nos forces.

— C'est possible, répondait Antoninus, le plus élevé en grade après les deux centurions. Ou plutôt, c'est sûr. »

Dans l'incertitude de l'avenir, chacun était prêt à croire les hypothèses les plus rassurantes, à l'exception de Metellus, qui gardait toutefois ses mauvais pressentiments pour lui.

Ils voyagèrent encore trois jours. Le paysage ne cessait de changer : à présent, des rangées interminables de plantes à grandes feuilles foncées, sur lesquelles poussaient des baies jaunes et rouges, semblables à celles des ronciers, se succédaient. Les Romains trouvaient étrange qu'on cultivât à vaste échelle une plante qui produisait des fruits aussi petits ; c'était, à leur avis, l'une des nombreuses bizarreries qui caractérisaient cet immense pays.

Au fur et à mesure qu'ils progressaient, les villages se multipliaient et grossissaient, les routes accueillaient des pavés et de multiples passants. Chaque jour, ils s'arrêtaient à un relais de poste, où les voyageurs avaient tout loisir de changer de monture, de se restaurer et de dormir. Le convoi établissait le camp sur un emplacement à l'écart, prêt à héberger des invités de marque. Metellus était désormais persuadé qu'ils avaient pour destination la capitale. Un nom circulait de plus en plus sur les lèvres : Luoyang.

Luoyang apparut un soir, au couchant, après plusieurs journées de marche. Metellus comprit que cette ville était pour les Chinois ce que Rome était pour eux, et il examina d'un regard captivé ses remparts imposants et ses tours puissantes, faites de grands blocs de pierre taillés avec une habileté exceptionnelle. À l'intérieur, des bâtiments grandioses – des temples peut-être, ou des palais aristocratiques –, dominés par des arbres aux chevelures luxuriantes. Le ciel était brumeux et le soleil voilé, mais le disque énorme qui se cachait derrière les montagnes, dans leur dos, éclairait de ses derniers feux tours, palais, arêtes et pinacles, répandant une lueur sanguine et parant de reflets changeants les bois peints, les bronzes, les céramiques polychromes.

Malgré les inquiétudes qui les assaillaient, Metellus et ses hommes admiraient ce spectacle, empreints de la certitude qu'aucun habitant de leur monde n'avait contemplé pareilles merveilles. Ils se demandaient s'ils auraient l'occasion de relater un jour l'expérience qu'ils vivaient. L'isolement, le manque de nouvelles et l'absence de Dan Qing, leur seule connaissance, capable d'interpréter les événements ou de déchiffrer des signes qui ne leur disaient rien, leur donnaient le sentiment d'être à la merci du hasard. Mais les longues journées de marche, qu'aucun incident n'avait émaillées, les avait accoutumés à une tranquillité et à une normalité qui leur inspiraient un sourd optimisme.

Avant de pénétrer en ville, la colonne s'immobilisa, et Metellus remarqua qu'on se battait près du chariot de Wei. Un peu plus tard, il distingua un cavalier, qui avançait entre deux hommes armés. Il s'agissait sans doute de Dan Qing. Pour éviter qu'il ne soit reconnu, on lui avait dissimulé la tête sous un sac d'étoffe noire.

Le convoi s'ébranla et gagna d'un pas soutenu l'une des portes ouest de Luoyang, encore ouvertes et surveillées par un détachement de l'armée. Un éclaireur avait à l'évidence annoncé au corps de garde l'arrivée de Wei, car un escadron de la cavalerie impériale surgit dans un nuage de poussière, afin d'escorter le chariot du jeune eunuque. Metellus s'en étonna. Il en conclut que le pouvoir de l'empereur n'était pas définitivement consolidé dans la capitale.

Une cinquantaine de cavaliers se disposèrent des deux côtés du véhicule, épée au poing, tandis que d'autres allumaient des torches pour éclairer le chemin, désormais plongé dans l'obscurité de la nuit. Les prisonniers demeurèrent avec l'arrière-garde.

Des enfants montraient leurs visages joufflus aux fenêtres pour admirer ce convoi imposant, aussitôt rappelés par les voix inquiètes de leurs parents. Les passants étaient rares et hâtifs, et l'on aurait dit qu'un silence irréel s'était abattu sur la ville. Metellus échangea un coup d'œil avec ses centurions, qui avertirent les hommes : « Attention, il pourrait se produire quelque chose à tout moment.

— J'ai réussi à desserrer mes liens, répondit Antoninus. Si j'arrive à me libérer, j'aiderai les autres.

— D'accord, dit Quadratus. Mais attends les ordres du commandant. »

Non loin de la tête de la colonne, la route devenait plus étroite en passant sous un arc que deux piliers en pierre soutenaient. Les cavaliers durent se mettre en file indienne, et le chariot avança seul. Au même moment, des hommes vêtus de tuniques et de pantalons gris, au bras ceint d'un lien rouge, se laissèrent tomber de l'arc à l'aide de cordes en soie. Aussitôt, ils abattirent leurs épées et leur haches sur le toit du véhicule qu'ils essayèrent d'ouvrir. Mais déjà les membres de l'escorte s'y hissaient, et une lutte féroce s'engageait.

Metellus et ses hommes demeurèrent à l'écart, sous le regard vigilant des mercenaires de l'arrière-garde, qui avaient à l'évidence reçu des ordres stricts à leur sujet, puisqu'ils ne détournèrent pas un instant les yeux de leurs personnes, en dépit de la bataille qui faisait rage à quelques pas de là.

Les assaillants se déplaçaient à la vitesse de l'éclair, leurs armes étincelaient comme des flèches, leurs membres obéissaient à des mouvements secs et imprévisibles.

Au milieu de la mêlée, Metellus vit que le prince Dan Qing se débattait, comme si la fureur du combat l'avait envahi. En revanche, l'eunuque Wei demeurait immobile à l'intérieur de son chariot, paralysé de peur, à moins qu'il ne fût absorbé par on ne savait quelles pensées.

Tout se produisit en l'espace de quelques instants, qui parurent se dilater à l'infini. Les membres de l'escorte placés en tête de la colonne rebroussèrent chemin et, une fois parvenus à l'étranglement, se catapultèrent en voltigeant au-dessus de l'arc pour atterrir sur le toit du chariot.

Les « Renards volants ».

Les premiers défenseurs, pour la plupart des mercenaires Xin Bei, avaient été tués ou repoussés, et le combat était maintenant à armes égales. L'échange de coups devint si rapide et si précis que Metellus et ses hommes oublièrent leur condition de prisonniers pour suivre cet affrontement, qui semblait opposer non des êtres humains, mais des démons animés d'une énergie infernale.

Les hommes au lien rouge sautèrent à terre afin de pouvoir se battre plus librement, cependant la supériorité des « Renards volants » les obligea à céder du terrain. L'un d'eux fut transpercé de part en part, un autre décapité net, un troisième projeté contre un mur avec une telle violence qu'il se fracassa le crâne. Un quatrième fut capturé et désarmé avant d'avoir le temps de se suicider.

C'est alors que Wei sortit du chariot et jeta un regard à la ronde. Les mercenaires Xin Bei s'approchèrent en brandissant des torches, et la scène du massacre apparut dans toute son horreur. Un « Renard volant », sans doute le chef, arracha le foulard qui dissimulait le visage du prisonnier, un garçon d'environ vingt ans, et lui lança : « Tu regretteras de ne pas être mort quand je te torturerai. »

Intrigué par cette scène, qui se déroulait parmi des ombres profondes et des lueurs sanglantes, Publius demanda à Metellus : « Qui sont ces hommes, commandant ?

— Wei a été attaqué par des individus qui n'acceptent pas son pouvoir, mais l'issue du combat lui a été favorable. Vous l'avez vu, vous aussi, les "Renards volants" sont invincibles.

— Nous, nous les avons battus, rétorqua Rufus.

— Parce qu'ils n'étaient pas préparés à nos techniques de combat. Et grâce aux boucliers de Severus, mais... »

Metellus fut interrompu par un cri et un chœur d'imprécations : frappé par une flèche en plein front, le jeune rebelle s'était effondré. Son sang ruisselait sur son corps, qui se contorsionnait, comme s'il refusait de se résigner à la mort.

Aussitôt, le Romain se tourna vers la direction d'où le projectile venait. Il distingua sur les toits une silhouette sombre armée d'un arc. Deux autres flèches fendirent l'air en une succession rapide et deux gardes s'écroulèrent, touchés à mort.

Soudain, l'impassibilité de Wei vola en éclats, et il s'écria : « Attrapez-le, maudits, attrapez-le ! »

L'archer décocha une flèche qui le manqua de peu, se fichant dans la jambe d'un de ses mercenaires Xin Bei, puis il disparut en sautant d'un toit à l'autre avec une puissance et une agilité inouïes.

Dans le désordre qui avait suivi l'attaque, Dan Qing, toujours encapuchonné, avait dû reculer. Il se trouvait maintenant à quelques pas des Romains. Metellus murmura : « Prince, nous sommes là.

— C'est toi, Xion Ying ? Que s'est-il passé ? Pourquoi tout ce vacarme ? Comment allez-vous ? Avez-vous été blessés ?

— Nous nous portons bien. Les assaillants ne voulaient pas s'en prendre à nous, mais à Wei.

— Qu'est-il arrivé ?

— Ils ont été repoussés. Trois d'entre eux ont perdu la vie. Deux se sont enfuis. Un survivant a été tué d'une flèche en plein front par un de ses compagnons posté sur un toit. Les "Renards volants" lui donnent la chasse. »

Les « Renards volants » avaient encoché les lourdes flèches dont les Romains ne comprenaient pas l'usage. Il s'agissait de véritables harpons, pourvus de cordes en soie. Ils les plantèrent dans les poutres des corniches et se hissèrent sur les toits à la poursuite du fugitif.

« L'homme porte un ruban rouge au bras, comme les autres, poursuivit Metellus. Il court à toute allure... et les soldats de Wei semblent voler... Par les dieux, dans quel pays sommes-nous ?

— Le "Lotus rouge"..., murmura Dan Qing. Tous nos espoirs ne sont donc pas perdus. Que se passe-t-il maintenant ? »

Metellus vit le rebelle disparaître derrière un toit puis ressurgir sur une terrasse, avant de s'évanouir dans le noir.

Wei distribuait déjà des instructions à sa garde, qui se partagea et s'éloigna dans plusieurs directions, puis il enjoignit à son escorte de se réunir autour de lui. Les cavaliers qui gisaient au sol furent déposés sur un chariot et le convoi repartit.

« Que va-t-il arriver à présent ? demanda Antoninus à Metellus.

— Je l'ignore. Toi, essaie de rester en vie. Quoi qu'il se produise, essaie de rester en vie. »

25

La pleine lune brillait derrière les montagnes, elle éclairait les toits de Luoyang qui luisaient sous la rosée du soir. Traquée par les « Renards volants », une silhouette sombre, aussi légère qu'une ombre, sautait d'une terrasse à l'autre, se hissait sur des pinacles, se jetait sur les branches des grands arbres qui dominaient des jardins secrets, avant de bondir une nouvelle fois, tel un écureuil, vers le sommet d'un autre édifice.

Ses poursuivants la pressaient de tous côtés et tentaient de la mener vers un quartier moins élevé, non loin des remparts, mais elle leur échappait inexorablement, se dissimulant derrière le moindre recoin pour reprendre sa course dans une autre direction. Elle parvint à obtenir assez d'avantage pour atteindre le sommet d'une tour, d'où elle put épier les mouvements de ses ennemis. Voyant que l'un d'eux s'élançait d'un toit, elle le transperça d'une flèche et regarda son corps inerte choir dans le vide. Puis elle profita de l'effroi qui s'était répandu dans le groupe pour se faufiler à travers une trappe, descendre un escalier et gagner la rue.

Une arcade sombre lui offrit un abri le temps que les « Renards volants » s'éloignent, telle une meute de limiers ayant perdu la trace de leur proie.

Alors elle ôta le foulard qui lui dissimulait le visage, révélant un délicat ovale féminin et des yeux très noirs qui scintillèrent un instant à la clarté de la lune, comme ceux d'une jeune tigresse. Elle poussa une porte d'une légère pression de la main et pénétra dans une petite cour où l'attendait un cheval attaché à un anneau de fer.

Le tenant par les rênes, elle s'achemina d'un bon pas vers l'extrémité de la rue, d'où s'échappait un bruissement signalant la présence d'un lieu fréquenté, d'un lieu où se cacher... Elle atteignit bientôt une place, qu'un caravansérail délimitait sur un côté. Un bruit confus en provenait, mêlé au grognement sourd des chameaux de Bactriane, les grands animaux des caravanes qui portaient des marchandises à l'autre bout du monde. La jeune fille s'apprêtait à sortir à découvert quand un escadron de cavaliers surgit au galop devant elle, épée au poing. Elle recula vivement et attendit que l'écho de leur galop furieux se fût évanoui pour traverser la place et pénétrer dans la cour du caravansérail.

Tout en attachant son cheval à une mangeoire, elle jeta un regard à la ronde : la cour était éclairée par de nombreuses lanternes colorées, qui diffusaient une chaude lumière sous les arcades, sur les balles de marchandises, sur les domestiques qui s'occupaient des animaux, sur des personnages pittoresques qui conversaient dans toutes les langues. Ils se préparaient à dîner après avoir conclu des affaires avec d'autres marchands qui, comme eux, fréquentaient ces lieux.

Soudain, une voix à l'accent étranger retentit derrière elle. « Doucement, avec cette caisse ! Elle contient des objets fragiles ! » S'apercevant qu'elle portait encore son ruban rouge au bras, elle se hâta de le dénouer et de s'écarter.

Un marchand corpulent à la peau sombre la dépassa, accompagné de deux serviteurs, qui traînaient une caisse en bois sur un petit chariot branlant. Un marmiton chinois venait vers lui.

« Honorable Darouma, dit-il, ton honorable ami Wu He t'attend pour le dîner.

— J'arrive, mon garçon », répondit l'homme, qui se dirigea vers l'entrée d'une taverne, au fond du caravansérail.

La jeune fille avisa une étoffe sur une balle de laine brute et s'en drapa les épaules, puis elle franchit à son tour le seuil de l'établissement. Comme un client quelconque, elle alla s'asseoir au fond de la salle fumeuse, dans un coin certes sombre, mais voisin de la table où se tenaient Darouma et le marchand chinois.

Un groupe de musiciens mongols, assis sous une arcade, chantaient d'une voix grave en s'accompagnant de leurs instruments à cordes, d'où ils tiraient une mélodie triste. Le soliste s'exhiba dans des notes si profondes que la jeune fille se sentit vibrer.

« L'année a été mauvaise..., commença le marchand chinois.

— La production a été maigre, et les parasites ont détruit toutes les baies, poursuivit Darouma avec un air suffisant. J'ai déjà entendu cette histoire, Wu He. Elle comporte une hausse des prix de dix à vingt pour cent. Depuis que je te connais, il n'y a jamais eu de bonne année, et les prix ne cessent d'augmenter.

— Ah, ne te plains pas ! J'imagine les gains faramineux que tu obtiens en Occident quand tu revends notre soie aux démons étrangers. À propos, sais-tu qu'il en est arrivé en ville, il y a peu ? Des individus à l'aspect et aux vêtements bizarres, des prisonniers sans doute, qui suivaient le cortège de l'eunuque Wei, que les dieux le gardent. »

La jeune fille tendit l'oreille et glissa discrètement sur son banc pour se rapprocher des deux marchands.

Ce mouvement n'échappa pas à Darouma, qui feignit toutefois l'indifférence. « Des étrangers, as-tu dit ? Et à quoi ressemblent-ils ?

— Ils ont les yeux ronds, une barbe épaisse et sombre pareille aux soies des sangliers, les bras et les jambes poilus comme ceux des singes..., des bracelets de métal aux poignets. Ils étaient accompagnés d'un individu à la tête recouverte d'un capuchon qui, à en juger par sa tenue, devait être chinois. »

La jeune fille ne put s'empêcher d'intervenir : « J'ai entendu sans le vouloir vos paroles, honorables seigneurs, et je serais curieux de voir ces étrangers, car je n'en ai jamais rencontré de toute mon existence. On murmure qu'ils sont vraiment horribles... Savez-vous où on les a conduits ? »

Wu He la dévisagea avec stupéfaction. « Il semblerait qu'on les a emmenés à... »

Mais il fut interrompu par l'arrivée d'un groupe de soldats impériaux. La jeune fille tourna aussitôt la tête vers le mur. Intrigué par son manège, Darouma lui saisit le poignet et se pencha vers elle. « Ton poignet est fort, mais il est trop fin pour appartenir à un homme, murmura-t-il. Si tu ne me dis pas pourquoi tu t'intéresses à ces étrangers, je demanderai à ces soldats de fouiller sous ta ceinture. Ils y trouveront probablement un joli ruban rouge... »

La jeune fille porta l'autre main à son poignard, mais les paroles de Darouma figèrent son geste : « Certains de mes amis pourraient se trouver parmi ces démons étrangers.

— Des amis ?

— Des amis. Pouvons-nous en parler ?

— Nous pouvons en parler.
— Comment t'appelles-tu ?
— Je ne peux le révéler pour l'instant.
— Et pourquoi ?
— Le moment ne s'y prête guère. De plus, je ne te connais pas. Enfin, tu es un étranger.
— D'accord, mais écoute-moi. Après quoi, tu iras m'attendre sous les arcades, à côté de la petite fontaine. »
La jeune fille acquiesça.
Indiquant la grosse jarre qui lui faisait face, Darouma lui cria : « Offre un peu de vin de grenade à ces valeureux soldats ! Ils doivent être las et assoiffés. Tavernier, sur mon compte ! »
La jeune fille alla tirer du vin et le distribua aux soldats, qui l'avalèrent aussitôt sans daigner lui accorder un regard. Quand elle eut terminé de remplir leurs écuelles, elle abandonna la taverne d'un pas nonchalant. Quelques instants plus tard, les soldats sortirent et sautèrent sur leurs montures, puis ils s'éloignèrent au galop dans la ville déserte. L'énorme silhouette de Darouma apparut alors dans l'embrasure de la porte. À ses côtés, le marchand chinois dévidait toujours la même litanie : « Comme je le disais, honorable ami, l'année a été très mauvaise, de nombreux mûriers ont séché.
— D'accord, répondit l'Indien. D'accord. Combien veux-tu pour le lot ?
— Sept mille cinq cents *darien*. »
Darouma lui jeta un regard abattu. « D'accord. Tu es un voleur et une sangsue. C'est du vol, mais je n'ai pas le choix.
— Ah, je t'en prie, honorable ami. Je suis certain que tu répercuteras cette petite augmentation sur tes

clients, qui te qualifieront à leur tour de voleur et de sangsue. C'est la loi de notre métier.

— D'accord, d'accord. Mais pour l'heure, je te prie de m'excuser, je suis très fatigué et je voudrais aller me coucher. »

Wu He s'inclina avec respect et disparut derrière une porte. La jeune fille alla vers son cheval et s'apprêta à détacher ses rênes. C'est alors qu'elle entendit la voix de Darouma lui murmurer à l'oreille : « Si j'étais toi, je m'en abstiendrais. »

Elle se retourna et constata, stupéfaite, que l'Indien se tenait encore de l'autre côté de la cour, à environ trente pas de là. Il semblait même méditer, adossé au mur de la taverne.

Sa voix retentit encore une fois d'un ton fort naturel : « Tu as bien compris. Aurais-tu oublié que nous avons une petite discussion à conclure ? »

La jeune fille lâcha la bride de sa monture et le rejoignit. « Comment as-tu fait ? demanda-t-elle.

— Un petit jeu acoustique. Il suffit de parler devant cette niche, creusée dans le montant de la porte.

— Intéressant. De quoi veux-tu que nous discutions ?

— Pourquoi as-tu posé des questions sur les étrangers ? Et que fais-tu ici ?

— Pourquoi veux-tu le savoir ? Je ne te connais pas.

— C'est très simple. D'après la description de Wu He, les prisonniers en question ne sont autres que le prince Dan Qing et sa garde, des hommes provenant du lointain royaume de Ta-T'sin Guo, à l'extrémité de l'Occident. En t'entendant l'interroger à leur sujet, j'ai pensé que nous nourrissions les mêmes intérêts. Tu es déguisée en homme, tu portes le bracelet du "Lotus rouge" et tu étais poursuivie par les gardes impériaux.

— Admettons qu'il en soit ainsi. Qui me dit que tu n'es pas un espion ?

— Je ne t'ai pas dénoncée aux soldats. Si je l'avais fait, tu n'aurais pas eu d'issue et j'aurais empoché une belle récompense, de quoi couvrir une partie de l'augmentation que Wu He m'a imposée sur un lot de soie. »

La jeune fille le regarda en biais. Elle semblait étudier son interlocuteur, qui observait quant à lui ses petites lèvres merveilleusement dessinées, ses grands yeux et la légère ride qui surmontait son nez.

« Tu n'es pas encore convaincue ? demanda-t-il.

— Mon maître avait coutume de dire que se gagner la confiance d'un individu est la meilleure façon de le tromper.

— C'est exact. Tu es rusée. Alors que puis-je faire pour gagner ta confiance ?

— Me convaincre, et rapidement. Je ne compte pas m'attarder.

— Tu ressembles beaucoup à ton frère, le prince Dan Qing. Je suis l'homme qui l'a ramené de Perse.

— Je veux une preuve.

— Seul ton frère pourra te la donner. Mais nous devrons d'abord le retrouver. Nous avions rendez-vous dans cette taverne il y a plusieurs jours, or il ne s'est pas encore montré. Hélas, les propos de Wu He me laissent entendre que l'homme encapuchonné et lui ne font qu'un. Et les étrangers aux yeux ronds et aux barbes hirsutes ne peuvent être que ses gardes du corps. Je les ai recrutés moi-même en Perse. Ils ne sont que dix, mais ils ont la force de cent hommes. Ce sont des guerriers formidables. Sans eux, ton frère ne serait jamais arrivé jusqu'ici, princesse Yun Shan. »

La jeune fille parut se résigner. « Il s'agit bien de lui. J'étais présente quand Wei l'a capturé. Je voulais juste savoir si Wu He connaissait leur destination... Comment as-tu su que je suis sa sœur ?

— Je l'ignorais. J'ai deviné en me fondant sur votre ressemblance. Mais viens, asseyons-nous ici. » L'Indien indiqua deux coussins de laine et un tapis, sous une arcade. Il souffla sur la lanterne et le caravansérail ne fut plus éclairé que par les rayons de la lune. La conversation put ainsi se poursuivre en toute sécurité.

Darouma poussa un profond soupir. « Que s'est-il passé ? interrogea-t-il.

— Wei s'est emparé du monastère des Eaux susurrantes. Il a tué maître Wangzi. »

Le marchand baissa la tête et porta une main à son front.

« Tu le connaissais ? demanda Yun Shan.

— C'est avec lui que j'ai organisé la fuite de ton frère. Dan Qing et moi nous sommes séparés au pied de la montée qui conduit aux Eaux susurrantes. Mon convoi n'aurait pu traverser le pont suspendu. Mais je l'ai laissé en de bonnes mains : son escorte et l'hospitalité de maître Wangzi... Tu étais là, n'est-ce pas ?

— Oui.

— Et tu fais maintenant partie du “Lotus rouge”. Depuis quand ?

— Depuis un mois. Je n'avais personne sur qui compter et un moine des Eaux susurrantes m'a invitée à les rejoindre.

— Pourquoi les soldats impériaux te poursuivaient-ils ?

— Nous avons tenté de libérer mon frère.

— Et vous avez échoué.

— Nous avons failli réussir. Ton ami marchand t'a-t-il fait des révélations ?

— Non, mais nous pourrons toujours obtenir des renseignements. Quand l'attaque a-t-elle eu lieu ?

— Deux *dan* après le couchant.

— Et tu t'es enfuie aussitôt après ?

— Nous avons dû reculer. Les forces ennemies étaient trop nombreuses. De plus, des "Renards volants" leur prêtaient main-forte. Je ne suis pas encore prête à me battre contre eux.

— Puisque Wu He était déjà au courant, son informateur avait dû les apercevoir près d'ici. Et pas plus tard qu'il y a un demi-*dan*. Je ne vois qu'un endroit, dans les environs : le palais des Trépieds de bronze.

— C'est une déduction sensée.

— Et plus que probable. Comme tu le sais, c'est une vieille construction qui remonte à l'époque de l'empereur Wudi. Ton père l'a fait restaurer en remplaçant la plupart des briques crues de ses remparts par des pierres carrées, mais il reste encore un point faible. Nous allons devoir avertir le prince que nous préparons sa libération, de manière qu'il se tienne prêt. Cela ne sera pas aisé.

— Il est possible d'y remédier. Le "Lotus rouge" possède de nombreux informateurs, y compris dans les lieux les plus inaccessibles.

— Parle-moi de son escorte. Elle est composée d'hommes exceptionnels, que je tiens à sauver. J'ai passé avec l'un d'eux un accord que j'entends respecter. Combien étaient-ils quand tu les as vus pour la dernière fois ?

— Je ne les ai pas comptés. Une dizaine, je pense.

— Leur chef est un homme extraordinaire, qui a su se gagner la confiance et, peut-être, l'estime de ton frère. Il est grand, brun, a les yeux couleur de l'ambre, un regard pénétrant, une musculature puissante. L'as-tu vu ? Ou plutôt, as-tu vu un homme de cet aspect... en vie ?

— Je crois. »

Darouma poussa un soupir. « J'espère que tu ne te trompes pas. »

Yun Shan hésita un instant. « Je me rappelle un regard...

— Veuille le ciel que Xiong Ying soit encore en vie ! C'est un combattant célèbre dans son pays, mais aussi un homme qui a beaucoup souffert, qui a vu mourir les êtres qu'il aimait et qui ne s'est pas laissé décourager. Un homme qui tient sa parole, y compris au péril de sa vie. Il ne mérite pas de finir ses jours sous la torture, et ses soldats non plus. »

Yun Shan revit les yeux profonds et ambrés qui s'étaient posés sur elle, des yeux aussi pénétrants que ceux d'un aigle, et pourtant voilés de mélancolie. Les yeux de Xiong Ying... « Pourquoi porte-t-il un nom chinois ?

— Ton frère le lui a donné après qu'il lui a sauvé la vie en repoussant l'attaque des "Renards volants". Je serais bien incapable de prononcer son vrai nom.

— Que comptes-tu faire pour les libérer ?

— Rassembler le plus de renseignements possible et au plus vite. Chaque instant pourrait être le dernier. Ce caravansérail sera mon quartier général. C'est ici que tu me feras parvenir tes messages. »

Yun Shan se leva.

« Encore un moment, dit Darouma. Qu'y a-t-il de vrai dans l'histoire qui circule sur ton compte et sur celui de Wei ? »

La jeune fille s'étrangla, et ses yeux se remplirent de larmes. Elle rejoignit son cheval et se réfugia dans l'ombre.

Demeuré seul, Darouma murmura : « Alors, c'est vrai. Tout est vrai. »

26

Yun Shan avança un moment au pas, puis, constatant que la voie était libre, se couvrit le visage et poussa sa monture au galop. Elle traversa tel un fantôme les rues silencieuses de Luoyang, à la clarté de la lune. Son cheval effleurait à peine le sol de ses sabots, comme s'il ne portait aucun poids, comme si la force de sa cavalière ne faisait qu'un avec ses membres vifs, avec ses muscles luisants. Il vola au-dessus des places désertes, sauta les murs d'enceinte, emprunta des jardins secrets, des cours striées d'ombres, des portiques sculptés, les allées qui séparaient de grands trépieds alignés, à la lumière des flammes mourantes et de pâles lanternes.

Elle fuyait ses propres pensées, les souvenirs douloureux du passé, les angoisses du présent, les ombres des morts, les spectres qui galopaient dans le ciel en voilant de temps à autre la lumière de la lune.

Une ombre.

L'ombre d'un cavalier au bout d'une rue.

Elle se déroba, jetant sa monture sur le côté, la poussant dans la direction opposée, sans plus reconnaître les lieux, sans plus savoir où la conduirait le galop de son cheval.

De nouveau, une ombre.

Un cavalier immobile sous l'arc de la porte lui barrait le passage.

Yun Shan se retourna, s'attendant à se trouver encerclée par un essaim de gardes impériaux, mais les rues étaient vides.

Ainsi, ce cavalier lui lançait un défi solitaire. Il convenait de l'accepter.

Elle freina son cheval et découvrit, derrière sa selle, le précieux fourreau contenant « Pointe de glace », l'épée qu'un maître de Yue avait forgée trois siècles plus tôt pour son ancêtre Xung Zhou. Elle sauta au sol et dégaina l'arme dont la lame bleue brilla à la lumière de la nuit.

Le cavalier l'imita. Il portait des vêtements noirs et son visage était dissimulé sous une écharpe turquoise.

Pas à pas, ils se rapprochèrent l'un de l'autre et s'immobilisèrent à une distance qui leur permettait de s'infliger un coup mortel. Leurs lames renvoyaient des reflets changeants, des éclairs bleuâtres, fendant l'air avec de doux sifflements. Leurs corps se mouvaient dans une danse qui tendait leurs membres à la recherche de l'équilibre parfait, du point de rupture d'où jaillit la mort.

Puis les armes se heurtèrent à la vitesse de l'éclair, dans un étincellement argentin, dans un vacarme limpide de coups nets, purs, de plus en plus rapides, de plus en plus pressants. Le fil létal des épées effleurait les chairs, glissait sur l'acier adverse, plongeait vers les yeux ou vers le front, vers le cœur, dévié par le sursaut subit de l'autre esprit, de l'autre bras, de l'autre lame.

Soudain, les deux combattants s'arrêtèrent, prêts à porter une nouvelle attaque.

Yun Shan sentit que la force de son adversaire était intacte, que la sienne, en revanche, était entamée par la longue course, par des émotions trop nombreuses, par sa fuite haletante, par la peur d'un ennemi de plus en plus fort.

Il lui fallait vaincre ce sentiment en se jetant en avant avec un cri d'aigle, avec un bond de tigre, en voltigeant dans les airs pour s'abattre comme la foudre, frapper d'un coup net entre les omoplates, atteindre le cœur.

Atteindre le cœur.

Elle devina que ces mêmes mots traversaient l'esprit de son adversaire. Il esquiva un coup en pirouettant sur la pointe des pieds et en se déplaçant comme la toupie d'un enfant. « Pointe de glace » se ficha dans le sol et Yun Shan tomba à genoux, la main droite resserrée sur la poignée de l'arme, la gauche posée par terre. C'est alors que son ennemi trancha d'un coup d'épée le lien qui retenait son voile, découvrant son visage dans toute sa perfection de cire.

Ce spectacle sembla l'émouvoir : il s'immobilisa soudain alors même qu'il aurait pu l'achever d'un seul coup. « Princesse Yun Shan..., dit-il en se démasquant à son tour.

— Wei... Qu'est-ce que tu attends... Tu me cherchais ? Tue-moi !

— C'était donc toi qui voulais m'éliminer..., dit Wei comme s'il ne l'avait pas entendue.

— Je voulais libérer mon frère.

— Ton frère a fait ton malheur et mon désespoir, reprit-il en décrivant un cercle autour d'elle. Il importe qu'il soit marqué dans sa chair d'une blessure inguérissable, il importe qu'il souffre tous les tourments qu'un homme peut souffrir.

— Cela ne te rendra pas ce que tu as perdu. » Yun Shan récupéra son épée sans que Wei l'en empêche. Son arme pointée sur le sol, comme son regard, il tournait autour d'elle.

La jeune fille, qui ne cessait de lui faire face, brisa soudain ce cercle idéal, sa lame tendue vers lui. « Tu as tué mon maître Wangzi. Et je dois le venger.

— Ce n'était pas ton maître. C'était le maître de ton frère. Et il était, lui aussi, coupable. Il importe que les mauvais maîtres paient pour les mauvais élèves qu'ils ont disséminés dans le monde au grand malheur d'autrui. »

Une distance infime séparait maintenant « Pointe de glace » du cou de Wei, un cou aussi blanc et aussi pur que celui d'une adolescente.

L'eunuque leva la tête et montra ses larmes. Elles coulaient de ses yeux impassibles sur ses joues parfaites. « Tu es la seule à pouvoir me donner la mort, la seule à pouvoir me donner la paix, puisque je ne puis avoir l'amour. Frappe maintenant, Yun Shan. Tu n'auras pas une seconde chance. »

Yun Shan porta un coup droit devant elle, mais l'épée se contenta d'égratigner le front de Wei, y laissant une goutte vermillon, une goutte aussi petite que celle de la rosée. Puis elle disparut dans son fourreau.

« Considère ce geste comme mon dernier acte de compassion à ton égard. Tu as choisi une route qui conduit à l'abîme, une voie sur laquelle seuls les méchants peuvent te suivre. Libère mon frère et j'oublierai ce que tu as fait. Libère mon frère et les hommes de son escorte. Retire-toi dans un monastère et plus personne ne te fera de mal. Je te donne ma parole. »

Wei s'approcha et dit d'une voix glaciale et coupante, qui contrastait avec ses yeux brillants de larmes : « J'anéantirai la lignée maudite que le ciel a répudiée, et j'en fonderai une nouvelle. Mais si je devais échouer, j'irais vers mon destin sans regrets. Un souvenir m'accompagne, Yun Shan, le souvenir d'un sentiment que la lame la plus cruelle n'a pu retrancher de ma chair martyrisée. Adieu à jamais. »

Il rengaina son arme, effectua un formidable bond et atterrit avec la légèreté d'une plume sur son cheval, qu'il poussa vers la campagne.

Yun Shan le suivit un moment du regard, puis s'effondra, en larmes.

Le cavalier fit irruption dans la cour du palais impérial, entre deux rangées de gardes qui veillaient, dans l'attente de l'aube. Sans ralentir, il gagna le majestueux escalier qui menait au pavillon principal. Là, il abandonna sa monture aux palefreniers qui étaient promptement accourus et gravit les marches en bondissant. Il pénétra dans l'entrée du palais, qu'éclairaient six grands braseros allumés sur de monumentaux trépieds de bronze.

Un vieux fonctionnaire vint l'accueillir avec un empressement respectueux. « Noble seigneur.

— Il s'est produit aujourd'hui un événement inadmissible ! J'ai été attaqué dans ma propre ville par les membres du “Lotus rouge” ! »

Le vieillard s'inclina et répondit, confus : « Je m'en rends compte, honorable Wei. Nous faisons tout notre possible pour...

— Je me moque du possible ! Je veux que ces hommes soient anéantis ! Que font tes espions ? Où sont tes informateurs ? Ma vie est en danger entre les murs de mon propre palais !

— Le “Lotus rouge” jouit de grandes complicités, mon seigneur, et nombreux sont ceux qui demeurent fidèles à la maison impériale. Tu as toutefois eu la chance de capturer le prince Dan Qing.

— La chance ? Dis plutôt mon habileté et mon initiative. Je suis entouré d'ineptes et d'incapables, je ne peux me fier qu'à moi-même ! »

Le vieux fonctionnaire reprit, comme s'il n'avait pas entendu : « L'empereur est mort, même si tout le monde l'ignore, et son fils est prisonnier. Il ne te reste qu'une seule entreprise à accomplir : te gagner les faveurs du peuple et celles du Ciel.

— Que veux-tu dire par là ? demanda Wei, qui avait retrouvé son calme.

— Tu dois persuader le peuple que le Ciel t'a chargé de punir une dynastie indigne. Quand tu y seras parvenu, ton pouvoir n'aura plus de limites. Tu réussiras peut-être à réunir les trois royaumes et notre pays à l'intérieur d'une seule frontière.

— Et à fonder une dynastie qui s'éteindra avec moi..., dit Wei avec un sourire sarcastique.

— Il est possible de créer une descendance. Combien d'impératrices, incapables d'enfanter, ont-elles trompé leur propre époux en leur présentant le bébé d'une esclave... Et si des femmes stériles ont pu devenir mères d'héritiers, il peut en aller de même pour les pères. Crois-moi, puissant seigneur, il importe de te gagner les faveurs du peuple.

— Et comment ? Les gens ne m'aiment pas. C'est une certitude. »

Le silence de la nuit était si profond qu'on pouvait percevoir le léger crépitement des lampes et le souffle intermittent du vent du nord. Un instant, on entendit des pas traverser la cour extérieure avant de s'évanouir dans le néant.

Le vieillard sembla enfin avoir trouvé une réponse adéquate. « Parce qu'ils se sont fait de toi une idée qui ne correspond pas à la vérité.

— Oui, je suis bien pire que ce qu'ils peuvent imaginer. Il n'y a pas de doute. Mais à quoi penses-tu ?

— Le nouvel an approche. On a cessé de le fêter

depuis des années en raison des turbulences qui ont chagriné notre pays.

— Cérémonies, illuminations, festins gratuits, dragons de papier coloré qui soufflent de la fumée...

— Et combats entre prisonniers.

— Pas de devinettes ! Viens-en au fait !

— On murmure que les Barbares que tu as capturés avec le prince sont de formidables guerriers. Est-il vrai qu'ils proviennent du Ta-T'sin Guo ?

— C'est ce qu'on dit. Leur aspect paraît le confirmer.

— J'ai consulté les textes secrets qui ont échappé à l'incendie de la grande bibliothèque de Luoyang. J'ai appris ainsi qu'il existe dans leur pays une coutume barbare, mais intéressante, qui constitue un spectacle fort prisé. Des combats entre prisonniers ou entre guerriers professionnels à l'intérieur de grandes constructions dotées de gradins pour le public. Organise un combat de ce genre dans la cour du palais, que tu ouvriras au peuple. »

Le regard perdu derrière de lointaines chimères, Wei sembla un instant s'absenter.

« N'est-ce pas une bonne idée ?

— Oui, c'est possible. Nous pourrions leur opposer un groupe de sauvages et féroces Hiong-nou, capturés il y a peu non loin du grand mur.

— Avec tout le respect que je te dois, puissant seigneur, je pense que le combat serait plus spectaculaire si les Barbares du Ta-T'sin Guo affrontaient des adversaires plus redoutables.

— Les Hiong-nou ne le sont-ils pas assez ? Contre qui devraient-ils se battre, selon toi ? »

Le vieillard baissa les yeux avant de répondre : « Les "Renards volants".

— Tu sais bien que c'est impossible, dit Wei après un instant d'hésitation.

— Pourquoi pas, puissant seigneur ? Qu'est-ce qui l'interdit ?

— Le bon sens que ton âge devrait t'avoir donné. Il importe que les "Renards volants" demeurent des êtres sans corps ni visage pour inspirer toute la terreur possible. Les exhiber dans un combat public les doterait de chair et d'os, ce qui les rendrait vulnérables.

— Je comprends ton point de vue et j'apprécie ta grande sagesse, mais en les voyant à l'œuvre face aux plus terribles guerriers de l'Occident, les gens comprendraient qu'il est impossible de s'opposer à leur force.

— Ce spectacle vaudrait surtout pour les hommes du "Lotus rouge".

— Je suis certain qu'ils seront présents en bon nombre parmi la foule. »

Wei se mit à arpenter la grande entrée. Chaque fois qu'il passait devant l'embrasure de la porte, sa silhouette se découpait sur la clarté spectrale de la lune. « Et tu penses que cela m'assurerait les faveurs du peuple...

— Je n'en doute pas. »

Perplexe, Wei secoua la tête.

Le vieillard reprit : « Pour que le combat soit plus excitant, les Barbares revêtiront leurs habits et leurs armures. La liberté sera le prix de la victoire, ce qui les poussera à se battre avec acharnement. Et s'il faut que les "Renards volants" soient leurs seuls et uniques adversaires, ce n'est pas seulement pour intimider les membres du "Lotus rouge", mais...

— Mais ?

— Tu l'ignores peut-être, mon seigneur, ces

hommes ne sont pas les premiers étrangers à pénétrer dans notre pays.

— Que racontes-tu là ? demanda Wei, surpris.

— As-tu jamais entendu parler des trois cents démons mercenaires ?

— C'est une légende.

— C'est une vérité. Les trois cents diables mercenaires ont vraiment existé. Il y a plus de trois siècles, ils apparurent sur notre frontière occidentale, comme surgis du néant. Ils occupèrent un fortin et s'y installèrent sans manifester la moindre intention de s'en aller. Le chef de la garnison, un brave homme fidèle à ses devoirs, les attaqua avec toutes les forces dont il disposait, mais les étrangers se révélèrent des adversaires si redoutables qu'il fut impossible de les repousser. Les chroniques racontent qu'ils se battaient d'une étrange manière, leurs boucliers sur la tête, disposés comme les écailles des poissons...

— Quelle est donc cette histoire, le vieux ? Elle me paraît absurde. Et pour quelle raison m'est-elle inconnue ? J'ai pourtant étudié une bonne partie des textes qui ont échappé à l'incendie de la grande bibliothèque de Luoyang !

— Ces chroniques sont demeurées secrètes. Il faut avoir lu l'inscription qui s'étale sur la roche de Likien pour connaître cette histoire.

— Continue... », ordonna Wei, et le vieillard eut l'impression de lire dans ses yeux une éphémère et mystérieuse faiblesse. Il adressa un signe à un serviteur, qui attendait, immobile, au fond de la salle, pareil à une statue. Celui-ci s'éclipsa, puis revint avec un récipient fumant. Il versa une blonde infusion dans deux tasses d'or repoussé.

Les deux hommes s'assirent sur leurs talons et

burent. Le vieillard poursuivit son récit : « L'empereur Houang-ti apprit cet épisode et entra dans une grande colère. Il fit décapiter le commandant de la garnison, qu'il remplaça par un officier plus jeune, pourvu de troupes fraîches. Mais celui-ci échoua également. Les ennemis sortirent en rase campagne et alignèrent des engins inouïs qui projetaient des dards d'une terrible puissance, ils attaquèrent en formation fermée et balayèrent les nôtres.

« Cette fois, l'empereur, stupéfait, voulut savoir combien il y avait de Barbares, et combien il fallait de Chinois pour les anéantir. On lui répondit que cinq mille hommes les écraseraient comme de pauvres insectes, mais il n'en fut rien. Quand le nouveau contingent se montra, il se heurta à des fortifications d'un nouveau genre qui rendaient inexpugnable ce modeste fortin de boue séchée. L'armée s'enlisa sous les pluies d'automne et se raidit dans le froid de l'hiver sans que le misérable avant-poste, transformé en puissante forteresse, montrât le moindre signe de faiblesse... Dois-je continuer, mon seigneur ?

— Oui.

— Las d'attendre une reddition, notre commandant décida alors de tenter le tout pour le tout en ordonnant une attaque. Mais cette entreprise se solda par un nouveau désastre. Des fossés s'ouvrirent sous les pieds de nos hommes, des murs de flammes s'élevèrent devant eux, des rochers plurent du ciel et des dards redoutables créèrent le vide dans leurs rangs. Quand les assaillants parvinrent enfin à s'ouvrir une brèche, ils se trouvèrent nez à nez avec un second mur de pierres carrées. Et des tours latérales d'où jaillissaient des flèches... Ce fut un massacre...

« L'empereur comprit qu'il lui faudrait déchaîner

une offensive de grande ampleur, mais il n'avait pas envie d'anéantir des hommes qui s'étaient défendus avec tant de courage. Au lieu de leur envoyer une nouvelle armée, il leur adressa un maître.

— Un maître ?

— Oui, mon seigneur. Un maître de chinois que les Barbares accueillirent avec respect, se montrant moins barbares qu'on ne le croyait. À la fin de l'hiver, leurs chefs avaient appris notre langue au point de pouvoir soutenir une conversation élémentaire. Alors, le maître leur posa une série de questions que l'empereur lui avait suggérées. Il leur demanda ainsi qui ils étaient, d'où ils venaient, pourquoi ils s'étaient installés dans ce fortin et pourquoi ils se battaient avec tant de fougue.

« Ils répondirent qu'ils venaient d'un lointain pays, le plus grand empire de la terre, à leur dire. Un empire possédant plus de dix mille villes, défendu par un million de guerriers, un empire qui renfermait une mer encore plus vaste, sillonnée par des milliers de navires... De multiples indices permirent de comprendre qu'il s'agissait du fabuleux Ta-T'sin Guo.

— Les mêmes gens, commenta Wei comme s'il pensait à voix haute.

— Les mêmes gens. Ils racontèrent qu'ils avaient participé à une grande bataille contre les Perses, étaient tombés dans une embuscade et avaient perdu bon nombre de leurs compagnons après une résistance acharnée. Seul leur détachement était parvenu à forcer le blocus et à se ménager un passage vers le salut. Ne pouvant emprunter que la route de l'est, ils avaient marché dans cette direction pendant une année jusqu'à nos frontières. Après avoir écouté leur histoire, l'empereur leur proposa d'entrer à son service en qualité de garde personnelle.

« Ils acceptèrent. Ils firent preuve d'un si grand courage lors des missions qu'on leur confia ensuite qu'ils furent considérés comme invincibles et presque immortels. Quelques années plus tard, l'empereur les congédia et leur offrit des terres à cultiver dans un village du nom de Likien, où, dit-on, vivent encore leurs descendants. Il décréta qu'ils l'escorteraient dans la tombe pour l'éternité quand le moment viendrait.

— Pourquoi m'as-tu raconté cette histoire ? finit par demander Wei.

— Parce que ces hommes sont devenus légendaires et le sont encore. Seul un mythe peut affronter un mythe : les "Renards volants" contre les guerriers du Ta-T'sin Guo.

— Penses-tu vraiment que cela me vaudrait les faveurs du peuple ?

— J'en suis persuadé. Voir les "Renards volants" en action et constater que des hommes d'un tel courage et d'une telle habileté sont voués à ton service balaieront tous les doutes concernant la légitimité de ton pouvoir. Alors, il n'y aura plus de limites à ton ascension. Un jour, peut-être, tu unifieras les trois royaumes sous un seul sceptre et passeras à l'histoire comme le sauveur de notre pays.

— Crois-tu que cela m'intéresse ? » interrogea Wei, l'air absent.

Le vieillard pencha le front et poussa un léger soupir.

Le vent augmenta, des volets se mirent à grincer quelque part ; au loin, un chien aboya, et la flamme des braseros parut faiblir.

« Il est tard, dit Wei. Je vais aller me coucher. Qu'on rende leurs armes aux guerriers du Ta-T'sin Guo, ainsi que leurs vêtements et leurs ornements. Ils se battront dans sept jours contre les "Renards volants".

— Bien, mon seigneur. Tu ne le regretteras pas. »

Le silence s'abattit de nouveau sur les deux hommes, assis sur les talons, l'un en face de l'autre.

Soudain, un chant retentit, à moins que ce ne fût le gémissement du vent. Puis le silence engourdi qui précède l'aube s'installa.

27

Marcus Metellus avait passé ces quelques jours de captivité dans un état de profonde angoisse en essayant d'imaginer le sort qui les attendait, ses hommes et lui, et en s'interrogeant sur l'éventuelle aide extérieure dont ils pouvaient bénéficier. Bien qu'il fût isolé dans sa cellule, il s'efforçait de rester en contact avec ses soldats, de les encourager par quelques mots ou par de légers coups contre la porte. Il savait qu'il possédait un fort ascendant sur eux. Il avait promis de les ramener dans leur patrie et il consacrait de longues heures à organiser mentalement leur retour. Mais les murs nus de la cellule, qu'interrompait une seule fenêtre près du plafond, et d'où filtrait une faible lumière, semblaient interdire tout espoir.

À présent l'horrible expérience d'Aus Daiwa lui paraissait préférable à cette solitude, à ce vide total. Au moins, ses compagnons et lui l'avaient vécue ensemble, ils avaient pu s'entraider. Metellus se rappelait Uxal, ses rudes manifestations d'amitié, et se demandait ce qu'il aurait dit ou fait dans cette nouvelle prison.

Chaque nuit, avant de s'endormir, il tournait ses pensées vers ses ancêtres et vers Clelia. Il se remémorait le visage de son épouse, ses yeux sombres et étincelants, ses lèvres douces, bien dessinées. Ses traits lui rappelaient ceux de son fils, au loin : vivant, ou mort, victime vulnérable de pouvoirs incontrôlés. Il songeait à Aurelianus, son ami loyal, courageux, et remettait ses espoirs en lui.

Parfois, une image inattendue et troublante se mêlait à ces pensées : le regard fébrile et énigmatique de Yun Shan, qu'il avait croisé au monastère avant d'être emmené avec Dan Qing. Il éprouvait alors une étrange sensation, un sentiment trouble de fascination, une mystérieuse attirance.

Puis il se rendait compte que ses réflexions tournaient à vide dans cet espace désolé et sourd. Alors il s'appliquait à occuper son esprit par des calculs ou par des mots. Il se récitait les chants de l'*Énéide*, de Virgile, qu'il avait appris dans sa jeunesse, ou le premier chapitre de l'*Anabase*, de Xénophon, en grec, qu'il avait si souvent ânonné sur les bancs de l'école.

Il n'avait de contact avec l'extérieur qu'à l'heure du repas, quand on introduisait de la nourriture et de l'eau dans sa cellule à travers un guichet : pendant quelques instants, il entrevoyait son geôlier, un vieil homme à la longue barbe blanche.

Un jour, il s'aperçut que ses compagnons ne répondaient plus et il en déduisit qu'on les avait déplacés. Il s'abandonna alors à un profond découragement : seul le silence l'entourait désormais. Le bâtiment où il se trouvait semblait vide, et sa voix s'éteignait dans l'obscurité.

Bientôt, il se dit que cette condition se prolongerait pendant des mois et des années, peut-être définitivement, et qu'il ne la supporterait pas. Il s'efforça d'imaginer le sort que lui réservaient ses geôliers, mais toutes ses hypothèses s'effondraient devant son incapacité à concevoir la mentalité que leur âme étrangère abritait. Il décida qu'il se donnerait la mort avec honneur, en Romain, quand il serait à bout. Des détails toutefois l'intriguaient : l'abondance et la variété des repas qu'on lui servait, l'excellente qualité de l'eau et de l'infusion couleur d'ambre qui les accompagnait.

Une nuit, peu avant l'aube, il entendit une porte grincer et des verrous claquer. Il chercha la sortie et se rendit compte qu'elle avait changé de place. Inquiet, il se demanda si son esprit commençait à vaciller.

De nouveau, les bruits retentirent. Il colla l'oreille à la porte et fut surpris de sentir le battant céder sous ses doigts. Il se retrouva dans un couloir qu'une lampe en bronze éclairait faiblement. En avançant à tâtons, il déboucha sur une pièce où donnaient les autres cellules. Il n'y avait pas d'issue. Que signifiait cette situation absurde ? s'interrogea-t-il.

Il s'approcha d'une porte et toucha le verrou.

Une voix demanda en latin : « *Quis est ?* » Elle appartenait à Martianus.

« C'est toi ?

— Oui, commandant ! Que fais-tu là ? Et où étais-tu passé ? Nous avons cessé de t'entendre il y a quelques jours.

— Je l'ignore. Ma porte était ouverte. » Il fit glisser le verrou.

Martianus se tenait devant lui, incrédule. « Que se passe-t-il ?

— Je ne sais pas. Je ne sais pas. »

C'est alors que la voix de Quadratus résonna : « Hé ! Commandant, c'est toi ?

— Nous sommes ici ! » s'exclamèrent les autres.

Metellus libéra ses hommes et les étreignit.

« Heureux de te revoir ! s'écria Balbus. Que va-t-il se produire ? On ne peut pas sortir d'ici.

— C'est vrai, pourtant on nous a certainement réunis pour une bonne raison. »

Lucianus entreprit de tâter les murs. Il se rendit compte bien vite que le bâtiment était une sorte de boîte en pierre privée d'entrée et de sortie. « Vous souvenez-vous de l'endroit par où nous sommes entrés ?

— Je ne reconnais pas cette tanière », répondit Rufus en grattant sa chevelure rouge.

Publius s'exclama : « Commandant, comment expliques-tu cette situation ? Nous ne nous rappelons pas comment nous sommes entrés, et nous sommes incapables de trouver la sortie. Et pourtant, quelqu'un a ouvert la porte de ta cellule.

— Je ne vois qu'une explication : nous avons été transportés dans un autre lieu pendant que nous dormions.

— Commandant ! répliqua Antoninus. J'ai le sommeil si léger que le passage d'un cafard sur le sol me réveille.

— On nous a sans doute administré un somnifère dans notre nourriture ou dans notre eau. Cela n'a rien de compliqué. »

Soudain, un bruit évoquant des pierres qu'on frotte retentit dans une cellule, et un homme vêtu d'une tunique en soie verte qui lui tombait jusqu'aux pieds apparut. Il demanda :

« Qui d'entre vous est le commandant Xiong Ying ?

— Moi. Comment connais-tu mon nom chinois ? Serais-tu envoyé par le prince ? Es-tu venu nous libérer ? »

D'un signe, l'homme l'invita à le suivre, avant de regagner la cellule d'où il était sorti.

Le mur du fond était ouvert : il tournait sur des gonds comme une porte quelconque et laissait entrevoir une autre pièce. Les Romains franchirent le seuil et s'immobilisèrent sous l'effet de la stupeur. Devant eux se dressaient leurs armures, pendues à des cintres en bois. Elles étaient en parfait état. Le casque à crête rouge de Metellus brillait de mille feux.

« Qu'est-ce que cela signifie ? interrogea celui-ci en chinois.

— Je suis venu vous offrir la liberté. » L'homme martelait ses mots de manière à être compris.

« Explique-toi mieux. Tu veux dire que nous pouvons partir ?

— La liberté est un bien précieux, qu'il faut conquérir. »

Aussitôt, Metellus comprit que cet entretien ne promettait rien de bon.

« Demain, reprit son interlocuteur, on fêtera le nouvel an. Notre seigneur, l'honorable Wei, a décidé de restaurer à cette occasion une ancienne coutume datant des premières années de la dynastie : des prisonniers étrangers se battront contre nos meilleurs guerriers. S'ils gagnent, ils obtiendront la liberté. S'ils perdent, ils seront enterrés dans le cimetière des étrangers avec leurs vêtements et leurs armes. »

Metellus poussa un profond soupir.

« Que dit-il ? demanda Antoninus.

— Il dit que nous devrons affronter leurs meilleurs guerriers si nous voulons reconquérir notre liberté. Il s'agit d'un combat de gladiateurs.

— Réponds-lui que nous sommes prêts ! s'exclama Quadratus. Nous n'avons peur de personne.

— Oui, mieux vaut périr sous l'épée, plutôt que de pourrir dans cette tanière », confirma Publius. Aussitôt, les autres acquiescèrent.

Metellus déclara donc : « Nous sommes prêts. Quelles sont les règles ?

— Il n'y en a pas. C'est un combat à mort. Il ne sera interrompu que lorsque le dernier d'entre vous, ou de vos adversaires, aura perdu la vie. »

Le Romain traduisit ces propos, avant d'examiner ses hommes, les meilleurs qu'il eût jamais eus sous ses ordres. Il semblait les passer en revue pour la première fois : le vieux centurion Elius Quadratus, le centurion Sergius Balbus, l'*optio* Antoninus Salustus, les légionnaires Martianus, Publius, Septimius, Lucianus, Rufus et Severus, qui maniaient avec habileté le javelot et l'épée, résistaient aux marches et aux privations, aimaient le vin et les femmes. Des hommes au corps et à l'esprit durs. Des soldats.

Sans la moindre hésitation, il répondit : « Nous acceptons. »

Le Chinois hocha la tête, puis disparut derrière une massive porte en bronze.

« Je comprends maintenant pourquoi nous étions si bien nourris, déclara Martianus. Peut-être ne l'avez-vous pas remarqué, mais on nous a soumis à un régime reconstituant : du grain des marais, de la viande, des légumes, du poisson et des œufs. Le régime du combattant.

— Oui, je l'avais noté, mais je me méfiais, commenta Rufus. Dans certains cas, c'est aussi le régime des condamnés à mort.

— Alors, que faisons-nous ? interrogea Septimius.

— Nous nous préparons au combat, répondit Metellus. Ne nous faisons pas d'illusions, ils aligneront contre nous leurs meilleurs guerriers, et vous avez déjà eu un échantillon de leur habileté. »

Balbus s'exclama : « Penses-tu aux "Renards volants", commandant ?

— Hélas oui ! Une chose est certaine : s'ils ont organisé ces jeux, c'est avec la conviction que nous n'avons aucune chance de nous en tirer. Il est possible que nos adversaires soient beaucoup plus nombreux que nous, ou beaucoup plus forts, ou encore les deux à la fois. Nous sommes des soldats, et la mort ne nous effraie pas. Éviter le combat ne nous sauverait pas la vie, et même si nous n'avons aucune possibilité de l'emporter, nous sommes obligés de nous aligner. Nous nous battrons de toutes nos forces et avec tout notre courage. Dans le pire des cas, nous aurons vendu cher notre peau et nous aurons gagné une mort digne des soldats que nous sommes. Dans le meilleur des cas, comme je l'ai dit, nous recouvrerons notre liberté. Qu'en pensez-vous ? »

Balbus et Quadratus répondirent, après avoir scruté le visage de leurs hommes : « Je crois que nous sommes tous d'accord, commandant.

— Très bien. Alors, vous autres centurions vous chargerez de l'entraînement. »

Quadratus acquiesça et lança aux légionnaires : « Que chacun de vous vérifie son armure, son glaive, ses armes de jet. Tout. Je ne voudrais pas qu'on les ait sabotés. Il nous faudra ensuite établir un plan de bataille. L'épreuve la plus dure de notre existence nous attend, je le crains. »

Severus et Antoninus, les deux *fabri*, examinèrent les boucliers. « Très bien, déclara le premier. Ils ne se sont aperçus de rien.

— Que veux-tu dire ? demanda Metellus.

— Nous t'avions parlé d'une surprise quand nous avons reconstruit nos armures dans le caravansérail. Nous avons achevé de la mettre au point au village du prince. La voici. » Il s'adressa aux soldats : « Vous voyez ce petit levier, derrière la poignée du bouclier ? Eh bien, il suffit de le tirer pour que huit éperons d'acier jaillissent à la surface en perçant le cuir. Nos ennemis connaissent notre façon de nous battre parce qu'ils l'ont déjà expérimentée, mais cette variante pourra leur réserver bien des soucis. »

Balbus s'apprêtait à actionner le levier quand Antoninus l'arrêta. « Non, centurion. Ce mécanisme ne peut fonctionner qu'une seule fois. Si tu perces le cuir de protection, les pointes secrètes apparaîtront, et adieu effet de surprise !

— J'ai compris, dit Balbus. Alors dès que vous aurez examiné vos armes, rejoignez-moi. Nous commencerons l'entraînement sans tarder en formant deux équipes qui se battront l'une contre l'autre. Nos adversaires faisant preuve d'une vitesse de mouvement exceptionnelle, notre défense devra être impénétrable. Vous rappelez-vous les mots de ce poète, dont le nom ne me revient pas ? Le renard a de nombreux tours dans son sac. Le hérisson n'en a qu'un, mais il est bon.

— Archiloque, suggéra Metellus.

— C'est cela. Ne cherchez pas à porter des coups parfaits. Toute blessure infligée sera un avantage, car elle affaiblira notre ennemi, ralentira ses mouvements et sa capacité de réaction, le rendra plus vulnérable. Nous ne possédons pas d'arcs, mais nos lanceurs frapperont quand ils verront l'ennemi bondir dans les airs. Rufus, personne ne manie le javelot mieux que toi. Il importe que tu fasses mouche à chaque coup. »

Toute la journée, Metellus assista à l'entraînement. Vers le soir, la porte de bronze se rouvrit devant deux serviteurs, qui apportaient le repas. Alors seulement, les Romains cessèrent de combattre et vinrent se restaurer. Martianus demanda :

« Commandant, pourquoi nous ont-ils transportés dans une autre prison après nous avoir administré un somnifère, en admettant qu'il en soit allé ainsi ?

— Pour éviter qu'on ne nous remarque pendant le déplacement. Nous ne passons pas inaperçus. Peut-être craignaient-ils aussi qu'on ne tente de nous libérer. Cela pourrait alors signifier qu'on ne nous a pas oubliés et que tous nos espoirs ne sont pas perdus. Courage ! Au fond, nous nous sommes battus toute notre vie. »

L'homme à la tunique verte réapparut un peu plus tard et les accompagna dans une autre pièce, au-delà de la porte en bronze. Des lits y avaient été préparés pour la nuit.

Les soldats se couchèrent l'un après l'autre, et Metellus écouta leurs murmures, il regarda Martianus et Antoninus jouer à la mourre en silence, Quadratus aller et venir, les mains croisées dans le dos, Balbus passer lentement la pierre à aiguiser sur son glaive. Il la portait à son cou, pendue à une chaînette en fer, comme un bijou.

Metellus songea aux dernières années qui s'étaient écoulées : le sort leur avait infligé une première défaite et une première captivité, il leur avait offert la liberté et la leur avait retirée, et voilà qu'ils devaient affronter une autre épreuve, peut-être la dernière. Il se présenterait à ses ennemis en pensant à ceux qu'il aimait et qu'il avait aimés : ce serait le meilleur des viatiques. Il irait face à son destin sous la protection de ses ancêtres, les Aquila, qui s'étaient tous distingués lorsqu'il s'était agi de défendre leur honneur et les idéaux auxquels ils étaient fidèles. C'est à eux qu'il demandait assistance et protection, non aux dieux qu'il avait cessé de prier dans sa jeunesse. Ils étaient trop nombreux, presque aussi nombreux que les hommes : si Dieu se cachait derrière tous ces visages, il ne valait pas la peine de le chercher. Il finit par s'assoupir et dormit d'un sommeil tranquille jusqu'au lever du jour.

Un domestique leur apporta une collation. Ils mangèrent, assis par terre, et conversèrent paisiblement, refusant de croire que ce pouvait être leur dernier repas.

Metellus enfila son armure le premier, aidé par Antoninus, qui laça ses épaulières et sa cuirasse. Il suspendit son ceinturon à son épaule et y accrocha le fourreau. Enfin, il lui tendit son glaive, une arme qui était passée de père en fils depuis sept générations, dont la lame était faite d'un excellent acier, et la poignée de chêne. Elle produisit un bruit sec quand Metellus la glissa dans le fourreau avant de coiffer son casque et de nouer ses protège-joues sous le menton.

Ses hommes l'imitèrent. Quand ils eurent terminé, ils se munirent de leurs lourds boucliers arqués. Martianus et Rufus s'emparèrent de leurs armes de jet. Ils étaient prêts. Septimius baisa l'amulette qui était accrochée à son cou. Severus, qui avait été chrétien, se signa furtivement. Antoninus posa le front contre le mur pour conjurer le mauvais sort. Puis la porte de bronze s'ouvrit et l'homme en vert les invita à le suivre.

Ils se mirent en route deux par deux derrière Metellus et les deux centurions. Le bruit cadencé de leurs sandales cloutées les galvanisait. Des soldats romains au pas de marche : personne ne les arrêterait.

Soudain, une autre porte s'ouvrit au fond du couloir, et ils débouchèrent sur une place ensoleillée, où se tenaient deux rangées de cavaliers en armure, leurs arcs en bandoulière. Malgré la lumière aveuglante, Metellus reconnut les mercenaires qui les avaient escortés jusqu'à Luoyang.

Il distinguait maintenant une entrée imposante à trois portes, devant laquelle se pressait une foule bruyante : il n'y avait probablement plus de place dans l'arène. Il sentit un frisson lui parcourir le corps comme la première fois où il était descendu sur le champ de bataille. Il en fut étonné, mais en jetant un coup d'œil à la ronde, il croisa deux prunelles noires et scintillantes, un regard pénétrant, énigmatique. Ce regard même qui l'avait ému au monastère : Yun Shan !

Il le lui rendit en y insufflant toute sa force sans savoir si elle lui transmettait un message, sans savoir si sa présence constituait, pour lui, un espoir ou le signe de la fin. Un instant, il lui sembla que la jeune fille voulait se rapprocher, cependant il la perdit de vue.

En dépit de leurs attentes, les Romains ne furent pas conduits dans la vaste arène qu'on entrevoyait derrière la triple porte, mais à une cabane, près de l'entrée latérale, d'où ils purent observer le terre-plein à travers des fenêtres.

Ils virent entrer des danseurs. Vêtus de merveilleux costumes, ils agitaient de longs drapeaux bigarrés, qu'ils faisaient voltiger, créant de magnifiques dessins dans l'air. Ils furent rejoints par des dragons de soie, qui se contorsionnaient comme s'ils étaient en vie et soufflaient de la fumée par leurs narines.

Le terre-plein paraissait immense, bordé de gradins et terminé par une grande estrade, où l'on apercevait une silhouette noire, assise sous un dais rouge et flanquée d'hommes debout, vêtus d'un habit également noir qui leur descendait jusqu'à la cheville et d'une courte tunique à manches longues.

Quand les danseurs et les dragons se retirèrent, des lutteurs s'exhibèrent dans une série de prises et de coups spectaculaires. Enfin, l'on assista à des duels à l'épée entre guerriers chinois et Barbares du Nord, les tristement célèbres Hiong-nou. Ces duels, qui se concluaient presque tous par la mort des Barbares, permirent à Metellus et à ses hommes d'observer la tactique des Chinois, leur manière de tenir l'épée, de feinter, de frapper, d'esquiver.

Une fois le dernier combat achevé, un Mongol géant saisit une masse et l'abattit de toutes ses forces sur une sorte de cloche en bronze. Ce son retentit dans toute la ville. L'officier qui surveillait Metellus et les siens les poussa alors vers une porte qui donnait sur le terre-plein. Comprenant que l'heure était venue, Metellus invita ses hommes à le suivre.

Soudain, ils pénétrèrent dans la cour du palais royal, où la foule se pressait. Alors, le bruissement des spectateurs s'amenuisa et un silence inquiétant, irréel, s'installa.

La voix de Sergius Balbus arracha Metellus à sa torpeur. « C'est nous qu'ils attendaient, commandant.

— Oui, je le crois. Et maintenant, la fête peut commencer ! »

28

Ils avancèrent vers le centre du grand terre-plein rectangulaire, sous les regards de la foule. Metellus se tenait au milieu. Il avait à sa droite Quadratus, Severus, Lucianus et Antoninus ; à sa gauche, Balbus, Publius, Septimius et Rufus. Les deux centurions s'étaient placés à l'extérieur comme s'ils commandaient des régiments de plusieurs centaines d'hommes. Ils constituaient les appuis de cette minuscule armée, les ancres de cette petite embarcation. Antoninus, le seul *optio*, lieutenant de Balbus, gardait l'intérieur.

Metellus était armé de ses deux glaives. Les autres avaient au bras gauche leur lourd bouclier, appuyé contre leur épaule. Aussi donnaient-ils l'impression de n'en avoir qu'un aux spectateurs placés sur le côté, et aucun à un regard frontal.

L'air était frais, la lumière limpide, le silence si profond qu'il semblait absurde. Les Romains, qui s'étaient attendus à un vacarme sauvage, furent désorientés. Soudain, une voix retentit : « Notre grand bienfaiteur, le très honorable Wei, est heureux de vous offrir un spectacle inouï, un usage ancien et oublié qui favorise la prospérité de la nouvelle année. Un combat rituel opposant les Fils du Ciel aux féroces Barbares, ennemis de l'ordre suprême de notre pays. Vous avez vu les guerriers de la garde impériale anéantir les sauvages Hiong-nou. Maintenant, vous allez voir dix démons étrangers, des hommes venus du lointain Ta-T'sin Guo, des individus horribles, poilus et aux yeux ronds, pourvus de terribles armes, des guerriers si habiles qu'ils ont vaincu toutes les nations de l'Occident, affronter les plus courageux de nos combattants, les héros qui veillent sur notre sommcil et sur notre paix, les "Renards volants" ! »

Metellus chercha le regard de Yun Shan, tel le viatique de son dernier voyage, cependant seul un mur fourmillant et confus se dressait devant lui. « Nous avons le soleil en face, dit-il à ses hommes. Mais il est déjà haut, il ne nous gênera pas beaucoup. Tenez-vous prêts. »

En vérité, la jeune fille avait les yeux rivés sur sa magnifique cuirasse de commandant romain, sur son casque à crête qui étincelait au soleil, sur son visage contracté. Une voix l'arracha à ce spectacle. Elle murmurait à son oreille : « Princesse ?

— Darouma ?

— Tout est prêt, princesse Yun Shan. Par chance, Baj Renjie, le commandant de la garde, est avec nous. Il a trouvé cinq coursiers sueurs de sang, les plus rapides qui soient, pour mettre ton frère en sécurité. Une barque t'attend à un méandre du fleuve Guandong, aussitôt après le gué. Le combat occupera ces hommes un moment. Ma bestiole est prête, elle aussi, à remplir son devoir. Dis à tes amis de se dépêcher. »

Yun Shan continuait de fixer le commandant Metellus. « Ne pense pas à lui, princesse, lui dit le marchand. C'est un homme mort. Tu ne peux rien faire pour le sauver. »

Alors elle se décida à adresser des signes à un individu qui se tenait de l'autre côté du terre-plein. Un instant, un ruban rouge ondoya dans l'air. « Le groupe est prêt, annonça-t-elle. Il t'attendra à l'endroit convenu. Tu peux agir.

— Tu ne viens pas ?

— Pas encore. »

Darouma s'éloigna vers la sortie, tandis que Yun Shan se frayait un chemin parmi la foule pour se rapprocher des dix combattants, qui avançaient épaule contre épaule. Un roulement de tambour retentit, tel le grondement du tonnerre, il adopta un rythme pressant, obsédant, puis se tut.

Balbus était en nage, sous son casque. « J'ai souvent assisté à des combats de gladiateurs, mais je ne m'étais encore jamais demandé ce que pensent ces hommes au moment de mourir. Maintenant, je le sais.

— Ah oui ? répondit Rufus entre ses dents. Et que pensent-ils ?

— Que tout est inutile et privé de sens.

— Ce n'est pas la première fois que nous regardons la mort en face.

— Les choses sont différentes. Avant, nous nous battions pour vivre. Aujourd'hui, nous nous battons pour mourir.

— Ces gens ne veulent peut-être que s'amuser, hasarda Septimius. Ils nous laisseront peut-être repartir. »

Publius rétorqua : « Et pourquoi ? Il n'y a pas de spectacle plus excitant que la mort. Et ce type vêtu de noir n'est sans doute pas du genre à cultiver de bons sentiments.

— Suffit ! dit Metellus. Si nous devons mourir, nous mourrons en soldats. Concentrons-nous plutôt sur notre tactique. Personne ne peut dire ce que le destin nous réserve. Hélas, nous ne possédons pas d'armes de jet, et nos épées sont courtes. Nous sommes obligés de nous défendre. »

Septimius tira une fronde de sous sa ceinture. « Regarde ce que j'ai sauvé, commandant. » Il ouvrit le poing, montrant des projectiles de plomb. « Et ça aussi.

— C'est mieux que rien. »

Publius puisa dans son baudrier deux couteaux qu'il avait sans doute fabriqués avec des clous de charpenterie. « Et moi, j'ai ça. »

Cette force vitale, un peu naïve, amena un sourire sur les lèvres de leur chef. « Très bien. Et maintenant, soyez prêts à fermer le cercle à mon ordre. »

Au même instant, l'un des dragons en bronze qui soutenaient l'estrade livra un hurlement terrifiant, et un « Renard volant », armé d'une épée, jaillit de sa gueule.

Metellus respira profondément et dégaina son glaive. Le sifflement de l'acier fendit l'air inerte.

« Ordre fermé ! » s'exclama-t-il. Les hommes placèrent leurs boucliers en position frontale, créant un mur sur le devant et sur le côté, d'où ne dépassait que la pointe de leurs épées. « Prêts à la *testudo* en cas d'envol. »

Un nouveau cri. Un nouveau guerrier surgit de la gueule d'un dragon. D'autres lui succédèrent jusqu'à ce que les deux alignements comptent le même nombre de combattants.

« Je m'y attendais, dit Metellus. Il fallait bien que nous nous affrontions sur un pied d'égalité. »

Déjà les épées adverses tournoyaient et sifflaient dans les airs avec une vitesse qui les rendait presque invisibles. Un « Renard volant » effectua un formidable bond et atterrit sur l'un des drapeaux impériaux, dont il brisa la hampe.

Anticipant son mouvement, Metellus cria : « *Testudo !* » Juste à temps ! La hampe fut déviée par un toit de boucliers.

« Attention ! cria-t-il encore. Leurs pieds, leurs mains, leur corps constituent leurs armes les plus redoutables. Antoninus, sois prêt à riposter dès qu'ils bondiront ! » Septimius se plaça derrière la ligne que formaient ses camarades et attendit que Metellus leur ait ordonné de s'immobiliser pour poser son bouclier sur le sol et actionner sa fronde.

Face à la pression des adversaires, à leurs coups qui pleuvaient de toutes parts, seule la fermeture totale du carré assurait une protection aux Romains.

« Ils vont essayer d'entrer ! hurla Metellus. Attention, attention ! » Il criait encore quand un guerrier chinois sauta sur un de ses camarades et voltigea dans les airs.

« Ouvrez ! » s'écria alors Metellus. Le projectile de Septimius fendit l'air et toucha en plein front le guerrier chinois, qui s'effondra, inerte. Alors la formation romaine se referma en hérisson.

La réaction des « Renards volants » fut immédiate et violente : deux d'entre eux se catapultèrent à l'intérieur du cercle romain. Mais la *testudo* se reforma, tandis que Septimius lançait un ordre. Huit éperons d'acier percèrent le revêtement en cuir des boucliers et se fichèrent dans les pieds des deux guerriers au moment où ils atterrissaient. Ils s'abattirent au sol en hurlant et furent aussitôt achevés d'un coup de glaive.

Le carré se referma encore une fois.

« Nous pouvons nous en tirer ! dit Metellus. Ils ne sont plus que sept contre dix. Ne relâchez pas votre attention, épaule contre épaule, pointez vos pieds contre le sol ! »

Blême de rage sur son trône, Wei se tourna vers son conseiller : « Si cela continue, une nouvelle légende va naître à propos des démons étrangers. Il faut qu'ils meurent immédiatement. » À son signe, quatre autres guerriers surgirent de la gueule des dragons, munis d'armes redoutables, des haches désarticulées qui tournoyaient avec un sifflement aigu. En un instant, ils rejoignirent leurs compagnons.

« Ils ont déjà admis leur défaite ! s'exclama Metellus, qui s'efforçait d'encourager ses hommes, épuisés. Quatorze contre dix. Tenons bon. Nous pouvons encore les battre ! »

Les « Renards volants » échangèrent un signe et émirent des sons gutturaux. Avant même que les Romains ne pussent réagir, les nouveaux venus bondirent au-dessus de leur tête et fendirent leurs boucliers ; d'autres se propulsèrent à l'intérieur du cercle. Ils finirent par briser leur résistance obstinée, les obligeant à engager des combats séparés.

Les guerriers chinois qui étaient restés en retrait se mirent alors à avancer en agitant de plus en plus vite leurs épées, dont le sifflement se mua en un grondement sourd. Ils avaient presque rejoint les Romains quand un cri aigu, semblable à celui d'un faucon, retentit. L'homme en noir qui trônait sur l'estrade se leva, laissa tomber son manteau et s'élança au-dessus de l'arène, vêtu d'un habit de soie noire, une épée très affilée au poing.

Yun Shan frissonna : voilà que Wei descendait sur le terrain, pour mener l'assaut de ses créatures. Elle serra la poignée de « Pointe de glace », sous sa cape, puis se ravisa : elle savait que toute réaction de sa part l'exposerait à la mort.

L'apparition de Wei eut l'effet de la foudre : l'attaque se changea en un crépitement de coups. Les boucliers cédèrent l'un après l'autre et les cuirasses se désarticulèrent. Les « Renards volants » semblaient obéir à un seul esprit, qui imprimait à leurs membres des contractions et des élans surhumains. Les épées infligeaient des blessures de la pointe et du tranchant, presque invisibles.

Maintenant la foule hurlait, comme si elle libérait une énergie longuement retenue, comme si elle balayait la crainte archaïque et l'étrange indécision qui l'avaient opprimée jusqu'à cet instant-là.

Metellus se battait avec la fureur d'un lion, serré contre ses hommes, il parait les coups et répondait, mais il lui fallait affronter une hydre monstrueuse dotée de mille bras et de mille épées. Il vit tomber Severus, le *faber* ingénieux, et Publius, après qu'il eut planté d'un jet formidable un de ses couteaux dans l'épaule d'un « Renard volant ». Il vit Rufus, le Sicilien aux cheveux roux, s'agenouiller, ses entrailles entre les mains, inutilement défendu par Antoninus, aussitôt transpercé d'un coup d'épée, puis Septimius, le blond Septimius, le grand chasseur et l'audacieux frondeur, se battre, malgré son bras tranché, en hurlant comme une bête féroce, inondant l'ennemi de son sang avant d'être embroché par trois épées. Lucianus, désarmé, s'agrippa à un adversaire dont il mordit l'épaule tel un loup, mais il fut aussitôt frappé au ventre et au cou. Martianius n'eut pas le temps de troquer son glaive épointé contre son poignard : il fut touché par des mains et des pieds aussi durs que des pierres, et le bruit de ses os brisés accompagna son râle d'agonie. Quadratus et Balbus furent les derniers à tomber : Balbus renversé par un coup de pied d'une puissance dévastatrice et cloué à terre par un poignard ; Quadratus, attaqué dans le dos par quatre adversaires alors qu'il tentait de protéger son compagnon. Il s'écroula comme un taureau à l'abattoir.

Puis le silence se fit une nouvelle fois.

Metellus ondoyait sur ses jambes. Son sang jaillissait de ses nombreuses blessures, et son corps n'était plus qu'un amas de chairs rouges. Il sentait que la mort venait, et pourtant le temps semblait se dilater à l'infini dans cette douloureuse solitude. Il se demandait pourquoi le coup final n'arrivait pas. Il jeta son casque, puis sa cuirasse, qui tomba à ses pieds.

Wei abandonna son épée.

Haletant, Metellus chassa le sang qui l'aveuglait et distingua la mort noire, devant lui : un beau jeune homme aux cheveux de jais et aux prunelles cruelles qui semblait vouloir l'abattre de la seule force de son regard.

Yun Shan, qui se tenait tout près, devina que la mort se présenterait au guerrier du Ta-T'sin Guo sous la forme du coup du tigre, une botte secrète qu'on se transmettait de génération en génération et qui remontait en droite ligne à maître Mo. Un coup si rapide qu'il était invisible. Elle sentait qu'elle devait le parer, en atténuer au moins la terrible puissance. Elle concentra toute son énergie sur la poitrine du guerrier blessé. Voilà. Metellus brandit son glaive, mais Wei prévint son geste : sa main gauche brisa le bras de son adversaire, qui lâcha son arme dans un gémissement de douleur. Au même instant, la main droite de l'eunuque assenait le coup du tigre. Yun Shan se raidit dans une contracture douloureuse, ses yeux se révulsèrent et son cœur cessa de battre.

Quand elle revint à elle, Metellus était allongé sur le sol, et la foule en délire acclamait le vainqueur, qui gravissait l'escalier entre les deux dragons de bronze. Il se retourna un instant, scrutant l'assistance, et Yun Shan comprit qu'il regardait dans sa direction, bien qu'il fût impossible de distinguer le moindre visage à cette distance. Sa poitrine était douloureuse, cependant elle réussit à s'éloigner.

Sur l'estrade, Wei savourait son triomphe, tandis que des serviteurs ramassaient les cadavres et les jetaient sur une charrette.

« Comme tu le vois, mon seigneur, dit le vieux conseiller, je ne me trompais pas. Désormais, le peuple est avec toi.

— Bien. Tu sais ce qu'il te reste à faire. »

D'un signe, le conseiller appela un officier des mercenaires Xin Bei et lui murmura quelques mots à l'oreille. L'homme partit aussitôt en courant.

Encouragé par le *mahout* indien, le gigantesque éléphant chargea furieusement, sous l'œil de Darouma, caché au coin d'une maison. L'animal abattit sa tête et ses défenses cuirassées de fer sur le mur de briques qui se dressait devant lui et y ouvrit un large brèche. Aussitôt après, les hommes du « Lotus rouge » s'y engouffrèrent et se trouvèrent nez à nez avec un Dan Qing stupéfait. Ils fixèrent deux cordes aux anneaux de fer auxquels il était attaché et poussèrent de nouveau l'éléphant, qui les arracha en reculant.

Un instant plus tard, Dan Qing s'éloignait au galop de son cheval, suivi de ses libérateurs, tandis que Baj Renjie et un groupe de soldats affrontaient les gardes qui étaient accourus. De son poste d'observation, Darouma vit surgir des cavaliers Xin Bei de l'autre côté et se rendit compte qu'ils avaient aperçu Dan Qing. Il importait de les arrêter coûte que coûte, même si cette décision devait priver d'issue Baj Renjie et ses hommes, encore engagés dans le combat. Il fourra deux doigts dans sa bouche et siffla. Aussitôt, un troupeau de chameaux, d'ânes et de mulets jaillit dans la rue, la bloquant totalement. Les mercenaires Xin Bei tentèrent de se ménager un passage, mais d'autres animaux survinrent, achevant d'encombrer les lieux.

Dan Qing et ses compagnons du « Lotus rouge » s'évanouirent au bout de la rue, tandis que Baj Renjie et ses soldats, pris au piège, étaient capturés et désarmés. Plaqué contre le mur, Darouma poussa un soupir. Il n'avait pas eu le choix. S'il avait hésité un instant de plus, le plan qu'il avait mis en œuvre pour libérer Dan Qing aurait échoué.

Effrayé par l'arrivée d'un chariot, un rapace nocturne poussa un cri plaintif et quitta le tronc squelettique sur lequel il était perché. Il disparut dans l'obscurité.

Les deux conducteurs sautèrent à terre, ouvrirent la grille disjointe qui délimitait le cimetière des étrangers, où une large fosse, fraîchement creusée, attendait les cadavres des démons étrangers. Ils accrochèrent leur lanterne à une branche et traînèrent les corps jusqu'au bord de la fosse, où ils les entassèrent, puis ils s'immobilisèrent pour reprendre haleine. Ils étiraient leurs membres las quand une apparition spectrale se dressa devant eux. Un guerrier au visage couvert et au bras ceint d'un ruban rouge, armé d'une épée. Aussitôt ils échangèrent un coup d'œil entendu et tournèrent les talons, mais seuls leurs corps poursuivirent un instant leur route, mus par l'inertie de la course, tandis que leurs têtes roulaient dans la fosse.

Le guerrier découvrit son visage, révélant les traits délicats d'une femme. Poussant un profond soupir, elle se pencha sur les corps des Romains, qu'elle retourna l'un après l'autre. Enfin, elle examina leur chef, posa la main sur son cœur, sur la veine jugulaire.

Soudain, elle entendit un souffle, une voix tout juste perceptible : « Yun Shan... » Elle sursauta. L'étranger observait les corps martyrisés de ses compagnons.

« Mes soldats, mes frères... J'avais juré de les ramener chez nous, et je les ai conduits à la mort...

— Tu es vivant, répondit-elle, les yeux embués, en caressant son visage tuméfié. Tu es vivant... »

Metellus l'étreignit et s'abandonna à la chaleur de son corps. Mais déjà elle lui lançait :

« Il n'y a pas un instant à perdre. Nous devons partir sur-le-champ. » Elle l'aida à se lever, à parcourir les quelques pas qui le séparaient du chariot, où elle l'allongea. Puis elle recouvrit son corps du linge ensanglanté qui avait enveloppé les cadavres.

Le croque-mort se présenta à cet instant précis. Tremblant de peur, il s'accroupit derrière un buisson. Or Yun Shan avait senti sa présence. Elle brandit la lanterne d'une main, l'épée de l'autre, en fouillant la pénombre du regard. En vain. Elle se résigna donc à pousser les mulets, après avoir coiffé le chapeau d'un des charretiers et jeté sa cape sur ses épaules.

Le chariot s'ébranla en grinçant et en ondoyant. Les ténèbres l'engloutirent un peu plus tard.

Aussitôt, le croque-mort s'enfuit à toute allure, bien décidé à raconter qu'une jeune fille armée d'une épée avait tué deux hommes dans le seul but d'emmener un cadavre. Certains le traitèrent de fou. D'autres pas.

Lorsqu'on découvrit son visage [illegible] d'une femme. Poussant un profond soupir, elle se pencha [illegible] des Romains [illegible] [illegible] la [illegible] sur la [illegible]

[illegible] un sourire [illegible] toujours [illegible] Shan [illegible] étrange [illegible] son regard.

[illegible] soldats, mes frères, [illegible] les [illegible] chez nous [illegible] moi.

[illegible] répondit-elle [illegible] visage [illegible]

[illegible] de son corps. [illegible]

[illegible] pour [illegible] passer [illegible] d'avoir [illegible] parcouru [illegible] qui avait [illegible]

[illegible] Shan [illegible] sa présence [illegible] la [illegible] poussa les [illegible]

[illegible] en grinçant et en [illegible] Les [illegible] plus tard.

[illegible] deux hommes dans le seul [illegible]

29

À la tombée du soir, une douzaine de mercenaires Xin Bei conduisirent Baj Renjie auprès du régent Wei. L'homme aperçut aussitôt les instruments de torture et trembla à la pensée des souffrances qu'ils étaient capables d'infliger. Se sachant à la merci d'un ennemi remarquablement intelligent et très cruel, d'un homme qui haïssait le monde en raison de ce qu'il avait subi, il était saisi d'une panique qu'il lui fallait réprimer à chaque instant pour éviter de s'agenouiller et d'invoquer la pitié.

« Où vont-ils ? » interrogea l'eunuque.

Baj Renjie poussa un long soupir avant de répondre dans un souffle : « Je ne peux rien te dire que tu ne saches déjà.

— Alors, ils se rendent à Likien. »

L'officier garda le silence.

Imperturbable, l'eunuque lui demanda : « Et comment atteint-on Likien ? »

Baj Renjie n'avait aucune difficulté à imaginer les monstres qui se cachaient dans l'étang apparemment calme de son âme. Il rassembla tout son courage et dit : « Je ne sais pas. Au reste, tu aurais beau me torturer, je ne pourrais te dire ce que j'ignore. Seuls les membres initiés du “Lotus rouge” connaissent l’emplacement de Likien.

— Ne te moque pas de moi ! Tu ne sais peut-être pas où se situe Likien, mais tu as, à n’en pas douter, des relations parmi les membres du “Lotus rouge”.

— Bien sûr. Cependant, ils ne m’ont jamais parlé de leur cachette. Comme les “Renards volants”, lorsqu’ils sont capturés. »

Wei baissa la tête, et Baj Renjie, qui tentait d’imaginer son expression, fut très inquiet. C’est alors qu’entra un garde, qui se prosterna devant l’eunuque avant de lui susurrer quelques mots à l’oreille.

Wei fixa un regard glacial sur l’officier de Dan Qing. « Le corps de l’étranger que j’ai vaincu dans l’arène a disparu, et deux fidèles serviteurs ont été décapités alors qu’ils donnaient une pieuse sépulture à ces courageux Barbares... Peux-tu m’expliquer cela ? »

Baj Renjie le dévisagea avec effroi, tandis que le bourreau se rapprochait, encouragé par le discours de l’eunuque, qui poursuivait en ces termes :

« Cela signifie probablement qu’il n’était pas mort. Sinon, pourquoi l’aurait-on emmené ? » L’officier ne put réprimer un mouvement de déception. « Je te comprends, continua Wei. Ton prince te préfère un étranger, un Barbare venu de loin, n’est-ce pas ? On m’a dit que tu le contemplais avec envie, tandis qu’il chevauchait à la droite de Dan Qing, la place d’honneur. J’ai même entendu murmurer qu’il est dispensé de se prosterner devant le prince. Un privilège inconcevable...

— Tu te trompes, cela ne me regarde pas. Je ne...

— C’est compréhensible. Tu lui as toujours été fidèle. Qui sait ? Tu as peut-être caressé une pensée, un rêve... Le rêve de te voir offrir la main de Yun

Shan... Pourquoi pas ? Quel est l'homme qui ne désire pas cette rose parfumée, cette étoile du matin ? Au fond, tu étais le seul sur qui Dan Qing pouvait compter. Ne me dis pas que tu ne l'espérais pas... Et voilà que ce démon étranger se présente et qu'il prend ta place. Voilà qu'elle va chercher son corps martyrisé, qu'elle affronte un danger mortel pour lui sauver la vie. Car il ne peut s'agir que d'elle. Pourtant, il n'est pas certain qu'elle réussisse... »

Le bourreau s'était immobilisé. Privé d'expression, il évoquait un automate. « Moi, je saurais t'apprécier, si tu me prêtais main-forte, reprit Wei. Regarde-moi, Baj Renjie, regarde-moi droit dans les yeux et dis-moi que tu es indifférent à cette pensée. »

Baj Renjie s'exécuta. Il avait l'impression de fixer les yeux d'un cobra, il se sentait enveloppé par ce regard, soumis, comme privé de toute volonté.

« Comment atteint-on Likien ? » répéta l'eunuque.

L'officier hésita un instant avant de répondre : « Je ne peux que te rapporter des rumeurs. On y accède, semble-t-il, en suivant le cours du fleuve Liao-Ho, mais les bateaux qui s'y sont aventurés se seraient évanouis dans le cœur de la nuit. On prétend que seuls les oiseaux peuvent se poser sur les toits de Likien. »

Wei ferma les yeux à demi. « Les oiseaux. Tu as peut-être raison. C'est sans doute de cette manière qu'on y accède. » D'un geste, il renvoya le bourreau et ses acolytes, qui reculèrent en silence. Puis il se raidit, comme en proie à un chagrin subit, à une pensée, ou encore à un démon. La grande salle, plongée dans la pénombre, fut parcourue d'une étrange vibration, qui augmenta en produisant un tintement argentin, dont l'intensité variait, comme s'il était soumis aux rafales du vent d'ouest qui se glissait sous les arcades du portique.

Assise sur les marches du perron, Yun Shan contemplait les petites amulettes en bronze pendues à une ficelle au-dessus de la porte d'entrée. Elles tintaient à chaque souffle, libérant leur chant dans le vent, qui l'emportait au loin.

Une voix retentit derrière elle. « Viens, mon enfant, mettons-nous à l'abri... il pleut.

— Que racontes-tu là, nourrice ? La lune brille et le ciel est beau. »

La vieille femme avança. Son visage avait la couleur de la terre cuite, ses yeux évoquaient des fentes, ses cheveux gris étaient tirés en chignon sur la nuque. « Un halo mauvais, dit-elle. Je le sens. Vite, je te dis, vite ! »

Yun Shan se glissa sous les amulettes et alla s'asseoir près du brasero de cuivre, qui répandait à l'intérieur une agréable tiédeur, ainsi qu'une faible lueur. Elle s'assit sur ses talons. « Va-t-il vivre ? interrogea-t-elle.

— J'ai fait tout ce que je pouvais.

— Aide-moi, Shi Wanli, je ne veux pas qu'il meure.

— Il a affronté les "Renards volants" et l'eunuque Wei dans l'arène sans la moindre expérience, déclara la vieille femme comme si elle eût prononcé une sentence de mort. Il est difficile de survivre à pareille épreuve. Il a de nombreux os brisés. En admettant qu'il s'en tire, ce sera une épave, pas un homme. »

Les yeux de Yun Shan s'embuèrent. « Je l'ai vu se battre avec un courage désespéré, protéger ses compagnons de toutes ses forces... Je... j'ai pris sur moi une partie des coups qui lui étaient destinés. » Tout en parlant, elle dénuda sa poitrine : une tache bleue s'étalait entre ses seins immaculés.

Shi Wanli écarquilla les yeux. « Tu as employé pour lui l'énergie du cœur secret ? C'est bien cela ? »

Yun Shan acquiesça.

« Il ne fallait pas. Cette énergie t'a été donnée afin qu'elle te sauve la vie. Plusieurs années s'écouleront avant qu'elle puisse se reconstituer. Des années de longues méditations et d'une dure discipline.

— Peu m'importe. Je ne pouvais pas le laisser mourir.

— C'est un Barbare étranger. Fais attention.

— Pourquoi ?

— Parce qu'il s'en ira et te brisera le cœur. S'il guérit, il partira.

— Peut-être, ou peut-être pas. Tu m'as vue, nourrice. Te parais-je méprisable ? »

La vieille femme soupira. « N'importe quel homme donnerait toutes ses richesses ne serait-ce que pour te contempler ainsi, ma fille... Mais le passé d'un inconnu peut se révéler un abîme sans fond... »

On entendit un gémissement. Yun Shan se leva et se précipita vers la chambre voisine, qu'occupait Metellus, couché, nu, sur une natte. Il avait un bras et une jambe enserrés dans des baguettes de bambou, le corps couvert de plaies, que Shi Wanli avait recousues avec du fil de soie. Ses lèvres étaient fendues et ensanglantées. Ses yeux, enflés et presque clos. Sa pommette droite horriblement tuméfiée. Ses membres paraissaient désarticulés. Il n'était qu'un amas de chair douloureuse.

« C'est toi ? » murmura-t-il. Sa respiration évoquait un râle.

La jeune fille s'approcha. « C'est moi. Yun Shan.

— Vêtue de nuages... *sicut luna*, chuchota-t-il.

— Qu'as-tu dit ?

— Je me suis exprimé dans ma langue.

— Et toi ? Quel est ton nom ?

— Marcus... Metellus... Aquila. Dans ta langue, on m'appelle Xiong Ying, parvint-il à répondre avant de s'effondrer, à moitié inconscient.

— Aigle superbe..., soupira Yun Shan en lui effleurant le bras. Aux ailes brisées, toutefois. »

Plus les jours passaient, plus Shi Wanli se montrait soucieuse. De temps à autre, elle allait au village voisin acheter des provisions ou guetter un message à la faveur des ténèbres. Une nuit, elle revint plus tôt que d'habitude. « Enfin ! L'homme que tu attendais est arrivé. Vous partirez cette nuit même. Vite, le halo mauvais augmente, je le sens. »

Yun Shan garda le silence un moment, puis elle dit : « Aide-moi à l'installer sur le chariot. Nous traînerons la natte jusqu'à l'entrée. Tu le conduiras au gué. Je vous précéderai afin de m'assurer que la voie est libre. Il faut aussi que je voie un ami, en admettant qu'il soit arrivé.

— Alors, hâtons-nous. Le moindre retard pourrait lui être fatal. »

Les deux femmes se penchèrent vers le blessé et traînèrent sa natte vers le portique de l'entrée. Yun Shan attela le mulet au chariot et le fit reculer jusqu'à ce que le plancher soit au même niveau que le sol. Aidée de sa nourrice, elle tira la natte et enveloppa Metellus, encore inanimé, dans une couverture en laine. Shi Wanli s'assit sur le siège, tandis que Yun Shan montait en selle et se dirigeait vers un bois de chênes, qui cédait peu à peu le pas à des rangées de saules s'étendant jusqu'à la rive d'un fleuve. Apercevant le scintillement des eaux entre les feuilles, elle freina sa monture.

Elle mit pied à terre et patienta en scrutant l'autre rive. Au bout d'un moment, elle entendit un bruit dans les broussailles, suivi du chant du petit duc. Alors elle sauta à cheval et traversa un gué dans un nuage d'éclaboussures argentées. Une voix familière l'accueillit :

« Yun Shan...

— Darouma !

— Grâce au ciel, tu te portes bien ! Et l'étranger ?

— Il est en vie. C'est tout ce que je peux dire.

— C'est déjà beaucoup. Personne n'a jamais survécu aux coups de Wei.

— M'as-tu apporté ce que tu m'avais promis ?

— À l'heure qu'il est, la barque devrait être ancrée là-bas, derrière ce méandre. Des amis de confiance s'en sont chargés. J'attendrai tout le temps nécessaire. Si tu ne reviens pas, je considérerai que tout va bien et que tu vogues sur l'eau.

— Bien. Je te remercie. Ainsi, il aura peut-être la chance de se sauver. Les cahots d'un voyage terrestre l'auraient tué.

— Tu n'as pas à me remercier. Je connais Xiong Ying depuis plus longtemps que toi.

— Comment pourrai-je te récompenser ?

— En lui sauvant la vie.

— Je le ferai. C'est tout ?

— Et en apportant mes salutations au prince Dan Qing, ton frère.

— Mon frère m'a causé de profondes blessures. Et à d'autres aussi.

— Ce sera une bonne occasion pour vous rapprocher. Le temps a passé. Il a lui-même été captif et coupé de son pays. Il a besoin de toi, il a besoin d'amis. Mais hâtez-vous ! Les hommes de Wei sont sur vos traces. »

Shi Wanli se présenta un peu plus tard. Yun Shan la rejoignit après avoir attaché son cheval à un saule. L'animal hennit en essayant de se détacher.

« Pardonne-moi, Souffle de feu », dit la jeune fille. Puis elle fouetta le mulet qui tirait le chariot.

Elles traversèrent le gué. La barque les attendait à l'endroit convenu. Elles y installèrent Metellus et posèrent sur le fond une jarre d'eau de source, ainsi qu'un sac de provisions.

Puis Yun Shan lança un signal à l'adresse de Darouma et étreignit sa nourrice. « Veille sur Souffle de feu, lui dit-elle.

— Je n'y manquerai pas. Sois tranquille. »

Alors qu'elle s'apprêtait à lever les amarres, Yun Shan entendit un bruit de pas. Aussitôt, elle dégaina son épée et pivota. Un homme, pourvu d'une petite cage, se tenait devant elle.

« Darouma a oublié de te donner ce cadeau destiné au prince. » Derrière les barreaux, se trouvait un oiseau.

Munie de ce présent, Yun Shan monta à bord de l'embarcation et commença à ramer.

De son poste d'observation, Darouma la vit gagner le centre du courant et s'éloigner sur le sillage argenté que la lune dessinait.

Il la regarda disparaître derrière un méandre puis il poussa un profond soupir et rebroussa chemin.

Quand l'aube vint, Yun Shan eut tout loisir d'observer son second passager : une colombe, enfermée dans une ravissante cage en argent. Une bande de papier, fixée au sommet, indiquait qu'il s'agissait d'un cadeau pour Dan Qing. Yun Shan sourit. Au moins, cette créature la distrairait.

Un paysage enchanteur défilait maintenant devant ses yeux : un lac d'où surgissaient d'innombrables îlots de diverses tailles, couverts d'une végétation luxuriante. Ils se reflétaient dans les eaux limpides en créant un jeu d'images qui se multipliaient en mille perspectives au fur et à mesure que l'embarcation avançait sur les eaux tranquilles, transportée par un courant presque imperceptible. Une brume légère se levait, enveloppant formes et contours de son voile fluctuant.

La barque glissait sans bruit, suscitant les cris des cormorans qui s'envolaient à son passage, à la recherche de nourriture.

Yun Shan épousait le courant en ramant et s'interrompait pour se tourner vers son compagnon de voyage, qui gisait, inanimé et fiévreux, au fond de l'embarcation. De temps à autre, elle trempait un mouchoir dans l'eau, l'appliquait sur son front et ses tempes. Metellus ouvrait parfois les yeux et lui adressait quelques mots, mais son regard était empreint d'angoisse. Alors Yun Shan se demandait s'il voyait les visages ensanglantés de ses compagnons parmi les reflets changeants de l'eau.

De longs silences s'ensuivaient, accompagnés par le lent clapotement des rames et par le roucoulement paisible de la colombe, dans sa petite cage en argent.

Ils naviguèrent ainsi trois jours durant, traversant le lac, puis descendant le fleuve qui s'élargissait en accueillant ses affluents. Il leur arrivait de croiser des embarcations de pêcheurs ou de marchands. Mais celles-ci disparurent bientôt. Yun Shan eut alors la nette impression qu'on les épiait depuis les rives broussailleuses. Au cours de ces trois jours, Metellus se réveilla rarement et réclama de l'eau chaque fois.

Ils s'arrêtèrent le soir du quatrième jour au pied d'un immense rocher, recouvert d'une végétation en cascade, que de petits ruisseaux sillonnaient. Ceux-ci coulaient sur les branches et les feuilles, et se précipitaient dans le fleuve en produisant divers sons – murmures, gazouillis, bruissements.

À l'ouest, où la ligne des eaux atteignait l'horizon, le soleil se couchait. Il incendiait le fleuve, ainsi que les nuages qui voguaient lentement vers leur destin. Yun Shan immobilisa l'embarcation à un endroit où le courant était faible, puis elle tira de sous ses vêtements un long rouleau de soie rouge, qu'elle déroula sur l'eau, dessinant une sorte de sillage vermillon qui évoquait un filet de sang.

Metellus ouvrit alors les yeux. Il eut tout juste la force de demander : « Que faisons-nous maintenant ?

— Rien. Nous attendons. »

Ils attendirent jusqu'à ce qu'une lune énorme jaillisse d'un rideau de vapeurs bleuâtres et plane, telle une lanterne magique, au-dessus de ce paysage irréel.

Puis un nuage qui venait de l'est obscurcit la face ronde de l'astre, et l'eau se changea en une étendue de plomb. Le cri d'un rapace nocturne retentit soudain. Effrayée, la colombe battit des ailes contre les parois de sa cage. Au même instant, quatre fantômes jaillirent des flots et sautèrent sur la barque, deux à l'avant et deux à l'arrière. Metellus entrevit des silhouettes ruisselantes, des membres d'acier qui se mouvaient avec une légèreté extraordinaire, des corps privés de poids, qui ne touchaient pas les surfaces mais les effleuraient. Ils avaient les hanches ceintes d'une bande vermillon et brandissaient des lames très affilées, sur lesquelles se reflétait le scintillement de l'eau, dans des éclairs d'argent.

Yun Shan porta ses mains jointes à sa poitrine et s'inclina en signe de respect. Aucun mot ne fut prononcé.

Metellus entendit, en revanche, le bruit du fer contre

la roche, ainsi que des cliquètements. Il sentit que l'embarcation ondoyait et se soulevait : on l'avait attachée par des cordes à un treuil mécanique, fixé au sommet du rocher. La lune réapparut, éclairant la paroi couverte de buissons, de plantes grimpantes, d'arbres tendus au-dessus du vide. Des oiseaux s'envolèrent, dérangés par le passage de cet étrange objet suspendu hors de son élément.

Soudain, l'embarcation atterrit sur le sol. Les quatre guerriers l'abandonnèrent, d'autres s'approchèrent, munis d'une civière en bambou, sur laquelle ils installèrent le blessé. Puis le prince Dan Qing apparut à la lumière des flambeaux.

« Sœur », dit-il à la vue de Yun Shan.

La jeune fille baissa la tête.

« J'ai longtemps attendu ce moment, poursuivit-il. Durant toutes ces années, j'ai rêvé de l'instant où tu te jetterais dans mes bras... mais... je te comprends. Je t'en prie, ne ferme pas ton cœur et réfléchis. Tu constateras que si je me suis trompé, je l'ai fait en croyant prendre la bonne décision. Ce n'est pas par hasard que le Ciel nous a réunis ici après cette longue séparation. » Il se tourna vers Metellus. « Xiong Ying !

— Prince. » Le Romain tenta de se soulever sur un coude, mais il retomba avec une grimace de douleur.

Yun Shan saisit alors la cage en argent et la tendit à son frère. « Un cadeau de Darouma.

— Un cadeau... » Dan Qing sourit. « Comme s'il n'en avait pas déjà assez fait... Cet homme m'a libéré alors que je n'avais plus le moindre espoir de me sauver.

— Au prix de nombreuses vies », affirma Yun Shan.

Son frère s'abstint de répondre. Il ordonna aux porteurs d'emmener Metellus. Tandis qu'ils s'exécutaient, il s'attarda un instant sur la tache de sang que le Romain avait laissée dans l'embarcation et intercepta le regard de sa sœur, fixé sur lui. Puis il emboîta le pas au petit cortège.

Un groupe de moines s'affairait autour de Metellus, qui réchauffant de l'eau, qui délayant une substance sombre dans une gamelle en bronze, sur le feu. D'autres préparaient des bandes, des instruments chirurgicaux, ainsi que des baguettes de bambou.

Ils ôtèrent la couverture qui enveloppait le Romain et qui s'était collée, en certains points, à ses plaies. À la vue de ce corps martyrisé, la consternation se peignit sur le visage de Dan Qing. Il adressa aux chirurgiens un regard interrogateur.

« On a recousu ses plaies, ce qui a augmenté ses chances de survie, répondit l'un d'eux. Mais il lui faut encore affronter de dures épreuves, cette nuit, dans des conditions de faiblesse extrême. Quoi qu'il en soit, nous n'avons pas le choix. Si nous attendions davantage, nous le condamnerions à une mort certaine.

— Alors, faites. »

L'homme tira d'une armoire un étui en argent, qu'il ouvrit, exhibant une grande quantité d'aiguilles fines. Metellus, habitué à la rudesse des chirurgiens militaires, se prépara à subir d'autres souffrances. Mais Dan Qing lui souriait, comme pour lui insuffler du courage.

« Commençons, déclara le chirurgien. Nous devons avant toute chose isoler les centres de la douleur. »

Il s'empara des aiguilles et entreprit d'en piquer le blessé d'un geste précis et sûr, produisant sur sa peau une forêt argentée aux parcours mystérieux.

Puis il ordonna à un assistant d'approcher une lanterne des pieds du Romain. Constatant qu'il ne manifestait aucune réaction, il saisit une écuelle et la pressa sur ses lèvres.

« Bois, Xiong Yin, dit Dan Qing. C'est affreusement amer, mais cela te plongera dans une profonde torpeur. Tu ne souffriras pas. »

Metellus avala l'infusion, plus amère qu'un poison, et se laissa aller sur la natte. Quelques instants encore, il vit le visage des hommes qui s'affairaient autour de lui, puis l'obscurité s'abattit sur ses paupières.

30

Metellus pénétra dans un état qui lui était étranger. Une dimension suspendue, diffuse, pareille à un rêve, et cependant plus profonde, tantôt consciente, tantôt privée de toute réalité connue. Il songea qu'il était mort : l'âme frêle qu'il percevait devait être l'au-delà. Ce que les poètes avaient décrit. Un Hadès sans divinité, mais peuplé de fantômes.

Et d'abord, ceux de ses compagnons tombés dans un féroce combat contre des adversaires invincibles. Ils venaient vers lui, le visage ensanglanté et défiguré par les coups, les membres mutilés, les entrailles à nu, puis ils s'évanouissaient tel du brouillard dans le vent, sans répondre à ses invocations. Une chose était certaine, toutefois : ils criaient vengeance, et c'était la raison pour laquelle ils se présentaient à sa conscience fluctuante. Leurs ombres inquiètes lui rappelaient qu'on leur avait refusé le maintien d'une promesse et jusqu'à de simples funérailles.

Puis il vit Clelia : son gentil fantôme, presque une fillette, le regardait en passant, le caressait de son regard d'épouse dévouée et aimante. Elle semblait vouloir lui dire quelque chose, car ses lèvres remuaient, or aucun son ne s'en échappait. Il criait, il hurlait son nom en pleurant. En vain.

Elle s'éclipsait à son tour.

De temps à autre, Metellus avait l'impression d'être au bord d'une vérité, d'une révélation. Mais de quoi ? Du sens de la vie, peut-être, ou du sens de la mort. Et pourtant, cette sensation s'enroulait sur elle-même de plus en plus rapidement, créant un tourbillon qui l'attirait vers le haut, comme une feuille à la merci du vent d'automne.

Il aurait voulu entendre la voix de son fils, qui avait sans doute changé, après tant d'années, cependant il n'y parvenait pas... il n'y parvenait pas ! Il se dit que c'était un bon signe : Titus était vivant, il ne pouvait lui apparaître dans l'Hadès. Il se rendait compte qu'il retrouverait un garçon différent, qu'il serait à jamais privé des sensations intenses et profondes qui faisaient de lui un père.

Dans un tel état, le temps avait perdu toute signification. Rien, ni lumière ni ombre, ni jour ni nuit, ne lui permettait de distinguer le fil des événements, de percevoir une durée, une fin ou une interruption. Seul un parfum, léger mais constant, lui donnait le sentiment d'exister. Ne pouvant l'associer à une créature, à une image ou à un concept, il avait fini par considérer que c'était le parfum de l'au-delà.

Le pré d'asphodèles ? De longues tiges surmontées de fleurs blanches, à perte de vue, sans horizon, sans limites, parcourues d'une palpitation mystérieuse, d'un vent peut-être, ou d'une lumière intérieure, qui vibrait absurdement dans cette ombre diffuse, dans cette atmosphère nue.

Ainsi, son existence se mua en parfum et, au fil du temps, ce parfum se changea aussi en chaleur. Il avait l'impression de flotter, il éprouvait des sensations qui lui rappelaient la vie. Puis, tel un événement qu'il ne savait situer dans le temps de son être, il y eut une caresse.

Une caresse.

Jamais il n'avait conçu un sentiment de vérité aussi subit, aussi concret. Il fut suivi d'une luminosité.

Faible.

Incolore. Floue, mais en croissance constante, secouée de vibrations, en un rythme de plus en plus impétueux. Alors il prit conscience d'avoir des yeux.

Et des larmes.

« Xiong Ying... »

Les larmes coulaient sur ses joues et ses lèvres. Il vit des yeux noirs, scintillants. Voilà que le parfum s'associait à un regard, à un corps, à une expression.

« Yun Shan...

— Tu es de retour.

— Et... je suis en vie.

— Oui, mais...

— Combien de temps ?

— Plusieurs jours et plusieurs nuits.

— Tu es restée à mes côtés ?

— Ne parle pas.

— Pourquoi ?

— Tu n'en as pas la force. »

Yun Shan lui apporta une boisson au goût étrange, légèrement amer, ainsi que de la nourriture presque liquide. Jour après jour, ses forces revinrent et, avec ses forces, la souffrance. Aiguë, aux bras, aux jambes, à la poitrine.

« Tu souffriras, avait dit Yun Shan.

— La souffrance... au moins, c'est la vie. Une vie que je te dois.

— Non, tu la dois aux médecins.

— Et pourtant, je sens que tu m'as sauvé d'une mort certaine. Pour une raison que j'ignore.

— Chacun sent ce que son cœur lui suggère.

— Que m'ont-ils fait ? Pourquoi ai-je perdu la mémoire ?

— Ils ont éloigné la douleur de ton esprit tandis qu'ils incisaient ta chair et réduisaient tes fractures. Car l'esprit est le siège de la souffrance, non le corps. Ils l'ont donc enfermé dans un enclos d'aiguilles fines.

— Je ne comprends pas.

— Ensuite ils t'ont endormi.

— Redeviendrai-je celui d'avant ?

— Oui. Mais il devra s'écouler encore un peu de temps.

— Des jours ? Des mois ?

— Ce qu'il faudra. »

Metellus s'absorba dans ses pensées.

« Quand tu seras guéri, que feras-tu, Xiong Ying ? Regagneras-tu ton pays... et ta famille ?

— Mon pays, le Ta-T'sin Guo... Je n'en ai plus de nouvelles depuis fort longtemps. J'ai vu mon empereur mourir en captivité comme un esclave. J'ai quitté ma ville enserrée dans l'étau de l'ennemi... J'ai vu ma femme tomber, transpercée par une flèche, et expirer devant mes yeux. Et mon fils... Je l'ai abandonné à la merci de mes adversaires.

— Tu voudras donc rentrer... C'est normal.

— Je ne sais plus ce qui est normal et ce qui ne l'est pas. Je ne sais plus quel monde m'attend... Et mes camarades massacrés indignement... Leurs ombres exigent la justice et l'accomplissement d'une promesse non tenue.

— Tel est ce qui t'importe ? »

Metellus chercha ses yeux. « Non... Quand je te

regarde, mes pensées sont ailleurs. Ma vie semble ponctuée par les battements de ton cœur. »

Yun Shan baissa le front.

« Ces derniers temps, je fais toujours le même rêve. Je me trouve dans la grande cour du palais impérial. Les corps de mes camarades gisent autour de moi, et je dois affronter un ennemi qui s'apprête à m'assener un coup mortel. Mais quand sa main jaillit dans l'air, tu t'interposes entre nous, et c'est toi qui reçois le coup... juste là, sur le cœur.

— Xiong Ying... Ce ne sont que des rêves.

— Juste là. » Il approcha la main de sa poitrine. « Comme si tu avais donné un peu de ta vie pour sauver la mienne. N'en est-il pas ainsi ? Pour une raison que j'ignore, je sens que c'est le cas. »

Yun Shan garda le silence, les yeux toujours rivés au sol.

« Pourquoi as-tu agi de la sorte ? Je t'en serai reconnaissant jusqu'à ma mort. Mais je te demande de m'expliquer ton geste. »

Elle leva la tête et plongea ses prunelles dans celles de Metellus. Aucun langage n'aurait pu exprimer la réponse qu'elles livrèrent au Romain : une réponse qui lui arriva droit au cœur, un sentiment qui brûlait d'une force mystérieuse, d'une folle passion.

Il les vit scintiller, tandis que son visage conservait une dignité suprême, une harmonie sublime. Tout se consuma en l'espace d'un battement de cils. Yun Shan se leva, inclina la tête et sortit. Metellus s'effondra alors sur sa natte et ferma les paupières comme pour emprisonner ce regard en lui et le sceller dans son cœur.

Il ne la revit pas au cours des jours suivants. En revanche, il reçut la visite de Dan Qing, qui lui montra le cadeau de Darouma. La partie supérieure de la cage était actionnée par un mécanisme qui la faisait tourner comme un petit firmament, indiquant sur le cercle de la base les mois, les saisons et les signes du zodiaque, qui portaient d'étranges noms en chinois : le singe, le rat, le lapin. Les mouvements de la colombe sur son trapèze rechargeaient ce mécanisme.

Enfin, Metellus quitta sa couche. Il commença par marcher, puis à courir au bout de quelques jours. Il savait qu'il se trouvait quelque part dans la citadelle de Likien. Rien de plus. Il s'entraînait dans une vaste salle au plafond en troncs de chêne, au sol en bois de pin poli, aux murs de brique blanchis.

Parfois, on l'autorisait à se rendre au jardin, un lieu d'une divine perfection où il était nécessaire d'emprunter des allées en veillant à ne pas effectuer de mouvements brusques, susceptibles de briser une branche ou de faire tomber une feuille. Il y poussait des plantes inconnues aux magnifiques couleurs et aux formes fantastiques. L'une d'elles, couverte de grandes fleurs charnues d'un rose qui tirait sur le blanc, se reflétait dans l'eau. Une plante céleste digne de l'Élysée, à la beauté harmonieuse et au port noble, songeait le Romain. Ses fleurs étaient si nombreuses qu'elles formaient un véritable nuage. Pas une seule feuille ne s'ouvrit avant que tous les pétales soient tombés.

Des fleurs de lotus rouge, symbole et blason des moines qui vivaient en ces lieux, flottaient à la surface du bassin. Au fond, sur des petits cailloux blancs et gris savamment disposés, nageaient des poissons aux merveilleuses teintes de rouge, de bleu et de vert.

Cette perfection naturelle, fruit du plus raffiné des

artifices, transmettait à Metellus une sensation de paix profonde, mais aussi une étrange excitation, une énergie frémissante. De cette terrasse, qui jouxtait la paroi rocheuse, on pouvait embrasser du regard le méandre du fleuve et, plus loin, une étendue de bois et d'étangs. À l'aube, des nuées d'oiseaux s'élevaient, se détachant sur le disque du soleil plongé dans une brume de vapeurs.

Quand il était dans sa chambre, il lui arrivait de voir Yun Shan se promener dans ce jardin, enveloppée dans un peignoir de soie bleue qui lui moulait le corps avec grâce et élégance.

Il la voyait passer derrière les branches fleuries, aussi légère et vaporeuse qu'un nuage.

Il aurait aimé lui adresser la parole, la regarder droit dans les yeux pour s'assurer que la lumière qui avait captivé son âme y brillait encore. Mais ce jardin – il le comprenait – était un lieu de l'esprit qui appartenait aux promeneurs solitaires. Une sorte d'au-delà où ces êtres extraordinaires entraînaient leur âme au bonheur imperturbable, à la vie infinie.

Enfin, on l'initia aux arts de combat anciens, que maître Mo avait enseignés à ses adeptes, lesquels s'étaient ensuite scindés. Dan Qing l'avertit :

« Tu apprendras à te déplacer comme les "Renards volants", et tu les surpasseras le jour où tu auras distingué la route à parcourir.

— Le *dao*, dit Metellus.

— C'est d'abord une philosophie, avant d'être une discipline physique. C'est une conviction profonde, un élan de l'esprit. Nous lui avons donné le nom de *Go Ti*.

« Grâce à elle, tu pourras te mouvoir en harmonie

avec la nature, percevoir son souffle, t'en laisser pénétrer. Tu découvriras qu'il n'y a rien que tu ne puisses obtenir. Mais ne bande pas toutes tes forces pour tendre vers ton objectif, laisse-toi transporter par le courant de la vie, par l'énergie du cosmos, qui anime aussi bien les brins d'herbe que ton corps, aussi bien les grains de sable que les étoiles qui vibrent dans l'éternité du ciel. Tu apprendras à méditer, comme me l'a enseigné maître Wangzi, tu oublieras tout ce que tu as appris dans ton pays, car ces connaissances t'ont conduit à la défaite et ont entraîné la mort de tes hommes.

— Je veux me rappeler ma contribution à la cause, la force qui a entraîné le courage de mes hommes au-delà de toute limite possible, l'équilibre qui mène à l'extrême sacrifice à travers la foi en les valeurs transmises.

— Soit. Ce n'est peut-être qu'en te remémorant le sacrifice de tes compagnons que tu pourras affronter le démon qui les a massacrés et espérer le vaincre. Si tu le souhaites, tu uniras ton destin au nôtre, connaîtras une vie différente, un monde inconcevable pour ton esprit, une civilisation fondée sur une force mentale incomparable. Et ce, non pour atteindre la vérité, qui s'éloigne toujours de nous tel l'horizon devant le voyageur, mais pour vivre avec toute l'intensité dont un être humain est capable. Veux-tu apprendre tout cela, Xiong Ying ? Veux-tu te joindre à nous et te battre à nos côtés ?

— Je le veux.

— Qu'il en soit donc ainsi. Fais-moi une promesse solennelle : que ce savoir ne franchisse jamais les frontières de notre pays.

— Je te le promets. Mais parviendras-tu à me convaincre que tu as été moins coupable que ton ennemi ? Que sa cruauté n'est pas la conséquence de ta cruauté, de ton amour immodéré du pouvoir ? Dans ta quête de l'harmonie parfaite entre la force du corps et celle de l'esprit, tu as oublié que tout cela est absurde en l'absence de la vertu. Si tu me fournis une explication, je l'accepterai, car je suis ton ami, et l'amitié, comme l'amour, ne s'attache pas aux convenances. »

Dan Qing sourit. « Désormais, tu parles et tu penses comme un Chinois, Xiong Ying... Hélas, je ne possède pas de mots capables de te convaincre en cet instant précis. Lorsque ces événements ont eu lieu, j'étais trop jeune pour résister à la fureur corruptrice du pouvoir. J'ai réagi à ce que j'estimais être une menace avec un excès qui semblait totalement normal dans les appartements de la suprême autorité. Une mesure sage pour protéger la dynastie contre le désordre et contre les forces de désagrégation.

« Aujourd'hui, je mesure le mal que j'ai fait en détruisant brutalement l'amour de deux adolescents, en brisant par la violence l'harmonie d'un sentiment cosmique. Il m'arrive de croire que cet acte a blessé mortellement notre pays, l'a désarticulé en trois corps ennemis. Un seul choix s'offre à moi : réparer ces dommages, réunifier notre pays sans économiser mes forces, sans fuir le danger, et guérir la blessure que j'ai moi-même infligée au cœur de Yun Shan. Je pense qu'elle t'aime.

— Que dis-tu là, Dan Qing ?

— Oui, elle t'aime. Voilà pourquoi elle t'évite... elle a peur. Elle craint de s'abandonner une nouvelle fois à un sentiment qui lui sera refusé. C'est elle qui t'instruira, et elle sera pour toi un adversaire implacable à la lutte et à l'escrime. Prends garde, elle pourrait te frapper plus dur que nécessaire. Mais nous n'avons pas le choix. Ni moi ni Yun Shan ne pouvons l'emporter sur Wei, car nous sommes incapables de le haïr vraiment. Comme tu l'as dit, sa cruauté et sa férocité me sont en partie imputables. Quant à Yun Shan, elle a aimé cet individu d'un amour naïf, peut-être inconscient, de jeune fille, voilà pourquoi elle n'est pas en mesure de le tuer, le cœur sûr et la main ferme. Toi seul le peux, toi seul peux ramener l'harmonie dans ce pays.

— En Occident aussi, au Ta-T'sin Guo, une série de meurtres terribles ont brisé l'harmonie. Mon cœur brûle : qui sauvera mon lointain pays ?

— Pour l'heure, n'y pense pas, Xiong Ying. Veille à tenir la promesse que tu as faite à tes compagnons massacrés sans la moindre pitié et à moi-même. J'essaierai, pour ma part, de te procurer des nouvelles de ton pays. Je te le jure. Alors, tu pourras prendre une décision, pas avant.

— Qu'il en soit ainsi, Dan Qing. Commençons sans tarder. Je ne peux plus attendre. »

Le printemps et l'été s'écoulèrent, ponctués d'entraînements exténuants que livraient des maîtres de plus en plus rapides et de plus en plus habiles, de plus en plus durs. Quand Metellus fut en mesure de deviner les intentions de ses adversaires avant qu'ils ne portent leurs coups, on le conduisit à la grande salle des duels. C'était le premier matin d'hiver, en cette année du Dragon, le troisième jour du second mois.

Soudain, le roulement obsédant d'un tambour qui remplissait l'énorme pièce, plongée dans la pénombre, se tut, et un cri strident retentit au-dessus de sa tête. Un coup de pied le toucha à l'épaule gauche et le renversa à terre, où il roula plusieurs fois.

« Défends-toi ! Si je l'avais voulu, je t'aurais tué ! » s'écria Yun Shan, tandis que son pied fendait l'air. Elle le propulsa de nouveau au sol, non loin de Dan Qing, qui lui dit :

« Oublie que c'est une femme. Ce n'est pas une femme, mais un adversaire capable de te tuer. Autrefois tu te battais avec deux glaives. Eh bien, utilise tes mains comme ces armes. Ainsi, tu pourras la battre.

— Maintenant, soyons sérieux », déclara Yun Shan, avant de s'élancer, les mains tendues vers l'avant.

Metellus était déjà debout. Il avait compris la leçon : il devait mettre en pratique l'art qu'un moine lui avait appris pour éviter les blessures infligées par l'épée. Cet art se fondait sur l'utilisation des mains nues. Et maintenant, les siennes jaillissaient avec une rapidité accrue, parant, attaquant, frappant de la pointe et du tranchant.

Yun Shan avait toutefois des surprises en réserve. Ainsi, elle s'accroupit à terre et faucha le Romain d'un coup de pied.

« Tu te bas encore comme un Barbare, lui dit Dan Qing, toujours à ses côtés. L'esprit est beaucoup plus fort que le corps. Regarde ! » Sous ses yeux stupéfaits, il posa les mains au sol et leva les jambes. Il se tenait à présent aussi droit qu'un piquet, la tête en bas. Il écarta une main, puis les doigts de la seconde, l'un après l'autre, jusqu'à ce que son corps repose sur le seul index, aussi dur qu'une barre d'acier.

« Apprends-moi ! le pria Metellus. Apprends-moi le Go Ti. »

Dan Ging se redressa. « Cette discipline est notre arme la plus puissante, notre secret le plus précieux. Aucun Barbare n'a jamais accédé à ce niveau de connaissance. Dis-moi pour quelle raison je devrais t'instruire.

— Parce que je suis ton ami. Parce que en unissant mon destin au tien j'ai perdu tous mes compagnons. Parce que je veux les venger et apporter la paix à leurs âmes en tuant Wei de mes propres mains.

— As-tu encore l'intention de me juger ?

— Non.

— Toi non plus, ma sœur ?

— Moi non plus, mon frère », répondit Yun Shan, la tête baissée et le souffle court.

Metellus reprit alors la parole :

« Sache que, s'il me faut apprendre aujourd'hui, le jour viendra où j'aurai beaucoup de choses à enseigner à tes hommes et à toi-même, des choses que vous ignorez et qui décideront peut-être de l'issue du combat, lorsque nous devrons reconquérir ton trône. »

Dan Qing sourit. « Alors, pourquoi n'as-tu pas sauvé ton empereur ? Je l'ai vu à genoux devant son ennemi. L'aurais-tu oublié ?

— Il a été vaincu par la duperie ! s'écria Metellus, presque hors de lui. Non par le courage ! Je n'ai pas besoin de toi ni de tes secrets. Je recouvrerai mes forces, j'affronterai ce démon de Wei, je le tuerai comme un chien et, si je dois mourir, je mourrai. » Une passion indomptable brillait dans ses yeux.

Yun Shan s'approcha, tandis que Dan Qing observait le Romain sans mot dire : il avait vu, et peut-être compris, dans son regard ce qu'était la vertu de ce Barbare.

« Suis-moi », lui dit-il.

31

Ils se faisaient face, assis sur les talons, le profil souligné par un rayon de lumière. Metellus n'éprouvait plus la gêne qui l'avait envahi la première fois où il avait adopté cette position sous la tente de Darouma, dans l'oasis de Khaboras. Ils gardèrent le silence jusqu'à ce que la lumière faiblisse puis disparaisse. Alors, les ténèbres survinrent.

Désormais, Metellus n'avait plus besoin de sons, de lumière, de points de repère pour éprouver une sensation de complétude. Il savait aussi qu'il était seul, que l'espace était vide, devant lui.

La voix de Dan Qing retentit. Ailleurs. « Où est ton esprit, Xiong Ying ?

— Ici, en moi-même.

— Où ? » La voix ressemblait maintenant à celle de Yun Shan. Au même moment, un rayon de lumière s'abattit sur la pièce, et Metellus découvrit un moine vêtu de noir, au bras ceint d'un ruban rouge, qui se rua sur lui et le toucha au côté.

« Non ! s'exclama Dan Qing. Ton esprit est dans ton côté, là où le coup porte. Attention ! Attention ! »

La salle replongea dans l'obscurité. La silhouette s'évanouit.

« Où est ton esprit, Xiong Ying ? s'écria une nouvelle fois Dan Qing.

— Tu m'avais dit que Yun Shan m'entraînerait !

— Et de fait, c'est elle ! C'est elle qui tire les fils. Tu as beau ne pas la voir, c'est elle qui déplace tes adversaires. À moins qu'elle ne soit elle-même l'adversaire. Attention ! »

Metellus tendit les bas, prêt à parer le coup. La lumière se fit une nouvelle fois, et une autre silhouette surgit, le frappant durement à l'épaule.

Il s'effondra.

L'obscurité reprit ses droits.

« N'oublie pas, Xiong Ying ! C'est la nuit, tu es une jeune recrue, tu montes la garde. D'où vient la flèche de ton ennemi ? Attention ! Attention ! C'est ton instinct qui te le dira. Suis ton *dao*, voilà ! »

Un troisième rayon de lumière, un troisième adversaire.

« N'oublie pas, Xiong Ying ! N'oublie pas, on façonne l'argile pour en faire des vases, mais c'est du vide interne que dépend leur usage[1] ! » Les mains s'élancèrent, pareilles à des griffes, mais les bras de Metellus parèrent le coup. L'adversaire fut englouti par les ténèbres.

Un sifflement, deux bruits sourds. Deux glaives se plantèrent dans le terrain à une courte distance l'un de l'autre. Metellus eut tout juste le temps de les saisir : deux adversaires apparurent, tandis qu'une lueur venant d'on ne savait où éclairait le terrain de combat. Les deux guerriers étaient armés de longues épées chinoises finement gravées.

Le rythme martelant du tambour retentit une nouvelle fois, et une grêle de coups s'abattit sur le Romain.

1. Lao-tseu, *Tao-tö king*, XI, *op. cit.* (*N.d.T.*)

D'un bond digne d'une bête sauvage, celui-ci tourna sur lui-même. Ses glaives parèrent et attaquèrent, opposant leur rude puissance à la souplesse des épées chinoises, aussi sinueuses et enveloppantes que des serpents d'acier. Soudain, les quatre armes s'entrecroisèrent en un enchevêtrement inextricable, brandies avec une force invincible. Un éclair en illumina le sommet.

Les deux moines reculèrent brusquement en faisant grincer leurs lames et plongèrent dans l'obscurité.

Puis un cône lumineux se dessina sur le sol. Yun Shan se tenait au milieu, « Pointe de glace » au poing. La lumière se mit à clignoter. Un mystérieux mécanisme semblait l'obstruer et la libérer de plus en plus vite, au point de brouiller l'image. La jeune fille se rua vers Metellus, pareille à une tigresse. Le combat s'engagea. Les épées s'entrechoquaient, telles des langues de feu, dans des éclairs que reflétaient les yeux des adversaires, empreints d'une énergie sauvage. Elles évoquaient des météores brûlants, des étincelles, et leur fracas déchirait l'immense pièce nue, de nouveau éclairée.

Soudain, Yun Shan fit un bond en arrière et se précipita sur Metellus en assenant un coup d'une terrible puissance. Les deux glaives du Romain jaillirent, se croisèrent sur sa tête et immobilisèrent « Pointe de glace » dans un étau d'acier.

Ils se regardèrent droit dans les yeux, hors d'haleine.

« Tu m'aurais tué ? » demanda Metellus.

Yun Shan garda le silence.

Metellus se rapprocha. « Tu m'aurais tué ?

— Oui. Car la mort que te donnera Wei sera mille fois plus douloureuse. »

Metellus lâcha ses glaives.

« Pointe de glace » s'abattit, inexorable, mais s'arrêta à un souffle de sa tête.

Alors le Romain écarta le bras de Yun Shan et s'approcha davantage. Il pouvait sentir son haleine brûlante. « Mais tu n'as pas pu », dit-il.

La jeune femme rengaina son arme.

Alors Metellus l'étreignit et l'embrassa. Un long baiser ardent, tandis que l'obscurité s'installait.

Ils s'étaient battus toute la journée, jusqu'au crépuscule.

Au même moment, Dan Qing pénétrait dans son logement et refermait la porte derrière lui. Il entendit un son désormais familier, le cliquètement du mécanisme qui faisait tourner la partie supérieure de la cage en argent que Darouma lui avait offerte. Puis il y eut un déclic, si net que le prince se retourna. La porte de la cage s'était ouverte et la colombe s'envolait à travers la fenêtre. Dan Qing la vit passer au-dessus de la cour dans le ciel qui s'obscurcissait et tournoyer, égarée. Il espéra qu'elle reviendrait à la tombée de la nuit, comme beaucoup d'animaux domestiques, car il s'était attaché à elle. Mais l'oiseau se dirigea vers le bois qui revêtait les collines environnantes et disparut rapidement.

Le lendemain, Metellus fut réveillé par un moine. Celui-ci l'avertit que la princesse Yun Shan l'attendait dans la cour du gymnase et le pria de revêtir une tenue appropriée à une promenade à cheval. Impatient, le Romain se lava, s'habilla et gagna la cour en toute hâte. Peut-être allait-il quitter ses quartiers, pour la première fois depuis son arrivée.

Yun Shan sauta à cheval sans lui laisser le temps de la saluer. Metellus l'imita, et ils franchirent au grand galop la porte qui donnait sur le village.

De dimension réduite, celui-ci s'étendait sur un flanc

de la colline. Ses maisons étaient regroupées autour de la voie principale, pavée de pierre grise. Dans sa course rapide, Metellus remarqua qu'il n'y avait pas de moines à l'entour : ils se trouvaient sans doute à l'intérieur de la forteresse. Il vit aussi que les passants avaient un aspect particulier, très différent de celui auquel il était à présent habitué.

Ils traversèrent le village et atteignirent un épais bois de bambous, qui s'étendait vers le sud, menant à des collines verdoyantes. À leurs pieds, coulait un fleuve, bordé d'arbres gigantesques, à l'évidence très vieux. Vers l'ouest, se dressaient des rochers gris à l'allure imposante. Leur couleur et leur taille formaient avec la campagne un contraste très net. On aurait dit un monument naturel. Le couple s'y dirigea.

Au bout d'un moment, Yun Shan sauta à terre, laissant sa monture libre de brouter l'herbe. Metellus, qui ne connaissait pas la sienne, préféra l'attacher à un arbuste. Puis il rejoignit la jeune fille, appuyée à un arbre immense qui avait poussé entre les rochers, et chercha son regard.

« Comment te sens-tu ? demanda-t-elle.

— Comme un homme qui a ressuscité d'entre les morts. Comme un homme nouveau.

— Cela doit être agréable.

— Oui, en partie, même s'il m'est difficile d'oublier ma vie précédente... Pourquoi t'es-tu appliquée à m'éviter ?

— Je voulais que tu affrontes tes souvenirs pendant que je luttais contre les miens. Je crois que nous pouvons maintenant nous regarder droit dans les yeux sans nous blesser.

— Es-tu toujours persuadée que mon adversaire m'anéantira ?

— Il connaît les secrets d'un art séculaire...

— Et mon initiation remonte seulement à quelques mois.

— Mais tu as été entraîné dans le gymnase que Mo lui-même dessina. Rares sont ceux qui ont eu ce privilège.

— Comment produit-on les rayons de lumière qui éclairaient soudain la salle ? Et par quel mystère mes adversaires surgissaient-ils d'une manière aussi brusque ?

— Je ne le sais pas exactement. Je crois qu'il s'agit d'une machine.

— Dan Qing le sait-il ?

— Non. Le chef de cette secte, un moine d'âge vénérable dont Wangzi, mon maître, a été l'élève, en conserve le secret.

— Je vais devoir utiliser les arts que tu m'as enseignés pour défaire Wei... Mais, à y bien réfléchir, il est lui-même une victime. »

Yun Shan baissa la tête. « C'est vrai, dit-elle dans un souffle. Cependant la route que Wei a choisie ne peut mener qu'à la destruction, à un pouvoir cruel et sans limites. Les "Renards volants" ne sont autres qu'une confraternité de fanatiques sanguinaires, des automates qui lui obéissent aveuglement. Une chose m'inquiète...

— Je sais ce que tu veux dire. Au cours du combat qui nous a opposés, j'ai eu la sensation très nette que les "Renards volants" se mouvaient comme les membres d'un seul corps, commandés par un seul esprit.

— Je crois que tu as vu juste. C'est, à mon avis, la vérité. On ne parvient pas à un tel résultat sans avoir abandonné tout respect la condition humaine.

— Certaines blessures ne peuvent cicatriser. »

Yun Shan plongea les yeux dans ceux du Romain, qui y lut une terrible mélancolie. Il lui caressa les cheveux. Alors la jeune fille tourna le dos et gagna une grotte, qui s'ouvrait au pied des grands rochers gris, où elle pénétra.

Metellus songea que, s'il y entrait à son tour, sa vie changerait et que rien ne serait plus comme avant, mais il songea aussi qu'il désirait Yun Shan plus que sa propre vie. Son parfum, qui l'avait ramené de l'au-delà, l'emportait en intensité sur tout autre souvenir. Il entra donc. Il se trouvait maintenant dans une grande cavité naturelle, dont les parois, striées de calcaire, étaient gravées de scènes de chasse. Des troupeaux d'animaux fuyaient devant des cavaliers au galop qui bandaient leurs arcs. Des images d'une antiquité abyssale, dans un pays déjà très antique.

Le fond de la grotte était recouvert d'un sable doré où se dessinaient des empreintes de pieds nus.

Soudain elle fut devant lui, le regard si ardent qu'il eut l'impression que son âme et son corps brûlaient. Le contact de sa peau et de ses cheveux épars effacèrent bientôt toutes ses pensées.

Enlacés, ils se laissèrent tomber sur ce lit moelleux, revêtu de leurs habits, s'embrassèrent et se cherchèrent de leurs mains tremblantes. Metellus huma le parfum de la jeune fille sur ses cheveux, ses lèvres, son ventre doux, enflammé de désir. Il la couvrit de baisers, tandis qu'elle se livrait à la chaleur de son souffle, offrait son corps intact à sa passion, au frisson tumultueux du désir.

Ils s'aimèrent d'abord avec fougue, puis plus doucement. Enfin, ils s'abandonnèrent, exténués, à la voix du vent qui soufflait parmi les bois de roseaux géants.

« Resteras-tu avec moi, Xiong Ying ?

— Je resterai avec toi. » Metellus était sincère. Un calme profond avait succédé à la tempête des sens et de l'esprit, la conscience que son destin était tracé sur cette terre infinie, sur ce territoire veillé par des dragons invisibles auxquels il était impossible d'échapper.

« Tu oublieras, dit Yun Shan. Quand tu auras gagné, tu oublieras. Tu apprendras à renaître avec le soleil, chaque matin. »

Sur le chemin du retour, ils firent une halte pour contempler les remparts de la citadelle, éclairés par le soleil qui se couchait derrière les montagnes. Comme les pavés, aussi lisses que du marbre, étaient glissants, ils poursuivirent leur chemin à pied en tenant leurs chevaux par les rênes.

« Likien est le seul centre de résistance contre Wei, expliqua Yun Shan. Et si personne ne l'a défait, c'est parce que personne n'en connaît l'emplacement. De plus, il est difficile d'y accéder, car il est défendu d'un côté par une paroi escarpée, et de l'autre par cette épaisse forêt de bambous qui l'environne et la dissimule à la vue jusqu'à son voisinage immédiat. »

L'attention de Metellus fut attirée par une colombe qui décrivait dans le ciel de larges cercles. « Seul cet oiseau peut voir le village et compter ses maisons.

— Oui. Mais il ne peut parler. Il est donc incapable de le rapporter à qui que ce soit. »

Un enfant, qui portait deux seaux d'eau pendus à une perche, s'immobilisa, intrigué par l'étranger.

Metellus fut stupéfait : il avait le nez droit et de grands yeux sombres. Il s'approcha, effrayant sans le vouloir le petit, qui laissa tomber son fardeau et s'enfuit en courant.

« Attends ! Attends ! Je ne veux pas te faire de mal », lui cria-t-il.

L'enfant pivota. Voyant que Yun Shan lui souriait, il revint sur ses pas. Metellus fléchit sur ses jambes et se porta à la hauteur de ses yeux. Il constata que ses traits n'étaient pas ceux d'un Oriental. Une étrange émotion assaillit l'homme et le garçonnet, tandis qu'ils mesuraient leur ressemblance.

« Son visage t'est familier, n'est-ce pas ? lui lança Yun Shan.

— Oui, répondit le Romain, les yeux luisants. Oui. »

Intimidé, l'enfant recula, jeta la perche sur ses épaules et s'en alla.

« Yun Shan, comment cela est-il possible ? Comment cela est-il possible ? Ces traits, la couleur de ses yeux... »

Metellus laissa sa phrase en suspens : un homme venait à la rencontre du garçonnet et le déchargeait de ses seaux. Son père, probablement. Il était plus grand que la normale, avait une barbe fournie, la mâchoire carrée et le nez aquilin. Il rappela un peu au Romain son fidèle centurion, Sergius Balbus.

« Comment est-ce possible ? Cet homme a...

— Ces traits ? Ces yeux et cette barbe ? »

Ils remontèrent à cheval et poursuivirent leur route au pas, côte à côte. Yun Shan reprit la parole : « Une vieille histoire circule dans cette région...

— Quelle histoire ?

— Celle des trois cents démons mercenaires... À l'époque de notre empereur Houang-ti, il se produisit un événement étrange sur nos frontières. C'était il y a trois cents ans, et nous étions confrontés aux incursions des Barbares du Nord que nous appelons les Hiong-nou. L'empereur n'en vint à bout qu'après avoir semé la discorde parmi eux et soutenu une faction tribale...

— *Divide et impera*, murmura Metellus.

— Qu'as-tu dit ?

— Diviser pour régner. Tous les empires recourent à cette méthode, y compris le nôtre. Mais continue, je t'en prie.

— L'un des deux maréchaux qui avaient poussé vers l'ouest pour sécuriser la route de la soie apprit par l'un de ses éclaireurs que des soldats étrangers s'étaient emparés d'un fortin, sur la frontière.

« Il envoya aussitôt sur les lieux un détachement de fantassins et de cavaliers avec l'ordre de chasser les étrangers, mais ses hommes subirent de lourdes pertes. Le grand maréchal fit passer par les armes le commandant vaincu et envoya un second détachement, plus aguerri et plus fourni, auquel il enjoignit de ne pas rentrer avant d'avoir accompli sa mission.

« Le second détachement attaqua, cependant il fut lui aussi repoussé par ces irréductibles. À leur retour, les éclaireurs décrivirent les démons étrangers : des êtres velus aux yeux ronds et à la mâchoire carrée, horribles à voir... »

Metellus jeta un coup d'œil aux poils qui recouvraient ses bras et passa une main sur son menton. Il sourit.

« Ils se battaient en adoptant une position en écailles de poisson et en posant leurs boucliers sur leur tête. » Yun Shan prononça la dernière phrase avec fougue et émotion. Elle revoyait les Romains résister désespérément aux assauts des « Renards volants » dans l'arène.

Metellus songeait lui aussi à cet épisode douloureux, mais il s'efforçait de le chasser de son esprit. « Continue, dit-il.

— Furieux, le grand maréchal décida d'assiéger le fortin. Des rochers et des flèches en acier d'une taille inimaginable se mirent alors à pleuvoir des remparts, comme lancés par des mains et des arcs de géants invisibles. »

Des arbalètes et des catapultes, pensa Metellus, de plus en plus troublé par cette histoire.

Yun Shan poursuivait : « La terreur se répandait parmi les troupes, découragées. L'apprenant, l'empereur Houang-ti décida de gagner l'avant-poste et de voir les étrangers de ses propres yeux.

« Impressionné et ému par leur courage extraordinaire, il demanda à parler à leur commandant, mais ils ne possédaient pas de langue commune. Il leur envoya alors un maître qui leur apprit le chinois, et quand ils furent en mesure de se comprendre, ils négocièrent.

« Houang-ti autorisa les étrangers à demeurer dans le fortin qu'ils avaient occupé, à condition qu'ils défendent ce tronçon de frontière contre d'éventuels envahisseurs. Trois cents d'entre eux acceptèrent d'entrer à son service en qualité de gardes du corps. Ils le servirent fidèlement en de nombreuses occasions. Quand l'empereur mourut, il donna aux membres de sa garde le droit de fonder un *tituan*, une colonie, et de vivre librement ici, à Likien. Maintenant que j'y pense, les habitants te ressemblent un peu... », conclut-elle en regardant Metellus comme si elle le voyait pour la première fois.

Il avait les larmes aux yeux.

« Que t'arrive-t-il, Xiong Ying ?

— Quand as-tu dit que cet épisode s'est produit ?

— Si mes souvenirs sont bons, au cours de la vingt-deuxième année de règne de Houang-ti et donc... il y a trois cent quinze ou trois cent seize ans.

— Ils venaient du Ta-T'sin, comme moi, n'est-ce pas ?

— C'est possible. Oui, à en croire la façon dont vous vous êtes battus dans l'arène, vos boucliers sur la tête.

— Il y a trois cent quinze ans... Il faut que je le transpose dans notre calendrier... Cela signifie, cela signifie... sept siècles après la fondation de notre ville... de la capitale du Ta-T'sin Guo. Oh, dieux du ciel ! C'est la légion perdue !

— Qu'est-ce que cela veut dire ?

— Deux ans avant les événements que tu viens de me décrire, une de nos armées fut anéantie au cours d'une grande bataille contre les Perses. Un seul détachement, une seule légion, parvint à rompre l'encerclement et à se sauver, mais elle s'évanouit dans le néant. Jamais personne ne sut ce qu'elle était devenue... »

Le soleil se couchait derrière les toits de Likien, recouverts de tuiles rouges, les nuages se teintaient d'orange puis de gris, tandis que le son des cors qui invitait à la méditation retentissait dans la vallée.

« Dans le reste du pays, poursuivit Yun Shan, ces hommes devinrent une légende. On murmurait qu'ils étaient invincibles et qu'ils surgiraient de leurs tombes le jour où la dynastie des Han serait menacée...

— Ils n'ont laissé aucun signe de leur présence ? As-tu jamais rien remarqué de particulier dans le village ou aux environs ? »

Yun Shan baissa la tête, comme si ces mots l'avaient troublée, puis elle dit : « Suis-moi... peut-être la grande pierre verte...

— Qu'est-ce que c'est ?

— Suis-moi. S'il s'agit bien de ce que je pense, tu pourras peut-être comprendre. » Elle poussa son cheval sur une pente pavée qui menait au sommet du village, et Metellus lui emboîta le pas.

Ils atteignirent bientôt une paroi rocheuse, à laquelle on accédait par un large escalier et dont la partie inférieure semblait taillée par une main humaine. Yun Shan mit pied à terre et, s'étant assurée que Metellus l'avait rejointe, écarta les plantes grimpantes qui recouvraient la pierre. Une inscription s'y étalait, usée par le temps.

C'était du latin !

Les yeux de Metellus s'embuèrent. Il caressa ces signes et eut l'impression qu'ils étaient encore tièdes, comme s'ils venaient juste d'être gravés par les hommes qui avaient échappé au massacre de Carrhes, les hommes de la mythique légion perdue !

« Ce sont eux ? interrogea Yun Shan d'une voix inquiète. Ils venaient vraiment de ta patrie ? »

L'air grave, Metellus hocha la tête sans ôter la main de la roche. « Il y a trois cent quinze ans. Ils ne revinrent jamais. Ils ne revirent jamais leurs femmes et leurs enfants. Ils gravèrent cette inscription puis décidèrent de ne plus parler leur langue maternelle, pas même entre eux. Pour oublier... Pour ne pas souffrir. C'est ce qui est écrit ici, conclut-il en posant l'index sur les dernières lignes.

ITAQUE LINGVAE MAIORUM ET ELIGIMVS OBLIVISCI
NE POENA AMISSAE PATRIAE INTOLERABILIS FIERET

« "Nous décidâmes ainsi d'oublier la langue de nos pères afin que la nostalgie de la patrie perdue ne nous soit pas insupportable..." Ils l'ont écrit pour moi, dit-il en appuyant la tête contre la paroi. Personne d'autre, avant moi, n'aurait pu la lire. »

32

La colombe pénétra par une petite fenêtre dans la tour qui surmontait, à l'est, le palais impérial de Luoyang, et se posa sur un perchoir, au pied duquel l'attendaient de l'eau propre et des graines. Le domestique chargé du colombier la laissa boire et manger tranquillement puis, l'entendant roucouler, se saisit d'elle.

Il gagna à toute allure les appartements du rez-de-chaussée, se présenta à l'entrée de la salle d'audience et s'adressa aux gardes. L'un d'eux disparut un instant à l'intérieur puis le conduisit auprès de l'eunuque.

Wei s'empara de l'oiseau. Le pressant contre sa joue, il murmura : « Tu es enfin de retour ! Tu vas nous conduire au lieu de ton séjour. Tu vas nous conduire à Likien, n'est-ce pas, ma jolie ? »

Le serviteur recula vers l'entrée, persuadé que l'eunuque connaissait le langage des animaux.

Celui-ci assena un coup à un disque de bronze qui pendait entre deux colonnes. Un de ses fidèles, le commandant des « Renards volants », surgit sans tarder.

« Mon seigneur, dit-il en s'inclinant.

— Cette colombe a effectué un long voyage et elle est très fatiguée, mais quand elle aura recouvré ses forces, elle nous mènera à la forteresse du “Lotus rouge”, à Likien. Nous anéantirons nos ennemis, de même que nous avons éliminé les disciples de Wangzi, au monastère des Eaux susurrantes. Rassemble tous tes camarades dans la grande cour intérieure. Je vous y rejoindrai bientôt. Et envoie-moi le surintendant aux forces de surveillance. »

Demeuré seul, Wei contempla la colombe qui reposait contre sa poitrine et la caressa de ses doigts de cire. Il semblait éprouver pour elle un véritable amour. Il la souleva dans la paume de sa main droite et l’approcha de son nez, lui tenant la tête entre l’index et le pouce.

Le surintendant Zhong Wu pénétra dans la salle. Il s’immobilisa à vingt pas du trône et se fléchit en une profonde courbette.

« La possibilité nous est enfin donnée d’accéder à Likien et de détruire le refuge du “Lotus rouge” », annonça l’eunuque d’une voix blanche, comme s’il parlait d’un événement sans importance.

Zhong Wu baissa la tête en signe de respect, même s’il tentait en réalité de dissimuler une grimace de déception. Être devancé par son maître constituait, en effet, un échec pour lui.

« Mets sous surveillance tous les individus douteux et prends les mesures nécessaires en cas de mouvements suspects. Arrête et emprisonne les espions, ou élimine-les tout simplement, ou encore suis-les discrètement et à distance de manière à en savoir plus long sur les réseaux de résistance. Il est inutile que je t’apprenne ton métier, j’imagine. »

Le surintendant s’inclina une nouvelle fois. « Tes

conseils sont toujours précieux, et je suis toujours prêt à les mettre en pratique, mon seigneur. »

Wei s'abstint de commenter ces flatteries et continua de caresser la colombe. Les pattes serrées entre les doigts et le corps entre les paumes de ses mains, l'animal ne pouvait bouger que la tête, ce qu'elle faisait sans cesse, comme si elle était en proie à une profonde agitation.

Zhong Wu reprit : « Une fois éliminée la progéniture corrompue de l'empereur, une fois le dernier héritier tué, tu pourras déclarer la dynastie régnante déchue et être proclamé Fils du Ciel. »

Wei soupira. « Je t'avais confié une autre tâche.

— Je le sais, seigneur.

— Alors ?

— J'ai porté mon choix sur quelques sujets, des petits orphelins, ou des nouveau-nés que leurs parents sont prêts à céder en échange d'une grosse somme d'argent ou de faveurs. Nous examinons leurs attitudes et leurs dispositions naturelles, leur intelligence, leur esprit, leur audace. Il n'est pas aisé de détecter ces qualités chez des enfants aussi jeunes.

— L'élu devra me considérer comme son père. Une fois que nous aurons pris Likien, il aura aussi une mère. Et maintenant, va. Fais ce que je t'ai dit. »

Le surintendant gagna la sortie. Sans lâcher la colombe, Wei quitta son siège, à côté du trône impérial, sur lequel il ne s'était pas encore résolu à s'asseoir, et se dirigea vers la cour intérieure du premier pavillon.

À sa vue, le commandant du piquet de garde accourut, prêt à écouter ses ordres.

« Fais appeler un détachement de cavaliers, lui enjoignit-il. Les plus rapides que nous ayons. Sur-le-champ. »

L'officier se précipita vers le corps de garde et distribua des instructions à ses subordonnés. Un peu plus tard, un groupe de cavaliers, des auxiliaires des régions du Nord-Ouest, se présentèrent, montés sur des chevaux de la steppe, des animaux infatigables, plus coûteux que des tigrons, présent traditionnel du Siam aux souverains. Leur rapidité et leur résistance leur valaient le surnom de « coursiers sueurs de sang ».

« Vous devrez suivre cette colombe, expliqua Wei. Contrairement à ses congénères, elle sait regagner un lieu où elle a passé plus de six mois. Gare à vous si vous la perdez de vue ! Vous serez punis de manière exemplaire. Et vous savez ce que je veux dire. »

Les cavaliers écoutaient, immobiles sur leurs chevaux bourrus, dans leurs grosses tuniques en cuir croisées sur la poitrine.

« Chaque soir, l'un de vous retournera à la garnison de Luoyang pour nous informer sur la position de votre détachement jusqu'à ce que vous soyez en mesure de nous communiquer l'emplacement de Likien. Notre expédition sera prête pour conquérir le village et la forteresse. N'ayez pas peur, votre mission ne sera pas difficile. Cette créature vous servira de guide. »

Écartant les mains, il libéra la colombe, dont il observa le vol, d'abord incertain, puis de plus en plus ample, dans le ciel lumineux de la mi-journée. Les cavaliers s'élancèrent au galop dans le sillage de leur guide ailé.

Wei regagna la grande salle silencieuse et se plongea dans une profonde méditation. Il cherchait le lieu perdu où se cachaient ses ennemis implacables, tels que Yun Shan et le Barbare qui – il le devinait – avait survécu à ses coups et au massacre de ses compagnons. Yun Shan l'aimait-elle ? La force de cette pensée aiguisait son chagrin et les doutes qui le rongeaient. La jeune fille avait oublié le sentiment qui les avait unis dans leur adolescence et les tourments qu'il avait dû subir. Il se rappelait ses paroles, après le duel qui les avait opposés en pleine nuit près des remparts de Luoyang.

La puissance de sa pensée, alliée à la haine qui s'échappait de son esprit tel un flot de poison, ne suffisait toutefois pas à lui révéler ce qui se passait là où Yun Shan se consacrait à un autre homme et, peut-être, lui ouvrait son cœur. Il était contraint d'imaginer des scènes de regards et de caresses, de désirs secrets. Il souhaitait de toutes ses forces la mort de son adversaire sans réussir à comprendre pourquoi le coup qu'il lui avait infligé, à la fin du combat, ne lui avait pas écrasé le cœur.

Il médita pendant plusieurs jours sans se nourrir, se contentant d'une infusion d'herbes amères. Son état de prostration lui présentait à l'esprit des scènes idylliques. Il se voyait en compagnie de Yun Shan et de leur enfant, un bébé qu'il avait choisi d'élever au palais afin de donner naissance à une nouvelle dynastie, il lui enseignait les bases du savoir, tandis que sa mère lui apprenait les rites qui rapprochent l'homme du Ciel. Mais ces images ne lui laissaient qu'un sentiment de frustration cuisant et de furieuse colère, que seul le sang versé pouvait apaiser.

Il interrompait sa méditation à l'arrivée de l'estafette qui décrivait le vol de la colombe, ainsi que les étapes du voyage menant à Likien. Cet événement jetait dans son cœur une impatience presque enfantine.

Pour apaiser la brûlure de la haine, il s'entraînait à la calligraphie en choisissant de fins tissus de soie couleur ivoire, le support sur lequel on avait rédigé les textes classiques qui avaient échappé à l'incendie de la grande bibliothèque de Luoyang : les idéogrammes d'une ancienne version du *I Ching*, le livre des oracles. Sa main semblait s'appliquer à tracer les lignes changeantes de l'hexagramme couplé qui lui ramenait à l'esprit l'image d'une stèle funéraire. Il cherchait alors une réponse dans les oracles gravés sur les omoplates de taureaux et de béliers, qu'il jetait furieusement sur le sol de la salle du trône.

La stèle funéraire. Un présage de mort. Mais à qui s'adressait-il ?

Un soir, un de ses domestiques pénétra dans ses appartements, et Wei comprit à son attitude qu'il lui apportait une mauvaise nouvelle.

« Un homme t'attend, mon seigneur », dit-il avant de se retirer précipitamment.

Wei gagna la salle des audiences, où il eut la confirmation de son pressentiment. Une des estafettes de la cavalerie impériale se tenait là, l'air effrayé.

« Nous avons perdu la colombe, mon seigneur », annonça-t-il. Le visage de Wei se contracta en une grimace de dégoût et de colère. « Nous avons cherché partout, poursuivit l'homme, nous nous sommes séparés et avons suivi toutes les directions possibles, mais nos chevaux ne pouvaient emprunter le terrain qu'elle survolait. Personne n'avait prévu cette éventualité, mon seigneur, un éventualité que... » Il n'eut pas le temps d'achever sa phrase : le bras de Wei jaillit et sa main le frappa à la base du cou. L'homme s'effondra sans un gémissement.

L'eunuque retourna ensuite dans ses appartements. Il s'assit, s'empara d'un pinceau et reproduisit sur la soie un très vieil oracle.

Sa main se mouvait avec grâce et élégance, et les

idéogrammes s'épanouissaient comme par magie, telles des fleurs dans une prairie. Son bras était presque immobile et suspendu, seul son poignet bougeait. L'encre semblait couler de son corps en une hémorragie d'humeurs malignes. Enfin, il posa son pinceau sur un support en bois de rose et se recueillit. Ses traits se détendirent, tout comme ses membres, et ses yeux se fermèrent à demi.

Il s'absorba dans cet état d'inconscience apparente, et le palais parut plonger, lui aussi, dans le silence.

De temps à autre, une servante attachée à sa personne entrait, apportant un plateau où reposait une tasse fumante, l'infusion qu'il avait coutume de boire au milieu de la matinée et de l'après-midi. Elle s'attardait quelques instants, à une distance respectueuse, en l'épiant d'un air à la fois craintif et admiratif, sans doute captivée par la beauté féroce de son seigneur. Puis elle abandonnait le plateau sur une table et s'en allait. Elle disparaissait parmi les tentures de soie indigo, agitées par la brise qui soufflait toujours dans le palais, grâce à un jeu savant de conduits secrets et de surfaces polies.

Enfin, un autre messager fut annoncé, et Wei se leva, s'arrachant à sa torpeur. Parvenu à la salle des audiences, il reconnut en lui un « Renard volant ».

« Mon seigneur, dit l'homme, notre chef me charge de te dire qu'il a fait suivre la cavalerie par certains de nos hommes, munis des instruments appropriés aux terrains escarpés. Il espère que tu lui pardonneras cette initiative qu'il a osé prendre sans t'en informer. Car elle a été couronnée de succès. La colombe a mené nos hommes là où les chevaux ne pouvaient s'aventurer, et nous connaissons maintenant l'emplacement de Likien. Les cavaliers ont été avertis, ils ont établi leur camp à bonne distance de la forteresse, où ils se tiennent à présent, silencieux et invisibles. Ils sont en mesure de nous envoyer des informations afin que nous puissions prendre les mesures adéquates et effectuer les mouvements nécessaires. »

Wei exulta sans le montrer. « Dis à tes frères de se tenir prêts. Nous partirons dès que possible en campagne. Les meilleurs détachements de l'armée impériale nous accompagneront en nombre suffisant pour garantir le succès de notre entreprise. »

Trois jours plus tard, l'expédition fut prête. Wei la menait personnellement, à la tête des « Renards volants ». Il montait un cheval du Xixia, aussi noir et luisant que l'aile d'un corbeau, que lui avait offert un de ses maréchaux du Sud-Ouest.

Le long cortège de cavaliers, fantassins, chariots et bêtes de somme défila aux premières lueurs de l'aube le long des rues silencieuses de la ville.

Darouma fut réveillé par le crépitement des sabots sur les pavés, alors qu'il dormait d'un sommeil agité dans la chambre du caravansérail où il était installé depuis un certain temps. Il s'habilla en toute hâte, descendit dans la cour et la traversa.

Devant son entrepôt, une voix retentit : « Tu es bien matinal, Darouma. »

33

Le soleil se couchait sur la vallée, éclairant les rochers qui dominaient, à l'est, le village de Likien et, du côté opposé, les toits du monastère où vivaient les guerriers du « Lotus rouge », perché sur le haut plateau, au-dessus d'un méandre.

Dan Qing contemplait la tombe de l'empereur Houang-ti, veillée par des dragons ailés à la gueule grande ouverte et précédée d'un escalier majestueux. De cette position dominante, il parvenait aussi à distinguer le sentier qui montait vers la porte sud. Son attention fut soudain attirée par un petit nuage de poussière, qui se déplaçait rapidement en direction de la citadelle. Bientôt, il entrevit un cavalier lancé au grand galop.

Il le vit franchir la porte, sauter à terre et échanger quelques mots avec les gardes. Ceux-ci lui indiquèrent la route pavée qui menait à la grande tombe impériale. Quelques instants plus tard, il se présenta, couvert de poussière et en nage.

« Prince, nos observateurs nous ont envoyé un signal. Wei marche sur Likien. »

Dan Qing s'assombrit. « Comment peuvent-ils l'affirmer ? À quelle distance se trouve-t-il ?

— À environ deux semaines de marche, mais il a

déjà disséminé des éclaireurs à cheval jusqu'au pied du haut plateau. Nous sommes donc convaincus qu'il se dirige vers nous. Voilà pourquoi nous avons cru bon de t'avertir. Peut-être nous trompons-nous.

— Vous avez bien agi. Quel est leur nombre ?

— Ils sont environ trois mille hommes, ainsi que deux cents "Renards volants". Wei a pris leur tête.

— Alors je crains qu'il n'y ait plus de doute sur leur destination. Qu'on te donne une chambre et une place dans l'écurie pour ton cheval. »

Metellus et Yun Shan survinrent sur ces entrefaites, à l'évidence informés par le corps de garde.

« De mauvaises nouvelles ? interrogea Metellus.

— L'usurpateur marche sur Likien. Il se trouve à deux semaines de route. Il est accompagné d'un grand nombre de soldats et des "Renards volants". Nos chances de survie sont infimes. Peut-être devrais-tu partir, Xiong Ying.

— Partir ? demanda le Romain avec un sourire amer. Et où irais-je ? »

Dan Qing se tourna vers l'escalier monumental et lui lança : « Es-tu prêt ? »

Metellus acquiesça. D'un signe, il invita Shun Yan à le suivre.

« Non, répondit la princesse. Vas-y seul. »

Dan Qing s'empara d'une torche, fixée au mur d'enceinte, et entreprit de gravir les marches qui menaient à la tombe de l'empereur. « J'ai su par Yun Shan que tu as vu la pierre gravée.

— Je l'ai vue.

— Ils venaient donc de ton pays ?

— C'est évident. La pierre verte porte une inscription dans ma langue.

— Yun Shan t'a-t-elle parlé de la légende ?

— Elle me l'a racontée. »

Dan Qing s'immobilisa. Plongeant les yeux dans ceux de Metellus, il dit : « Aimerais-tu... les voir ?

— Tu te moques de moi ?

— Pas du tout. L'empereur Houang-ti demanda à être enseveli ici à Likien. Il voulut que les trois cents démons mercenaires montent la garde devant sa tombe pour l'éternité. Voilà sans doute l'origine de la légende.

— Je ne comprends pas.

— Alors suis-moi. Si tu choisis de rester ici et de risquer ta vie, il convient que tu rencontres ceux qui t'ont précédé. »

Tout en parlant, ils avaient atteint le sommet de l'escalier. Dan Qing alluma sa torche à l'un des trépieds votifs qui brûlaient devant l'entrée et indiqua à Metellus la statue d'un dragon. « Fais-la tourner vers la gauche. Pendant ce temps, je ferai tourner la seconde dans l'autre sens. »

Metellus obtempéra. Aussitôt, ce qu'il avait pris pour une paroi rocheuse recula, s'ouvrant sur un couloir.

Le soleil avait à présent disparu derrière les montagnes. Dan Qing jeta un coup d'œil au ciel et pénétra dans le boyau, suivi par son compagnon.

Ils parcoururent une trentaine de pas entre deux parois de roche, où l'on avait gravé d'anciens oracles, puis ils trouvèrent une ouverture sur la gauche, ainsi qu'une vingtaine de marches qui conduisaient à une crypte. Dan Qing brandit sa torche, offrant aux yeux incrédules de Metellus un vaste hypogée et un spectacle fantasmagorique. Le sarcophage de l'empereur Houang-ti était sculpté dans un unique bloc de jade aux reflets changeants, du vert au doré, et veillé par trois cents statues. Bien qu'elles fussent exécutées dans le style chinois, elles représentaient des légionnaires romains de l'époque républicaine, vêtus de leurs véritables armures. Les casques et les cuirasses, encore en bon état, reflétaient la lumière de la torche.

« Par les dieux... par les dieux tout-puissants... je n'arrive pas à le croire », murmura Metellus en se déplaçant parmi ces guerriers immobiles, dans l'atmosphère atemporelle du grand hypogée.

Ils portaient tous à leur cou le *titulus*, leur plaque d'identité en lame de plomb, et Metellus put y lire d'une voix émue leur nom, leur détachement, les honneurs qui avaient récompensé leur courage. Il déambulait le long de ces rangées inquiétantes comme s'il passait en revue une armée de fantômes.

Soudain, la lumière de la torche arracha à l'ombre une statue d'un autre genre. Elle ne représentait pas un soldat, mais un homme vêtu d'une longue tunique et d'une cape, qui était assis, un coffret sur les genoux. Cet objet n'avait pas été façonné dans l'argile, il était authentique. L'inscription suivante s'y étalait :

CORNELIUS AGRICOLA, PRAEFECTUS FABRORUM

« Comprends-tu ce que cela signifie ? interrogea Dan Qing. Nombre de nos moines se sont ingéniés en vain à déchiffrer... ça. » Il ouvrit le coffret et exhiba une série de rouleaux.

Metellus en dévida un avec prudence et l'approcha de la flamme, qui révéla des signes, des formules, des dessins, des plans de construction, des instructions d'assemblage en latin et en grec.

« Je... je ne peux pas le croire, continuait-il de dire, stupéfait, en poursuivant sa lecture.

— Que sont donc ces rouleaux ? De quoi s'agit-il ?

On y voit des dessins de machines, et pourtant nos moines ne sont parvenus à y trouver aucune signification.

— Les instructions sont rédigées dans un ancien code de l'armée, et les séries de dessins sont disposées en sens inverse. Cet homme était le plus grand inventeur d'engins de guerre de son époque. Il a disparu brusquement et il n'est plus rien resté de son œuvre... Ces documents vont nous aider à gagner notre bataille, en dépit de notre infériorité numérique. Tu comprendras que toutes les civilisations, y compris les plus avancées, ont toujours quelque chose à apprendre des autres. Et maintenant, réponds-moi. Y a-t-il d'autres sorties ?

— Oui, plusieurs.

— Il faut que je connaisse leur emplacement et l'endroit où elles débouchent.

— Que comptes-tu faire ? »

Metellus balaya du regard les armures d'acier, les épées suspendues aux ceinturons. « Tu le sauras bientôt. Pour l'heure, repartons. Nous n'avons pas un instant à perdre. »

Alors qu'ils débouchaient au sommet de l'escalier extérieur, sous un ciel étoilé, Metellus se tourna vers le prince : « Il faut que tu m'autorises à enrôler et à entraîner des hommes à Likien et dans les campagnes environnantes. »

Dan Qing vit que les yeux de Xiong Ying brillaient d'une lumière nouvelle. Le chef d'armée avait ressurgi en lui, il était prêt à combattre. Il répondit :

« D'accord. Je te donnerai un de mes aides de camp. Mais n'oublie pas que tu dois poursuivre ton entraînement. Yun Shan t'attend au gymnase.

— Je le sais. Adieu.

— Xiong Ying.

— Oui, prince.

— Écoute-moi bien. Ce qui va se produire n'était pas prévu, et je dois être sincère avec toi. Hélas, nos chances de survie sont très limitées. Les forces de Wei sont en nombre écrasant et nos remparts ne pourront pas résister très longtemps. En outre, nous aurons à affronter les "Renards volants". Tu sais ce que cela signifie, n'est-ce pas ?

— Je le sais.

— Alors, réfléchis bien. Ceci n'est pas ta guerre. Tu as fait tout ton possible et tu as payé un prix très élevé. Si tu le souhaites, tu peux partir. Je ne te demande qu'une seule chose : donne-moi ta parole de soldat que tu ne révéleras à personne ce que tu as appris ici. J'ai confiance en toi. »

Metellus sourit. « Je pense, en revanche, qu'il est trop tard. Un morceau de mon cœur est à Likien, tu ne crois pas ? Et puis, pourquoi t'inquiètes-tu ? La légende n'affirme-t-elle pas que, le jour où la dynastie sera en danger, les trois cents démons mercenaires surgiront de la tombe et mettront l'ennemi en déroute ? Passe une bonne nuit, prince.

— Toi aussi, Xiong Ying. »

Metellus disparut dans l'obscurité.

Deux semaines durant, le quartier sud de Likien retentit jour et nuit d'étranges bruits, de coups de maillet incessants, du halètement des soufflets, de cris destinés à encourager les efforts communs de nombreux hommes. Mais toute l'activité dont ces bruits témoignaient se déroulait à l'intérieur d'un vaste entrepôt, réservé au battage du riz, où l'étranger que tout le monde nommait Xiong Ying avait établi sa base.

Les hommes qui s'étaient placés sous ses ordres ne se montraient pas au cours de la journée, ils n'abandonnaient les lieux qu'avec l'obscurité et les regagnaient avant le lever du jour.

Un jour, les portes du grand bâtiment s'ouvrirent et l'on en tira d'étranges engins montés sur roues, dont on ne pouvait deviner que la forme, dissimulée sous de larges draps.

Dan Qing accourut aussitôt, suivi de Yun Shan. Tous deux contemplèrent avec stupeur et admiration leurs grandes dimensions et leur merveilleuse conception.

« Ce sont des machines extraordinaires, dit Dan Qing. Mais que lancent-elles ?

— Des pierres, des dards, de la poix enflammée, répondit Metellus.

— Je crois que nos moines connaissent une substance plus efficace que la poix. Je veillerai à ce qu'ils s'occupent des munitions. »

Metellus ordonna qu'on traînât les engins, entre deux ailes de foule, vers le tronçon de rempart exposé au sud, en direction du haut plateau, le seul endroit où la citadelle était accessible.

On les hissa sur les chemins de ronde au moyen de rampes en bois masquées par des palissades. Les projets jadis futuristes du *praefectus fabrorum* Cornelius Agricola avaient pris forme, en bois et en fer, et ils marchaient.

Marcus Metellus avait une autre arme en réserve, une arme encore plus secrète, à laquelle il se consacrait jour après jour, au crépuscule, dans une clairière à l'ouest, derrière les grands rochers gris qui se dressaient sur le haut plateau. Personne n'avait l'autorisation d'assister à ces opérations, pas même Dan Qing ni

Yun Shan, mais le secret auquel les hommes de Metellus s'étaient engagés par un serment solennel forçait le respect de tous.

Une nuit, Yun Shan rejoignit sur le chemin de ronde le Romain, occupé à fouiller les ténèbres du regard. Elle lui dit : « La nuit, les aigles ne voient pas.

— Non, hélas, et pourtant au fil des nombreuses nuits où j'ai veillé sur le grand mur qui marque les confins de notre empire, j'ai développé une sorte de sens secret. J'ai appris à sentir l'ennemi approcher, avant même de le distinguer.

— Vous possédez, vous aussi, des remparts qui défendent vos frontières ?

— Bien sûr. Nous contrôlons, au nord, une île très vaste du nom de Bretagne. Dans sa partie la plus exposée, nous avons élevé un mur qui la traverse de part en part, d'une mer à l'autre. Neuf jours de marche sont nécessaires pour le parcourir. »

Yun Shan sourit. « Notre muraille protège la frontière nord dans son ensemble, et il faut marcher pendant six mois pour aller d'une extrémité à l'autre. Elle supporte une route que des chariots et des armées entières peuvent emprunter dans les deux sens.

— Ce doit être un spectacle extraordinaire. J'aimerais le voir un jour.

— Tu le verras... Nous survivrons.

— Je l'espère. Pour toi. »

Un long silence s'ensuivit. Metellus le brisa : « Que disent vos sages pour éloigner la peur de la mort ?

— "Quand la mort viendra, acceptons-la avec indifférence et laissons-nous conduire dans le mystère." Et les vôtres ?

— Un de nos empereurs a écrit : "Pars de bonne grâce, car celui qui te donne congé le fait de bonne grâce[1].” Des concepts identiques, comme tu le vois. Un de nos poètes écrivit, en revanche : “Chasse la peur de la mort par l’amour.” »

Yun Shan se serra contre sa poitrine, et Metellus sentit une nouvelle fois le parfum qui l’avait retenu à la vie quand il était inconscient. Une vague d’émotion l’envahit. Il se pencha vers elle. Ses lèvres étaient si douces et si chaudes qu’il eut l’impression d’embrasser une déesse. Il saisit ses paumes et les porta à son visage. « Je n’arrive pas à croire que ces mains peuvent caresser et tuer avec la même légèreté. »

Yun Shan s’écarta et chercha ses yeux dans le noir. « Je ne les laisserai pas me capturer vivante, Xiong Ying, tu le sais, n’est-ce pas ?

— Je le sais, Yun Shan, et cette seule pensée me glace le cœur. Nous nous sommes retrouvés, tu m’as ramené de l’au-delà, et il te faut maintenant aller de nouveau vers la mort ! Cela me paraît impossible. Pourquoi le “Lotus rouge” tient-il tant à défendre cet endroit ? N’y en a-t-il pas d’autre ?

— Non. Partout Wei nous débusquerait, et nous n’avons pas d’autre solution que de l’affronter. Il a choisi d’alléger ses souffrances en donnant la souffrance et la mort, et rien ne peut le détourner de cette voie.

— Pas même toi ?

— J’y ai pensé. Si je pouvais sauver Likien en me livrant, je le ferais, mais cela ne suffirait pas, j’en suis persuadée. Son désir ne peut être assouvi, et son amour brûle plus que tout autre car il vit dans son imagination, engendre des fantômes cruels, des monstres qui infestent ses nuits et s’introduisent dans ses méditations.

1. Marc Aurèle, *Pensées pour moi-même*, XII, 36, traduction de M. Meunier, Garnier-Flammarion, 1964. (*N.d.T.*)

Wei ne se résignera pas, il entend se changer lui-même en cauchemar, en un de ces monstres qu'il évoque chaque nuit lorsqu'il ferme les yeux. »

Metellus la pressa contre sa poitrine au point de sentir les battements de son cœur et de s'y fondre. Elle jeta les bras à son cou et l'embrassa une nouvelle fois.

« Je voudrais que cette nuit ne prenne jamais fin, dit-elle. Je voudrais que les ténèbres nous recouvrent et nous cachent, je voudrais que le temps s'arrête, qu'il efface tous tes souvenirs, à l'exception de ceux que nous avons en commun.

— Mes souvenirs ne font que renforcer et approfondir les sentiments que j'éprouve pour toi, Yun Shan, car ce sont les souvenirs d'un homme qui n'a rien à cacher... » Il s'interrompit. « Écoute... ils arrivent. »

Yun Shan tendit l'oreille.

« Des chevaux et des fantassins... par milliers. »

Le vent apportait un bruissement tout juste perceptible, qui s'évanouissait quand il faiblissait.

« Tu as l'ouïe aussi fine que celle du renard.

— Je te l'ai dit, j'ai monté la garde bien souvent sur la frontière et j'ai vu nombre de mes compagnons mourir parce qu'ils n'avaient pas entendu l'ennemi qui rampait dans le noir, un poignard entre les dents. Regarde, maintenant », dit-il en indiquant l'horizon.

Des milliers de flammèches tremblaient dans l'obscurité et ondoyaient comme si elles étaient mues par les rafales de vent qui s'engouffraient dans les rues silencieuses de Likien. Elles formaient un front serré, qui se déploya petit à petit sur une ligne de plus en plus vaste, pour envahir enfin tout le haut plateau.

Les hommes apparurent quand l'aube éclaircit le ciel, quand on ne vit plus dans la coupole de cobalt que de rares étoiles d'un éclat limpide, enchâssées comme des diamants. Puis l'aurore vint, lame de lumière parmi les collines et la bande fine des nuages.

L'armée de Wei se montra.

Elle comportait des fantassins, qui brandissaient des piques ornées de grands drapeaux jaunes, des guerriers des steppes aux casques en cuir et aux longues crinières de cheval, des cavaliers Xin Bei aux cuirasses en bronze et aux lances parées de crins d'onagre. La cavalerie impériale était reconnaissable, quant à elle, aux longues bandes de soie rouge sur lesquelles étaient encore brodé le monogramme en or des Han, à ses cuirasses de cuir et de bronze, à ses casques du même métal.

Au centre, le cœur noir de l'armée : les « Renards volants ». Noirs sur des chevaux noirs, ils étaient terrifiants malgré la distance.

Metellus entendit un oiseau voler au-dessus de sa tête. Il vit une colombe se glisser dans une fenêtre du monastère, celle de Dan Qing.

« C'est étrange, dit-il. Tu as vu ? La colombe de ton frère est de retour. En général, ce genre d'animal ne revient d'un long voyage que s'il a été éduqué dans ce but. Va prévenir ton frère de l'arrivée de Wei, je reste ici. »

Yun Shan courut au monastère. Elle réapparut un peu plus tard en compagnie de Dan Qing, déjà armé d'un arc, d'une massue et d'une épée.

Le prince promena son regard sur l'armée déployée dans la plaine, prête à se battre. Seuls les étendards bougeaient dans la brise du matin, parcourus par des frissons de lumière.

« Qu'attendent-ils ? interrogea Metellus.

— Je l'ignore. Peut-être qu'on leur ouvre la porte.

— C'est impossible.

— Il était également impossible qu'une armée atteigne ces lieux. Jamais cela ne s'était produit.

— Nous avons peut-être été trahis, déclara Yun Shan.

— Avez-vous eu des nouvelles de Baj Renjie ? demanda Metellus.

— Il a pris part à ma libération, mais il ne s'est pas présenté à notre lieu de rendez-vous. Je crains qu'il n'ait été capturé. Il est probablement mort.

— Connaissait-il le chemin de Likien ? »

Tandis qu'ils parlaient, des hommes armés se précipitaient sur les glacis pour se préparer à la défense, et les armuriers alignaient les machines, libérées des toiles de protection, aux endroits préétablis : il s'agissait de bras de jet, de puissantes arbalètes à arcs multiples. Cliquètements et grincements retentissaient dans le dos du trio.

« Non, répondit Dan Qing. Seuls les membres du "Lotus rouge" connaissent l'emplacement de cette forteresse. Et aucun membre du "Lotus rouge" n'a jamais trahi.

— Et ta colombe ? insista Metellus, sous les yeux stupéfaits de Yun Shan. Sa cage était animée d'un mécanisme qui libérait son occupant au terme d'un certain nombre de cycles. Ce n'était sans doute pas un hasard... Où as-tu trouvé cette cage, Yun Shan ?

— Je l'ai déjà dit à Dan Qing. C'était un cadeau de Darouma pour le prince.

— Darouma..., murmura Metellus. Darouma... Est-ce donc possible ?

— Voyons ! Darouma a organisé ma libération, rétorqua Dan Qing. Pourquoi ? »

C'est alors qu'une voix retentit : « Attention ! Attention ! Ils approchent. »

Un détachement d'archers ennemis courait vers les remparts. Il se posta au début de la rampe.

« À l'abri ! s'écria Metellus. Tous à l'abri, ils tirent ! »

Un nuée de flèches jaillit, décrivit une ample parabole et s'abattit à l'intérieur des remparts. Un des guerriers qui n'avait pas réussi à s'abriter s'effondra, transpercé par plusieurs flèches, de même que les animaux domestiques qui se trouvaient là : trois chiens et un singe.

Metellus lança à Dan Qing : « On n'a jamais vu une armée attaquer une forteresse avec des archers. Ils veulent nous occuper de ce côté afin de nous assaillir de l'autre. Attention ! Attention ! »

Une deuxième salve de dards plut sur les toits, les tourelles et les chemins de ronde.

Un silence s'ensuivit, un silence interminable.

Puis un sifflement traversa le ciel.

34

« Les "Renards volants" ! Alerte ! Alerte ! »

Metellus leva les yeux et découvrit avec stupeur ce qu'il n'avait pas réussi à distinguer clairement par le passé : des hommes volants, pendus à des grandes ailes en soie, qui se laissaient porter par le vent et rasaient les chevelures des arbres.

« Archers ! s'écria Dan Qing. Tirez ! Tirez ! »

Les archers s'exécutèrent, mais sans parvenir à toucher leurs cibles, trop mobiles et trop éloignées. Ils décochèrent de nouvelles flèches, que les branches interceptèrent toutefois pour la plupart. Seuls quatre assaillants volants furent touchés, dont deux à mort. Les autres atterrirent sans dommage et engagèrent un furieux combat avec les moines, qui avaient accouru.

Voyant les hommes de Wei se ruer vers les remparts, Metellus ordonna qu'on arme les machines, une formidable panoplie d'artillerie de campagne : des catapultes à bras multiples, des arbalètes à plusieurs arcs, qui projetaient des harpons en acier, des balistes qui lançaient de la poix incendiaire à laquelle Metellus avait fait ajouter le mystérieux mélange que préparaient les moines, un de leurs secrets jalousement conservés.

« Tirez ! hurla-t-il. Maintenant ! » Les balistes multiples décochèrent à de brefs intervalles quatre énormes rochers, créant le vide dans les rangs des cavaliers Xin Bei. Pendant ce temps, les flèches et la poix enflammée ne cessaient de jaillir. Elles volaient tels des météores au-dessus des remparts et, à la grande stupeur de Metellus lui-même, explosaient dans un grand vacarme, répandant une pluie de feu sur les troupes. Nombre de soldats tentèrent la fuite, mais les « Renards volants », disposés des deux côtés, les foudroyaient de leurs dards, leur infligeant la punition qu'on réserve aux lâches. Le cri de Wei résonna, aussi aigu que celui du faucon. Alors ses forces se rassemblèrent et partirent de nouveau à l'attaque en projetant des milliers de flèches sur les défenseurs de Likien et sur les engins de guerre. De nombreux armuriers furent abattus sur les remparts, et mis hors d'état de se battre.

Les survivants réarmaient à répétition : première, deuxième, troisième et quatrième position. Les dards sifflaient et fauchaient une grande quantité d'ennemis. D'autres météores sillonnaient le ciel, éclatant cette fois au milieu des fantassins, qu'ils éliminaient par dizaines chaque fois. Wei marchait sur l'ennemi comme si rien ne pouvait l'arrêter, comme s'il se mouvait dans un halo féroce qui déviait les projectiles. Il poussait des cris stridents et pénétrants, presque inhumains, et ses hommes ne songeaient plus à reculer : malgré la grêle de coups, ils se précipitaient désormais sur la rampe d'accès à la porte sud. Metellus entendit les hurlements des combattants et le vacarme de la bataille. Ne voyant plus Yun Shan à ses côtés, il pensa qu'elle s'était jetée dans la mêlée. L'angoisse le tourmentait, mais il lui fallait garder sa position, coordonner les tirs de ses machines.

Wei comprit que ses hommes n'atteindraient jamais la porte tant que les engins les bombarderaient. Il enjoignit donc à ses archers de décocher des salves de flèches incendiaires. Les falariques se fichèrent dans le bois des structures portantes et y mirent le feu. Un grand nombre d'artilleurs furent contraints d'abandonner leur poste pour tenter de l'éteindre.

Une deuxième puis une troisième vague de « Renards volants » se posèrent dans la citadelle, prêtant main-forte à leurs camarades, désormais encerclés, et renversant l'issue de l'affrontement. Dan Qing et Yun Shan, épaulés par leurs meilleurs combattants, contre-attaquèrent avec vigueur. S'apercevant, du chemin de ronde, que les « Renards volants » essayaient d'ouvrir la porte de l'intérieur, Metellus ordonna à plusieurs archers de concentrer leurs tirs sur eux. Mais ils ne parvinrent pas à en abattre assez : les « Renards volants » continuaient d'avancer en faisant tournoyer leurs épées avec une vitesse impressionnante et en effectuant des bonds vertigineux. Ils semblaient animés d'une ardeur inextinguible et coordonnés par un seul esprit. Metellus, qui avait déjà subi leurs attaques dans la grande cour du palais de Luoyang, fut saisi de panique. Brandissant ses deux glaives, il se jeta pourtant contre les assaillants qui gravissaient l'escalier et qui se répandaient sur le chemin de ronde.

Pour la première fois, le Romain appliquait les leçons qu'il avait reçues de ses maîtres chinois. La vitesse des coups, le crépitement de l'acier tout près de son visage, de sa tête, de son cœur, lui communiquaient une excitation qu'il n'avait jamais ressentie auparavant, pas même durant la plus dure des batailles. Il se concentrait sur les mouvements de ses adversaires avec une telle intensité qu'il réussissait à les décomposer dans le temps et l'espace, et donc à en deviner la direction, comme s'ils étaient ralentis. Ses deux glaives fendaient l'air et frappaient avec une terrible puissance, s'entrecroisaient en haut, en bas, paraient, touchaient de la pointe, de face, du tranchant.

Dans le tourbillon de la mêlée, les combattants cherchaient toutefois un seul adversaire, et la bataille se fragmentait en mille actions individuelles, qui trouvaient à chaque instant un vaincu et un vainqueur. Metellus criait à tue-tête : « Yun Shan ! Yun Shan, où es-tu ? » et repoussait les adversaires dans l'escalier, les faisant tomber par grappes. Il évoquait à lui seul une machine de guerre irrépressible. Un coup le blessa de biais à l'épaule droite, un autre à la cuisse gauche, mais la douleur ne l'arrêtait pas. Une nouvelle vague de « Renards volants » s'abattit non loin de la porte, qu'ils parvinrent à ouvrir avant que les guerriers du « Lotus rouge » n'aient eu le temps de réagir.

Wei et ses hommes se lancèrent en avant. L'artillerie, obéissant aux ordres de Metellus, orienta alors le tir vers l'intérieur en salves rageuses : des harpons d'acier, de la poix enflammée se déversèrent sur les assaillants, semant la mort et le massacre. Cependant, Wei était leur âme ; noir sur son animal ténébreux, il poursuivait son avancée en entraînant dans son sillage des combattants aux allures de possédés, qui n'avaient même pas un regard pour les morts qu'ils piétinaient dans leur marche furieuse. Désormais, l'ennemi s'engouffrait dans la citadelle par vagues incessantes, tel un fleuve en crue.

De son point d'observation, Metellus comprit qu'il n'y avait plus d'issue. Il hurla à ses hommes : « Résistez à tout prix et couvrez-moi ! », puis il se précipita vers le mausolée de l'empereur Houang-ti et s'évanouit soudain comme si la terre l'avait englouti.

Dans la grande cour, les hommes de Wei encerclaient les moines du « Lotus rouge », menés par Dan

Qing et Yun Shan, qui se battaient avec un courage désespéré. Wei avait mis pied à terre, il fauchait à l'épée tous ceux qui tentaient de lui barrer le passage, se rapprochant du centre de l'alignement des ennemis. Il avait vu Yun Shan et rien ne semblait plus devoir l'arrêter.

Cependant, alors que tout paraissait perdu pour le « Lotus rouge », un premier coup de tonnerre aux accents de bronze retentit, puis un deuxième et un troisième. Trois explosions consécutives se produisirent sur la vaste terrasse du mausolée, et le roulement puissant d'un tambour résonna.

Encore des détonations. Un épais rideau de fumée s'abattit sur les marches. Le roulement du tambour se fit plus martelant, tandis que la fumée commençait à se dissiper, révélant une vision spectrale : cent cinquante guerriers d'argile, revêtus d'armures romaines, descendaient l'escalier, épaule contre épaule, bouclier contre bouclier, en un mur de fer impénétrable. À leur tête, Marcus Metellus Aquila, Xiong Ying, l'Aigle superbe !

Une voix tonna, comme surgie des entrailles de la terre : « Les démons mercenaires ! Ils sont sortis du tombeau ! »

Elle sema la panique parmi les troupes de Wei, qui se hâtèrent de reculer. L'armée des spectres s'immobilisa. Un coup de tonnerre – et une salve de flèches jaillit du mur de boucliers, s'abattant comme de la grêle sur les ennemis. L'armée avança encore une fois, lançant une deuxième salve, puis une troisième, décimant les guerriers de l'eunuque.

Dan Qing s'exclama : « Les démons mercenaires sont sortis du tombeau pour nous venir en aide ! La prophétie s'est avérée ! Allez, allez ! La victoire est à nous ! »

Ces mots décuplèrent les forces des moines guerriers, qui faiblissaient. Ils se ruèrent sur l'ennemi déconcerté et désorienté, qu'ils refoulèrent.

Le fracas des tambours et la vue des spectres d'argile qui se mouvaient comme des automates répandaient la panique dans les rangs. Les « Renards volants » eux-mêmes n'écoutaient plus les cris de Wei qui les incitait au combat.

Il y eut un bruit terrifiant, semblable à celui de la terre qui tremble, et un nouveau rideau de fumée. Cent guerriers supplémentaires, des statues couvertes de fer, surgirent de l'au-delà et marchèrent vers le flanc droit de l'ennemi, leurs armes brandies.

Tout près de Wei, un homme s'écria : « Ce sont les démons mercenaires ! Ils nous entraîneront dans la tombe ! »

Aussitôt, l'eunuque le décapita d'un coup d'épée. Mais désormais les mercenaires Xin Bei terrorisés quittaient la place forte, suivis par un grand nombre de fantassins, déroutés par l'armée de spectres.

Une fois encore, le tonnerre retentit, une brume recouvrit le flanc de la colline et d'autres guerriers d'argile jaillirent, faisant trembler le sol sous leur pas ferré. Avec leurs armures impénétrables, ils offraient une vision d'horreur. Décimés et atterrés, les hommes de Wei s'élancèrent derrière leurs camarades qui couraient déjà dans la forêt.

Seul Wei continuait de se battre, épaulé par une poignée de « Renards volants », que Dan Qing et ses moines guerriers avaient grand-peine à contenir.

Voyant soudain Yun Shan en danger, Metellus hurla son nom. Aussitôt, Wei se retourna et se jeta sur lui. Dans son poing, son épée tournoyait, souillée de sang.

Le Romain se défendit en rendant coup sur coup,

unissant le formidable usage de ses deux glaives aux secrets des arts de combat qu'il avait appris à Likien. D'abord surpris, l'eunuque réagit avec une épouvantable violence. D'un bond spectaculaire, il atterrit sur les épaules de son adversaire et plongea son épée dans ses reins. Metellus roula sur lui-même, mais ne put éviter une blessure au côté, d'où jaillit son sang. Wei le frappa d'un coup de pied dans les jambes. Tombé à genoux, le Romain revit soudain ses compagnons s'effondrer l'un après l'autre, et le rictus de l'eunuque qui, déjà, le dominait.

« Tes camarades ont été dévorés par les chiens ! hurla celui-ci. Et tu connaîtras le même sort ! » Ces mots eurent sur Metellus l'effet d'une lame chauffée à blanc. Il se catapulta en arrière d'un formidable coup de reins, attaqua avec toute la puissance dont il était capable. L'eunuque vacilla et recula devant cet assaut inattendu, il se retrouva bientôt au bord de la fosse d'où le dernier groupe de démons mercenaires avait surgi.

Metellus s'efforça de l'y pousser, mais Wei s'écarta, et ce fut le Romain qui tomba dans le gouffre.

Yun Shan, qui avait suivi ce duel mortel, crut que son amant avait été tué : elle poussa un cri et se précipita à l'endroit où elle l'avait vu disparaître. Sans hésiter, Wei dévala les quelques marches qui menaient à la grotte, parcourut le couloir à la vitesse de l'éclair, s'engagea dans un nouvel escalier et atteignit l'hypogée de l'empereur Houang-ti, veillé par un peuple de fantômes muets.

Caché derrière le sarcophage, Metellus vit son adversaire se détacher dans l'embrasure de la porte, son épée ensanglantée au poing. Tandis que l'eunuque approchait, il recula vers la partie la plus obscure du mausolée, où il était plus aisé de lui tendre un piège. Il se mouvait prudemment parmi les spectres de la légion perdue, figés dans leur immuable sourire de pierre.

Sans un bruit, Yun Shan descendit à son tour. Elle se glissa à l'intérieur du mausolée et se coula dans la pénombre. Quelques lampes accrochées aux murs répandaient une faible clarté. Les autres fumaient, privées d'huile.

Metellus se rendit compte que Wei longeait le mur et soufflait sur celles qui brûlaient encore. L'obscurité s'abattit sur la grande salle. Seule une pâle lueur venue de l'extérieur filtrait à travers l'entrée en un jeu compliqué de réfraction. Le Romain se déplaçait, les sens en éveil, le cœur tremblant : il savait que la menace pouvait venir de n'importe quelle direction.

La voix de Dan Qing retentit dans son esprit : « Attention, Xiong Ying ! Tu es une sentinelle dans le noir ! D'où vient la flèche de l'ennemi ? D'où arrive son poignard ? » Ces mots projetèrent son bras comme la foudre vers l'ombre qui s'était dressée devant lui. La pointe de son glaive brilla sur la gorge de...

« Yun Shan ! »

Au même instant, Wei avait bondi dans son dos, épée au poing.

Yun Shan parvint à dire : « Attention Xiong Ying ! »

Le Romain se tourna lentement vers son ennemi, dont il avait déjà transpercé la poitrine de son second glaive.

Il reprit son arme, tandis que Wei lâchait son épée, qui produisit un cliquètement argentin, que l'écho multiplia. L'eunuque s'écroula alors, les yeux écarquillés en une expression d'incrédulité. Yun Shan s'agenouilla près de lui et recueillit son dernier regard. Puis elle lui ferma les paupières en murmurant : « Repose enfin, jeune Wei, et que l'oubli puisse descendre sur ton âme... »

Metellus souleva le défunt et remonta à la surface.

Les guerriers le virent apparaître ainsi, portant le corps du jeune homme, dont les longues mains fines ondoyaient à chaque pas, inanimées.

Le combat cessa, les rescapés s'enfuirent vers leur campement.

Metellus déposa le cadavre au pied de l'escalier et rejoignit Dan Qing en tenant Yun Shan par la main. Il n'y eut ni exultation ni cris de victoire. Le sol était jonché de corps inertes, enlacés dans les spasmes de la dernière violence ; chaque survivant cherchait ses compagnons, qu'il séparait des ennemis avec des gestes mesurés.

Dan Qing ordonna qu'on lui amène un cheval et se plaça à la tête des siens, bien décidé à traquer les fugitifs. Metellus et Yun Shan bondirent en selle, à leur tour, et s'élancèrent derrière lui. Le campement fut encerclé, et les soldats de l'armée impériale s'agenouillèrent devant le prince en faisant acte de soumission et en réclamant sa clémence.

Les guerriers d'argile disparurent, après avoir gagné la bataille, aussi vite qu'ils avaient surgi.

Yun Shan traversa le campement à toute allure jusqu'à l'enclos des animaux. Elle saisit par le bras Darouma, qui tentait de grimper sur un chameau, et le conduisit à son frère sans se soucier de ses protestations.

« C'est lui qui nous a trahis, lui qui t'a envoyé la colombe.

— La colombe ? s'exclama Darouma, stupéfait. De quelle colombe parles-tu ?

— Ne fais pas semblant de l'ignorer ! Je parle de la

colombe qui a guidé Wei jusqu'aux remparts de Likien et que tu m'as priée de remettre à mon frère, quand je m'apprêtais à quitter la rive à bord de la barque. »

Les yeux écarquillés, Darouma l'écouta poursuivre : « J'aurais dû comprendre que c'était un piège. Toi seul savais où je me rendais. »

Metellus avança en posant sur l'Indien un regard calme. Mais sa voix était dure lorsqu'il demanda : « Pourquoi ?

— Je suis un marchand, Metellus, répondit l'homme avec un air vulnérable. Il est dans ma nature d'acheter et de vendre tout et n'importe quoi, y compris... ma propre personne. Mais je ne t'ai pas trahi. Jamais je ne l'aurais fait. Je ne sais vraiment pas de quoi vous parlez. C'est Baj Renjie qui a préparé la barque destinée à Yun Shan.

— Pourquoi ne l'as-tu pas dit ? s'écria la jeune femme.

— Le temps pressait. Je t'ai dit qu'il s'agissait d'amis de confiance, te souviens-tu ? Baj Renjie est venu me trouver, une nuit, au caravansérail. Il était déguenillé et bouleversé. Il m'a raconté qu'il avait réussi à s'enfuir et s'est enquis de toi. Je lui ai répondu que je devais dénicher une embarcation pour te mettre en lieu sûr avec Metellus, mais que j'ignorais comment m'y prendre. Il m'a proposé son aide, m'a assuré qu'une barque t'attendait avec tout le nécessaire à un gué du fleuve Liao-Ho. Je l'ai remercié.

— C'est pourtant un de tes hommes qui m'a donné la cage contenant la colombe.

— Un de mes hommes ? C'est impossible. J'étais seul. »

Yun Shan hésita un moment avant de reprendre : « Si tu es étranger à toute cette affaire, pourquoi t'enfuyais-tu quand je t'ai rejoint ?

— Je ne tenais pas à être au mauvais endroit au mauvais moment. Je craignais que ma présence ne jette le soupçon dans les esprits, ce qui s'est effectivement produit. Mais ce n'est pas ce que tu penses, je suis ici contre ma volonté. Je m'apprêtais à quitter le caravansérail il y a quinze jours, quand un garde de Wei m'a arrêté. J'ai compris alors que Baj Renjie m'avait trahi, car il était le seul à savoir, le seul à s'être gagné ma confiance. Et quand bien même j'eusse vu la cage, je ne me serais pas méfié. Comment une colombe pourrait-elle s'emparer de Likien ? »

Dan Qing répondit : « Peut-être parce que tous ceux qui ont tenté de rallier le village en bateau ne sont jamais revenus. En suivant l'embarcation, Wei aurait certes capturé Yun Shan et Metellus, mais il n'aurait jamais appris où se situait Likien, sa véritable obsession. » Perplexe, il pencha la tête.

« Je le crois, dit Metellus.

— Moi, j'aimerais bien, mais je ne peux pas, rétorqua le prince. Qui a averti Wei de mon retour ? Pourquoi les "Renards volants" nous ont-ils attaqués juste après la frontière ? Seul Darouma savait où nous nous rendions. »

L'Indien, qui se montrait plus accablé qu'inquiet, commença à changer d'expression. « Tu ne peux tout de même pas croire une chose pareille... Prince, tu dis que je t'ai livré à l'ennemi, mais pourquoi t'aurais-je libéré ensuite ? C'est absurde !

— Non. Tu as obéi à un plan diabolique. En rentrant après une période de captivité, j'étais susceptible de fédérer autour de moi tous les résistants, tous ceux qui s'opposaient à la tyrannie mais qui œuvraient, éparpillés dans le pays. Par ma libération, tu permettais à Wei de les balayer d'un seul coup. Et c'est ce qui aurait dû se produire. Toi seul savais quand nous franchirions la frontière. Au reste, si tu nous as abandonnés quand nous sommes montés au monastère des Eaux susurrantes, c'est parce que tu savais ce qui nous y attendait. Tu m'as libéré une nouvelle fois à Luoyang, et tu as regagné ainsi ma confiance. Tu as utilisé ma sœur pour localiser ce refuge et y conduire l'armée de Wei. Ta présence dans ce campement en est la preuve.

— Voyons..., il s'agit d'une coïncidence, c'est tout ! protesta Darouma.

— C'est possible, répliqua Dan Qing. Mais je ne peux courir ce risque. » Il cria à ses hommes : « Emmenez-le ! »

Metellus s'approcha. « Je t'en prie, réfléchis, ne te laisse pas emporter par le démon du soupçon. Tu as déjà commis une atrocité que tu as dû regretter. »

Dan Qing tourna les talons sans mot dire et se dirigea vers son cheval.

« Metellus, aide-moi ! » s'écria Darouma.

Yun Shan intervint : « Hélas, je crains que mon frère n'ait raison. Quand j'ai trouvé Darouma, il s'apprêtait à fuir.

— Il l'a admis. Et je l'aurais fait, moi aussi. Il ne pouvait prendre le risque qu'on le trouve ici. »

C'est alors qu'un moine se présenta, hors d'haleine. « Vite, venez ! »

Metellus et Yun Shan le suivirent. L'homme les conduisit à l'intérieur d'une tente, où ils découvrirent le corps de Baj Renjie, pendu au pilier central. Metellus le contempla avec consternation.

« Cela devrait suffire à disculper Darouma, dit-il. Allons avertir ton frère.

— Oui. Je cours le rejoindre. »

Une autre voix retentit, tout près : « Seigneur !

Regarde, nous l'avons capturé alors qu'il s'enfuyait. » Quatre guerriers traînaient un homme. Un Perse, à en juger par ses vêtements.

« Qui es-tu ? » demanda Metellus en utilisant sa langue.

L'individu s'abstint de répondre.

« Je suis le commandant romain qui s'est évadé avec neuf de ses soldats du camp d'Aus Daiwa. Essaie d'imaginer les tortures qui t'attendent si tu gardes le silence. » Son ton ne laissait aucune place au doute.

« Le grand roi Chahpour m'a chargé d'avertir Wei, après la fuite de l'homme aux yeux perçants. Je ne pensais pas que vous vous étiez échappés ensemble.

— Et de fait, ce n'était pas le cas ! » La voix de Dan Qing avait résonné derrière eux. « C'est le hasard qui nous a réunis.

— Es-tu convaincu maintenant de l'innocence de Darouma ? » demanda Metellus.

Le prince hocha la tête.

« Où est Darouma ?

— Il est sain et sauf, répondit Yun Shan, qui avait regagné la tente. Juste à temps.

— Juste à temps..., répéta Metellus. Il faut toujours attendre un peu avant de juger un homme coupable. Et avant de lui donner la mort.

— Viens, dit Dan Qing. Retournons à Likien. La journée a été longue et pénible. Demain, tout nous paraîtra différent. »

Ils montèrent à cheval et se dirigèrent vers la citadelle. Après qu'ils eurent franchi la porte, Dan Qing se tourna vers le mausolée de Houang-ti puis vers Metellus. « Comment t'y es-tu pris ? demanda-t-il.

— Rien n'effraie plus que l'inconnu, répondit le Romain. Même les hommes les plus courageux ont peur de ce qu'ils ignorent. J'ai fait en sorte qu'une ancienne légende prenne corps. De nombreux villageois nous ressemblent, à nous autres Romains. J'ai choisi parmi eux ceux qui possédaient les traits les plus occidentaux, je leur ai appris notre technique de combat et, au moment crucial, je les ai fait apparaître revêtus des armures qui se trouvaient sur les statues, le visage et les mains couverts d'argile. Pendant quelques instants, la légende est devenue réalité, histoire, puis l'histoire s'est de nouveau évanouie dans le mythe. Personne n'oubliera ce jour. »

35

Sur le balcon du monastère, Metellus regardait le soleil se coucher derrière les monts boisés, parmi des nuages flamboyants qui viraient au bleu vif, puis au bleu foncé de l'ouest, où brillait déjà l'étoile du soir. Le chant du rossignol s'échappait du jardin où il avait vu Yun Shan passer comme une apparition au cours de sa convalescence. Ce chant l'émouvait, il ravivait des souvenirs lointains et des sentiments présents. Sa main courut à sa ceinture, où il avait glissé un petit éléphant de bois à la trompe mobile, le jouet qu'il avait espéré rapporter à son fils après son évasion...

Il l'entendit approcher et la vit soudain se dresser devant lui. Il lui dit : « Sais-tu ce qui a figé la pointe de mon glaive contre ton cou, dans le mausolée de Houang-ti ? Ton parfum... Le parfum de tes cheveux, la seule sensation que j'aie gardée de ma longue période d'inconscience. Ce parfum fait désormais partie de mon âme et de mes sens.

— Et ton cœur fait partie de mon cœur, Xiong Ying.

— Je le sais, le cœur secret, à la puissance invincible, qui m'a sauvé dans l'arène, et peut-être aussi dans le mausolée de Houang-ti juste avant que Wei ne me transperce de son épée.

— Non. Mon énergie n'était certainement pas en mesure de l'arrêter.

— Ta présence l'a fait. Je n'aurais pas pu être plus rapide que lui, je le sais. Il t'a sentie dans les ténèbres, il t'a sentie tout près et il a hésité... »

La jeune femme baissa la tête pour dissimuler ses larmes. Quand elle la releva, au terme d'un long silence, elle découvrit que Metellus tournait et retournait un petit objet entre ses doigts. « Puis-je te demander à quoi tu penses, Xiong Ying ? »

Il posa sur elle un regard triste.

« À quoi penses-tu, Xiong Ying ? » répéta-t-elle d'une voix faible.

Le Romain écarta les doigts. « Tu vois ce petit éléphant ? Je l'avais caché dans ma ceinture il y a très longtemps, et je l'y avais oublié... C'était un cadeau pour mon fils... Il faut... il faut que je rentre, Yun Shan.

— Rentrer ? Mais pourquoi ? Ici, tu as l'amour... de tous.

— Je t'aime, princesse, plus que ma propre vie, mais il faut que je parte. J'éprouve ce besoin depuis que j'ai lu l'inscription sur la pierre verte.

« Ses auteurs avaient renoncé à leur langue pour mieux oublier la terre de leurs pères et ceux qu'ils y avaient laissés, sans y réussir toutefois... Alors que mon empereur agonisait, je lui ai promis que je rentrerais pour sauver mon monde du néant. Et j'ai également promis à mon fils de ne pas l'abandonner. Comprends-tu ce que cela signifie, Yun Shan ? Si je ne rentrais pas, le poids de ces promesses non tenues et l'idée que mon fils continue d'espérer en vain en mon retour finiraient par m'écraser, jour après jour. Pardonne-moi, ma bien-aimée, mon rêve, mon âme... »

Yun Shan s'éloigna, en larmes.

Dan Qing la vit passer alors qu'il sortait de son logis. Il rejoignit Metellus. « Un vieux proverbe dit que quand une femme pleure, un homme perd une partie de son cœur.

— C'est la vérité, Dan Qing.

— L'amour que ma sœur éprouve pour toi a effacé une part de mes fautes. L'idée qu'il puisse prendre fin me chagrine.

— Il ne prendra jamais fin, prince. J'aimerai Yun Shan tant que je vivrai, et aucune femme ne pourra la remplacer dans mon cœur.

— Tu parles comme si tu t'apprêtais à partir.

— C'est le cas. Trop de temps s'est écoulé. J'ai promis à mon empereur de regagner notre patrie pour m'opposer à sa ruine. J'ai fait cette promesse à un homme agonisant... »

Dan Qing eut un sourire amer. « Un jour, je t'ai dit que je me procurerais des nouvelles du Ta-T'sin Guo, tu te souviens ? Eh bien, ces nouvelles sont arrivées. Elles sont mauvaises, hélas. Les messagers ont épuisé leurs chevaux à travers l'Asie pour me rapporter que ton pays n'existe plus. Les rivalités des chefs de l'armée l'ont démembré en plusieurs parties, qui vont à la dérive, tels les morceaux d'un navire détruit par la tempête. C'est exactement ce qui est arrivé au nôtre. Tu regagnerais le néant, Xiong Ying. Ici, tu as tout. Tu seras le chef de mes armées, tu auras des titres et des honneurs, tu deviendras mon frère en épousant Yun Shan. Ensemble, nous reconstruirons l'unité de cette terre, nous lui apporterons paix et prospérité.

— Le ciel sait combien j'aimerais faire partie de cet avenir, mais je ne peux pas... je ne peux pas. J'ai essayé. J'ai pensé que l'amour de Yun Shan effacerait tous mes souvenirs, tous mes sentiments, y compris ceux que j'éprouve pour mon fils. » Les larmes coulaient sur ses joues. « Mais je n'ai pas réussi, Dan Qing, j'ai essayé, mais je n'ai pas réussi. »

Dan Qing lui lança un regard ému. « Ne pars pas, Xiong Ying... Nous t'aimons. Ne pars pas... je t'en prie. »

Le prince du sang impérial des Han, le seigneur légitime de l'Empire du Milieu, l'implorait, en pleurs.

Metellus baissa la tête sans mot dire.

Du haut d'une colline, Dan Qing, entouré de sa garde, et Yun Shan regardaient, le cœur gros, les silhouettes de Darouma et de Metellus se détacher sur un soleil rouge, énorme, voilé de nuages lointains, qui se couchait sur la steppe.

« Ne nous oublie pas, Xiong Ying ! s'écria soudain Dan Qing, bouleversé. Nous te garderons toujours dans notre cœur ! »

Le vent apporta ces mots au Romain, qui agita le bras et répondit : « Je ne vous oublierai pas ! »

Dan Qing se tourna ensuite vers sa sœur, qui ne parvenait pas à réfréner ses larmes. « Je ne crois pas que tu pourrais rendre heureux un seul homme de mon royaume, ou des royaumes voisins. Fais ce que ton cœur te suggère, ma sœur... »

Yun Shan inclina respectueusement la tête puis posa sur son frère un nouveau regard, plein d'amour et de tristesse. « Adieu, mon frère, que le ciel t'accorde tout ce que tu souhaites. Je te garderai toujours dans mon cœur.

— Et moi, je te garderai toujours dans le mien, ma sœur. Maintenant, va, avant que je ne me mette à pleurer comme un enfant. »

Yun Shan poussa sa monture et s'élança sur les flancs des collines qui longeaient la route caravanière.

« Regarde ! dit Darouma. Regarde, là-haut ! »

Metellus se retourna et vit la petite amazone voler sur l'arête de la colline dans un nuage de poussière rouge. Son cœur bondit. Il éperonna son cheval et alla à sa rencontre. Les deux amants sautèrent à terre et se précipitèrent l'un vers l'autre. Le vent du désert entremêla leurs cheveux et leurs vêtements, ils se fondirent en un seul corps.

« Sais-tu ce qui nous attend, princesse ? lui murmurait Metellus à l'oreille. Des efforts, de la souffrance, des dangers mortels. Réfléchis, je t'en prie, tant qu'il est encore temps. »

Yun Shan s'écarta et pointa son index sur la poitrine du Romain. « Ici se trouve la moitié de mon énergie vitale, l'aurais-tu oublié ? Loin de toi, l'autre moitié s'éteindrait. Est-ce ce que tu souhaites ? Emmène-moi, Xiong Ying, si tu m'aimes. »

Metellus la serra contre lui en une longue étreinte, puis ils remontèrent tous deux en selle.

Dan Qing était encore visible, au loin. Il les saluait d'un geste de la main, sur son cheval cabré.

Des mois durant, ils cheminèrent sous la chaleur du soleil et dans le reflet aveuglant des neiges, le long de fleuves sinueux, à travers des steppes désolées, sur les rives d'immenses lacs salés, au cœur de blanches étendues stériles. Puis le moment vint de quitter Darouma : sa caravane virait à gauche vers le col qu'Alexandre avait franchi cinq siècles plus tôt dans l'intention d'envahir l'Inde.

« Je préfère vous confier à des guides en lesquels j'ai confiance plutôt qu'à un bateau d'inconnus, de fils de chiens, prêts à vous vendre au marché le plus proche, sur la côte des pirates. Mais je donnerai de vos nouvelles au premier bateau en partance pour l'Occident et je ferai en sorte qu'elles soient divulguées. J'ai des correspondants jusqu'à Alexandrie et à Antioche, qui savent me rendre service quand je le leur demande. » Il posa les mains sur les épaules de Metellus et le regarda droit dans les yeux. « Tu as sauvé un grand royaume, mais surtout tu as sauvé un homme de la corruption qui le menaçait, tu lui as insufflé le respect de lui-même et le sens de la vertu. Je t'ai dit un jour que je voyais en toi un Romain tout d'une pièce et un peu stupide.

— Je m'en souviens comme si c'était hier, répondit Metellus en souriant.

— Eh bien, je me trompais. Que les dieux te protègent, commandant Aquila.

— Qu'ils te protègent aussi, Darouma, mon ami. Je penserai à toi chaque fois que j'entendrai bruire une robe en soie. »

Darouma l'étreignit, l'embrassa sur les deux joues et partit.

Immobiles sur leurs chevaux, Metellus et Yun Shan regardèrent la caravane s'engager sur le sentier sinueux qui montait vers le col, dans le paysage majestueux des sommets immaculés du Paropamisos, puis disparaître parmi les plissements de cette terre titanesque.

Trois mois plus tard, ils firent halte à Aous Daiwa. Metellus monta ses tentes non loin du camp de manière à n'éveiller ni soupçons ni curiosité, comme s'il menait une quelconque caravane de marchands se dirigeant vers l'ouest, à l'oasis de Khaboras.

Le soir du deuxième jour, des soldats perses s'approchèrent et levèrent le bras en guise de salut. Puis ils envoyèrent un serviteur leur apporter à boire, avant de regagner le camp au galop, persuadés d'avoir eu affaire à un paisible négociant.

Cette nuit-là, Metellus décrivit à Yun Shan les souffrances qu'il avait endurées en ces lieux, et l'excitation qui l'animait à l'idée d'être libre, non loin de ceux qui auraient tout donné pour mettre la main sur lui. Quelques jours plus tard, remarquant qu'on ne leur prêtait plus attention, il alla à l'endroit marqué d'une pierre où il avait dissimulé les cendres de Valérien. Il retrouva sans difficulté l'urne de terre cuite qu'il avait enterrée sous quelques pieds de sable et la cacha dans son bât. Il songea à son évasion et aux espoirs de regagner sa terre avec ses compagnons.

Il ne rentrait qu'avec une poignée de cendres, mais avec une promesse tenue, et cela lui permettait de croire qu'il tiendrait aussi les autres. Chaque fois qu'il regardait Yun Shan, il avait le sentiment d'avoir trouvé un trésor inestimable.

Six mois plus tard, ils atteignirent Nisibis, dans la haute Syrie, la peau brûlée par le soleil et les lèvres gercées, après avoir traversé de nombreux déserts. Mais les yeux de Metellus brillaient d'une lumière magique qui semblait émaner directement de son esprit.

« Voici ma terre, Yun Shan, dit-il. Voici la terre de Rome que vous appelez le Ta-T'sin Guo.

— Je suis heureuse pour toi, Xiong Ying. La terre ne déçoit jamais, la terre ne disparaît pas, contrairement aux constructions des hommes. Penses-tu que ton pays existe encore ?

— Nous le saurons demain, quand nous arriverons aux portes de ma ville, siège de nombreux commandements de l'armée d'Orient.

— Et si tu devais te heurter à des étrangers ou, pis encore, à des ennemis ?

— J'y penserai en temps voulu. À chaque jour ses soucis. »

Ils renvoyèrent les guides, poursuivirent leur route en tête à tête jusqu'à la tombée de la nuit et toute la journée suivante. Au couchant, Édesse leur apparut.

Metellus contempla un moment ses remparts imposants, ses tours superbes, et il tourna ses pensées vers l'ombre de Clelia, sa douce épouse, qui reposait peut-être au pied de cette muraille. Puis il poussa sa monture vers le grand arc de pierre, où une inscription de Trajan signalait le corps de garde.

Deux légionnaires lui barrèrent le passage de leurs lances croisées.

« *Consiste !* » ordonna le plus jeune en lui enjoignant de s'arrêter.

Metellus songea alors à son aspect négligé, à ses vêtements poussiéreux, au turban qui lui masquait le visage, à la mystérieuse jeune femme qui l'accompagnait. Il mit pied à terre, se découvrit et s'approcha. « Qui détient l'autorité sur ces terres, soldats ? demanda-t-il.

— Lucius Domitius Aurelianus, empereur des Romains.

— Lucius Domitius... C'était un excellent officier et un grand soldat à l'époque où je suis parti, il y a fort longtemps. » Il s'aperçut qu'il avait perdu le compte des années. « Et qu'est devenu Gallien ?

— Tu dois être parti depuis très longtemps, mon ami. Lucius Domitius lui a infligé la mort pour le punir d'avoir abandonné son père dans les mains des Barbares. À présent, Aurelianus s'apprête à marcher contre les derniers rebelles, barricadés à Palmyre, afin de restaurer définitivement l'unité de l'empire. Mais qui es-tu, toi qui ignores tout cela ? »

Metellus ôta son turban et montra la petite urne de terre cuite qu'il serrait contre sa poitrine, sous sa cape, révélant ainsi le *titulus* qui pendait à son cou, avec son nom, son grade et son détachement. « Je suis l'homme qui a partagé l'amère captivité de l'empereur Valérien et qui rapporte aujourd'hui ses cendres dans sa patrie, ainsi qu'il lui en avait fait le serment. Je suis Marcus Metellus Aquila, légat de la deuxième légion *Augusta*, chef de l'armée de Syrie. »

Les deux légionnaires le dévisagèrent d'un air abasourdi, puis ils s'effacèrent, raidis dans le salut militaire.

« Sois le bienvenu, commandant Aquila, dit le plus âgé. Nous ne t'avons jamais oublié. L'empereur sera heureux de te retrouver et de te rendre le haut commandement qui te revient pour reconquérir l'unité de l'empire. Et ton fils le sera tout autant. »

Metellus monta à cheval et reprit sa route. Yun Shan le rejoignit.

Il lui sourit, puis il tourna les yeux vers le soleil qui se couchait sur la steppe du haut plateau.

« Hâtons-nous, dit-il. J'ai promis à mon fils que je reviendrais avant que la nuit tombe. »

Et il s'élança au galop vers la ville.

NOTE DE L'AUTEUR

Ce roman est le fruit de mon imagination, tout comme ses personnages principaux, à l'exception des grands acteurs historiques de l'époque à laquelle son action se déroule – l'empereur Valérien, Chahpour Ier de Perse, Gallien –, mais il s'inspire d'une hypothèse dont on a récemment débattu, à savoir la présence de soldats romains en Chine.

Ce problème a été soulevé pour la première fois par Homer Dubs, dans une publication datée de 1942. Il y commentait un passage des Annales des Han qui évoquait une bataille menée près du fleuve Talas, non loin de la ville de Zhizhi, dans le Gansu (aujourd'hui Douchanbe, dans le Tadjikistan), entre des troupes chinoises et les forces d'un chef local qui s'était rebellé. Parmi les forces rebelles, se battaient des soldats étrangers, probablement des mercenaires, selon une tactique particulière : au moyen de boucliers ovales disposés en écailles de poisson. Dubs pensa aussitôt qu'il s'agissait de Romains appliquant la tactique traditionnelle de la *testudo*. En outre, ces soldats étaient retranchés dans un campement constitué de gros piquets en bois, une sorte de *castrum*.

La bataille fut remportée par les troupes Han. Cependant, l'empereur Houang-ti cantonna les soldats étrangers en Chine dans le district de Fanmou (l'actuel Yongchon). Il les déporta dans une ville à laquelle il donna le nom de Likien, qui indiquait, semble-t-il, à l'époque les terres de l'Occident et Rome. Selon l'explication la plus courante, le toponyme « Likien » venait en réalité d'« Alexandreia » ; en d'autres termes, il désignait du nom des anciennes fondations d'Alexandre le Grand en Bactriane et en Asie centrale toutes sortes d'implantation d'Occidentaux. D'après les sources chinoises, Likien serait toutefois demeurée indépendante pendant six cent douze ans, fait étrange et absolument singulier.

Mais si cette hypothèse est avérée, qui pouvaient être ces Romains ? Nombreux sont ceux qui ont pensé, en raison d'une correspondance chronologique, qu'il s'agissait peut-être de prisonniers romains qui avaient échappé au massacre de la bataille de Carrhes en 53 avant J.-C. et que les Parthes avaient déplacés dans les régions orientales de leur empire. Ces hommes auraient donné naissance à la tradition de la mythique « légion perdue ». On sait en effet que, lorsque Auguste conclut la paix avec les Parthes, en 20 avant J.-C., exigeant la restitution des enseignes et des prisonniers, il n'obtint que les premières, les seconds ayant disparu sans laisser de traces. Qu'étaient-ils donc devenus ?

Selon Homer Dubs et, après lui, plusieurs chercheurs chinois et d'autres nations, ils auraient atteint au terme d'une longue errance les confins de la Chine et y auraient fondé leur implantation.

De récents repérages dans la localité de Zhelaizhai, ainsi que des fouilles archéologiques, auraient amené les chercheurs à penser qu'ils avaient affaire à cette fondation romaine. Ils auraient même reconnu les caractères des Romains antiques dans les traits somatiques des populations locales.

Il convient de signaler que les arguments adoptés pour soutenir cette thèse sont plutôt faibles. Si l'on ne peut l'exclure *a priori*, il est nécessaire de l'étayer par des témoignages plus consistants.

Malgré tout, les Romains connaissaient l'existence des Chinois, et vice versa : non seulement Horace, Pline et d'autres auteurs, mais aussi le plus grand monument cartographique de l'Antiquité, la *Tabula peutingeriana*, indiquent à l'extrémité orientale du monde la *Sera Major*, c'est-à-dire la Terre de la Soie, la Chine. Il faut rappeler à ce propos un épisode extraordinaire, qui se produisit entre 97 et 98, à l'époque de l'empereur Hedi, quand le maréchal chinois Ban Chao, chargé de rétablir l'ordre et la sécurité le long de la route de la soie, une voie vitale à l'ouest, poussa jusqu'à la mer Caspienne. Ban Chao avait pour frère un historien célèbre, Ban Gu, et c'est peut-être sur ses conseils qu'il décida d'envoyer une délégation, menée par un de ses hommes, Gan Ying, auprès du souverain du Ta-T'sin, le mythique empire de l'Extrême-Occident, l'Empire romain ! Gan Ying arriva non loin des frontières, sans doute en Mésopotamie, en Syrie ou dans le Caucase. Comprenant ses intentions, ses guides parthes lui déconseillèrent toutefois de poursuivre son chemin en évoquant mille difficultés, si bien que l'officier chinois renonça à son projet. Les Parthes tiraient d'énormes profits des taxes qu'ils imposaient aux chargements de soie qui traversaient leur territoire, ils ne pouvaient donc pas accepter que l'Empire romain et l'empire Han entrent en contact et établissent des relations qui les auraient exclus. Si la mission de Gan Ying avait été couronnée de succès, les conséquences auraient été innombrables. Les deux plus grands empires de la planète auraient pu échanger de précieuses connaissances, peut-être même stipuler une alliance, d'autant plus que le pouvoir, à Rome, était alors détenu par un homme sage, intelligent et honnête, l'empereur Nerva. En raison de la distance qui les séparait, les deux empires ne pouvaient entrer en compétition l'un avec l'autre et avaient tout intérêt à collaborer. Le cours de l'histoire aurait peut-être été changé si Rome et Luoyang avaient pu communiquer !

Peut-être parce que les grands empires se ressemblent, au fond, Rome et la Chine avaient de nombreuses caractéristiques communes : l'organisation des forces armées, le système routier, l'usage d'établir des colonies militaires, la façon de mesurer et de partager la terre, le concept de confins et de mur fortifié, la pratique de cantonner des Barbares à l'intérieur de cette enceinte fortifiée pour les naturaliser et les employer dans la défense du territoire contre d'autres Barbares. Ils eurent même des ennemis en commun, s'il est vrai que les Hiong-nou des documents chinois ne sont autres que les Huns des sources romaines.

La Chine survécut, transmettant sa tradition, sa civilisation et son union étatique, tout au long de quatre millénaires d'histoire jusqu'à nos jours, alors que Rome s'éteignit il y a fort longtemps. Cette histoire a pour but de raconter, comme en un rêve, l'expérience merveilleuse qu'aurait pu vivre un Occidental, ici le commandant Marcus Metellus Aquila, s'il avait atteint cet empire éloigné qu'on appelait alors *Sera Major*, un événement peut-être pas impossible, un de ces événements que l'Histoire a oubliés ou perdus dans les vicissitudes turbulentes qui caractérisent l'aventure de l'humanité.

Valerio Manfredi

Remerciements

Je souhaite remercier avant tout mon ami Lorenzo De Luca, qui m'a inspiré ce roman et fait partager ses connaissances en matière d'arts martiaux. Sans lui, cet ouvrage n'aurait peut-être jamais vu le jour. Je remercie également Aurelio De Laurentiis, qui a cru en cette histoire dès sa conception. Je suis redevable à la sinologue Rosa Cascino, qui a suivi avec attention mes efforts pour inscrire mon intrigue dans la Chine du IIIe siècle. Merci à Marco Lucchetti, de *Soldiers*, qui a mené pour moi des recherches approfondies sur les armes et les forces armées de l'Empire romain à l'époque de Valérien et de Gallien. Seules des exigences littéraires justifient les libertés que j'ai prises avec ses reconstructions rigoureuses. Merci également à Laura Grandi, Stefano Tettamanti et Franco Mimmi, qui m'ont relu avec attention, patience et intelligence malgré leurs occupations quotidiennes. *Last but not least*, j'adresse un remerciement affectueux à Christine, ma femme, peut-être le plus sévère de mes lecteurs. Son aide précise et créative a joué un rôle important dans la réalisation de cet ouvrage.

V. M.

LA CHINE À L'ÉPOQUE DES TROIS ROYAUMES (220 ap. J.-C.)

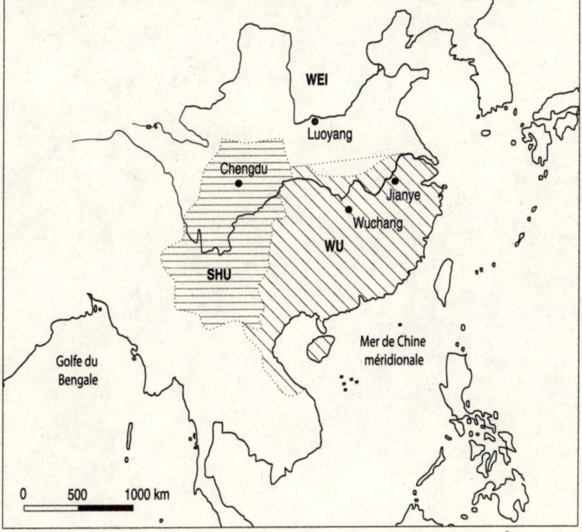

Mystère millénaire

(Pocket n° 11637)

L'égyptologue William Blake est contacté pour expertiser une tombe égyptienne fraîchement exhumée aux confins d'Israël. Il comprend avec stupeur qu'il pourrait s'agir d'un puissant pharaon, un pharaon oublié que les Hébreux auraient jadis enseveli en Terre promise… Mais Blake n'est pas au bout de ses surprises : il perce à jour un réseau de terroristes qui depuis l'Irak, veulent anéantir Israël. Décidé à découvrir l'identité du mystérieux pharaon, il devra se jeter dans l'enfer d'une guerre où se jouera l'avenir d'une civilisation millénaire…

Composition et mise en page

NORD COMPO
multimédia

Imprimé en février 2007 en Espagne par LIBERDÚPLEX
St. Llorenç d'Hortons (Barcelone)
Dépôt légal : mars 2007

POCKET 12, avenue d'Italie - 75627 PARIS Cedex 13